UN BOSS d'enfer

OPHIDIA BAKER

UN BOSS d'enfer

ito

Chapitre 1

J'admire les sirènes. Vraiment. Je ne sais pas comment elles font pour rester belles et gracieuses, engoncées dans leurs queues ridicules. C'est pourtant ce que m'avait promis la vendeuse :

« Vous allez voir, madame, vous serez une véritable sirène, avec cette jupe crayon ! »

Madame ! Je t'en donnerais des « madame ». J'ai vingt-neuf ans, pas cinquante, bordel !

À mesure que je remonte la marée humaine des névrosés en quête de leurs derniers achats de Noël, je ressemble plutôt à un saumon asthmatique en retard pour la frayère partie. L'ouverture minimaliste de cette satanée jupe me force à faire des pas si minuscules que j'ai l'impression que je n'atteindrai jamais la porte de l'immeuble rutilant qui me nargue à quelques dizaines de mètres. Enfin, mes talons cliquettent sur le marbre nu du hall, tel le tic-tac en moi qui ne cesse de me répéter que je vais me faire virer si je n'accélère pas. J'ai tellement mal aux pieds que je redoute de m'évanouir d'un instant à l'autre. Ça ne peut pas finir autrement. Si j'avais devant moi la personne qui a inventé ces engins de torture, elle passerait un sale quart d'heure.

Perdue dans la contemplation de mes escarpins trempés d'un mélange de boue et de neige, je ne me rends pas tout de suite compte que je ne suis pas seule dans l'ascenseur. Le vieux, cintré dans un costume trois-pièces impeccable, me détaille de la tête aux pieds. Encombrée par mon gobelet de vin chaud dans une main et mon bol de soupe dans l'autre, je souffle sur une mèche de cheveux roux échappée de mon chignon et plaque un sourire sur mon visage rougeaud. Ses yeux fatigués se plissent de perplexité. Quoi, qu'est-ce qu'il a encore, celui-là ? Oui, OK, je n'ai pas les moyens de m'acheter la parfaite panoplie de la gratte-papier moderne. Et alors ? Ma doudoune « sac poubelle » – comme j'aime les appeler – ne s'accorde pas si mal que ça avec ma jupe verte et mon chemisier crème, si ? Ses lèvres parcheminées s'écartent, certainement dans le but de vomir tout un sermon qui remporterait à n'en pas douter le suffrage de mon ex-belle-mère, et de toute personne fétichiste des balais un peu trop coincés dans un endroit reculé de leur anatomie. Mais je suis sauvée par le ding caractéristique, prélude à l'ouverture des portes. Je me traîne hors de la cabine aussi vite que me le permet mon accoutrement.

Soupir de soulagement. Mais de bien courte durée : le standard téléphonique qui orne « mon bureau » semble vouloir concurrencer les guirlandes qui scintillent au plafond de l'open space. Je dis « mon bureau », car jusqu'à ce matin, j'étais censée être l'assistante de l'assistante. Il paraît qu'il faut dire ça maintenant : secrétaire ça fait has been. Une simple extra pour la période de Noël, et si je me débrouillais bien, pourquoi pas un CDI à la clé.

Mais Rosa, l'assistante en titre, a eu la désagréable idée de tomber malade. Un genre de grippe. Deux semaines d'arrêt. Et me voilà donc catapultée pour mon premier jour assistante de direction, moi qui jusqu'à aujourd'hui n'avais jamais rédigé le moindre courrier.

Je pose mon ravitaillement en équilibre précaire sur les dossiers ouverts devant le clavier, et me bats quelques instants avec mon manteau au moment où ce maudit téléphone sonne à nouveau. Je n'ai pas le temps de décrocher que déjà une énième diode s'allume sur le répondeur. Au moins, j'ai l'agréable surprise de constater que celle réservée au big boss est restée sagement éteinte. Repoussant une nouvelle fois cette mèche rebelle qui m'enquiquine, je me coule dans le fauteuil et jette un œil vers le bureau de la direction. Au beau milieu de l'avalanche de décorations de Noël qui recouvrent l'open space du sol au plafond, la porte nue ressemble à s'y méprendre à l'entrée de l'antre du Grinch. À mon grand désespoir, les persiennes qui ornent l'impressionnante baie vitrée qui jouxte la porte laissent encore poindre des rais de lumière : cet homme ne dort-il donc jamais ?

« Si tu veux ce CDI, les pauses, tu oublies. Et c'est toi qui pars la dernière et qui fermes le bureau », m'avait briefée Marta, la cheffe du personnel. Elle est bien gentille, Marta, mais malgré ma vessie de compétition, je n'ai pas pu me soustraire aux deux pauses pipi quotidiennes, et, après avoir sauté le déjeuner et mon éternelle collation de 16 heures, j'ai fini par craquer en voyant la file d'attente du stand de soupe et de vin chaud du marché de Noël au bas de l'immeuble.

Je porte le breuvage à mes lèvres et laisse sa douce chaleur se répandre dans mon corps. Mes orteils frigorifiés me remercient, mais pas autant que lorsque j'ôte mes escarpins pour constater les dégâts.

— Et merde…

La coloration verte du similidaim a déteint sur mon collant beige. Et les chaussures, achetées spécialement pour couvrir toute ma période d'essai, sont irrémédiablement fichues. Je bois une autre gorgée de vin chaud pour me consoler lorsque le vrombissement de mon téléphone portable fait trembler tout le bureau. Le léger mouvement de sursaut a fait son œuvre.

— Et remerde, ne puis-je m'empêcher de râler en constatant la tache qui s'étend doucement sur le bas de mon chemisier jusqu'ici immaculé.

C'est Sébastien. Treizième appel. Je soupire, lance un nouveau regard vers le repaire du boss, puis vers la porte menant à l'escalier de service. Après tout, il n'y en aura que pour quelques minutes. Je me dépêche de faire basculer le bouton vert sur la droite, et me précipite à l'extérieur. Le vent glacial et les bruits de la circulation en contrebas m'agressent immédiatement les oreilles.

— Salut, Vic.

La tête allongée de mon meilleur ami vient de se matérialiser sur l'écran. Ses immenses yeux globuleux en mangent la majeure partie.

— Qu'est-ce que tu veux ?

OK, d'habitude je suis peut-être un peu moins brusque. Mais avec ma chance légendaire, mon boss va très certainement choisir le moment précis où je suis sortie pour se rappeler soudainement que j'existe.

— Tu passes au refuge, ce soir ?

Nouveau soupir. L'odeur de clope est omniprésente. Pourquoi le seul endroit tranquille de cet immeuble constitue aussi le repaire de tous les fumeurs compulsifs de la boîte ?

— Non, Seb, désolée. Je t'avais prévenu que ça allait être compliqué dans les semaines à venir.

— Mon Dieu, Vic, mais tu es déguisée en fille ? Et tu t'es coiffée ?

Il est hilare.

— Ouais, déguisée c'est bien le mot…

— Et c'est du maquillage que je vois, ou alors des cernes tellement marqués que tu concurrencerais le plus mignon des pandas ?

Je ne peux m'empêcher de sourire.

— Un peu des deux.

Il rit.

— Ha ha ha, moque-toi. Tu verras quand Esmée te demandera de raser ta barbe. On verra combien de temps tiendront tes grands principes ! J'ai vraiment besoin de ce job, Seb, tu le sais très bien. J'ai déjà deux loyers de retard.

Il reprend son sérieux.

— Tu es encore au boulot ?

Je descends quelques marches et m'assois sur le métal froid. Je sens ma jupe s'imbiber d'eau au niveau du postérieur.

— Ouais… j'attends une dernière commande du Cyclope.

Il rit de nouveau.

— Le Cyclope ? C'est ton boss que tu appelles comme ça ?

À force d'entendre ce nom à longueur de journée, j'ai fini par l'adopter bien malgré moi.

— Ouais, tout le monde l'appelle comme ça ici. Ne me demande pas pourquoi.

— Il est sympa au moins ?

— Aucune idée. La seule chose que j'ai vue de lui c'est le dos de son fauteuil quand je suis allée lui apporter les multiples cafés qu'il m'a commandés dans la journée. La prochaine fois, je proposerai de lui poser une perfusion, ça me fera gagner du temps. Il n'a même pas daigné se retourner pour me dire bonjour. Qu'est-ce que tu veux, c'est comme ça maintenant. C'est sûrement un de ces gosses de riches capricieux qui ne savent pas quoi faire de leur argent et pour qui le petit personnel ne mérite pas la moindre considération.

Je serre mes bras contre mon corps pour me protéger du froid comme je peux.

— Bon, qu'est-ce que tu veux, Seb ? Je n'ai pas beaucoup de temps. Tu sais qu'on n'a même pas le droit d'aller pisser selon la cheffe du personnel ? Alors si elle me surprenait à passer un coup de fil perso…

Il tourne le téléphone, et j'aperçois Usty, un grand cheval bai arrivé récemment au refuge pour équidés où je suis bénévole.

— On ne sait pas ce qu'il a, mais il n'a pas l'air dans son assiette.

Un rapide coup d'œil me crie pourtant de façon flagrante le problème.

— Le boulet de son antérieur droit est enflammé.

Le combiné pivote de nouveau vers un Sébastien éberlué.

— Comment peux-tu voir ça sur un minuscule écran de téléphone ?

Je passe ma main dans mes cheveux, ruinant un peu plus le chignon que j'ai eu tant de mal à confectionner ce matin.

— Regarde la façon dont il pose son sabot, et la courbe au niveau de l'avant du membre. Je ne pense pas que ce soit grave. Prends la deuxième jarre de la pharmacie, et fais-lui un cataplasme. Ça devrait aller.

Sébastien est soulagé. Et moi aussi. Après avoir aperçu ses nombreux appels manqués, j'avais craint que ce ne soit beaucoup plus grave que ça.

— Coucou, ma chérie !

C'est la voix de Marianne, la directrice du refuge. Bientôt, son visage ridé s'encadre dans l'écran.

— Salut, Marianne. Tu as réussi à trouver assez de bénévoles pour s'occuper des chevaux pendant les fêtes ? Je suis vraiment désolée de ne pas pouvoir passer, je te promets qu'une fois que j'aurai trouvé mon rythme au travail je reviendrai chaque jour comme avant.

Sa mine si douce se fend d'un sourire.

— Ne t'en fais pas, ma chérie, personne n'a fait autant que toi pour ce refuge au cours des vingt dernières années. Et puis tes vacances étaient prévues de longue date. Je suis juste triste pour toi que tu doives finalement les passer à travailler.

Je me force à sourire. Je ne dois pas penser à Antoine, pas maintenant.

— Bonne soirée, ma chérie, et si je ne te revois pas d'ici là, joyeux Noël.

— Joyeux Noël, Marianne.

Sébastien reprend le téléphone.

— Ça ne va pas mieux, n'est-ce pas ? ne puis-je m'empêcher de demander.

Il soupire. En tant que trésorier du refuge, il est le mieux placé pour savoir que la situation est catastrophique.

— Il nous manque encore 30 000 euros pour boucler le budget de remise aux normes. Si on ne les trouve pas d'ici le prochain contrôle, c'est la fermeture assurée.

Un silence.

— Je pourrais retourner devant le supermarché ce week-end.

Il m'arrête.

— Vic, lâche l'affaire. Tu as déjà écumé toutes les solutions possibles.

— C'est pas comme si j'avais grand-chose d'autre à faire de toute façon.

Une expression meurtrie passe dans son regard.

— Vic, je suis vraiment désolé, commence-t-il.

Je le coupe à mon tour.

— Hey, pas de ça avec moi, OK ? Tu ne pouvais pas savoir qu'Antoine allait me jeter et que j'allais me retrouver seule pour les fêtes. Je n'ai pas demandé à mes parents d'annuler leur croisière dans les Caraïbes, et je ne te demanderai pas de dire à Esmée que tu ne vas finalement plus rencontrer ses parents. Profite. Je suis une grande fille ! Je trouverai à m'occuper.

À cet instant précis, un bruit se fait entendre juste au-dessus de moi. Je lève la tête. Merde : quelqu'un se tenait sur le palier surplombant le mien, et descend maintenant les marches d'un pas pressé. J'ai à peine le temps de me relever, que je me retrouve nez à nez avec l'homme le plus grand que j'aie jamais vu. Une boule se forme dans ma gorge quand j'aperçois, par-delà ses lunettes à monture noire, son œil gauche complètement amoché. La pupille et la sclère présentent un aspect opaque et laiteux, mort, comme j'ai déjà pu le voir chez certains aveugles. Une cicatrice fend d'une zébrure blanche son arcade sourcilière. OK, je comprends mieux le surnom, maintenant ! Même si, en ce qui me concerne, je me serais plutôt orientée vers la piraterie que vers la mythologie. Mon petit côté aventurière, certainement. Côté qui semble avoir décidé de prendre des vacances, là, maintenant.

Il lance sa cigarette dans son gobelet de café, et tend sa main rendue libre vers moi.

— Je crois que nous n'avons pas été présentés. Je suis l'insupportable gosse de riches. Ou le Cyclope si vous préférez.

Je me racle la gorge bruyamment et jette un rapide coup d'œil à mon téléphone.

— Je te rappelle.

Chapitre 2

Un jour, au collège, j'étais en train de dire à ma copine Carrie à quel point M. Duchemin, le prof de biologie, puait autant que le rat pourri baignant dans le formol qu'on avait étudié la veille. Son visage s'était tout à coup contorsionné en une danse de grimaces digne des meilleurs mimes. La malheureuse avait donné tout ce qu'elle avait pour tenter de me prévenir que ledit M. Duchemin se trouvait juste derrière moi.

Aujourd'hui, il n'y avait eu personne pour m'avertir. D'ordinaire, j'assume plutôt ce que je dis. Mais là, pas du tout. Bye-bye, CDI.

L'asperge m'observe de son œil unique, attendant visiblement une réponse. Mon mètre soixante-quinze se ratatine dans son ombre démesurée. Je crois apercevoir dans sa barbe broussailleuse d'un auburn teinté de sel un sourire sarcastique.

Comme si la situation ne représentait pas déjà l'un des pires moments de honte que j'aie connu de toute ma vie – et c'est dire ! –, son regard se pose sur la tache de vin chaud de mon chemisier, et descend vers mes pieds dont le collant nu maculé de vert s'enfonce douloureusement dans la grille des escaliers. C'est sûr qu'en face de son impeccable costume bleu marine visiblement taillé sur mesure, je dois ressembler à s'y méprendre à la clocharde qui harangue les passants toute la journée au coin de la rue.

Comme l'a souvent clamé mon cher papa lors de ses nombreuses engueulades avec maman, parfois, la meilleure attaque, c'est la fuite. J'applique donc à la lettre les savants conseils du paternel, et m'engouffre à l'intérieur du bâtiment. J'essaie de me hâter vers mon bureau, mais c'est sans compter sur cette fichue jupe. J'ai beau me dandiner aussi énergiquement qu'un gosse de six ans au concours de course en sac de la kermesse de l'école, j'ai à peine enfilé mon manteau que le boss est déjà sur moi.

— Eh bien alors, vous avez avalé votre langue ? Elle était pourtant bien pendue tout à l'heure. Où allez-vous comme ça ?

Je lève les yeux au ciel, extirpe un énorme bonnet de ma besace non moins imposante, et l'enfonce rageusement sur mon crâne. RIP, pauvre chignon.

— À quoi bon gaspiller ma salive, et me ridiculiser davantage, si c'est possible ! Je suppose que je suis virée ?

Il jette son gobelet dans ma poubelle, et plante ses mains dans ses poches. Les minuscules pattes d'oie qui ornent ses yeux se creusent. Je présume que ça veut dire qu'il sourit. Mes doigts frôlent l'agrafeuse à l'instant où je me saisis de mon bol de soupe, et je résiste à l'impulsion de la lui balancer au visage pour lui faire ravaler son air amusé.

— Victoria Pottier, c'est ça ? La nouvelle assistante ? Si je virais tous ceux qui m'appellent le Cyclope ou me traitent de gosse de riches dans mon dos, cela ferait longtemps qu'il ne resterait plus que moi dans cette entreprise.

Je reste là à le regarder un long moment. Sa voix est délicieusement grave. Je soupire, et repose ma soupe sur mon bureau.

— Ah parce qu'en fait vous connaissez mon nom ? Non, parce que je ne sais pas, je pensais que vous aviez fini par croire que c'était un robot qui apportait vos cafés, vu que vous n'avez pas daigné m'adresser ne serait-ce qu'un regard ou une parole depuis mon arrivée ici.

Mais pourquoi j'ai dit ça ? Bon sang ! Vic, tu t'enfonces.

Son sourire s'élargit. Cette fois, je peux même apercevoir ses lèvres fines et ses dents impeccablement alignées. Il sort une main d'une de ses poches, la passe dans ses longs cheveux du même auburn que sa barbe, puis masse doucement son menton du bout des doigts.

— Je sens que nous allons merveilleusement bien nous entendre, dit-il en plongeant son œil d'un bleu-vert profond dans les miens.

Et sinon, ils font les mêmes avec un décodeur ? Non parce que là, je reste comme une idiote à le regarder, ne sachant pas si je dois prendre mes jambes à mon cou ou bien accrocher ma photo dans le cadre réservé à celui de l'employée du mois à côté de son bureau.

— Venez, nous avons du travail, si vous ne voulez pas rentrer chez vous trop tard.

Il se dirige vers son bureau et laisse la porte ouverte derrière lui. J'hésite une fraction de seconde, mais le ton navré de mon banquier la dernière fois que je l'ai eu au téléphone résonne encore à mes oreilles.

— Super…

Je prends tout de même le temps d'engloutir ma soupe d'une longue rasade, de retirer mon bonnet et mon manteau, et je m'engouffre dans l'antre du Grinch.

Il est en train de farfouiller dans l'armoire derrière son bureau. Je me balance gauchement sur mes pieds toujours nus, les mains serrées sur mon bloc-notes.

— Tenez, pour vous changer. Vous empestez le vin.

Je hausse un sourcil. Il me tend une chemise blanche. L'un des vêtements de rechange qu'il conserve visiblement au travail. Mon orgueil piqué au vif, je ne peux m'empêcher de répliquer.

— On en parle de votre haleine qui empeste le café et le tabac froid ?

Je crois qu'à cet instant mon ange gardien vient de se suicider, me déclarant comme une cause perdue. Je pose mon bloc-notes sur le bureau, et me saisis de la chemise sans demander mon reste.

Quand je reviens des toilettes, il mâche un chewing-gum à la menthe dont l'odeur rafraîchit l'air renfermé. Je retiens un sourire narquois. Il est assis le dos bien droit dans son fauteuil, ses jambes immenses dépassant de l'autre côté du bureau où je me tiens. Je crois que je n'ai jamais vu des pieds aussi grands. Je suis plongée dans une intense réflexion pour savoir si la légende concernant les grands pieds est avérée, lorsqu'il se décide enfin à se remettre à parler.

— Bon, voilà comment on va fonctionner. Je suis quelque peu… disons bordélique dans ma tête. Vous notez tout ce que je dis, et je vous laisse le soin de synthétiser et de rendre les choses intelligibles. Vous vous sentez capable de faire ça ?

Je lève de nouveau les yeux au ciel.

— J'ai un bac + 5, vous croyez que ça devrait suffire ou bien je reviens dès que j'aurai eu mon doctorat ?

Il croise les baguettes qui lui servent de doigt sur le sous-main qui orne son bureau, et son sourire réapparaît.

— Je ne sais pas, vous pensez que votre propriétaire pourra attendre vos loyers en retard d'ici là ?

Touché. Je me racle la gorge et appuie sur l'extrémité de mon stylo pour en faire jaillir la mine.

— OK, alors si l'on est censés travailler ensemble, est-ce que je peux au moins connaître votre nom ?

À peine ces mots ont-ils quitté mes lèvres que je me rends compte de l'amateurisme qu'ils révèlent. Quelle personne se serait présentée à un entretien d'embauche sans avoir effectué un minimum de recherches sur l'entreprise et son dirigeant ? Eh bien une personne comme moi. Je n'avais pas bien compris comment Marianne, la directrice du refuge, m'avait obtenu cet entretien, et je m'y étais rendue sans même avoir pris le temps de faire mes devoirs.

Ses longues mains se crispent. Sa langue pointe légèrement au milieu de l'océan de poils pour humecter ses lèvres.

— Alexandre D'Enfer.

Je pouffe de rire, avant de me rendre compte à son expression qu'il ne s'agissait pas d'une blague.

— Mon nom vous fait rire ?

J'ai le plus grand mal à recouvrer mon calme. Je me retiens au dernier moment de lui demander s'il est un proche parent de Cruella, mais fort heureusement pour moi son téléphone portable se met à sonner au moment où je bredouille un « Non, monsieur ».

— Ne bougez pas d'ici, me souffle-t-il en décrochant.

J'affiche un sourire contrit sur mon visage.

— Oui, allô. Harry ? Je t'entends, pas la peine de crier comme ça.

Il se lève et se dirige vers la baie vitrée qui donne sur la ville. Les lumières des décorations de Noël illuminent par intermittence son visage dont seuls les yeux émergent de la masse de cheveux et de barbe. Il retire ses lunettes de sa main libre et les accroche à la pochette de sa veste de costume avant de pincer l'arête de son nez entre deux doigts.

— Je te l'ai déjà dit, c'est hors de question. Comment ça ? Vraiment ? Alors, passe-la-moi.

Il se tourne un instant vers moi. Je sens à son regard qu'il regrette finalement son dernier ordre et préférerait avoir cette conversation à l'abri de mes oreilles indiscrètes. Je me lève et m'éclipse jusqu'à mon bureau. J'ai à peine atteint mon siège que j'entends un grand fracas. Il ne manquait plus que ça. Est-ce qu'il a fait une sorte de malaise ? Je me précipite dans le bureau de D'Enfer, mais il est bien vaillant. Il fait d'ailleurs les cent pas le long de la baie vitrée, un bras serrant sa poitrine, l'autre malmenant son menton en signe d'intense réflexion. Devant la porte, les restes de son téléphone portable gisent éparpillés sur le sol.

Lorsque D'Enfer m'aperçoit, il stoppe son manège et ne semble pas savoir quoi dire. Je tente de détendre l'atmosphère :

— Il en a eu marre de la vie. Ce sont des choses qui arrivent !

Il repasse derrière le bureau et commence à rassembler des documents.

— Je dois me rendre quelques jours dans ma famille.

Je hoche lentement la tête.

— Je ne peux pas me permettre de laisser toutes mes affaires en plan.

Je continue d'acquiescer, ne voyant pas vraiment en quoi cela me concerne.

— OK.

— Vous allez devoir venir avec moi, dit-il au même moment.

Je continue de hocher la tête encore quelques secondes avant que ses paroles s'impriment enfin dans mon cerveau.

— Pardon ?

Il fourre ses dossiers dans un attaché-case.

— J'ai besoin de mon assistante à mes côtés pour les jours qui viennent. Et mon assistante, c'est vous.

Je secoue la tête dans l'autre sens maintenant.

— C'est hors de question, il n'a jamais été question de travailler en déplacement et de je ne sais où.

Il s'arrête à quelques pas de moi et me fourre un tas de dossiers dans les bras. À cause de mes réflexes dignes d'un escargot parkinsonien, je manque de tout laisser tomber.

— Après tout, ce n'est pas comme si vous aviez des projets pour les fêtes, ajoute-t-il.

Je n'aime pas beaucoup le reflet malicieux que je décèle dans son œil valide.

— Détrompez-vous, m'affaler sur mon canapé avec mon plaid et ma tasse de thé, devant de vieux films de Noël, c'est tout un programme.

Il enfile son manteau et pousse un profond soupir.

— Écoutez, j'ai besoin de vous. L'entreprise est en équipe réduite pendant les fêtes, je ne pourrai pas tout gérer seul. Alors si vous acceptez de consentir à ce voyage d'affaires, je vous promets que vous aurez ce CDI que vous convoitez tant à votre retour.

Ah le salaud, c'est qu'il sait négocier. Ma balance mentale se met en branle : d'un côté, un CDI avec enfin la stabilité financière qui me fait défaut. Et de l'autre, passer les fêtes avec mon boss que je viens à peine de rencontrer et avec qui l'on ne peut pas dire que ce soit parti du bon pied.

— On parle de combien de jours exactement ?

Son visage se radoucit.

— Nous serions de retour le 26 décembre.

Il est sérieux ? Il veut que je passe Noël au travail ? Il semble lire dans mes pensées.

— Si vous acceptez de venir, je vous donnerai les 30 000 euros qu'il vous manque pour la réfection de votre refuge.

D'ordinaire, je lui aurais sûrement sorti une grande tirade sur le fait qu'on ne m'achète pas si facilement. Mais je dois bien avouer qu'il a réussi à me clouer le bec. Après tout, passer une semaine entière avec son boss ne doit pas être si terrible que ça, si ?

Chapitre 3

8 h 55. Comme toujours, je suis à la bourre. Qu'est-ce qui a bien pu me passer par la tête quand je lui ai dit qu'il pouvait venir me chercher chez moi ?

Je tire mon sac de voyage de sous le matelas, et fourre à la hâte quelques vêtements dedans. Chauds, et confortables, a-t-il dit. Je ne suis pas sûre que nous ayons la même définition de ce que peut être un habit combinant ces deux caractéristiques. Je range à regret mon pyjama en pilou-pilou dans la grande armoire de bois ancien qui trône en face du lit, et enfile un jean délavé sous mon pull qui a perdu toute forme depuis plusieurs décennies. La sonnette retentit.

— Et merde.

Je jette un œil par la fenêtre embuée de givre et aperçois un vieux break Citroën défraîchi garé juste devant le portillon. Ouf, ça ne peut pas être D'Enfer. Et qui que ce soit d'autre peut bien attendre.

Je cours dans la salle de bains et me brosse énergiquement les dents tout en tentant de lisser la marque d'oreiller qui barre toujours mon visage. Si un médecin me soumettait à un encéphalogramme à cet instant précis, nul doute qu'il me déclarerait en état de mort cérébrale. Je n'ai jamais été du matin.

De nouveau, la sonnette. L'individu est visiblement impatient, si j'en crois la cadence frénétique avec laquelle il s'acharne sur le bouton. Je maugrée. Ou plutôt essaie de maugréer, car le cocktail bouche pâteuse plus dentifrice moussant produit une sorte de meuglement.

— J'arrive.

Je crache le dentifrice, et humecte mon index avant de le passer sous mes yeux. Ceux-ci ont, semble-t-il, décidé de me faire rejoindre les Kiss au beau milieu de la nuit malgré mon démaquillage de la veille que j'avais pensé minutieux. Parmi l'amas de paupières tombantes et fatiguées, j'entraperçois mes iris verts qui tentent d'émerger. Un rapide coup de brosse dans ma tignasse rousse et je dévale les marches. L'excité de la sonnette va m'entendre.

J'ouvre la porte à la volée.

— Si je frappe votre nez comme vous avez martyrisé cette pauvre sonnette…

Mes paroles meurent en même temps que ma mâchoire se décroche. Sans l'œil aveugle et laiteux, je pense que je ne l'aurais pas reconnu. Car c'est bien D'Enfer qui se tient sur le seuil. Mais il a troqué son costume de croque-mitaine pour la parfaite tenue de campeur canadien. Non, non, je ne parle pas de ces horribles chemises à carreaux à la Clark Kent. Mais du gros pull d'un marron noisette automnal qui fait ressortir sa barbe et ses cheveux qui flamboient dans le soleil matinal. Il penche la tête légèrement et son sourire si agaçant refait son apparition.

— Quel accueil ! Une petite panne de réveil, peut-être ?

Non, mais je le retiens. Ce n'est pas parce que tous les films véhiculent cette fausse image de la fille qui se réveille maquillée comme dans une pub Séphora, et aussi fraîche qu'une bière oubliée au fond du frigo, que je dois me conformer à ces standards débiles. Oui, je dois ressembler au yorkshire de Madame Harford après sa malheureuse électrocution dans la baignoire. Et alors ?

Il frotte ses mains immenses l'une contre l'autre. Il a l'air frigorifié, mais il gèlera en enfer avant que j'autorise qui que ce soit de ma sphère professionnelle à pénétrer chez moi. Je passe une main dans mes cheveux, légèrement désolée.

— Je vous ai pris pour quelqu'un d'autre.

Il imite mon geste et rit. Sa barbe version poils de kiwi s'agite chaleureusement.

— Je l'espère bien, je n'ai pas pensé à apporter mes gants de boxe avec moi.

Je lui retourne un regard vide. Ah, OK. C'était censé être drôle. Je me force à sourire.

— J'en ai pour une minute, vous pouvez m'attendre dans la voiture.

Je ne lui laisse pas le temps de répliquer que je m'engouffre de nouveau dans l'escalier et jusqu'à mon minuscule appartement. Je jette les dernières affaires dans mon sac et me rends compte que mon deux-pièces va me manquer. Je m'étais tellement préparée psychologiquement à l'idée de passer les fêtes seule ici que mon cerveau se sent floué. Mais je ne m'en fais pas trop : lorsqu'il sera noyé sous le déluge de sucre occasionné par l'énorme boîte de chocolats que je ne manquerai pas d'engloutir pour tromper ma solitude, il ne pourra plus protester.

Je lace mes fidèles chaussures de randonnée en cuir et balance mon sac sur mon épaule avant de tourner la clé dans la serrure. Ce geste me fait enfin pleinement prendre conscience de ce dans quoi je me suis embarquée. Est-ce que je suis folle ? Non, mais je me pose vraiment la question des fois. Moi, et ma propension irrépressible à toujours dire ce que je pense. Sept jours, avec mon tout nouveau boss ? Suicidaire, ma pauvre fille.

Quand j'atteins la porte d'entrée, il n'a pas bougé. Ou plutôt si, ses épaules se sont légèrement voûtées, comme si les quelques centimètres ainsi perdus pouvaient diminuer la prise au vent de son incroyable carcasse. Il jette son mégot et l'écrase distraitement du bout du pied. Ses chaussures cirées de la veille ont laissé place à des boots en cuir joliment patinées.

— Vous voulez que je vous aide à porter vos autres sacs ? me demande-t-il en me tenant la porte.

Je stoppe ma progression, arquant un sourcil.

— Mes autres sacs ? Ah, mais oui, suis-je bête. Je suis une fille.

Je prends une mèche de mes cheveux dans une main et l'entortille autour de mon index en accentuant le geste à outrance.

— Attendez, je crois que j'ai oublié ma vanity de maquillage juste à côté de mon cerveau.

Je ne lui laisse pas le temps de répliquer et passe le portillon, cherchant la voiture des yeux. Mais à part la vieille Citroën, la rue est déserte. D'Enfer est dans mon dos, et mon trouble semble beaucoup l'amuser. J'entends presque ses vertèbres rigides se plier une à une. Je le sens se pencher vers moi et murmurer à mon oreille.

— Il faut croire que j'ai dû laisser ma voiture avec chauffeur d'insupportable gosse de riches avec votre cerveau.

Un partout, balle au centre.

Mon sac élimé trouve sa place à côté de sa valise impeccablement disposée dans le coffre. Il se dirige vers le volant.

— C'est vous qui conduisez ? ne puis-je m'empêcher de demander.

Il ouvre la porte et me fait signe de faire de même.

— Ne vous inquiétez pas, la cuillère en argent que j'ai dans la bouche depuis ma naissance ne me gêne pas pour conduire.

À vrai dire ce n'est pas vraiment sa bouche qui m'inquiète.

— Vous avez le droit de conduire, malgré… enfin, vous voyez, quoi.

Il plaque ses coudes sur le toit de la voiture, puis pose son menton sur ses mains jointes.

— Non, comme vous avez dû le remarquer, voir n'est pas ma spécialité, alors il va vous falloir être plus précise.

Je remonte les manches de mon pull qui avaient avalé mes deux mains, gênée. Je finis par me lancer :

— Les borgnes ont le droit de conduire ?

Il se penche légèrement plus en avant, comme sous le coup de la confidence.

— Pour tout dire, je n'ai pas mon permis. Nous n'en avons pas besoin, nous, les riches. Si l'on se fait arrêter, quelques liasses de billets sont échangées, et c'est réglé.

Ma mâchoire se décroche de nouveau. Il se redresse, et m'adresse un clin d'œil de son œil valide.

— Mais ne vous inquiétez pas, je n'ai encore jamais eu d'accident grave, un peu de tôle froissée par-ci, par-là, quelques points de suture.

Parfois, je me demande si je n'ai pas un gène de blonde qui a oublié de s'exprimer à un moment de mon développement. Parce qu'il me faut plusieurs longues minutes pour me rendre compte qu'il se fout copieusement de moi. Visiblement, mon expression éberluée valait le coup d'œil, car il se met à rire avant de monter dans la voiture. Vexée, mais bonne joueuse, je pénètre à mon tour dans l'habitacle.

— Ha ha ha, très drôle, marmonné-je en lui lançant un regard de côté.

Il met le contact. Son visage ne s'est pas départi de son sourire. Son unique pupille pétille.

— Vous auriez vu votre tête. Ne vous en faites pas, je suis un pro du pilotage sur neige et la voiture est parfaitement équipée. Vous devriez plutôt vous en faire pour notre séjour : nous avons une tonne de travail à abattre.

Je rabats légèrement le siège pour me mettre un peu plus à l'aise, et me pelotonne dans mon pull.

— J'ai hâte, vous n'avez pas idée…

Enfin, le véhicule se met en branle. Il coule son œil vers moi.

— Je suppose que c'était sarcastique ?

— Vous supposez bien. Regardez la route, s'il vous plaît.

Ses grandes jambes touchent presque le volant. On dirait un adulte dans un manège pour enfant. Il plonge une main dans la poche de son pantalon, et en extirpe une clope.

— Vous pouvez me passer le briquet s'il vous plaît, Victoria ? Je peux vous appeler Victoria ?

Son index droit désigne le vide-poche. Je tends les doigts vers la cigarette et l'ôte de ses lèvres fines.

— Oui pour Victoria, non pour le briquet. Je n'ai pas signé pour un cancer des poumons. Hors de question que vous fumiez à l'intérieur.

Il tourne de nouveau la tête vers moi.

— Dites-moi que vous rigolez.

Je pose ma main sur sa joue et la tourne vers la route.

— J'ai l'air de rigoler ? Et regardez devant vous, bon sang.

L'air de chien battu qui barre alors son visage me ferait presque pitié. Presque seulement.

*

La Citroën avale les kilomètres plus vite que je ne l'aurais pensé. Le paysage urbain laisse rapidement place à des étendues de forêts enneigées. Les branches de conifères ploient sous la poudreuse. Par moments, une trouée nous donne une vue imprenable et éblouissante sur la vallée où se réverbère le soleil hivernal. Sans mon boss à mes côtés, je pourrais presque me croire en vacances. Cette pensée me fait envisager ce voyage sous un nouveau jour : après tout, troquer une semaine dans la grisaille de la ville et de l'open space pour un séjour à la montagne dans un hôtel quatre étoiles serait plutôt une bonne opération.

Mon téléphone portable n'arrête pas de sonner. C'est Seb, comme toujours. Après le dixième appel refusé, D'Enfer finit par ouvrir la bouche.

— Vous pouvez répondre, ça ne me dérange pas.

Mais oui, c'est ça. Pour te donner encore plus de grain à moudre ? Certainement pas.

Je pianote un rapide « Tout va bien. Te rappelle ce soir », et balance l'appareil dans mon sac à main. C'est le moment que D'Enfer choisit pour avoir une nouvelle quinte de toux. Il n'a pas arrêté durant tout le trajet.

— Vous n'avez pas un genre de maladie contagieuse, j'espère ? À défaut de passer un bon Noël, je compte bien profiter de ma Saint-Sylvestre.

Il reste silencieux un long moment.

— Infection pulmonaire mal soignée, finit-il par répondre. La toux est devenue chronique, il va falloir vous y habituer.

— Vos parents n'ont pas voulu vendre la cuillère d'argent qu'ils avaient mis dans votre bouche pour payer vos soins ?

Ça me paraît juste aberrant que quelqu'un d'aussi riche ne puisse pas avoir accès aux meilleurs médecins. J'ai fini par faire une petite recherche hier soir, histoire d'en savoir quand même un minimum sur l'individu avec qui j'allais passer les sept jours à venir. Arthur, le père d'Alexandre, est l'une des plus grosses fortunes du pays et la moitié de l'immobilier de la région lui appartient.

— Vous êtes vraiment la personne la plus franche que j'aie jamais rencontrée, élude-t-il.

Je ne sais pas si je dois prendre ça comme un reproche ou un compliment.

— Votre franchise ne vous a jamais porté préjudice ? poursuit-il.

Oh non, pitié, on n'en est pas déjà rendus au moment des confidences gênantes ? Généralement, ils attendent toujours le troisième soir pour ça. Il semble pourtant vouloir une réponse. Profond soupir. Après tout, au point où j'en suis.

— Vous n'avez pas idée… Ma mère m'a même envoyée voir un psy. Ils pensaient que j'avais un genre de problème de désinhibition. Mais non, c'est juste la façon dont est câblé mon cerveau. Je préfère déplaire aux autres et être franche plutôt qu'être faux-cul comme tout le monde l'est aujourd'hui. C'est comme ça que je suis, il va falloir vous y faire.

J'ai à peine achevé ma phrase que la voiture se met à faire un bruit qui ressemble à s'y méprendre à un disque rayé de Chantal Goya. Une épaisse fumée blanche s'échappe du capot, et, dans un dernier soubresaut, elle s'immobilise en pleine voie.

Je tourne la tête très lentement vers un D'Enfer tout penaud.

— Ne me dites pas que vous allez me faire le coup de la panne ?

Chapitre 4

— Voilà, ça devrait fonctionner maintenant.

Je referme le capot et essuie la sueur glaciale qui coule sur ma joue d'un revers d'épaule. Les pieds dans la neige jusqu'aux chevilles, mon nez rouge et ruisselant de morve ne doit rien avoir à envier à celui de tous les ivrognes du coin. Depuis près de trente minutes que nous sommes immobilisés, nous n'avons pas croisé une seule voiture. Les rangées de conifères qui bordent la route de part et d'autre forment comme un lugubre tunnel menant en enfer.

En parlant D'Enfer, Alexandre me lance un regard plein d'espoir au moment où il met de nouveau le contact. Comme je m'y attendais, il m'a été aussi utile que la dernière feuille du rouleau de PQ lors d'un jour de gastro.

Suspense insoutenable. Le moteur vrombit, et aucun panache ne s'échappe du capot du maudit engin. Le boss déplie avec difficulté sa grande silhouette du véhicule et s'avance vers moi. Sa chevelure et sa barbe affichent une belle pagaille à force de les avoir malmenées à chacun de mes échecs de réparation. Le petit côté guindé qu'il affichait au bureau a totalement disparu. Il réajuste la ceinture de son pantalon et pose ses mains sur ses hanches. Ses traits sont enfin détendus. Ça me rassure : il n'y a pas dix minutes, une pauvre branche d'arbre sur le bas-côté a payé de sa vie ma énième tentative ratée, et j'ai bien cru que je serais la prochaine sur sa liste.

— Eh bien, vous regorgez de talents cachés, s'exclame-t-il.

J'essuie mes mains sur mon jean déjà maculé de cambouis.

— Si j'en crois mes anciens employeurs, ils doivent être sacrément bien cachés…

— Comme on dit, au royaume des aveugles…

Un ange passe. Je rêve ou bien il vient de me faire un compliment ?

— Attendez, je vais vous arranger ça.

Il extirpe un mouchoir en tissu de la poche de son pantalon, pose une main sur mon épaule pour me stabiliser, et entreprend de nettoyer les traces de graisse dont j'ai dû copieusement me tartiner la figure. Ses gestes sont doux et délicats, à des années-lumière de ce que son personnage exsude en permanence.

Son œil valide est concentré sur sa tâche. À quelques centimètres seulement des miens, je me rends compte pour la première fois qu'il a de très beaux yeux. Ou plutôt, qu'il avait. Ils ont dû faire de sacrés ravages auprès de la gent féminine avant que son œil gauche ne décide de lancer sa carrière solo dans les films d'horreur.

OK, ça devient trop bizarre, là. Il est temps de mettre fin à ce mauvais remake du dernier Coup de foudre à Glinglin-les-bains. Je chasse son bras sans grande conviction.

— Laissez, ça ne sert à rien, ça ne va faire qu'étaler encore plus la saleté. Je nettoierai tout ça une fois arrivée à l'hôtel.

Il admire son œuvre, et doit constater qu'il m'a effectivement préparée pour la scène des ramoneurs dans Mary Poppins, car une moue irritée s'imprime sur ses lèvres et il laisse retomber ses bras immenses le long de son corps non moins immense. Je m'étais toujours considérée comme plutôt grande, mais auprès de lui, me voilà reléguée dans la famille des tabourets. J'ai l'impression qu'il va finir par se rompre le cou à force de devoir le tordre pour pouvoir me regarder.

Je me baisse pour ramasser la boîte à outils et la remettre dans le coffre, et mon crâne entre en collision avec le sien : preuve que les grands esprits se rencontrent.

À cet instant, deux hypothèses s'offrent à moi : ou bien il est aussi poissard que moi et nous risquons fort de ne pas revenir indemnes de cette semaine bucolique ; ou bien je lui ai transmis ma poisse légendaire, et… eh bien, même conclusion.

En tout cas, j'ai froid, je suis crade, je suis fatiguée, et, comme si cela ne suffisait pas, j'ai maintenant une migraine carabinée. La chambre avec bain massant qu'il m'a promise a plutôt intérêt à m'attendre au bout du voyage.

— Je ne vous ai pas fait mal ? demande-t-il.

Il ramasse la satanée boîte à outils et la range consciencieusement dans le coffre. J'en profite pour monter dans le véhicule.

— Vous avez la tête sacrément dure.

Il prend place derrière le volant. Son rire grave emplit de nouveau l'habitacle. Il gratte distraitement un point à la base de sa nuque. Trois lignes de rides creusent légèrement son front. Je me demande quel âge il peut avoir.

— Vous vous entendriez bien avec mon père, il n'a de cesse de me répéter cette phrase. Vous ne vouliez pas vous changer avant de reprendre la route ?

Je jette un œil à mes vêtements. C'est sûr qu'on dirait que je viens de participer à un combat de catch dans une fosse à cambouis. Ses pauvres sièges garderont un petit souvenir de mon passage, à vie.

— Oh non, ne vous inquiétez pas, j'ai l'habitude.

Super, Vic, maintenant, il va penser que je suis une grosse dégueulasse…

Pourtant, il ne relève pas, et nous reprenons la route.

— Où avez-vous appris à réparer des véhicules ?

Je fais disparaître mes mains dans mes manches et tente de rétablir ma circulation sanguine.

— Mes parents avaient une ferme. Et peu de moyens. Alors petit à petit, on apprend à se débrouiller seuls, lorsqu'il faut rafistoler les différents engins. Notre voisin était un ancien mécanicien. Il m'a tout appris. Heureusement pour nous, vous n'avez pas l'une de ces nouvelles voitures tout électroniques, sinon je n'aurais rien pu faire et nous étions bons pour attendre un dépanneur. Là, ça devrait tenir jusqu'au village, mais il va quand même falloir la faire réparer une fois arrivés. J'ai fait ce que j'ai pu avec ce que j'avais.

Il ne dit rien, mais se tourne vers moi et me lance un regard indéchiffrable. Il doit avoir pitié de la pauvre petite cul-terreuse que je suis. Il tend la main vers les sièges arrière, et me passe une couverture en grosse laine écossaise.

— Tenez, vous avez l'air frigorifiée et épuisée. Essayez de dormir un peu, nous devrions arriver d'ici une heure.

Non, non, non et non, ce n'était pas du tout prévu comme ça. Il n'a pas le droit d'être aussi gentil. Un chef, c'est méchant. Sur qui je vais pouvoir pester, moi, ce soir, lors de mon débriefing téléphonique avec Seb ?

J'étale la couverture sur mes jambes. Il m'observe toujours. D'une main j'appuie de nouveau sur sa joue.

— Regardez la route.

Mon ton faussement contrarié ne l'a pas trompé si j'en crois le petit sourire amusé qui se dessine au beau milieu de sa barbe. Finalement, cette semaine ne va peut-être pas être si horrible que ça.

*

OK, je retire ce que j'ai dit. Cette semaine VA être horrible. Nous venons juste de passer le panneau qui indique l'entrée de la ville dont je serais bien incapable de prononcer le nom malgré mes études de biologie : quelle idée de mettre autant de consonnes et si peu de voyelles ? Chantal Goya est soudain de retour, et cette fois, c'est un nuage bien noir que crache la Citroën. Je me bats quelques minutes avec la couverture, et la jette à terre avant de sortir de la voiture comme un diable jaillissant de sa boîte.

— Si vous ne vous étiez pas arrêté trente fois pour fumer une clope, ce pauvre moteur serait certainement encore de ce monde.

Mon boss sort à son tour. Il me regarde bien droit dans les yeux, se saisit d'une nouvelle cigarette, et l'allume avec un air de défi. Il rejette la tête en arrière pour expulser la fumée comme dans une mauvaise pub pour parfum. Sa pomme d'Adam ressort éhontément. À cet instant, j'ai envie d'y poser mes mains et de serrer jusqu'à ce que mort s'ensuive. Une quinte de toux le submerge. Ouais, c'est ça, crève charogne.

Il neige à gros flocons maintenant. La nuit commence tout juste à tomber, et une quiétude irréelle règne sur cette localité. Je sors mon téléphone portable. Pas de réseau.

— C'est pas vrai.

Nouveau regard à D'Enfer. Il est si calme que ça ne fait qu'exacerber ma colère. Il prend bien le temps de finir sa cigarette avant de se pencher à l'arrière pour se saisir d'un long manteau en laine et de se diriger vers le coffre.

— Et sinon, vous comptez appeler un dépanneur ou un taxi ?

Il ricane.

— Vous voyez ces pubs des différents opérateurs qui vous vantent leur couverture de 98 % du territoire national ?

Je foule rageusement la poudreuse pour le rejoindre.

— Eh bien, nous nous trouvons dans les 2 % non couverts, achève-t-il.

Ma mâchoire se décroche.

— Et vous n'avez pas jugé utile de mentionner ce « petit » détail lors de notre arrangement, bien sûr ?

Il se saisit de mon sac de voyage et me le tend.

— Bien sûr que non. On ne devient pas un homme d'affaires reconnu sans un minimum de talent dans l'art de la négociation et de la dissimulation. Il va falloir vous y habituer.

*

Voilà cinq bonnes minutes que je trépigne sur place. Contrairement aux apparences, je ne m'entraîne pas pour le prochain Championnat du monde de claquettes américaines, même si la musique jazz que déversent les haut-parleurs du hall de l'hôtel s'y prêterait à ravir. Non, c'est juste la technique ancestrale, héritée de mère en fille, pour tenter de calmer une vessie particulièrement pressante.

Je plante mes yeux dans ceux écarquillés d'une blonde peroxydée qui porte son poids en diamants sur les multiples bagues qui parent ses doigts. Une bataille de regards s'engage, mais elle détourne bien vite la tête. Fierté. Une victoire est une victoire. Ça leur apprendra à me dévisager comme si j'étais le vecteur de la prochaine épidémie de peste bubonique. OK, D'Enfer avait visiblement oublié de mentionner une étoile quand il m'a parlé de l'hôtel. OK, mon accoutrement ne s'accorde en rien au standing des habitués de ce type de lieu. Et oui, bon, je suis légèrement sale. Juste légèrement.

Soupir. Je finis par me caler contre la fenêtre et créer un hublot dans la buée qui l'occulte. Mon cœur se réchauffe dans la seconde. Cet endroit est féerique. Ou plutôt son centre-ville. Après trois kilomètres de marche dans la neige et le froid avec mon sac de voyage sur le dos, j'ai eu l'impression de pénétrer dans le village du Père Noël. Entre l'immense sapin qui orne la place centrale, le conducteur de la calèche illuminée qui nous a souhaité de joyeuses fêtes, et les hommes et les femmes déguisés en lutin et entonnant des chants de Noël à tous les coins de rue, on est bien loin des quelques maigres fioritures standardisées auxquelles m'a habituée la ville. Ces guirlandes et autres décorations m'ont presque permis d'oublier l'épuisement qui me harassait. Presque.

Je jette un nouveau regard à D'Enfer qui est toujours accoudé au comptoir d'accueil. Il a un beau petit cul, dis donc ! C'est qu'il s'entretient le boss ! Profonde inspiration. Reprends-toi, Vic, reprends-toi. C'est l'hypoglycémie qui te joue des tours et te fait délirer, il n'y a pas d'autre explication.

Qu'est-ce qui peut prendre autant de temps ? Je n'ai qu'une hâte : me noyer dans la mousse du bain massant, puis sous l'avalanche de plumes que promet la couette en duvet d'oie made in France de cet hôtel. Après avoir dévalisé le buffet à volonté, cela va sans dire. Et surtout après être passée au petit coin.

La conversation semble agitée. Rectification, la conversation est agitée. D'Enfer vient de balayer du bras le comptoir avec violence, et le pot de fleurs qui le décorait vole en éclats sur le sol. Comme toutes les personnes se trouvant dans le hall, je reste quelques instants bouche bée, et finis par réussir à activer mes jambes pour me précipiter à ses côtés. La rage qui déforme ses traits est assez effrayante. On dirait un autre homme, ou plutôt Bilbo le hobbit quand on tente de lui voler son précieux anneau.

— Il se passe quoi ?

Je m'enhardis en posant ma main sur son avant-bras pour essayer de le rasséréner. Sa tête se tourne immédiatement dans ma direction, et il lui faut quelques secondes pour comprendre qu'il s'agit de moi, et se calmer. Quand je dis que j'ai une vessie de compétition, je la loue en cet instant, car j'ai vraiment failli me faire dessus.

— Venez, se contente-t-il de m'ordonner.

Il m'empoigne par le biceps et me traîne vers l'extérieur.

— Attendez, pas si vite, qu'est-ce qu'il se passe à la fin.

Il s'arrête enfin. Ses mains trouvent de nouveau le refuge de ses poches avant qu'il les ressorte immédiatement pour mieux ponctuer ses paroles.

— Il se passe que mes réservations ont été annulées, et que l'hôtel est complet.

Ses narines si fines sont gonflées par la colère. Un trait de contrariété creuse l'espace entre ses deux sourcils. Il passe sa main dans ses cheveux avant de croiser ses bras sur sa poitrine.

Un court instant, j'envisage de lui demander s'il rigole, mais sa mine m'en dissuade. L'image de mon corps nu se prélassant dans mon bain que je chéris depuis des heures vient de se dissiper dans mon esprit comme une bulle de savon qui éclate dans l'air.

— Ils peuvent faire ça ?

Il fait les cent pas devant les lourdes portes aux poignées dorées. Il finit par sortir une cigarette avant de se rendre compte qu'il lui est interdit de fumer à l'intérieur. Ses mains tremblent tant il est hors de lui.

— Eux non. Mon père, oui. J'avais pourtant réservé dans le dernier établissement de la région qui ne lui appartenait pas. Mais il faut croire que même le vieux Bill a fini par céder.

Ne pas laisser le désespoir me gagner. Inspiration. Expiration. Allez, Vic, tout problème a sa solution.

— Qu'est-ce qu'on va faire ? On vient de se taper une journée de route.

C'est ça, Vic, pointe l'évidence. C'est sûr que ça va beaucoup aider.

— Maître Alexandre ?

Je me retourne en même temps que D'Enfer vers un vieil homme noir aux cheveux gris engoncé dans un impeccable costume sombre.

— Wilfried ? Qu'est-ce que tu fais là ?

Le boss se précipite vers lui et le serre dans ses bras. Il est si grand que la tête de l'inconnu lui arrive au niveau de la poitrine. Le dénommé Wilfried lui rend son étreinte. J'aperçois même une larme couler sur son visage parcheminé.

— Maître, ça me fait tellement plaisir de vous revoir. D'Enfer Road n'était plus la même sans vous. Et qui est cette jeune personne ?

Ah quand même ! J'allais finir par croire que j'étais devenue invisible.

Alexandre s'écarte et tire inconsciemment sur son pull pour reprendre contenance.

— Mademoiselle Victoria Pottier, ma nouvelle assistante.

Wilfried me tend la main.

— Enchanté, madame.

Pourtant, le regard désapprobateur qu'il lance à mes vêtements et à mon visage disent tout le contraire.

— Qu'est-ce que tu fais là ? répète D'Enfer.

Le vieux lui désigne la porte d'entrée.

— Monsieur m'a envoyé vous chercher.

— Me chercher ?

— Oui, il m'a dit que vous alliez résider à D'Enfer Road pour toute la durée de votre séjour, finalement.

Les mâchoires de D'Enfer se contractent. Ses poings se serrent tant que les muscles de ses bras frémissent. Il me lance un regard hésitant en triturant sa barbe. Puis il pousse un profond soupir synonyme de capitulation. Il est sérieux là ?

— Non, non, non, ce n'est pas ce qu'on avait convenu, hurlé-je, « On travaillera dans l'hôtel, et vous aurez toutes vos soirées et le week-end pour vous, pour explorer la ville. Pas de contraintes. », vous vous souvenez ?

Il a l'air vraiment embêté.

— Écoutez, Victoria, si nous avions un autre choix, je vous le proposerais volontiers. Mais il fait nuit, il fait froid, et nous n'avons nulle part où aller. Il faut croire que mon père a encore gagné. Comme toujours.

Seconde rectification : en fait, cette semaine ne va pas juste être horrible. Elle va être un véritable enfer.

Chapitre 5

Si je n'avais pas eu la vessie aussi pleine qu'un fût de bière à la veille de la Saint-Patrick, je pense que je me serais couchée par terre et que j'aurais hurlé et frappé le sol jusqu'à ce que l'hôtel me prenne en pitié et me trouve un coin de chambre. Ou qu'ils appellent l'asile le plus proche pour m'offrir une cellule privée capitonnée, au choix. Mais mon CDI et le chèque de 30 000 euros m'ont tirée par les oreilles jusque dans la Bentley avant de m'y enfermer au côté du Cyclope. Depuis, j'ai décidé de lui tourner ostensiblement le dos. J'avoue, on dirait une gamine de trois ans et demi qui boude, car son grand frère vient de lui piquer sa place devant le Club Dorothée. Mais à ce stade, je n'en ai plus grand-chose à faire.

Moi qui suis toujours tout enjouée lorsque la barista inscrit mon nom sur le gobelet de mon café favori, eh bien il y a des gens qui ont carrément une rue qui porte le leur. Et pas seulement une rue en fait : tout un quartier.

Les roues de la Bentley font un bruit peu ragoûtant en écrasant la neige fondue, alors que la voiture s'engage dans la rue D'Enfer, rebaptisée étrangement D'Enfer Road par Wilfried. Par la fenêtre, je vois défiler des bâtiments où vieille pierre, ardoise et bois se mêlent dans un mélange élégant. La lueur jaunâtre qui émane des réverbères et des luminaires placés sur les façades leur donne des allures de chalets. Si tant est qu'un chalet puisse faire la taille d'un petit Buckingham Palace. Il s'en dégage une impression de chaleur qui nargue mes os frigorifiés.

D'Enfer se tourne un peu plus vers moi. Je le sens courber le buste dans ma direction, et sa main droite se pose à dix centimètres de ma cuisse. Je dois reconnaître qu'il n'a pas peur le gars : certains ont perdu l'usage de leurs doigts pour bien moins que ça. Et encore, quand il ne s'agissait que de leurs doigts...

— Ne faites pas cette tête, vous l'avez enfin, votre voiture avec chauffeur.

Sa voix grave me fait l'effet d'une craie crissant sur un tableau noir. Il n'a pas l'air d'avoir conscience que je suis à deux doigts de planter la cigarette que j'ai encore une fois été obligée de lui subtiliser dans le seul œil valide qu'il lui reste.

— Je vous hais.

Il ricane. J'ai envie de détester son rire aussi. Mais ses notes graves résonnent dans ma cage thoracique et mes hormones me crient que j'ai un mâle, un vrai, juste à côté de moi et que je ferais mieux de m'y intéresser plutôt qu'au paysage morne de l'extérieur. Foutues hormones.

En tout cas, je sens bien au tremblement de ses mains, qui ne l'a toujours pas quitté, qu'il n'est pas plus content que moi de la situation. Ses quintes de toux ont redoublé depuis que nous avons passé le portail principal de l'imposant quartier. Avec un peu de chance, il aura succombé avant que nous arrivions à destination et j'aurais juste à feindre l'étonnement et une affliction toute simulée puis on me renverra chez moi avec la médaille de la parfaite assistante. Il me faut toute l'autodiscipline que je ne possède pas pour résister à la tentation de tester mes talents d'actrice avec mon reflet dans la vitre de la voiture.

— Vous avez conscience que vous venez de signer pour voir ma tête tous les jours pour une durée indéterminée, j'espère ? persifle-t-il.

C'est ça, remue le couteau dans la plaie.

— Le contrat n'incluait pas de voir les têtes de toute votre famille pendant une semaine. Je vais me ridiculiser, comme toujours. Mais je suppose que vous vous dites que je ne suis plus à une situation honteuse près. Après tout, ça vous fera une bonne source de divertissement pour vos fêtes : un vrai remake du *Dîner de cons*.

Mes mâchoires sont plus serrées qu'un fessier dans lequel on tente de faire pénétrer un suppositoire. Qu'est-ce qui m'arrive ? Moi qui n'en ai jamais rien eu à faire du regard des autres. Moi qui ai érigé en véritable slogan personnel « le ridicule ne tue pas ». Et je me soucierais de l'avis de vieux richards à la mords-moi-le-nœud ?

— Victoria, regardez-moi.

Son ton a légèrement changé. Il a perdu ces accents narquois avec lesquels il ponctue d'ordinaire toutes ses phrases. J'envisage une fraction de seconde de faire ma tête de mule et de l'ignorer, mais je finis par me tourner vers lui. Ce faisant, ma main frôle la sienne. Le contact de sa peau incroyablement chaude sur mon épiderme glacial m'arrache un frisson. Dans un réflexe digne du plus parfait jeu de miroir, nous nous éloignons légèrement, comme deux adolescents prépubères que leurs parents auraient surpris à se bécoter dans leur chambre. Il paraît gêné, mais son œil n'a pas quitté le mien. Sa main gauche ne cesse de pianoter frénétiquement sur son genou, en cadence avec son pied qui bat le sol au son d'un morceau de hard-rock imaginaire. Il se penche un peu plus encore vers moi. Visiblement, ses chers géniteurs n'ont jamais dû lui apprendre la notion d'espace personnel. Je me recule jusqu'à ce que mon dos entre en contact avec l'accoudoir. Ne lui ai-je pas déjà dit que son haleine ressemble à celle de l'inspecteur Colombo qui aurait fumé l'ensemble de sa boîte de cigares en plus de la pâtée de son fidèle basset ?

— Je vous promets que je vais faire tout ce qui est en mon pouvoir pour que votre séjour dans ma famille vous soit le plus agréable possible.

Son œil et son visage expriment une telle sincérité, comme s'il se souciait réellement de ce que sa petite assistante pourrait bien ressentir. En cet instant, j'ai l'impression qu'il n'existe que lui, et moi, et que je suis la personne la plus importante au monde.

C'est vraiment un bon comédien. Ovation générale, l'oscar du meilleur acteur est décerné à Alexandre D'Enfer. Pourtant, j'ai très chaud tout à coup. Traîtresses d'hormones. Vite, détournons le visage avant qu'il ne se farde d'une belle teinte de homard ébouillanté.

— Quand on sera rentrés, je ferai en sorte de vous offrir un petit bonus. Après tout, vous méritez une vraie prime de risque si vous survivez à une semaine à D'Enfer Road, ajoute le Cyclope.

Les hormones refluent immédiatement dans leur tanière. Il viendrait de verser une purée de choux de

Bruxelles sur un délicieux cheesecake new-yorkais, que l'effet serait similaire. Je me tourne de nouveau vers lui.

— Il n'y a que comme ça que ça marche pour vous, hein ? Vous me prenez pour qui ? Ou pour quoi ? Un peu d'argent et elle va fermer sa gueule ? Sachez qu'il y a encore des gens dans ce monde qui ne jurent pas que par les liasses de billets, et qui ont un tant soit peu d'estime de soi pour ne pas se vendre au plus offrant.

Bon, OK, j'ai accepté de l'accompagner contre un gros chèque de 30 000 euros. Mais cet argent, il n'est pas pour moi. Son regard se trouble, et prend une expression peinée. Il ouvre la bouche pour répondre, mais la Bentley s'immobilise au même moment et, l'instant d'après, Wilfried entrebâille ma portière et me fait signe de descendre. Je me rue à l'extérieur. J'en ai marre de cette journée, marre de ce boss, et déjà marre de cette famille avant même de l'avoir rencontrée. C'est décidé, une fois que j'aurai encaissé le chèque pour le refuge, je démissionne de ce job. Tant pis pour les loyers en retard. Pas question que je passe une seconde de plus avec cet aristo de mes deux.

J'entends distinctement le profond soupir que pousse D'Enfer dans mon dos. C'est ça, souffle autant que tu le veux, ça t'évitera de me pomper l'air. Les gens sont de tels vendus de nos jours qu'il ne doit pas avoir l'habitude qu'on le rembarre.

D'Enfer Manor – je suppose qu'il faut l'appeler comme ça – est encore plus monumental que les résidences que nous avons rencontrées en remontant l'avenue. Adossé à une forêt de résineux, les lucarnes et petites tours de bois qui saillent de la façade en grosses pierres lui donnent un charme fou, à la croisée entre l'architecture savoyarde et moyenâgeuse. L'ensemble du bâtiment est illuminé, aussi bien à l'extérieur, qui a été paré sommairement de quelques guirlandes aux nuances chaudes, qu'à l'intérieur dont toutes les pièces sont allumées. Ces gens-là n'en ont clairement rien à faire de l'environnement. Ça commence bien…

Je me dirige vers le coffre pour me saisir de mon sac de voyage, mais D'Enfer m'arrête d'un geste.

— Laissez, Wilfried va s'en charger.

J'ai tellement froid, faim, et hâte de débuter ma visite des lieux par la « salle du trône », comme l'appelle mon père, que je ne prends pas la peine de protester.

Je trottine à tous petits pas vers les quelques marches qui mènent à l'imposante porte principale entièrement décorée de vitraux. Ne pas desserrer les jambes. C'est ça le secret. D'Enfer arque un sourcil devant ma drôle de démarche. J'aimerais bien l'y voir, lui. Ma vessie de compétition atteint enfin clairement ses limites. Je suis sur le point de me saisir de l'énorme barre d'acier quand le Cyclope pose sa main gauche contre le battant pour m'en empêcher. Est-ce qu'il veut que je me pisse dessus ? Mes yeux analysent rapidement les alentours, mais malgré l'obscurité, je n'aperçois aucun endroit où je pourrais satisfaire mon besoin naturel à l'abri des regards indiscrets.

— Est-ce que vous souhaitez que je vous prête mon manteau, jusqu'à ce que vous puissiez vous changer ? murmure-t-il de sa voix de ténor.

Il tire une taffe sur la cigarette qu'il n'a bien sûr pas pu s'empêcher d'allumer à la seconde où il s'est extirpé de la voiture. Il prend le temps d'expirer la fumée sur le côté pour qu'elle ne me parvienne pas en plein le visage.

Je jette un rapide coup d'œil à mes vêtements encore noirs de graisse.

— Si votre famille n'est pas capable d'accepter que je me sois salie en réparant votre véhicule, alors, croyez-moi, je serai virée d'ici la fin de la semaine.

Il m'observe un long moment. Son œil est aussi rouge que celui d'un camé en manque depuis dix jours, preuve que je ne suis pas la seule à me trouver dans un état de fatigue et d'énervement avancé. Il expire une dernière longue volute avant de jeter le mégot dans la jarre de pierre située entre les pattes immenses de la statue d'un lion. De nouveau, il s'approche de moi, beaucoup trop près. Son parfum aux odeurs boisées emplit mes sens. Il tend une main vers mon bras, mais se ravise au dernier moment.

— Victoria, par avance, je tiens à m'excuser pour tout ce que ma famille pourra dire ou faire qui vous offensera. Sachez que je ne suis votre patron que lors de nos plages de travail ensemble. Le reste du temps, vous êtes mon invitée, et vous êtes donc en droit de parler ou d'agir en votre propre nom et non en tant que mon employée.

Rire nerveux. L'intensité de son regard n'arrange pas mon problème de vessie. Je lève les yeux au ciel.

— Allez, vous noircissez le tableau, raillé-je, ils ne peuvent pas être si horribles que ça.

Je profite que D'Enfer se soit écarté pour pousser la lourde porte.

Mes derniers mots meurent dans ma bouche à peine ai-je franchi le seuil. Car face à moi, un être tout droit sorti de la fusion entre *La Famille Adams* et *Le Silence des Agneaux* se tient au beau milieu de l'immense escalier de bois, de vitrail et de marbre qui occupe le centre du hall.

— Euh… bonsoir, lancé-je timidement.

Mais les yeux bleus de l'homme qui me fait face sont braqués derrière moi. Ils suivent chaque mouvement du Cyclope avec un sourire qui ressemble à s'y méprendre à celui d'un vélociraptor. Ce sourire qu'ils arborent lorsqu'ils sont sur le point de manger les enfants dans la cuisine. La boule qui vient de se former dans ma gorge a toutes les difficultés du monde à descendre dans mon œsophage.

À mes côtés, je sens les muscles d'Alexandre se tendre à outrance. Ses épaules tressaillent légèrement. Il rabat les pans de son long manteau noir derrière lui et fourre les mains dans ses poches pour les empêcher de trahir son trouble.

L'homme descend quelques marches. Il est plus droit qu'un i. Son visage allongé se pare d'une moue dégoûtée. Son long nez aquilin est retroussé et laisse apparaître des narines délicates. On dirait qu'il vient de marcher dans la plus grosse merde jamais chiée du cul d'un chien et que l'odeur l'incommode en permanence. Ses yeux perçants détaillent le Cyclope de la tête aux pieds, s'arrêtant de façon appuyée sur son visage et sa chevelure.

— Mon fils, ce sauvageon, finit-il par déclamer.

Ambiance. Il s'agit donc d'Arthur D'Enfer. Il a la même voix grave que son fils, mais celle-ci traîne outrageusement sur chaque syllabe, donnant l'impression à son interlocuteur que lui adresser la parole représente le plus profond des ennuis.

Alexandre s'avance de quelques pas. Sa main droite est déjà ressortie de sa poche. Il la porte à son nez, en pince l'arête quelques secondes en fermant les yeux, avant de caresser doucement son menton dans une parodie de sourire.

— Ah parce que je suis votre fils maintenant ? Ce n'est pas l'impression que vous m'aviez laissée lors de notre dernière conversation téléphonique.

Non, mais je rêve : ça existe encore les gens qui vouvoient leurs parents ? Je pensais qu'on ne voyait ça que dans les films.

Arthur descend les dernières marches et se tient désormais sur le marbre du hall. Il est légèrement plus petit qu'Alexandre, mais éhontément grand malgré tout. Ses yeux se posent enfin sur moi avant de revenir à son fils comme si j'étais plus insignifiante que la poussière qu'il vient de chasser de l'épaule de son costume.

— Je vois que tu as recommencé à faire les poubelles, articule-t-il bien trop distinctement. Les nôtres se trouvent là-bas si besoin, ajoute-t-il en tendant un doigt rachitique vers l'extérieur.

Pardon ? Est-ce que c'est de moi qu'il parle ? Je manque m'étouffer, mais D'Enfer fils se place devant moi, comme pour faire barrage à la goujaterie de son père.

— Peut-être que si je m'y rends, et que je fouille bien au fond, j'y découvrirai votre cœur, grince Alexandre. Oh pardon, mais j'oubliais, vous n'en avez jamais eu.

Les lèvres d'Arthur s'étirent et laissent apercevoir des dents aux canines légèrement pointues. Sérieux, je jurerais que ce gars sort de la dernière adaptation de Dracula.

— Tu t'es toujours cru tellement drôle. On voit bien où cela t'a mené, Alexandre.

Le Cyclope renifle de mépris.

— Vous voulez dire à la tête de la plus importante société de création de sites Web pour les petites et moyennes entreprises ? rétorque-t-il. Je dirais que je m'en suis plutôt bien sorti.

Le vieux contourne son fils jusqu'à ce que ses yeux se posent de nouveau sur moi. La moue dégoûtée s'accentue encore. Je peux presque sentir physiquement son regard écœuré à mesure qu'il parcourt mes vêtements maculés de graisse. À cet instant, je regrette d'avoir décliné l'offre de D'Enfer : je me serais terrée dans son long manteau, et j'aurais attendu que le tsunami de mauvaises ondes glisse sur moi.

— Et qui est cette… femme ?

La légère hésitation qu'il a eue avant de prononcer le dernier mot achève de me faire perdre mon sang-froid.

— Cette femme est juste devant vous, vous savez, sifflé-je. Et elle a une langue et un cerveau pour vous répondre par ses propres moyens.

S'il m'a entendu, il n'en montre rien.

— Encore l'une de tes putains ?

Cette fois, je frôle la crise d'apoplexie.

— Pardon ? Qu'est-ce qu'il a dit, le fossile ? éructé-je en me tournant vers Alexandre.

Celui-ci pose une main sur la mienne qui a formé un poing inconsciemment. Mes yeux reviennent vers Arthur, lui lançant des éclairs et le détaillant de la tête aux pieds. On me dit tout le temps que je suis trop maigre, mais moi, au moins, j'ai des muscles. Le vieux, lui, à la peau sur les os. J'ai l'impression que si je souffle dessus, il va se désintégrer en un tas d'ossements. En tout cas, D'Enfer ou pas, s'il me cherche, il va me trouver.

— Mademoiselle Victoria Pottier est mon assistante, et mon invitée pour toute la durée de mon séjour, précise Alexandre en serrant légèrement mon avant-bras pour me faire comprendre de lâcher l'affaire.

Les yeux d'Arthur se posent de nouveau sur moi. Ses sourcils s'arquent, comme s'il n'était pas dupe et que je cachais sous mes vêtements sales et dépenaillés la parfaite panoplie de la petite prostituée.

— C'est cela oui, se contente de commenter le patriarche.

Un bruissement sur le lourd tapis qui habille l'escalier détourne mon attention. L'homme le plus beau que j'aie jamais vu descend d'une foulée gracieuse et athlétique à la fois. Ses yeux du même bleu glacial que ceux d'Arthur ne peuvent signifier qu'un lien de parenté évident. Sans compter le balai emmanché bien profondément dans son postérieur, autre signe visiblement caractéristique de la famille et dont mon boss semble fort heureusement dépourvu. Le nouveau venu se poste au côté de son père. On dirait une pâle copie d'un même homme à différents stades de sa vie : mêmes cheveux gominés parfaitement plaqués en arrière, blancs pour l'un, bruns pour l'autre, même nez, mêmes lèvres fines, mêmes pommettes saillantes. Ils ont poussé le vice jusqu'à revêtir le même costume trois-pièces tout droit sorti d'un film se déroulant au début du siècle dernier. Le vêtement est si ajusté sur leur buste bombé que les boutons semblent me regarder de leurs minuscules petits yeux et me crier « aide-nous ».

— Petit frère, tu es finalement parvenu à retrouver le chemin de la maison après toutes ces années ? s'écrie le beau gosse.

Sa voix n'a rien à voir avec celle d'Alexandre ou d'Arthur. La sienne est si suave que je suis sûre qu'elle aurait pu faire fondre l'iceberg responsable du naufrage du *Titanic* avant même qu'il entre en collision avec le paquebot. Ses yeux se posent sur moi, mais plutôt que de s'attarder sur mon visage, ils descendent avec un peu trop d'insistance au niveau de ma poitrine, pourtant on ne peut plus dissimulée au beau milieu des plis informes de mon pull.

Alexandre croise ses bras sur son torse.

— En revanche, Harry, il semblerait que tu ne sois jamais parvenu à trouver celui de la mienne depuis que je t'ai fait part de mon adresse.

Bon, c'est bien joli tout ça, mais moi, j'ai toujours un estomac et une vessie qui ont décidé d'organiser une fiesta d'enfer à l'intérieur de mon corps. Je fais quoi, je lève le doigt comme à l'école pour demander où sont les toilettes ? Au même instant, une petite femme brune descend les marches avec un calme olympien. Mais elle ne s'arrête pas auprès des deux autres hommes et poursuit son chemin jusqu'au Cyclope qu'elle serre chaleureusement dans ses bras.

— Alex, ça me fait tellement plaisir de te voir.

C'est qui encore cette pimbêche ? Alexandre lui rend son étreinte, et je suis étonnée de le voir enfouir son visage dans l'opulente chevelure de la jeune femme. Celle-ci se tourne ensuite vers moi. Un sourire orne ses lèvres, mais n'atteint jamais ses yeux éteints.

— Bienvenue, mademoiselle, je m'appelle Violette, je suis la sœur d'Alex. Il ne nous avait pas dit qu'il viendrait accompagné.

Ah, voilà qu'il a aussi une sœur maintenant. Alexandre se racle la gorge, mal à l'aise.

— Victoria est mon assistante, se sent-il obligé de préciser.

La déception barre les yeux de la jeune femme.

— Oh, ne peut-elle s'empêcher de laisser échapper.

Sur ces entrefaites, Wilfried réapparaît.

— Madame, mademoiselle, messieurs, si vous le désirez, le dîner est servi.

C'est le moment que choisit mon estomac pour lancer un gargouillement particulièrement bruyant. Tous les yeux de la pièce se tournent vers moi.

— Il faut croire que c'est ce qu'il désire, lui, en tout cas, lancé-je.

Finalement, je vais peut-être la réclamer, cette prime.

Chapitre 6

— Tout va bien, madame ?

Ce doit être Pilar, la femme de chambre chargée de faire en sorte que je ne me perde pas dans le véritable dédale de D'Enfer Manor. Visiblement, le Cyclope a bien cerné mon sens inné de l'orientation. J'ai dû vendre la mèche lorsque j'ai mis dix minutes à dénicher la sortie de la boutique de l'aire d'autoroute.

Est-ce que tout va bien ? J'ai envie de poser la question aux dizaines d'yeux qui m'observent alors que je siège sur le seul trône qu'on puisse encore trouver en ces lieux. Je libère enfin ma vessie. Profond soupir de soulagement. Ça ressemblait plutôt à un gémissement, en fait. La pauvre Pilar va vraiment se demander ce que je fabrique.

Je n'ai jamais eu une telle audience pour effectuer cette tâche somme toute triviale, ce qui, malgré mon envie pressante, m'a quelque peu bloquée dans un premier temps. Cette baraque est une véritable maison des horreurs, ode à la chasse et au massacre des bébés phoques. Je m'attends presque à ce que Bambi et Panpan, dont les têtes sortent du mur face à moi, lèvent de petites pancartes pour attribuer une note à mon incroyable performance. Nul doute que ma vessie de compétition obtiendrait un dix sur dix : je pense avoir établi un record de durée et de puissance qu'ils ne sont pas près de revoir en ces lieux.

Au moins, ça retarde le moment où je devrai rejoindre la famille Addams dans la salle à manger. Papa D'Enfer a pourtant proposé que j'aille dîner avec les domestiques, où j'avais selon lui ma place, mais le Cyclope a insisté pour que je continue à assister au jeu de massacre à la tronçonneuse que constituent leurs retrouvailles. J'imagine déjà mon épitaphe : Ci-gît Victoria Pottier, victime collatérale d'un Noël D'Enfer.

— Madame ?

— Oui, oui, tout va bien.

Je crois rarement avoir été aussi à bout. Même lorsque Antoine m'a quittée parce que je consacrais plus de temps au refuge qu'à notre relation de couple, je ne me rappelle pas m'être sentie désemparée et épuisée à ce point. Il est passé où, Vic, ton optimisme légendaire ? Les six jours qui se dressent devant moi me paraissent plus infranchissables que jamais.

Je quitte à regret le confort relatif de la cuvette et observe mon reflet dans le miroir situé au-dessus du lave-mains. Merde. C'est pire que ce que je pensais. Rire nerveux. Tu m'étonnes que le vieux a cru que je sortais tout droit du tas d'ordures du coin. Je me saisis de l'une des serviettes moelleuses disposées à côté du lavabo, l'humidifie, et retrouve enfin un visage un tant soit peu convenable. Oui bon, OK, mes cernes tombent jusqu'aux seins et mes cheveux rivaliseraient sans mal avec ceux de Doc dans *Retour vers le futur*. J'ôte mon pull et le pose dans le creux de mon bras. On ne pourra pas faire beaucoup mieux.

Inspiration. Expiration. J'ouvre la porte et accroche un sourire de circonstance sur mon visage.

— Suivez-moi, madame.

— Vous pouvez m'appeler Victoria.

— Bien, madame.

Tout va bien. Tout va bien se passer, Vic. Allez, ce n'est qu'un petit repas. Rien qu'un petit repas. Tu te remplis le ventre, et après tu pourras t'écrouler en mode étoile de mer sur le lit.

*

— Enfin, vous êtes là. Nous avons failli vous attendre, s'exclame Arthur dès mon entrée dans la pièce.

D'ailleurs, je ne suis pas certaine que le mot « pièce » soit approprié pour décrire cette salle à manger : la maison de mes parents pourrait très probablement y tenir tout entière. De larges fenêtres à croisillons de bois laissent entrevoir l'extérieur et le plafond est orné d'octogones peints représentant des scènes de chasse. La table est monumentale. Je suis presque obligée de plisser les yeux pour apercevoir le patriarche qui trône à son extrémité. Des fauteuils en toile de Jouy sont disposés tout autour. Je prends place dans l'un d'entre eux au côté du Cyclope.

— Bien, commente Arthur même s'il n'a pas l'air d'en penser un seul mot. Maintenant, remercions le Seigneur pour cette nourriture qu'il nous offre ce soir.

Pardon ? La famille D'Enfer joint les mains à la poitrine. Je garde les miennes résolument posées de part et d'autre de la ribambelle de couverts qui encadre mon assiette de porcelaine. Mon ventre en profite pour lâcher un énième gargouillement bruyant qui me vaut un froncement de sourcils général. Les secondes s'égrènent. S'ils ne se pressent pas, mon estomac risque fort de se lancer dans l'écriture du prochain concerto pour intestins en *mi* majeur.

— Nous vous attendons, finit par grincer Arthur, passablement irrité.

Je me racle la gorge.

— Oh ! ne vous embêtez pas pour moi, je ne crois pas en toutes ces choses.

Le visage de Papa D'Enfer prend une dangereuse teinte rouge.

— Ces… choses ? articule-t-il.

Dans quelques secondes, c'est sûr, de la fumée va lui sortir par les oreilles.

— Oui, je suis athée, je ne crois pas en Dieu, tout ça, mais allez-y, ça ne me dérange pas.

Les mains d'Arthur quittent leur posture de prière et claquent sur la table. Ses longs sourcils se rejoignent en un grand accent circonflexe inversé.

— Eh bien moi, cela me dérange que vous me manquiez de respect sous mon propre toit en refusant de vous plier à nos coutumes.

Oh punaise. Respire, Vic, respire. À mes côtés, Alexandre est tendu comme un string. Il s'apprête à intervenir quand je me penche pour répliquer.

— Vous ne pensez pas que ce serait un manque de respect encore plus grand de ma part que de faire semblant de prier un dieu en qui je ne crois pas ? Vous ne pensez pas que ce serait quelque peu hypocrite ?

Le vieux ouvre la bouche pour répondre. Mon cerveau retrousse ses manches, prêt à monter sur le ring. Pourtant, après quelques longues secondes chargées de tension, Arthur referme son clapet et joint de nouveau les mains à sa poitrine. Alors qu'il commence sa prière, j'aperçois le coin des lèvres du Cyclope qui se soulève au beau milieu de sa barbe.

Bon, peut-être qu'on va enfin pouvoir manger maintenant. Si j'attends une minute de plus, ça va être soirée mousse chez les D'Enfer : je risque fort d'inonder la pièce avec toute la salive qui s'est accumulée dans ma bouche depuis mon entrée dans la salle. Trois jeunes serviteurs se tiennent autour la table. Ils se penchent avec élégance pour retirer les couvre-plats et ainsi découvrir notre festin.

Oh. Mon. Dieu. En fait, j'avais mal compris. Ce n'est pas le Seigneur qu'ils remerciaient, mais le Saigneur : de la viande, du sang, partout. Dans tous les putains de mets. Au beau milieu de la table, la tête d'un cerf visiblement victime d'un AVC me lance un regard désespéré, sa langue dégoulinant du côté de sa bouche. La mienne s'assèche plus vite qu'un vagin de prostituée un jour de grande affluence. J'ai envie de vomir.

— Violette, rappelle-moi pourquoi Édouard n'a pas pu t'accompagner déjà ? demande Harry à sa sœur.

Le visage de celle-ci prend la même teinte que la sauce qui semble composée en proportion égale de vin et de sang.

— Il avait des affaires urgentes en Angleterre. Il vous envoie ses meilleurs vœux.

Harry renifle de mépris.

— On ne m'enlèvera pas de l'esprit qu'un mari devrait passer les fêtes avec sa femme. Ce n'est pas comme cela que vous réglerez vos problèmes de procréation.

Je tends le bras pour me saisir d'un morceau de pain, seule denrée mangeable sur la table, et lance un sourire compatissant à la pauvre jeune femme. À cet instant, si je lui avais proposé une potion d'invisibilité, nul doute qu'elle l'aurait bue jusqu'à l'indigestion. De quoi se mêle-t-il celui-là ?

— Et toi, Harry, tu n'as pas amené Anastasia avec toi ? demande le Cyclope en me versant un verre d'eau avant de se servir également.

Je me fends d'un petit sourire entre deux bouchées de pain, et me contente de tourner ma tête d'un interlocuteur à l'autre. J'adore ce genre de repas où les gens parlent de personnes que tu ne connais ni d'Ève ni d'Adam.

Harry replace son nœud papillon et se redresse plus encore. Je loue la formidable capacité de sa colonne vertébrale. La mienne n'a rien à envier à un spaghetti bouilli. Les fesses avancées sur la chaise, je profite du confort du fauteuil rembourré pour m'avachir après une journée entière dans le siège défoncé de la Citroën.

— Voyons, Alexandre, il faudra veiller à actualiser tes informations. Si tu t'intéressais un peu plus à la vie de cette famille, tu saurais que nous avons divorcé l'été dernier.

Le ton est glacial malgré la voix suave. Alexandre lui adresse un sourire. Il ôte ses lunettes et les pose sur la table avec une délicatesse exagérée.

— Excuse-moi, Harry, mais c'est quelque peu difficile de ne pas perdre le fil de tes différents mariages et divorces. Combien cela fait-il déjà ? Quatre ? Cinq ?

Les deux frères s'affrontent du regard quelques instants. J'en profite pour demander au jeune homme qui me sert du vin où sont les légumes.

— Les légumes sont dans la farce, madame.

Ça, pour être une farce… Mon estomac descend dans mes talons.

— Vous ne mangez rien ? m'interroge Alexandre en se penchant légèrement vers moi.

Lui non plus n'a rien avalé. Pourtant, il doit être encore plus affamé que moi. Il n'a rien mangé lors de notre pause déjeuner, tandis que je me suis acheté un petit sandwich dans une station-service.

— Je suis végétarienne.

Malheureusement pour moi, Papa D'Enfer m'a entendue.

— Allons donc, une originale.

Je vais me le faire celui-là, je jure que je vais me le faire. Harry et lui échangent un regard entendu.

— Peut-être que nous pourrions demander en cuisine à ce qu'ils lui préparent quelque chose de plus adapté, Père ? intervient aimablement Alexandre, bien que je sente que le dernier mot lui coûte.

Arthur se saisit de sa serviette de table d'un geste rempli d'élégance et en tamponne ses lèvres durant une longue minute.

— J'ai bien peur que ce soit hors de question, fils. Elle mangera ce que je lui proposerai, ou bien elle ne mangera pas.

Il se tourne vers moi.

— Vos parents vous ont bien mal élevée. Jamais mes enfants n'auraient été autorisés à refuser ce qui leur était servi.

Mes yeux plongent dans les siens.

— Alors ça tombe bien que je ne sois pas l'un d'entre eux.

Harry tente de temporiser.

— Cela n'a jamais fait de mal à personne de manger un petit peu de viande. Cela ajouterait peut-être un peu de couleur à vos jolies petites pommettes de poupée russe.

Il m'adresse un sourire qu'il pense sûrement charmant, mais qui lui donne, à mes yeux, un air d'abruti fini.

— C'est ça que vous aimez ? répliqué-je. Les poupées ? Parce que vous savez, maintenant ils en font des très bien, à taille humaine. Vous devriez essayer.

Pendant une courte fraction de seconde, il reste interdit. Puis son sourire s'élargit.

— Vous êtes une petite comique, vous, j'adore ça.

Ses yeux ont encore migré vers ma poitrine qui ne laisse pas place à l'imagination : je ne porte pas de soutien-gorge sous mon sous-pull moulant.

— Vous êtes fatigué, Harry ?

Il relève le regard.

— Non, pourquoi ? Vous souhaiteriez perdre un peu de sommeil avec moi ?

La vache, il n'a pas froid aux yeux. Le string vient de remonter d'un cran chez Alexandre.

— Oh non, je disais ça parce que j'ai l'impression que votre tête est un peu lourde, vous avez bien du mal à me regarder dans les yeux.

Voilà que Papa D'Enfer manque de s'étouffer. Il frappe à nouveau sur la table et cette fois, sa fourchette effectue un vol plané et se plante dans l'épais tapis à quelques centimètres du pied de l'un des serviteurs. À voir sa tête, il ne doit pas s'agir d'un incident isolé. Au moins, je sais maintenant d'où le Cyclope tient son tempérament colérique.

— Il suffit ! Si ce que je vous offre ne vous plaît pas, vous n'avez qu'à vous coucher sans manger.

À mes côtés, les mains d'Alexandre ont migré sur ses cuisses et il serre le tissu de son pantalon à s'en faire blanchir les phalanges. Il ne suffirait certainement pas de grand-chose pour amorcer la bombe qui menace d'exploser autour de la table. Mais je pense au refuge. Je pense à tous ces chevaux déjà malmenés par la vie et qui se retrouveront peut-être euthanasiés dans quelques semaines si nous ne trouvons pas de solution d'ici là. Après avoir repris espoir sous les mains aimantes de tous les bénévoles, ce serait une double trahison. Alors je ferme les yeux un court instant, je prends une grande inspiration, et je ravale le flot d'injures qui menaçait de déborder de ma gorge. Je repousse avec difficulté le fauteuil qui pèse le poids d'un âne mort, et me lève avec toute la dignité dont on peut être capable quand on est fatiguée, maculée de graisse, et clairement pas à sa place.

Arthur se lève à son tour. Il n'a pas décoléré.

— Qui vous a autorisé à quitter la table ? crache-t-il.

Alexandre commence à décoller ses admirables petites fesses de sa chaise, mais je pose ma main sur son épaule pour l'en empêcher.

— Vous-même, à l'instant. Je vous prends au mot. Et quand bien même, je n'ai jamais eu besoin de l'autorisation de qui que ce soit, et encore moins d'hommes tels que vous, pour avaliser mes moindres faits et gestes. Je suis une grande fille. Je trouverais le chemin de ma chambre toute seule.

Je ne lui laisse pas le temps de répliquer, et je quitte la salle avec la démarche d'un seigneur de guerre qui part en croisade.

Chapitre 7

Force est de constater que j'ai été quelque peu présomptueuse en pensant pouvoir trouver le chemin de ma chambre toute seule. Après avoir visité une bonne partie de la propriété, dont certaines pièces pas moins de trois fois, je suis sur le point d'envisager de me rouler en boule dans le local poubelles, place toute désignée pour moi par Papa D'Enfer. Tout, plutôt que de retourner là-bas, et d'avouer au Fossile que j'ai le sens de l'orientation d'un lemming conduisant sa colonie au suicide collectif. Heureusement pour moi, Pilar apparaît au détour d'un couloir et accepte de me venir en aide. Ma petite balade digestive m'a toutefois appris que les D'Enfer ne s'embêtent vraiment pas : piscine, hammam, sauna, salle de jeu, salle de cinéma, bibliothèque, tout ce qu'on peut rêver de posséder se trouve là, à portée de main. Un détail pourtant ne cesse de me turlupiner : toute une aile du manoir est fermée par des portes à code. Mais je suis trop crevée pour y consacrer de la matière grise ce soir : les six jours qui s'étendent devant moi me permettront d'investiguer.

Ma chambre est aussi immense que tout ce qui compose D'Enfer Manor. Les poutres de bois apparentes donnent au plafond un charme authentique. Le lit à colonnes de merisier monumental n'occupe pourtant qu'une faible portion de la pièce. Mon sac de voyage a été déposé à son extrémité. Une cheminée lui fait face, son linteau décoré d'un long tableau représentant, ô surprise, une énième scène de chasse. Un petit salon est disposé près des fenêtres à croisillons et d'une bibliothèque où de nombreux classiques de la littérature anglo-saxonne paradent. Il fait froid à geler un pet. Mais une bonne douche chaude dans la salle de bains privative sur laquelle s'ouvre le salon, et le pyjama en pilou-pilou que j'ai finalement eu la présence d'esprit de glisser dans mon sac au dernier moment ont bien vite raison de ma chair de poule.

Enfin seule. J'ai bien cru que cette foutue journée ne s'achèverait jamais. Installée sous l'énorme édredon, je tends une main tremblante vers le Saint-Graal : un téléphone fixe imitation vintage qui trône sur la table de chevet. Car bien entendu, tout comme au village, les opérateurs sont aux abonnés absents ici. Je compose fébrilement le numéro de Sébastien. C'est presque une question de vie ou de mort : je dois vomir sur quelqu'un, n'importe qui, toutes les atrocités que j'ai subies au cours de cette longue journée. Et, malheureusement pour lui, ce quelqu'un est, et sera toujours, Seb. Peut-être qu'il dort déjà ? Mais au bout d'à peine une sonnerie, il décroche.

— Qui est à l'appareil ?

— SOS, ceci est le SOS d'une terrienne en détresse, débité-je d'une voix de robot.

— Putain, Vic, je t'ai laissé quarante messages. J'ai cru qu'ils t'avaient écorchée vive pour se faire un manteau de ta jolie peau mouchetée de taches de rousseur avant de t'enterrer dans le jardin.

Pour ma défense, je n'en suis pas très loin : étalée en étoile de mer, le regard perdu dans le bois du plafond de lit, j'adopte la position du cadavre chère à tous les profs de yoga. J'entends Esmée qui lui demande à qui il parle d'une voix à moitié endormie. Un bruit de chute m'apprend qu'il a dû s'empêtrer dans les draps en tentant de sortir de la chambre.

— Est-ce que tu te rends compte que j'ai failli mourir d'inquiétude ? reprend-il une fois au calme.

C'est mignon. J'ai tellement peu l'habitude que qui que ce soit s'inquiète pour moi, que la sollicitude de Seb me surprendra toujours. Même mes parents m'ont souvent crue bien plus forte que je le suis, et ne se sont que rarement préoccupés des épreuves que la vie pouvait me balancer au visage.

— Je suis désolée, ici c'est le trou du cul du monde. Je n'ai pas de réseau.

Je lui raconte rapidement ma journée. Ça me fait du bien de vider mon sac, de pester sur les aristos du monde entier, et de maudire les D'Enfer sur dix générations.

— Eh bien ma pauvre, six jours complètement coupée de la civilisation avec ces tarés…

Je me redresse légèrement dans le lit et cale les oreillers moelleux derrière mon dos. Je n'ai jamais vu de tissu aussi délicat et agréable au toucher. Rien que les draps doivent coûter un rein.

— Seb, je ne sais pas si je vais y arriver.

Au moment où je prononce ces mots, je réalise pour la première fois que je les pense vraiment même s'ils m'ont traversé l'esprit à de nombreuses reprises au cours de la journée. J'entends Seb s'asseoir et raffermir sa poigne sur le téléphone.

— Vic, tu rigoles j'espère. Tu es fatiguée et affamée, c'est tout. T'es une warrior. Tu as déjà vécu des épreuves bien pires que celle-ci. Ce n'est pas une petite semaine avec une poignée de riches qui va faire peur au Démolinator, n'est-ce pas ?

Je ne peux retenir un rire en me remémorant cet épisode peu glorieux, mais ô combien épique, de ma courte carrière de manager.

— Vic, tu t'es surmenée ces derniers mois. Marianne est gentille, et pleine de bonne volonté, mais tu as porté le refuge à bout de bras pour ainsi dire toute seule, tout en gérant toutes les galères qui te sont arrivées dans ta vie perso. Tu n'es pas un surhomme malgré ce que tu as l'air de penser parfois.

Soupir. Il a le don de mettre le doigt là où ça fait mal.

— C'est juste… que ça me tient vraiment à cœur, Seb. J'ai tout loupé dans ma vie. Ce refuge, c'est ma seule réussite.

Il soupire à son tour.

— Si c'est pour t'entendre débiter des conneries pareilles, Vic, je vais raccrocher.

Un long silence s'installe. Seule sa respiration lente me parvient à l'autre bout du fil.

— Tu es toujours là ? demandé-je enfin.

— Écoute, Vic, Esmée m'appelle, je vais devoir te laisser. Tu te trouves dans un endroit paradisiaque. Alors au diable ces gosses de riches. Profite de chaque moment de ton temps libre pour te reposer et t'amuser. Fais ce que tu sais faire le mieux : voir le verre à moitié plein, même lorsqu'il est totalement vide. Et dans une semaine, tu reviendras avec le plus gros chèque que ce refuge ait jamais connu et ton nom sera loué par les chevaux maltraités du monde entier. Bon, j'exagère, uniquement de France. Ne prends pas la grosse tête non plus.

— Si un jour c'est le cas, n'hésite pas à la trancher toi-même.

— Compte sur moi, Little.

Le petit salaud !

— Tu sais bien que je déteste ce surnom.

— C'est justement pour ça que j'adore te taquiner avec ça. Allez, je dois vraiment y aller. Bisous, Miss.

— Bisous mon loulou.

Au moment où je raccroche, j'ai l'impression d'entendre des coups frappés à la porte. Petit moment de panique. Je me jette sur l'interrupteur telle une accro au shopping le premier jour des soldes, et rabats l'édredon jusque sous mes yeux. Avec un peu de chance, si je fais la morte, ils vont croire que je dors. Nouveaux coups, plus insistants cette fois. Je retiens ma respiration, comme si la personne derrière la porte était dotée d'une espèce de superpouvoir lui permettant de l'entendre à travers le bois épais. Sait-on jamais, car Papa D'Enfer m'a tout l'air de pouvoir être un digne héritier de Dracula.

— Je vous ai entendue parler, et je vous ai vue éteindre la lumière. Je sais que vous ne dormez pas. Ouvrez-moi, s'il vous plaît.

Merde. C'est le Cyclope. Au fond de moi, je ne peux nier que j'éprouve un certain soulagement. Je visualisais déjà Harry le pervers, la bave aux lèvres, et au garde-à-vous, venu me faire « perdre un peu de sommeil ».

Je fais quoi ? Je continue de faire la morte ? Après tout, que pourrait-il bien m'arriver si je ne vais pas lui ouvrir ? Il l'a dit lui-même : je ne suis son employée que lors de nos plages de travail ensemble. Il est 23 h 30, les horaires de bureau ont cessé depuis bien longtemps.

— Je vous promets que je suis le seul D'Enfer qui se cache derrière cette porte. Je ne partirai pas d'ici tant que vous ne m'aurez pas ouvert.

Un court instant, je l'imagine en train de dormir contre le battant, les boiseries incrustées sur son front au réveil. Un sourire retors fait son apparition sur mes lèvres. Oh, Vic, comme tu es mauvaise.

— Victoria, s'il vous plaît. Je voudrais vraiment m'excuser pour cette première soirée.

Voilà qu'il supplie maintenant. Intéressant. Si j'attends encore un peu, peut-être même qu'il va me dispenser de la compagnie de sa charmante famille pour le reste du séjour. Une nouvelle quinte de toux fait trembler les murs.

Je suis faible. Comme Seb me le dit toujours : mon bon cœur me perdra. Je rabats l'édredon avec fureur. Punaise, il caille dans cette baraque. Ou peut-être que c'est juste dans ma chambre ? Une sorte de garde-manger pour leur mets de choix avant de lui donner le coup de grâce ? Oh là là, tu divagues, Vic, fatigue et hypoglycémie ne font pas bon ménage.

Un jour, j'avais lu dans un texte de philo que les excuses sont un puissant lubrifiant social. Eh bien, il allait en falloir des quantités d'excuses pour qu'il parvienne à faire passer l'énormité de la goujaterie de sa famille par l'étroitesse de mon esprit les concernant. Remontée à bloc, j'ouvre la porte avec violence.

— Écoutez, monsieur…

Il me coupe.

— Appelez-moi Alexandre.

J'ouvre les yeux, que j'avais fermés pour rassembler le peu de calme dont je suis encore investie. Il est appuyé contre le chambranle, les mains dans les poches, son épaule et sa tempe reposant contre le bois. Sa posture reflète une certaine vulnérabilité. Mais je ne suis pas dupe. Il ne m'aura pas avec ses airs de petite chose toute fragile : le mec s'appelle D'Enfer tout de même, et doit bien mesurer un mètre quatre-vingt-dix, alors petite chose mes fesses ! Il s'est changé, et porte un pantalon de costume gris avec une chemise blanche.

Respire, Vic. Sois sympa, cordiale, et dans trois minutes chrono tu seras de retour dans ton lit.

— Alexandre, je suis fatiguée, et énervée. Je ne pense pas que ce soit une bonne idée d'avoir une conversation employeur/employée maintenant, ou vous risquez fort de regretter de m'avoir fait signer ce contrat, si ce n'est pas déjà fait.

Voilà. Parfait. C'était poli, correct, honnête. Je suis fière de toi, ma petite Vic, tu vois quand tu veux !

Il sourit et se redresse.

— Et que diriez-vous d'une conversation entre une femme qui doit être affamée, et un homme qui souhaiterait vraiment se faire pardonner ? Autour d'un bon repas ?

C'est qu'il était sacrément charmant ce sourire. Oh là là, je divague encore. Reprends-toi, Vic. Et pour ne rien arranger, comme chaque fois, son œil me regarde avec une intensité troublante. Je baisse les yeux. Tu serais fier de moi, papa, fuir, toujours fuir ! Au moment où j'envisage de refermer la porte sans rien dire, je sens deux longs doigts s'immiscer sous mon menton et redresser mon visage vers le sien. Bon sang, comment se fait-il que la peau des mecs brûle toujours à ce point ?

— Ne me dites pas que ce repas de bagne que vous avez ingurgité tout à l'heure a suffi à vous rassasier ? Vous voudriez que l'on ébruite que je nourris mes employés à l'eau et au pain sec ?

Son regard est si intense. Et il a toujours eu cette voix grave qui me fait vibrer jusqu'au plus profond de mon âme, en fait ? Vraiment ? Non, non, non, je dois être trop fatiguée. Vic, réveille-toi, c'est du Cyclope qu'on parle, là.

— Ne vous inquiétez pas pour moi, bredouillé-je en me reculant de quelques pas. Tout va bien, je vais aller me coucher, je n'ai pas faim.

Mon estomac, ce traître, en profite bien sûr pour nous gratifier d'une énième de ses interventions. L'œil d'un vert sombre descend en direction de mon ventre, avant de remonter vers mes yeux.

— Vous en êtes sûre ? minaude-t-il avec un sourire en coin qui fait saillir sa pommette sous la barbe épaisse. Il n'a pas l'air d'être entièrement d'accord avec vous.

Comment je m'en sors maintenant ?

— Écoutez, je suis fatiguée, et comme vous avez dû le constater, je suis déjà en pyjama. Je ne me vois pas me rechanger, ressortir pour aller je ne sais où et rentrer à pas d'heure.

Il s'écarte pour me faire signe de passer.

— Vous n'avez pas besoin de vous changer, nous ne quitterons pas l'enceinte du manoir. Et je vous promets que là où nous nous rendons, vous n'aurez aucune chance de croiser l'un des autres membres de ma famille.

Mon pauvre ventre est à l'agonie, et je préfère penser que c'est uniquement à cause de ma faim, et pas de la sensation de ses doigts sur ma peau qui ne m'a pas quittée même après qu'il a retiré sa main.

— OK, je vous suis. Mais vous avez intérêt à compter ces heures comme des heures de travail.

Nouveau sourire.

— Vous êtes dure en affaires.

Je m'apprête à protester.

— Mais c'est d'accord, achève-t-il.

Je referme la porte de la chambre, et lui emboîte le pas dans le labyrinthe de D'Enfer Manor. Il navigue dans les lieux comme s'ils faisaient partie de lui. Nous accédons à un escalier dérobé en colimaçon que je n'avais pas remarqué lors de mon excursion « À la recherche de la chambre perdue ».

— Rassurez-moi, vous ne m'emmenez pas au sous-sol pour me découper en tout petits morceaux avant de me servir au prochain dîner ?

Devant moi, ses épaules s'agitent. Le tissu de sa chemise épouse si parfaitement ses muscles que je peux deviner un dos bien dessiné.

— Si j'en crois votre conversation passionnante à table, Harry ne serait pas contre dévorer certaines parties de votre anatomie.

Pardon ? Eh bien, il est moins coincé que je ne le pensais, le petit Alex ! En attendant, heureusement pour moi qu'il me tourne le dos sinon il aurait pu assister à ma mutation en tomate bien cuite.

Nous pénétrons dans une grande cuisine. Si aucune décoration de Noël n'orne les pièces des étages supérieurs, les employés ont eu à cœur de transformer les lieux en un refuge féerique : des guirlandes s'enroulent autour des nombreuses poutres qui barrent le plafond, et des centaines de figurines pendouillent au sommet des meubles de rangement. Au centre de la pièce, un immense îlot de bois surmonté de marbre offre une grande surface de travail. Une ribambelle de diodes y scintillent par intermittence. Des motifs en neige artificielle ont été dessinés sur les vitres rendues opaques par le givre extérieur. D'Enfer se dirige vers l'extrémité de la salle. Un malaise m'étreint.

— Ne me dites pas que vous avez fait réveiller l'un de ces pauvres employés, qui doit déjà en voir de toutes les couleurs toute la journée, juste pour me faire à dîner ?

Il se saisit d'un tablier, et le passe par-dessus sa tête avant de le nouer dans son dos.

— Je ne vous le dirai pas, s'exclame-t-il en s'accoudant à l'îlot et en se penchant vers moi.

Je rêve. C'est lui qui va cuisiner ? Lui qui sait à peine faire la différence entre le réservoir de liquide de refroidissement et celui du lave-glace dans le capot de sa propre voiture ?

— Alors, dites-moi, qu'est-ce qui vous ferait plaisir ?

Je pose les deux mains à plat sur le marbre frais et pianote nerveusement.

— Je ne sais pas, j'ai tellement faim que je pourrais manger n'importe quoi.

— Dans ce cas, il reste de ce fabuleux cerf farci.

Ah ah ah. Un vrai comique. Mon regard noir a dû lui donner un indice sur ce que je pense de son humour, car il se redresse et se saisit d'une planche à découper et d'un couteau.

— Allez, il doit bien y avoir un plat qui a votre préférence, quelque chose dont vous êtes particulièrement friande.

Une image s'impose immédiatement à moi. C'est drôle, car ça fait une éternité que je n'en ai pas mangé, mais l'odeur et le goût de ce plat me reviennent en mémoire avec une acuité impressionnante. La salive menace de m'étouffer tant j'ai soudain l'eau à la bouche. Je me hisse sur l'une des chaises de bar, face à lui, et tire sur les manches de mon pyjama jusqu'à ce que mes mains disparaissent presque.

— Il y a bien quelque chose. Quand j'étais petite, ma mère me faisait une délicieuse soupe au potiron et aux marrons, en hiver. Chaque année, ce plat avait un petit goût de Noël qui le rendait vraiment unique.

Il pose le couteau à côté de la planche à découper et se frotte les mains.

— Maman Pottier, et délicieuse soupe ? On dirait que je vais avoir un sacré challenge à relever.

Il se tourne et commence à ouvrir les placards pour en extirper divers ingrédients.

— Vous n'avez pas idée. Ma mère est une excellente cuisinière, ajouté-je en admirant la vue.

Le tablier met magnifiquement en valeur son postérieur bien rebondi. Au moment où il se retourne vers moi, je m'ébroue pour sortir de ma rêverie et espère que la bave n'est pas en train de me couler au coin des lèvres.

— C'est cela, mettez-moi encore plus la pression. Vous avez un petit côté sadique, vous.

Je hausse un sourcil.

— Vous n'avez pas idée. Pourquoi, vous aimez ça ?

Je pensais le mettre mal à l'aise, mais il se penche plus encore vers moi et me murmure comme sous le coup de la confidence :

— Qui sait ? Il faut bien avoir un petit côté maso pour vous avoir emmenée avec moi en voyage, non ?

Oh le salaud. Mais je ne peux retenir un sourire. Il m'a cloué le bec.

Il coupe les légumes à une vitesse qui m'impressionne. Il a l'air de savoir ce qu'il fait.

— Vous êtes gaucher ? je demande pour meubler la conversation.

Il ne s'arrête pas de travailler pour me répondre. Je ne sais pas ce qu'il fait revenir dans la poêle qu'il manie avec dextérité, mais ça sent divinement bon. Mon ventre a d'ailleurs commencé un concerto à n'en plus finir.

— Oui et non. Je suis ambidextre. Je suis né gaucher, mais comme cela ne plaisait pas à mon père, il m'attachait le bras dans le dos pour me forcer à écrire de la main droite.

Mon Dieu. Arthur D'Enfer est encore plus horrible que je ne l'imaginais.

— Et comme je suis quelqu'un d'extrêmement têtu, poursuit-il en mixant les aliments, je m'entraînais à écrire de la main gauche en cachette. Aujourd'hui, je suis capable d'effectuer la plupart des tâches avec l'une ou l'autre main, mais je mets toujours un point d'honneur à utiliser la gauche.

Une douce chaleur s'est répandue dans la cuisine. Je me sens bien. Je repense à ma conversation avec Seb. Il a raison. Je vais profiter de chaque moment passé ici.

— Cela fait longtemps que vous travaillez pour le refuge ? demande Alexandre en dressant la table devant moi.

Je suis soulagée de voir qu'il dispose également un couvert pour lui et que je ne vais pas manger seule alors qu'il me regarde.

— On ne peut pas vraiment dire que je travaille. C'est du bénévolat. Et pour vous répondre : d'aussi loin que je m'en souvienne. Ça doit faire une vingtaine d'années, je pense.

J'ai failli ajouter que ce refuge, c'est toute ma vie, mais je ne veux pas lui montrer à quel point ce chèque est important pour moi.

Les craquements du bois de la demeure m'arrachent des petits sursauts de peur par intermittence.

— Vous n'allez pas avoir des problèmes si votre père découvre que vous avez pioché dans sa cuisine pour me préparer à dîner ?

Je le vois verser la soupe dans deux récipients.

— En fait, ce n'est pas sa cuisine. Pas plus que ce n'est sa maison, même si elle porte son nom. L'intégralité du domaine appartient à ma mère. C'était en quelque sorte notre résidence secondaire, jusqu'à ce qu'elle décide de venir vivre ici à l'année, à la naissance de mon frère aîné.

Leur résidence secondaire ? Sérieusement ?

Il pose une assiette devant moi, puis une autre juste en face, à l'endroit où il a préparé ses couverts.

— Mademoiselle est servie.

L'odeur est divine. Et que dire de la présentation… Je n'ai jamais vu ça. La soupe est disposée dans un grand bol de pain dont le capuchon a été ôté. Sur tout le pourtour, il a disposé des morceaux de mie grillée. Je me saisis de ma cuillère et porte à mes lèvres une bonne lampée de liquide orangé, après avoir consciencieusement soufflé dessus. Alexandre n'a pas touché sa cuillère. Il m'observe avec intensité.

Oh. Mon. Dieu. Mes yeux se ferment et un long frisson parcourt tout mon corps. J'en ai la chair de poule.

— Vous n'aimez pas ?

Je rouvre les yeux. Le front de D'Enfer est plissé d'anxiété.

— Je crois que j'ai eu un orgasme.

Les mots sont sortis de ma bouche avant même que je puisse les retenir. Alexandre rigole.

— C'est ce qu'elles disent toutes.

Je fronce les sourcils, sans toutefois m'arrêter d'engloutir avec avidité le précieux liquide.

— Ah parce qu'il y en a tant que ça ?

Il se met enfin à manger, et son humour meurt immédiatement.

— Vous pensez qu'il y a beaucoup de femmes qui rêvent d'avoir un homme borgne dans leur lit ?

Je renifle de mépris.

— Vous rigolez ? Un homme borgne peut-être pas, mais un homme borgne et riche, je suis persuadée qu'il doit y en avoir une ribambelle.

Il soupire.

— Vous avez tout compris. On ne me définit que par mon argent. Et pas seulement les femmes. Je ne suis qu'un nom, et un portefeuille, rien de plus.

J'engloutis le dernier morceau de pain. Je suis rassasiée.

— Vous êtes dur avec vous-même. Je suis persuadée que plus de gens que vous ne le pensez vous apprécient pour ce que vous êtes.

Il pose sa cuillère. Son œil est perdu quelque part sur le plan de travail en marbre.

— Je dégoûte tout le monde. La plupart des personnes n'osent même pas me regarder en face.

Je repose ma serviette et place mon menton sur ma main accoudée à la table.

— Est-ce que je peux vous poser une question indiscrète ?

Il sourit et réprime une quinte de toux.

— Ce serait bien la première fois que vous m'en demandez la permission.

Je prends le temps d'humidifier mes lèvres et de réfléchir à la meilleure façon de formuler ma pensée.

— Si c'est un tel frein social pour vous, pourquoi est-ce que vous ne mettez pas un cache-œil ? Ou encore un œil de verre ? J'ai vu un reportage une fois sur le sujet et ils font des choses vraiment incroyables dans ce domaine de nos jours.

Il se lève, débarrasse et place lentement l'ensemble des ustensiles et couverts dans le lave-vaisselle. Punaise, Vic, pourquoi tu ne peux pas tenir ta langue ? Tu passais une bonne soirée, et maintenant tu l'as vexé. Il ôte son tablier, et s'approche de moi. Il s'accoude au plan de travail.

— Parce que je ne veux pas me cacher. Parce que je ne veux pas oublier. C'est ce que je suis dorénavant. Les gens doivent m'accepter tel quel. S'ils n'en sont pas capables, eh bien tant pis pour eux.

Mon Dieu comme sa vie doit être triste. Mon cœur se serre.

— Non, s'il vous plaît, ajoute-t-il comme s'il pouvait lire en moi. Je ne veux pas que vous ayez pitié de moi.

Sa main avance de quelques centimètres sur le comptoir, comme s'il allait se saisir de la mienne. Mais il stoppe là, tellement proche, et pourtant si inaccessible.

OK. Vic, tu nous fais quoi, là ? T'es au courant que c'est ton patron quand même ? Oui ? Alors pourquoi ton cœur s'emballe comme ça dans ta poitrine ?

Heureusement pour moi, la providence vient à mon secours en la personne de Pilar qui déboule dans la cuisine en chemise de nuit.

— Maître Alexandre ? Mais qu'est-ce que vous faites là ? Vous savez l'heure qu'il est ?

Je profite de son intervention pour ramener ma main dans mon giron.

— Désolé, Pilar, nous n'avons pas vu l'heure. Ne t'inquiète pas, nous te rendons ton territoire.

Nous remontons les marches en courant aussi vite que nous le permettent nos ventres repus. Lorsqu'il me laisse devant la porte de ma chambre, Alexandre s'arrête quelques instants.

— J'espère que vous allez mieux maintenant, et je m'excuse encore une fois pour le comportement de ma famille et pour l'exécrable soirée que nous vous avons fait passer.

Je ferme le battant à moitié. Un sourire que j'espère moins niais que ce à quoi il ressemble dans mon esprit s'affiche sur mes lèvres.

— Elle n'était pas si exécrable cette soirée.

Chapitre 8

Je déteste les matins. Mais celui-ci a vraiment des allures de vacances, avec ce lit moelleux, ce parfum de lavande dans les draps, ce soleil resplendissant et haut dans le ciel. Quoi ? Le soleil haut dans le ciel en plein hiver ? Merde. J'attrape mon portable, qui me confirme que j'ai oublié de mettre un réveil et qu'il est déjà 10 h 30 passées. Je bats le record de vitesse de changement de tenue de Wonder Woman, et sors… pour manquer de trébucher sur un plateau en argent qui a été installé devant ma porte. Tout un assortiment de viennoiseries et de jus de fruits y est disposé. Petit coup d'œil à droite et à gauche pour m'assurer que ce n'est pas un leurre de Harry le pervers pour détourner mon attention pendant qu'il se glisse dans ma chambre. Mais non, seul le parfum légèrement boisé que j'ai maintenant appris à reconnaître comme celui d'Alex flotte encore dans l'air. Je ramasse le plateau et m'enferme à double tour.

Vic, tu peux me dire comment tu es devenue si experte en odeur de D'Enfer en une soirée ? Non, ne réponds pas, il ne vaut mieux pas. Et à quel moment le Cyclope s'est mué en Alex dans ta tête ?

Le dîner de la veille a tourné en boucle dans mon esprit une bonne partie de la nuit. Une armée de petits cyclopes a fait un méchoui avec le troupeau de moutons que je tentais vainement de mener jusqu'à cette putain de barrière. Et si son allusion aux femmes qui rêveraient d'avoir un homme borgne dans leur lit était un appel du pied auquel j'avais lamentablement échoué à répondre ? Je suis toujours du genre à ne pas voir la perche qu'on me tend. Même quand celle-ci a la taille d'un séquoia géant qu'on m'enfoncerait dans l'œil jusqu'à ce qu'il ressorte par le cervelet. Et pourquoi a-t-il fallu que j'insinue que les borgnes, sans un portefeuille bien fourni, n'avaient aucune chance de « bivouaquer dans la crevasse », comme disent mes potes de rando ?

C'est bien la première fois que j'octroie autant d'espace mental à un mec. À mon patron. Je me secoue : allez, j'étais fatiguée, je ne savais plus vraiment ce que je pensais, et les six mois de désert sexuel que je viens de traverser ont dû me rendre affamée de bien autre chose que de la soupe au potiron. Aujourd'hui, je repars sur des bases strictement professionnelles.

J'enfourne mon troisième croissant lorsque je remarque la petite enveloppe qui a été glissée sous le verre de jus d'orange. Le papier est sérigraphié d'un « A. D'E ». Alexandre, ou Arthur ? Tout à coup, les viennoiseries n'ont plus la même saveur : je suis sûre que le vieux serait capable d'avoir planqué des morceaux de barbaque partout juste pour avoir le dernier mot. Je me presse de décacheter le billet. L'écriture est nerveuse, et difficilement lisible.

« Vous avez manqué le petit déjeuner. Je me suis dit que vous auriez peut-être une petite faim. »

Pourquoi j'ai chaud, là, maintenant ? Mon petit cœur vient de se serrer de béatitude dans ma poitrine. On repassera pour le professionnalisme.

« J'ai dû me rendre en ville. Vous disposez donc de votre matinée. Sollicitez Wilfried pour qu'il vous conduise dans le centre : il vous faut une robe de soirée pour le gala de charité organisé par ma mère ce soir, et auquel elle nous a conviés tous les deux pour représenter l'entreprise. À tout à l'heure. Alexandre.

P. -S. : Avant que vous me le demandiez, je vous confirme que toutes les heures au-delà de 21 heures vous seront bien payées double. »

La fin du billet me provoque un sourire digne d'un gamin de quatorze ans devant sa première page centrale de *Playboy* : il commence à bien me connaître on dirait. Je pousse un profond soupir en dégustant mon jus d'orange, les jambes étendues sur la table basse du salon, quand le reste du message est enfin traité par mon cerveau léthargique : une robe de soirée ? Et un gala ? Mais c'est quoi ce délire ?

*

— Wilfried ? Allez, entrez, ne faites pas votre mijaurée ! J'ai besoin d'un avis extérieur et totalement impartial.

La majorité des filles serait aux anges de se trouver dans cet immense show-room d'une boutique de créatrice de mode, et avec une vendeuse dédiée. Mais pour moi, cette pièce a plutôt des allures de salle de torture. Daphné, ma préposée, m'a tout d'abord saucissonnée dans un amas de rubans jusqu'à ce que ma liberté de mouvement se résume à celle d'un Tyrannosaurus Rex hémiplégique. Puis il y a eu cette cascade de guimauve qu'elle appelait robe et qui pesait si lourd sur mes reins que j'avais l'impression qu'un colosse tentait d'enfoncer mon corps dans le sol en me tapant sur le dos avec un maillet. Et enfin, le clou du spectacle, un croisement douteux entre un préservatif géant et les chapeaux de la reine d'Angleterre : un tel déluge de textures et de couleurs que j'ai frôlé la crise d'épilepsie. Remarque, ça aurait peut-être mis fin à ce supplice. Le pire étant que toutes ces choses n'avaient même pas de prix. Et l'on sait tous ce que ça veut dire quand on entre quelque part et que les montants ne sont pas affichés : si tu ne t'appelles pas D'Enfer et consorts, tu vas devoir offrir ta dignité sur l'autel du dieu des banquiers pour qu'il accepte de ressusciter ton compte en banque décédé.

Enfin, la porte du show-room s'ouvre et se referme dans un grincement.

— Eh bien, vous en avez mis du temps. Bon, vous en pensez quoi ? Ça vous paraît correct comme tenue de camouflage en milieu hostile ? De toute façon, c'est soit ça, soit j'irai à poil.

Quelle idée aussi d'organiser un gala guindé avec pour *dress code* : Noël. J'imagine déjà Harry déguisé en boules (de Noël) géantes, et Arthur avec des cornes (de renne) sur la tête. Enfin ça, c'est si la fête avait lieu dans la salle communale du bled paumé de mes parents. Mais ici, il faut réussir l'exploit d'allier grâce et classe avec ce thème festif et coloré.

— Eh bien alors, ne soyez pas timide, soyez franc, je suis prête à tout entendre.

Je soupçonne Daphné d'avoir envisagé de m'étrangler avec l'un des rubans de la première robe, mais elle a fini par farfouiller dans la réserve et revenir avec une tenue qui, de son propre aveu, ne peut plaire qu'à quelqu'un comme moi. Je ne sais pas trop ce qu'elle sous-entend par là, et mieux vaut ne pas savoir, à mon avis. Mais un petit miracle vient d'avoir lieu : jamais je ne me suis sentie aussi mise en valeur par un vêtement. Le sarouel vert d'eau vaporeux rend mes jambes interminables. Le bustier en soie émeraude brodé d'or fait ressortir ma touffe de cheveux flamboyants. La ceinture ornée de motifs de flocons de neige en sequins dorés épouse ma taille à la perfection. Moi qui suis une habituée des fringues informes, où j'aime cacher les quelques formes qui saillent de mon corps que tous disent trop maigre, le changement est plutôt radical. Si je ne me connaissais pas mieux que ça, je me trouverais presque jolie. Une voix grave interrompt ma contemplation.

— Il me semblait vous avoir parlé d'une robe. Mais sinon, votre seconde option pourrait assurément faire sensation.

Premier constat : cette voix n'est clairement pas celle de Wilfried. Second constat : finalement, maintenant que je peux sentir le regard du Cyclope sur moi, ce bustier dévoile beaucoup trop de peau à mon goût.

— D'après Daphné, c'est un ensemble d'inspiration Poiret, rétorqué-je sans me retourner et en faisant mine de ne pas avoir entendu la seconde partie de son intervention, s'il était assez bien pour les bourges du début du siècle dernier, il le sera aussi pour les pseudo-aristos modernes. Vous ne me forcerez pas à mettre une robe de pouf pour montrer mes seins et mes fesses à tout le monde. S'ils ont besoin de ça pour récolter du fric, les escorts ça existe.

Il s'approche de quelques pas. J'ai l'impression de pouvoir sentir son souffle dans le haut de mon dos.

Ça y est, mon cœur a décidé d'organiser la Techno Parade dans ma poitrine. Inspiration, expiration. On se reprend. Strictement professionnel, on a dit.

— Ce n'est pas vous qui suggériez il y a à peine deux minutes de montrer bien plus de votre anatomie que vos fesses et vos seins ? s'amuse D'Enfer.

Punaise, Vic, pourquoi tu as été dire ça, hein ? Si Daphné revenait avec une pelle, et que je pouvais creuser un trou pour m'enterrer, je m'empresserais de m'y atteler sans hésiter. Et pourquoi il se trouve toujours au mauvais endroit au mauvais moment lui aussi ? On ne lui a jamais appris que ce n'était pas bien d'écouter les conversations qui ne lui sont pas destinées ?

Je prends le temps de passer le peignoir qui est accroché à ma droite pour m'en couvrir. Mes joues doivent arborer une belle teinte de Noël, ça fera au moins un accessoire parfait pour cette putain de soirée.

— Et j'allais ajouter que malgré le fait que ce ne soit pas une robe, vous êtes radieuse. Mais à ce que je vois, vous avez de nouveau sorti votre radar anti-riches, persifle-t-il d'un ton narquois.

Bien. Retrouvons cette relation beaucoup plus saine que nous entretenions jusqu'à cette soirée qu'il nous faut oublier. Ça me convient très bien.

Je me retourne, et… Oh. Mon. Dieu. En l'occurrence je devrais plutôt dire « oh mon Diable » ! Je crois bien que ma mâchoire vient de défoncer le plancher.

— Vous êtes allé chez le coiffeur.

Ce sont les seuls mots que je parviens à prononcer, mais ils ne décrivent pas le millième de la transformation qui s'est opérée. Parce qu'en fait, sous la toison de Chewbacca, se cachait un véritable canon. Envolée la barbe de kiwi trop mûr, les mèches longues et broussailleuses. Ses yeux, ou plutôt son œil, ressortent avec encore plus d'intensité par-delà ses lunettes noires.

Des petits flocons de neige parsèment les épaules de son manteau de laine et sa chevelure. Il parcourt mon visage avec inquiétude, et son front, enfin totalement dégagé, se plisse.

— La coupe est si horrible que cela ?

Il me fourre dans les bras le paquet qu'il transportait et s'avance vers le miroir pour inspecter son reflet.

— Non, je ne dirais pas ça, non, je réponds comme dans un rêve.

Si jusqu'ici je n'arrivais pas à lui donner un âge, je me rends maintenant compte qu'il est beaucoup plus jeune que je ne le pensais : il doit avoir quoi, trente-trois, trente-cinq ans à tout casser. J'ai été trompée par les quelques cheveux et poils blancs qui parsèment déjà ses mèches malgré son jeune âge. Il se tourne de nouveau vers moi. Ah ces pommettes parfaites qui s'élèvent de part et d'autre de son visage. Et ses lèvres. Si fines, mais si sexy. Argh ! C'est un complot en fait. Ça ne peut être que ça. Moi, j'avais signé pour une semaine de merde avec un patron méchant que j'allais adorer détester. Eh bien, en plus d'être bien trop gentil, il est beau à damner les dieux. Il est où le bureau des réclamations, sérieux ?

— J'ai du persil entre les dents ? Vous verriez votre tête, vous me faites peur, ajoute-t-il.

Rire nerveux qui ressemble à s'y méprendre à celui d'un troupeau de chèvres atteintes d'hystérie collective. Vite, une diversion.

Je tends la main vers son épaule et en chasse les quelques restes de copeaux blancs.

— Il neige dehors ?

Il hausse un sourcil. Il n'est pas dupe. Je m'empresse de lui rendre le paquet qu'il m'a confié pour ne pas lui laisser le loisir de répliquer.

— Tenez, il est temps de se mettre au travail. Ce n'est pas vous qui aviez dit qu'on avait une masse de boulot impressionnante à abattre ? Il est presque midi et nous n'avons toujours pas vu l'ombre d'un dossier.

Il ne fait pas mine de reprendre le sac.

— C'est pour vous.

Je reste là à le regarder.

— Pour moi ?

Il sourit. Et maintenant que je peux vraiment voir son visage, son sourire est encore plus désarmant qu'auparavant.

— Oui, pour vous. Vous avez irrémédiablement ruiné une partie de vos vêtements en réparant ma voiture, alors c'est la moindre des choses que je vous dédommage et que je vous permette de passer votre séjour de façon confortable malgré tout.

OK. Elles sont où les caméras ? C'est un gag en fait ? L'équipe TV va sortir de derrière un faux mur et me crier « surprise ».

Mais seule Daphné réapparaît.

— Oh, monsieur D'Enfer, pardonnez-moi, je ne vous avais pas vu entrer. Je ne voulais pas me montrer indiscrète.

Il passe une main dans ses cheveux désormais bien plus courts, avant de la fourrer dans sa poche. Son costume gris sombre est splendide.

— Il n'y a pas de mal, Daphné. Nous prenons l'ensemble. Vous le mettrez sur ma note.

J'en profite pour me faufiler derrière le paravent. J'ouvre le sac. Il contient un manteau dans les tons marron. Il est long et chaud et s'accordera parfaitement avec le reste de ma garde-robe.

Il a bon goût ! Bon sang, Vic, efface ce sourire niais de ton visage. C'est ton patron, mince. Arrête de te comporter comme une ado prépubère qui vient de flasher sur son premier crush. Allez, il est gentil, il est beau, certes, mais il est surtout très riche, et ne joue pas dans la même catégorie que toi. En plus, c'est un D'Enfer. Et quand on voit la famille qu'il se coltine, il doit dépenser une fortune sur le divan des meilleurs psys de la ville chaque année. Alors tu prends ton syndrome de l'infirmière, et tu le fourres bien profond au fond de ta poche avant de l'oublier à la machine, OK ?

Je me change aussi lentement que possible, tout en me balançant des seaux de glaçons mentaux pour calmer mes hormones. Lorsque je reparais, j'arrive de nouveau à le regarder bien en face.

— Merci pour le manteau. Et maintenant, au travail.

Nouveau sourire de sa part. Et même pas un frémissement dans ma poitrine. Super. Tout est sous contrôle.

— Venez, je nous ai réservé une table dans un petit café pour tout l'après-midi. Je me suis dit que nous serions certainement plus efficaces hors des murs oppressants de D'Enfer Manor. Et en plus, ils ont le WIFI.

Daphné me tend le paquet contenant ma tenue, et je retourne son sourire à mon patron.

— Pour une fois, je ne peux pas être plus d'accord avec vous.

*

Alexandre tape ses deux grandes mains l'une contre l'autre. Il est d'excellente humeur.

— Bien, nous allons nous arrêter là pour aujourd'hui. Il ne faut pas que nous rentrions trop tard, si vous voulez avoir le temps de vous faire belle pour la soirée.

Je ne prends pas la peine de redresser la tête, mais lève les yeux au ciel.

— Me faire belle ? Ah oui ? Ça risque de prendre un peu plus que la soirée dans ce cas.

Je plaisante, et j'ai beau savoir que c'est une expression toute faite, elle n'en est pas moins légèrement vexante. Pourquoi nous, les femmes, on aurait besoin de se tartiner la figure avec trois millions de produits pour « se faire belle » ?

— Écoutez, je ne voulais pas insinuer..., commence-t-il, gêné.

Je pourrais le laisser là, tout penaud, à tenter de s'excuser jusqu'à ce que son magnifique visage soit aussi fripé qu'un vieux pruneau rabougri. Mais comme souvent, j'ai pitié. Je suis décidément trop gentille.

— Arrêtez de prendre tout ce que je dis au pied de la lettre, le coupé-je, vous allez finir par choper des rides.

La neige tombe toujours à gros flocons de l'autre côté de la vitre embuée. La nuit a recouvert la vallée depuis une heure déjà, et les illuminations de la ville pétillent sur le reflet de la table de bois brun. Je referme le dossier d'un claquement sec et porte à mes lèvres la je-ne-sais-combientième tasse de ce divin chocolat chaud à la guimauve, spécialité des Délices de Margot, notre refuge pour l'après-midi.

Si travailler pour Phénix Web signifie se goinfrer de sucreries au coin d'un bon feu de cheminée tous les jours, alors je ne regrette définitivement pas d'avoir signé. Mon métabolisme hyperactif n'aura pas une chance contre les bombes de sucre massives, et peut-être que je vais enfin peser un peu plus qu'une gamine de huit ans et demi qu'on aurait oublié dans le sèche-linge.

En face de moi, D'Enfer desserre son nœud de cravate avant de s'étirer. Mes yeux sont irrémédiablement attirés par les boutons de sa chemise qui, tout comme ceux de son père et de son frère, semblent avoir rallié le Front de libération des boutons maltraités. Sauf qu'en l'occurrence, je serais presque tentée d'y adhérer pour découvrir ce qui se cache dessous : tout à l'heure, lors d'une explication particulièrement animée, l'un de ses mouvements a laissé entrevoir la naissance d'un tatouage dans le creux du vêtement. Depuis, ma curiosité me harcèle tel un mogwai affamé passé les douze coups de minuit.

— Vous êtes d'une efficacité redoutable. Vous allez mettre la moitié des employés de l'entreprise au chômage technique si vous êtes tout le temps comme ça.

Mes yeux remontent vers les siens, avant de replonger dans mon travail. J'annote la pochette tout en lui répondant :

— On dirait que ça vous étonne. Et je vous rappelle que je n'étais pas toute seule pour abattre tout ce travail. Vous pourriez vous attribuer une petite part du mérite pour votre contribution, même s'il est vrai qu'elle était minime.

Je le taquine. Le mec est brillant. Mais genre, vraiment brillant. Je me considère plutôt pas trop bête comme fille. Mais quand je me retrouve face à quelqu'un tel que lui, je me dis que finalement, le prochain stade de l'évolution a peut-être déjà eu lieu. C'est juste qu'il est un tantinet bordélique dans sa tête. Ce gars est une véritable énigme : il ne supporte pas que sa tasse dépasse d'un millimètre de la serviette sur laquelle elle est posée, et pourtant, lorsqu'il s'agit d'ordonner ses idées, ça part dans tous les sens. Il ridiculiserait presque l'expression « passer du coq à l'âne ». Avec lui, ce serait plutôt de la paramécie au diplodocus.

Il tend l'une de ses longues mains pour se saisir de son café. Une jambe croisée sur l'autre, calé confortablement au fond de son fauteuil moelleux, je ne l'ai jamais vu aussi détendu. Ça doit bien faire deux heures qu'il n'est pas sorti pour fumer une clope : je pense qu'on tient un record. Mais à l'instant où je me fais cette réflexion, il est pris d'une nouvelle quinte de toux qui lui tire les larmes aux yeux. Il faut vraiment qu'il arrête de faire ça : comme si les vêtements pleins de graisse ne suffisaient pas, j'ai bien failli aussi repeindre mon tee-shirt beige d'une magnifique couleur cacao.

— Je peine simplement à imaginer que vous ne soyez pas parvenue à conserver vos emplois précédents : vous êtes rapide, intelligente, et j'ai rarement rencontré quelqu'un avec un tel sens de l'analyse, répond-il après avoir retrouvé son souffle.

Quelqu'un a dû raviver le feu dans la cheminée tout à coup, parce que j'ai terriblement chaud. Je crois bien que mon cœur vient de tenter d'essorer tout le sang qui traînait encore dans ses petits recoins. C'est la première fois qu'on me fait un compliment d'un point de vue professionnel.

Je range le dossier dans son attaché-case, et repose lentement le stylo sur la table. Il ne m'a pas quittée des yeux.

— Vous en connaissez beaucoup des personnes qui aiment réellement la franchise, malgré ce qu'elles peuvent en dire ? J'ai commencé par des postes de cadre, avec des fonctions de management. Ça ne passait ni avec mes chefs ni avec mes subordonnés. Personne n'aime s'entendre dire qu'il ne travaille pas de façon efficace, même quand ça ferait gagner temps et argent à l'entreprise. J'ai été blacklistée de toutes les agences d'intérim de ma région. J'étais à deux doigts de retourner frapper à la porte de chez papa et maman quand Marianne m'a décroché l'entretien dans votre société.

Oups, pourquoi il a fallu que je raconte tout ça ? Il va me prendre pour une pauvre fille désespérée maintenant. Mais en même temps, c'était plus ou moins ce que j'étais avant de signer ce CDI.

— Vous êtes vraiment l'exception, ajouté-je en fourrant un morceau de cookie de Noël dans ma bouche. Je me demande encore pourquoi vous ne m'avez pas déjà virée, vu tout ce qui a franchi mes lèvres au cours de ces deux derniers jours.

La conversation du dîner de la veille me revient en mémoire. Pourtant, c'est pas faute de tenter d'appliquer la technique que mon psy m'avait décrite comme imparable :

« Jeune fille, vous connaissez l'expression tourner sept fois sa langue dans sa bouche ? m'avait-il dit. Oui ?

Eh bien il faut que vous la personnifiiez. Vous pouvez y arriver, rendez votre mère fière, pour une fois. »

Bon, j'avoue, à l'époque je ne savais pas ce que signifiait personnifier. Mais aujourd'hui, j'essaie, vraiment. Pas de ma faute si mon cerveau a quelques difficultés à gérer plusieurs commandes en même temps, et si celle de la parole est plus rapide que celle envoyée à ma fichue langue. Il faut que je remette les choses à plat si je veux arrêter de songer à cette soirée en permanence. Inspiration, je me lance :

— D'ailleurs, je tiens vraiment à m'excuser pour hier soir. Je ne voulais pas insinuer que sans votre fortune, vous ne pourriez jamais trouver personne, vous savez.

Sa langue pointe entre ses lèvres pour les humidifier. C'est un genre de tic qu'il a et je pense qu'il n'a aucune idée de l'effet que ce geste a sur la gent féminine : mes ovaires viennent de faire un triple boucle piqué dans mon bas-ventre. Il frotte son œil infirme avant de planter l'autre dans les miens.

— Vous savez, je ne suis pas naïf : malgré tous les discours de nos concitoyens sur la beauté intérieure, l'apparence n'a jamais eu autant d'importance qu'aujourd'hui. Non, c'est moi qui m'excuse. Je ne suis pas du genre à me plaindre, ou à parler de mon handicap. Je suppose que votre franchise a dû déteindre sur moi, et me donner envie de m'ouvrir à vous. Victoria, j'aimerais que vous arrêtiez de vous excuser pour votre honnêteté. Vous êtes tellement… rafraîchissante.

Il s'est légèrement penché vers moi en prononçant ces derniers mots. Il triche là, ce n'est pas fair-play, monsieur D'Enfer. C'est quoi ce regard ? Depuis quand un patron regarde ses employés comme ça, hein ? Je ne suis pas une nonne, mince. On lui a déjà parlé des hormones ? Non ? Parce que sinon je peux lui faire un dessin.

La clochette de la porte d'entrée retentit et une petite fille emmitouflée de la tête aux pieds dans une tenue de ski se précipite en hurlant vers nous d'un rire joyeux. Je crois bien que mes tympans sont décédés dans l'opération, mais son regard de bébé chien perdu parvient à me faire fondre. Elle a de magnifiques yeux bleus.

— Monsieur Alexandre ! crie-t-elle en se jetant sur le Cyclope.

À cet instant, mon cœur se fige dans ma poitrine. Je m'attends à ce que le boss dégaine ses griffes secrètes, et lacère la pauvre petite chose jusqu'à ce qu'elle serve de confettis à la parade de Noël de la soirée. Mais au lieu de ça, il tend ses bras immenses pour réceptionner la gamine et se lève pour la faire voler dans les airs. L'amas de vêtements gigote en riant à n'en plus finir. Margot, la minuscule blonde, propriétaire du salon de thé, se précipite vers nous.

— Aglaé, ma chérie, combien de fois devrai-je te le répéter ? C'est M. D'Enfer. Et il ne faut pas le déranger pendant qu'il travaille.

Le Cyclope repose l'enfant, et le plus chaleureux des sourires s'imprime sur son visage. Elle en a de la chance cette môme, je n'ai jamais eu le droit à ça, moi !

— Laissez, Margot, ce n'est rien. Nous avons fini pour aujourd'hui. Et au contraire, elle peut m'appeler Alexandre tout court, ajoute-t-il en pinçant affectueusement les joues de la petite qui glousse de plaisir en s'accrochant à sa jambe.

Margot a un rictus attendri pour celle qui ne peut être que sa fille. Elle débarrasse notre table, et lance un regard indécis à Alexandre.

— À propos de ça, il faut que je vous parle, hésite-t-elle.

D'Enfer fronce les sourcils. Ce n'est jamais bon quand il fronce les sourcils.

— Pas maintenant, Margot, se contente-t-il de dire sèchement.

La petite fille se laisse tomber sur le tapis au pied de sa mère et se met à jouer avec les franges, oublieuse de la conversation d'adultes qui s'est engagée. J'aimerais tellement la rejoindre, insouciante des tracas de la vie. Nous ne mesurons pas la chance procurée par notre innocence à cet âge-là.

— C'est vraiment important, insiste la jeune femme.

C'est moi ou il rougit ? Et pourquoi ses mâchoires sont-elles soudain si contractées que j'entends ses dents grincer comme un violon désaccordé ?

D'Enfer se lève et enfile sa veste de costume.

— Vous voulez bien m'attendre dehors ? J'en ai pour une minute, me lance-t-il.

Non, je n'ai pas vraiment envie d'aller me cailler les miches à l'extérieur. Mais je n'ai pas le choix à ce que je vois. Fort heureusement pour moi, cette fois, je suis parvenue à conserver mes pensées à l'intérieur de ma petite cervelle. Je suis fière de toi, Vic !

Je hoche la tête tout en achevant de ranger les dossiers du jour dans son sac. Dehors, l'air est glacial, mais le manteau offert par Alexandre coupe admirablement bien le vent et me procure une douce chaleur. Je jette un rapide coup d'œil à mon portable, qui a profité du WIFI pour charger tous les messages reçus sur WhatsApp. La plupart sont de

Seb, qui m'a envoyé des photos des chevaux avant son départ chez ses futurs beaux-parents. Je ris à un cliché du bel Usty paradant avec un bonnet de Noël sur la tête. L'un des messages émane de mes parents : tout sourires, ils trinquent vers moi avec leurs verres de cocktails, en maillots de bain, et sur une plage paradisiaque.

« Profitez bien, mes petits parents adorés », je réponds.

Je suis étrangement émue. Mon père et ma mère ont trimé toute leur vie, ne se sont jamais payé un seul voyage, et n'ont jamais connu les vacances. Leur offrir ce séjour et les voir si heureux, ça n'a vraiment pas de prix. Même si mon banquier n'était pas vraiment du même avis lorsqu'il m'a appelé pour me signifier qu'il y avait un léger problème avec mon compte en banque.

Je relève la tête. Qu'est-ce qu'il fabrique ? Si ça continue, ils n'auront pas besoin de statue de glace pour orner leur fontaine de chocolat lors du gala, je serai toute désignée.

Qu'est-ce que D'Enfer fout dans l'arrière-salle avec Margot ? Leur conversation semble animée. Alex pousse un profond soupir, ouvre le pan gauche de son manteau, et en sort une liasse de billets. Il en détache une moitié, et la tend à la jeune femme.

Qu'est-ce que c'est que ce trafic ? J'ai à peine le temps de m'interroger qu'il est déjà à mes côtés, une clope au bec.

— On y va, dit-il sèchement.

Sa bonne humeur de l'après-midi s'est évaporée, et pour moi, l'énigme D'Enfer vient encore de s'épaissir.

Chapitre 9

Pourquoi je n'ai pas pensé à enregistrer des séances de méditation guidées sur mon téléphone avant mon départ ? J'aurais bien besoin d'une dose de zénitude là, maintenant. J'ai enfilé mon déguisement, dompté ma chevelure, et je suis fin prête à pénétrer dans la fosse aux lions. Enfin, j'aimerais bien l'être. Mais mon cœur bat plus fort dans ma poitrine qu'avant mon tout premier rendez-vous chez le gynéco. C'est dire.

Je tire une énième fois le bustier vers le haut, comme si ce geste allait lui permettre de me couvrir un peu plus : j'ai l'impression qu'à tout moment l'un de mes seins va tenter une évasion. Pourquoi j'ai accepté d'aller à ce truc déjà ? Ah oui, ça fait partie du job. Et depuis quand les assistantes se rendent aux soirées de gala, Vic, à ton avis ? Depuis que celles-ci sont assez cruches pour ne pas dire qu'elles n'ont strictement rien à faire dans ce genre d'évènement.

Je regarde l'immense horloge qui trône juste au-dessus de la tête de lit. C'est moi, ou elle n'a avancé que d'une petite minute depuis mon dernier coup d'œil ? Zen. Il a dit qu'il viendrait te chercher.

Et après tout, s'il t'a oubliée, eh bien tant mieux, non ? Le soulagement à cette pensée s'immisce tout juste en moi lorsque des coups sont frappés à la porte. Merde. Je jette un dernier regard dans la glace qui orne l'imposante armoire, et inspire profondément. Allez, c'est parti.

À peine ai-je ouvert le battant qu'une forte odeur de tabac froid me submerge : punaise, il n'y est pas allé de main morte, il a dû fumer trois paquets d'un coup pour empester comme ça. Au moins je n'aurai pas de mal à le localiser à l'odorat.

— Vous êtes prête ? me lance-t-il en étouffant un toussotement.

Lui, en tout cas, il est bel et bien prêt : cintré dans un costume bordeaux, et une chemise verte, une cravate au très discret motif écossais complète la tenue. N'importe qui d'autre aurait sûrement l'air ridicule avec ce mélange de couleurs improbable. Mais je pense qu'il est le genre de gars qui parviendrait à être terriblement sexy même en pantalon d'équitation. Il a dû mettre une lentille de contact, car pour la première fois il ne porte pas de lunettes.

— Pourquoi, je n'ai pas l'air d'être prête selon vous ?

Il m'observe de la tête aux pieds. Non, Vic, ne te tortille pas. N'exagère pas, il n'a pas un laser à la place de l'œil, non plus. Alors pourquoi ma peau me brûle partout où celui-ci se pose ?

— Si c'est l'absence de maquillage qui vous gêne, je vous préviens, je n'en mettrais pas même pour vos beaux yeux, bredouillé-je pour cacher mon trouble.

Je me rends compte de ma bourde à peine l'expression a-t-elle franchi mes lèvres, mais il ne me laisse pas le temps de m'excuser. Il tend la main vers moi, attrape une mèche de cheveux qui s'était visiblement déjà échappée du chignon que j'avais pourtant pris une bonne heure à faire tenir à grand renfort de laque, et la glisse derrière mon oreille.

— Vous n'avez pas besoin de maquillage, vous êtes parfaite, répond-il.

Son doigt frôle légèrement ma joue lorsqu'il retire sa main. Ça y est, mes entrailles ont fait le grand plongeon dans la Montagne du Destin. Nouveau rire nerveux. Je tends à mon tour mes mains vers lui, et replace sa pochette du même tissu que la cravate pour me donner une contenance.

— Vous aussi, dis-je d'une voix qui fait naître l'envie de me foutre des baffes tant elle a soudain l'air d'appartenir à une môme de trois ans et demi. On y va ?

Je m'engage dans le couloir en refermant la porte, mais il se saisit délicatement de mon bras nu et me force à me retourner vers lui. Il humecte ses lèvres et baisse les yeux.

— Victoria, je compte sur vous pour détacher les sangsues que mon père ne manquera pas d'envoyer vers moi pour tenter d'asseoir son contrôle sur mon entreprise. Je vais avoir besoin de vous plus que vous ne le pensez.

Il a l'air si fragile tout à coup. Si j'ai déjà été témoin de sa vulnérabilité hier soir, maintenant qu'il ne peut plus la cacher derrière sa barbe et ses longs cheveux, elle me crève les yeux et me déchire le cœur. Oh non, pas ce regard de chat potté. Tout le monde sait que je suis incapable d'y résister.

Je détache sa main de mon bras, et me retiens de caresser la peau là où sa chaleur s'imprime encore. Raclement de gorge.

— OK, faisons un deal : je vous protège des sangsues, si vous me permettez de survivre dans la jungle d'aristos qui m'attend en bas.

Ses lèvres s'étirent, et cette fois, son œil pétille également.

— Ne vous inquiétez pas, je ne vous lâcherai pas d'une semelle.

*

Le traître, le fourbe, le salaud. Je le retiens, sérieux. On a à peine passé la porte de la salle de bal qu'il s'est fait assaillir par ceux de son espèce. J'ai bien détaché une ou deux ventouses particulièrement collantes lorsqu'il m'a fait signe qu'il n'en pouvait plus, mais le reste du temps, contrairement à ses dires, il a l'air d'un vrai poisson dans l'eau. De mon côté, j'ai plutôt l'aspect de la sardine laissée un peu trop longtemps sur la berge. En plein soleil. Un jour de canicule. Grosse, la canicule.

Je hoche la tête poliment devant mon interlocuteur qui me bassine depuis une bonne demi-heure avec ses histoires d'actions et de dividendes. Il parlerait chinois qu'il n'en serait pas plus compréhensible. Je me suis déjà mordu la langue une dizaine de fois, me retenant in extremis de lui répondre avec mon propre jargon, mais je me rappelle chaque fois que je suis là en tant qu'employée de Phénix Web. Ma vision se trouble avant de voleter vers les ornementations de la salle. Les D'Enfer ont mis les petits plats dans les grands, et c'est dire les concernant. Eux qui semblaient profondément allergiques à toute décoration de Noël, à l'exception de la crèche exposée dans le salon, ce soir, chaque recoin vomit littéralement des paillettes et des ampoules. Au centre de la pièce, un énorme sapin croule sous les ornements. En début de soirée, chaque convive a été invité à y accrocher un flocon de cristal sur lequel était gravé son nom, accompagné d'une enveloppe où nous étions censés inscrire nos promesses de don. Le Cyclope m'a ôté la mienne des mains avant que je puisse être mal à l'aise à l'idée des trois euros cinquante qui devaient rester sur mon compte en banque.

Mes yeux vont d'une greluche à l'autre, ma mâchoire contractée de rancœur : elles repasseront pour le dress code avec leurs robes rouges ou blanches totalement unies. Au milieu de tout ça, je fais office de décoration de Noël avec tous mes sequins. Et d'ailleurs, tout le monde me le fait bien sentir par des expressions de dégoût dont la condescendance n'a d'égale que le mépris qu'ils affichent à m'adresser la parole.

À ma droite, j'aperçois Arthur D'Enfer qui flotte de groupe en groupe avec son sourire carnassier. Vêtu d'un costume noir, il déroge totalement aux règles qu'il a lui-même imposées. Une façon de plus de montrer à tous qu'il est le maître incontesté des lieux. Nos yeux se croisent et je prétexte un petit creux pour m'extirper de la pompeuse conversation et poursuivre mon jeu du chat et de la souris. Oui, parce que je me suis fixé un but pour réchapper vivante de ce gala : éviter à tout prix les D'Enfer. Et jusqu'ici, j'ai plutôt bien réussi malgré plusieurs tentatives de rapprochement de Harry qui a fort heureusement bien d'autres lièvres à courir parmi l'océan de filles plantureuses qui assistent à la soirée. Mais le vieux semble bien décidé à me faire perdre la partie puisqu'il me poursuit à une vitesse impressionnante pour sa vieille carcasse. Je finis par m'engouffrer dans les toilettes des dames où il n'a pas le culot d'oser me suivre. Soupir de soulagement. C'était moins une. Je me faufile de nouveau dans la salle, puis derrière l'une des larges colonnes de marbre qui soutient le plafond en coupole. Je jette un rapide coup d'œil pour m'assurer qu'il est parti quand une voix que je ne connais que trop bien m'interpelle dans mon dos.

— Je vois que vous vous en sortez plutôt bien toute seule.

Je me retourne. Il ose sourire en plus, ce traître. Après m'avoir lâchée sans arme et sans même un dé de six dans ma version extrême de Jumanji. Il porte un verre dans chaque main et m'en tend un. Je m'en empare avec rage, le vide d'une traite, avant de saisir celui qui lui était destiné et de lui faire suivre le même chemin. L'alcool me brûle l'œsophage, mais je me sens tout de suite beaucoup mieux.

— Ou pas, conclut Alexandre en m'observant avant de m'entraîner un peu à l'écart après avoir attrapé deux nouveaux verres sur le plateau d'un serveur qui passait à proximité.

Il prend soin de cacher le sien dans son dos. Je fulmine tant que je manque de renverser le mien.

— Je vous jure que si l'un d'eux me parle encore une seule fois d'ADP ou de BNPA, je lui arrache la langue et je vais la poinçonner en offrande sur ce putain de sapin.

Il rit. Il a l'audace de rire.

— Allons, ce n'est pas si terrible. Bill Kingley m'a même rapporté que vous lui aviez tellement bien vendu nos services qu'il compte changer de Web designer.

Je pose mes mains sur mes hanches, la coupe en équilibre précaire entre mes doigts, et prends le temps d'inspirer longuement.

— Alexandre, commencé-je.

Il rit de nouveau et me coupe.

— Attendez, je vais aller chercher mon bouclier. Chaque fois que vous m'appelez par mon prénom, ce n'est jamais bon signe.

Il se fout de moi en plus ! J'ai envie de lui balancer mon verre au visage, mais je me rappelle que ce soir, il est mon patron, et moi son employée. Il doit se rendre compte de mon état de nerf puisque son sourire quitte ses lèvres immédiatement. Tout à coup, j'ai l'impression que l'air s'est rafraîchi. Mais dans la seconde qui suit, il pose sa main libre sur mon épaule, et son pouce caresse ma peau nue. Le geste est naturel, et certainement commun pour toute personne un tant soit peu tactile, mais mon épiderme vient de faire concurrence à celui du faisan à moitié plumé qui trône sur ma droite.

— Je vous taquine, finit-il par dire. Et je m'excuse. Je pensais que je serais plus disponible, et que nous pourrions apprécier la soirée sans être sans cesse accaparés. Je vous jure que je vais me rattraper. Réservez-moi votre première danse, d'accord ?

Je lui retourne un regard blanc.

— Une danse ? Qui a dit qu'on allait devoir danser ?

Il hausse un sourcil.

— Je ne sais pas, peut-être que le mot « bal » sur le carton d'invitation que je vous ai montré tout à l'heure aurait pu vous mettre sur la piste ?

Je vais le tuer. Je vais vraiment le tuer. Mais à l'instant où cette pensée traverse mon cerveau, il avance d'un pas, fait glisser la main qu'il avait posée sur mon épaule jusqu'à mon omoplate, et caresse ma peau nue d'un long geste réconfortant.

— Hey, allons, ce n'est qu'une soirée, qu'un bal. Détendez-vous, et essayez de vous amuser un peu.

Mesdames et messieurs, Victoria n'est pas disponible pour le moment. Merci de laisser un message après le bip sonore. Tout ce que je vois, c'est cet œil, bien trop près, et dans lequel je peux maintenant déceler toutes les incroyables nuances de bleu et de vert mêlés. Mon cœur joue le prochain tube de l'été dans mes oreilles, et je crois bien que mon corps a déjà quitté la pièce pour un petit voyage aux Caraïbes.

— Ah ! Alexandre, je t'ai cherché toute la soirée, nous interrompt une voix traînante.

J'ai à peine le temps de me dégager de la pseudo-étreinte que j'étais en train de partager avec mon patron qu'un amas de seins et de cheveux blonds lui saute dessus et s'accroche à son cou.

— Aleeeex ! Mon chou ! Ça fait tellement longtemps !

Mais c'est qui cette pimbêche ? Et elle est tombée dans la marmite de parfum avant de venir, ma parole ? Elle cocotte à des kilomètres à la ronde.

— Alexandre, tu dois te souvenir de Tamara ? persifle Arthur D'Enfer en m'adressant un sourire retors.

Tamara ? C'est un nom ça ? Ou une nouvelle espèce de babouin découverte au fin fond de l'Afrique du Sud ?

Le pauvre Alex escalade comme il peut les tentacules manucurés qui l'emprisonnent de toutes parts et parvient enfin à refaire surface. Immédiatement,

Barbie Bimbo passe son bras derrière son dos pour lui enserrer la taille.

— Tamie, quelle coïncidence que tu te trouves en France à cette époque de l'année, grince-t-il en coulant un regard mauvais à son père.

Tamie ? Il l'a appelée Tamie ?

— J'allais partir pour les Maldives, comme chaque année, quand ton père m'a informée que tu te rendrais au gala de charité. J'ai immédiatement revu mes plans.

Tu m'étonnes. En attendant, sa peau est recouverte d'une telle couche de maquillage que je ne serais pas capable de dire si elle est en train de sourire ou bien si elle est indisposée par une constipation persistante.

— Suivez-moi, j'ai fait préparer le petit salon pour que vous puissiez discuter un peu au calme, jubile le patriarche comme si l'on venait de lui offrir sur un plateau une assiette de bébés chats écorchés.

La pieuvre referme de nouveau ses appendices sur le dos d'Alex avant de déposer un énorme smack sur sa joue. Je crois que je vais vomir.

— Oh Alex, j'ai tellement de choses à te raconter, finit-elle par ajouter en s'accrochant à son bras avant de l'entraîner vers la salle désignée par Arthur.

OK. Là d'un coup je me sens comme investie d'une mission. Le Fossile a libéré le Kraken, à moi d'affûter mon sabre et ma jarre de terre.

— Excusez-moi, monsieur, est-ce que vous avez besoin de moi ? lancé-je en me portant à sa hauteur.

Alex se tourne vers moi, lève les yeux au ciel, et donne un petit coup d'épaule comme pour me signifier qu'il n'a pas le choix.

— Non, ça devrait aller, Victoria. Tamara est une amie d'enfance. Je vous rejoins tout à l'heure pour le bal.

Arthur D'Enfer affiche un sourire dément. Puis il m'observe, et la même moue dégoûtée que lors de notre première rencontre tord ses traits.

— Si vous êtes fatiguée, ma chère, n'hésitez pas à aller vous coucher. Je suis sûr que votre absence ne sera pas remarquée.

Jusqu'à cet instant, j'avais rêvé que quelqu'un me dise ces mots. Mais bizarrement, tout à coup, je sais que je vais mettre un point d'honneur à être la dernière personne à quitter cette fichue salle de bal.

Chapitre 10

Ça doit bien faire vingt minutes qu'ils se sont enfermés dans le petit salon. Par intermittence, j'entends le rire de Barbie qui fait trembler les murs. Enfin si l'on peut appeler ça un rire. Ça ressemble plus au cri d'une hyène qui aurait avalé un instrument à vent. Refusant de m'imposer ce supplice auditif une seconde de plus, je sors sur la terrasse qui jouxte la salle. L'air frais agresse immédiatement mes épaules. Le ciel est bas, augurant un nouvel épisode neigeux imminent. En contrebas, la rivière gelée qui longe le domaine réverbère sur les alentours ses nuances d'un bleu presque fluorescent.

Allez, la moitié de la soirée est passée, plus que quelques heures et je pourrai cocher un jour de plus sur le calendrier me rapprochant du sauvetage du refuge. L'alcool aidant, je commence même à avoir l'illusion de comprendre un peu les conversations des uns et des autres. La vodka est vraiment le meilleur des traducteurs universels.

Mon dernier échange avec Alexandre tourne en boucle dans ma tête. J'ai l'impression de sentir encore sa main contre la peau de mon dos. Et cet œil. La façon qu'il a de me regarder.

Punaise, ça va finir par partir en cacahuète cette histoire. Qu'est-ce qu'il se trame, là-haut, dans cette bouillie de cervelle ? Je suis loin d'être un cœur d'artichaut pourtant. Où est passée celle que tout le monde appelait « la frigide » au lycée ? Bon, OK, les huit mois de sexe torride et débridé avec Antoine ont dû sacrément me réchauffer. Mais Alex ? Ce mec possède un genre de magnétisme. Un peu comme un vin qu'on ingurgite en sachant pertinemment qu'on va finir la joue collée à la lunette des toilettes toute la nuit, mais auquel on revient quand même la langue pendante le week-end d'après.

Vic, tu es plus forte que ça. Si tu as réussi à ne pas déchirer les vêtements de ton acteur favori lors de la dernière avant-première à laquelle tu as assisté, tu devrais tout de même parvenir à garder ta langue en dehors de la bouche de ton patron pendant une semaine, non ? Mais… Mais… C'est quoi encore cette idée ? Non, non, non, ôte-toi immédiatement ça de la tête.

Je jette un coup de pied dans l'un des gravillons qui recouvre le sol et celui-ci roule jusqu'aux escarpins d'une petite femme que je n'avais pas remarquée jusqu'ici.

— Excusez-moi, je ne vous avais pas vue, me justifié-je.

Elle se tourne vers moi. Ses cheveux d'un noir profond encadrent joliment ses traits. Elle porte une robe orientalisante d'un violet éclatant, en total décalage avec le dress code. Et surtout, toute la partie gauche de son visage est défigurée par des veinules rouges. L'intégralité de la sclère de son œil est injectée de la même teinte écarlate.

— Il n'y a pas de mal, me dit-elle en me souriant chaleureusement. Je vois que je ne suis pas la seule à ne pas être à l'aise au milieu de tout ce banc de requins.

Elle jette un œil vers le salon où la fête bat son plein de l'autre côté de la vitre.

— Ça doit être la couleur de la robe, je ressemble à s'y méprendre à une chenille qui se tortillerait au bout d'un hameçon, maugréé-je.

— Vous et moi, nous ne sommes pas de ce monde-là, poursuit la jeune femme. J'ai tout de suite reconnu une fille de la campagne quand je vous ai aperçue tout à l'heure.

Au temps pour ma tentative de camouflage. Mais Dieu que ça fait du bien de tomber sur quelqu'un de normal à cette soirée.

— Qu'est-ce que vous êtes venue faire ici, si ce n'est pas votre monde ? demandé-je.

Elle sourit. Le tissu soyeux de sa robe chatoie sur ses formes parfaitement assumées. Cette femme respire la confiance en soi.

— Mon mari et moi sommes en affaires avec Arthur D'Enfer. Nous lui achetons des parcelles de forêt dans le but d'y créer des réserves naturelles intégrales.

Elle, je l'aime bien.

Du bout du doigt, elle me désigne un homme brun, en costume violet également, en grande conversation avec Arthur D'Enfer. Il le dépasse d'une bonne tête, et c'est plutôt jouissif de voir le Fossile obligé de lever le menton à s'en rompre le cou pour s'adresser à quelqu'un.

— Votre époux a l'air de quelqu'un de bien, pour un D'Enfer, ajoute-t-elle.

Je manque m'étouffer.

— Mon époux ?

— Alexandre, si j'ai bien retenu ?

Je crois que mes joues sont entrées en combustion.

— Oh, Alexandre n'est pas mon époux, c'est mon patron.

Elle arque un sourcil.

— Vraiment ? Alors c'est qu'il ne sait pas la chance qu'il a. J'ai remarqué comment vous le regardez. Vous ne voyez même pas sa différence. C'est malheureusement une qualité dont bien trop peu de personnes sont pourvues.

Ses yeux se portent de nouveau sur son époux, et j'aimerais qu'un jour quelqu'un me regarde avec le même amour que celui que j'y lis.

L'instant de grâce est brisé lorsque par un miracle certainement divin, mon cerveau parvient à reconnecter deux neurones. OK, alors résumons : une inconnue, en nous observant trois secondes ensemble, a déduit de la façon dont je regarde mon boss que nous étions mariés. Tout. Va. Bien. Pour le professionnalisme, on repassera. Il va sérieusement falloir que je me reprenne.

Gênée, je m'apprête à rentrer lorsqu'elle m'interpelle de nouveau.

— Faites très attention à vous, énonce-t-elle avec une réelle inquiétude dans ses yeux émeraude.

— Attention à quoi ?

Elle se rapproche de moi.

— Arthur D'Enfer est enfin sur le point d'obtenir ce qu'il a toujours voulu. Il a racheté la quasi-totalité de la ville et il a la main mise sur le conseil municipal. Il est en train de saigner l'ensemble des habitants à coup de taxes et d'augmentations de leurs loyers. Bientôt, ces pauvres gens seront forcés de quitter le village de leur enfance et de partir s'installer ailleurs, et il pourra construire le complexe hôtelier qu'il brigue depuis des années.

Est-ce qu'elle a conscience qu'il est minuit passé, que j'ai bu bien trop d'alcool pour ma santé, et que ça fait beaucoup de mots savants pour une cervelle imbibée de mélanges plus que douteux ?

— Et c'est quoi le rapport avec moi ?

Elle se penche encore, et me dit sur le ton de la confidence :

— Le nom de votre boss revient bien trop souvent dans les conversations concernant toute cette histoire. Je ne sais pas quel rôle il y joue, mais je serais vous, je ne fouinerais pas trop : chaque fois que quelqu'un s'est révélé trop curieux des affaires de la famille, il a mystérieusement disparu dans les semaines qui ont suivi.

Au même moment, une silhouette pénètre en titubant sur la terrasse. Au moins, cette conversation a eu l'avantage de me dégriser dans la seconde.

— Bah alors, les filles, fallait me dire que c'était là que la fête avait lieu.

Violette D'Enfer. Et visiblement, elle n'a pas bu que de l'eau.

— Je vous laisse, pensez à ce que je vous ai dit, me lance la jeune femme avant de rejoindre son époux.

Et la solidarité entre campagnardes, elle en fait quoi ? Moi non plus je n'ai aucune envie de servir de réceptacle à vomi, je ne suis pas assez payée pour ça.

— Violette, venez, je vais vous conduire à votre chambre, lancé-je alors qu'elle tangue dangereusement sur ses jambes frêles.

Ses yeux roulent dans leurs orbites. Dans trois secondes, elle va me faire un remake de *L'Exorciste* si ça continue.

— Il est parti baiser sa pétasse, tu vois, m'explique-t-elle en agitant son index devant moi comme si elle était en train de me révéler la réponse à la question universelle sur la vie, l'univers, et le reste. Et tu sais quoi ? Je m'en fous. Tu vois. Mais je m'en fous à un point. Tu vois. Qu'il la baise. Qu'il se vide jusqu'à ce qu'il soit tout ratatiné, tant qu'il arrête de me toucher. Il me donne la gerbe, tu comprends.

Primo, je n'ai aucune idée de qui elle parle. Secundo, je découvre que sous leurs airs guindés, les D'Enfer ont finalement le même niveau de vocabulaire que moi quand ils sont bourrés.

— Violette, venez avec moi, on va rentrer calmement, et je vais vous aider à rejoindre votre chambre, réitéré-je.

Au moment où je tente de lui prendre le bras pour la mener à l'intérieur, elle trébuche et s'étale de tout son long. Super, maintenant elle est en mode cachalot échoué avec la bave qui lui coule au coin des lèvres. Et je fais comment pour la soulever, moi ? J'ai beau être musclée, je ne suis pas Musclor non plus.

— Violette, il ne faut pas rester là. Si quelqu'un vous voit dans cet état, imaginez les commérages demain et la réputation que vous allez faire à votre famille ?

Intérieurement, la partie mesquine de mon moi profond ne peut s'empêcher de jubiler à l'idée de l'embarras dans lequel cette situation plongerait le vieux fossile. Mais je regarde cette jeune femme qui n'a visiblement pas l'air d'avoir eu une vie facile, et je me dis qu'elle n'a pas mérité la famille détestable dans laquelle elle est tombée. Soupir. Les D'Enfer vont réussir à me faire devenir chèvre en l'espace d'une petite semaine. Un ronflement à la croisée entre le grognement de porc et le sifflement d'une locomotive ne tarde pas à s'échapper du nez et de la bouche de Violette.

— Super.

Bon, trouvons un plan. Oui, je sais, plus facile à dire qu'à faire quand tu as passé l'après-midi à démêler les élucubrations labyrinthiques du cerveau du Cyclope, que tu as siphonné la moitié des verres d'alcool de la fête, et que visiblement les mini champignons farcis de tout à l'heure te sont restés sur l'estomac. Déjà, il va falloir trouver un itinéraire bis pour la ramener dans le manoir : pas moyen de traverser toute cette foule avec une jeune D'Enfer pleine de bave et débraillée dans les bras. Ensuite, il me faut quelqu'un pour m'aider à la soulever. Mon regard se porte sur la porte du petit salon. Misère, misère.

Je frappe trois coups, et seul le vagissement de Tamara me répond. Elle ne peut pas se la fermer deux secondes celle-là ? Cette fois, je serre le poing et fais trembler le bois précieux.

— Entrez, m'indique la voix du Cyclope.

J'entrouvre la porte. Le contraste entre le brouhaha de la salle de bal et le calme qui règne dans le salon est saisissant. Enfin si l'on fait abstraction de l'autre dinde qui est encore en train de glousser sur le divan où ils se sont installés.

— Alexandre, excusez-moi, je peux vous parler une minute ? énoncé-je timidement.

Il cale son verre entre ses deux grandes mains et me lance un regard désolé.

— Pas maintenant, Victoria, je suis occupé, dit-il d'un ton sans réplique.

Il est sérieux, là ? J'ouvre la porte un peu plus, et pénètre carrément dans la pièce.

— C'est important, nous avons un petit problème à régler.

Il pose sa coupe sur la console qui longe le divan et se dirige vers moi d'un pas précipité. Pendant ce temps, Tamara en profite pour décrocher son téléphone qui ne cesse de sonner depuis mon entrée dans la salle. Mon boss se saisit de mon avant-bras et me conduit à l'écart.

— Qu'est-ce que vous ne comprenez pas dans les mots « je suis occupé » ? demande-t-il.

Ses gestes sont tendres, mais tout dans son attitude dénote une tension extrême. Adossée à une énorme mappemonde, je me sens acculée. On dirait un homme différent de celui qui est venu me chercher dans ma chambre un peu plus tôt.

— Je dois vous parler, maintenant, insisté-je.

Il croise ses bras sur sa poitrine.

— J'étais en pleine discussion d'affaires avec Tamara, réplique-t-il.

Je jette un œil dubitatif vers le divan. Affaires ? Vraiment ? Les seules affaires dont je la sens capable de discuter doivent être celles qu'elle porte sur son dos. Si l'on peut nommer ainsi les deux bouts de tissus et trois bouts de ficelle qui lui servent de robe. Comme s'il pouvait lire dans mes pensées, le Cyclope se sent obligé d'ajouter :

— Son père est l'un des plus gros annonceurs web, un partenariat avec lui serait un vrai plus pour nos clients. Je pensais qu'il ne serait jamais prêt à négocier avec nous, mais il semble que nous disposions d'une ouverture. Je ne peux pas laisser passer cette chance pour mon entreprise.

Je vois bien à la façon dont il énonce cette phrase et resserre son nœud de cravate qu'il n'est pas très à l'aise.

Non, Vic, non. Retiens-toi. Pour une fois dans ta vie, ferme-la.

— Vous êtes conscient que vous êtes enfermé ici depuis près d'une demi-heure avec la plus grosse sangsue de toutes les sangsues que pourra jamais envoyer votre père à l'assaut de votre petite peau diaphane, n'est-ce pas ?

Et merde, trop tard.

De nouveau, cette langue qui pointe entre ses lèvres. Il inspire profondément, détourne légèrement la tête et lance un regard vers le plafond. Sa main se dirige vers la poche de son pantalon, certainement à la recherche de son paquet de clopes qu'il n'a pourtant pas apporté pour la soirée.

— Vous croyez que je suis stupide ? finit-il par répondre. Vous croyez que je ne le vois pas ?

J'ai envie de le prendre par les épaules et de le secouer en lui disant « eh bien alors qu'est-ce que tu fous encore là ? », mais pour une fois je me retiens. Je ne sais plus vraiment s'il est en colère contre moi, son père, lui-même, ou les trois en même temps.

— Ne le laissez pas gagner, me contenté-je d'ajouter.

Ses mâchoires se contractent violemment et son regard s'obscurcit.

— S'il vous plaît, nous avons un problème urgent à régler, plaidé-je encore.

Est-ce que c'est l'alcool qui m'a rendue aveugle ? J'aurais dû reconnaître les signes, anticiper. Mais non, Miss Pieds-dans-le-plat a frappé à nouveau. Les poings de D'Enfer se ferment et je vois ses phalanges blanchir dangereusement.

— Victoria, dit-il en contenant difficilement une colère froide. Vous êtes mon assistante. Je ne gère pas les problèmes. Ça, c'est votre travail. Vous êtes là uniquement pour régler le moindre souci qui pourrait m'empêcher de faire le mien. Alors cessez de m'interrompre en plein rendez-vous, et faites votre job. C'est bien clair ?

Ça, pour être clair, c'est clair. Quelle idiote ! Comment j'ai pu croire qu'il y avait le moindre petit soupçon de… de quoi d'abord ? De rien du tout, voilà. J'avais juste besoin que quelqu'un me remette à ma place, comme toujours, et il vient de le faire avec brio. Alors pourquoi j'ai envie de me mettre à chialer ? Inspiration. Reprends-toi, Vic, pense au refuge, et à rien d'autre.

Je plaque un sourire sur mon visage, cligne des yeux pour les empêcher de s'embuer plus encore, et réponds avec tout l'aplomb dont je suis capable :

— Très clair, monsieur D'Enfer.

Chapitre 11

Je referme la lourde porte et m'y adosse quelques instants. La lumière tamisée du couloir et l'omniprésence des boiseries confèrent une atmosphère chaleureuse au manoir. Et Dieu sait que j'ai besoin de chaleur et de réconfort, là maintenant.

Si je m'étais demandé ce que les D'Enfer avaient dans le ventre la première fois que je les ai rencontrés, dorénavant je le sais, du moins en ce qui concerne Violette. Et j'aimerais effacer à grand renfort de parfum ces images et l'odeur dont mon nez est resté imprégné depuis.

Pourquoi, à cette pensée, une fragrance bien particulière et boisée me vient immédiatement en tête ? Je vais devoir me laver le cerveau à l'eau de Javel, je crois, jusqu'à ce que tout effluve de D'Enfer ait quitté mon cortex.

— Je tiens à m'excuser, mademoiselle. Je vous ai mal jugée.

Je rouvre les yeux. Wilfried me fait face. Il pose sa main sur mon biceps et le serre doucement. Ce geste me rappelle férocement celui échangé quelques heures auparavant. Quelques heures ? J'ai l'impression que c'était il y a des jours. Si seulement ça pouvait être le cas.

Franchement, ce Harry D'Enfer je le retiens. C'est sûr que c'était plus intéressant de peloter Miss Obus-de-la-seconde-guerre-mondiale que de m'aider à faire décuver sa frangine. Quant à son conseil de la laisser boire pour, je cite, « la décoincer un peu », il pouvait bien se le mettre où je pense. Je me demande encore comment ils ont pu fourrer un cerveau si minuscule dans un corps aussi parfait. Ça me dépasse. Heureusement que je suis finalement tombée sur Wilfried qui a accepté de m'aider.

— Oh, vous savez, votre jugement ne peut pas être pire que toutes les réflexions et les regards méprisants que j'ai essuyés toute la soirée. Je pense que c'était un bizutage en fait, je ne vois pas d'autre explication. Bienvenue chez Phénix Web, Victoria.

Je suis épuisée, j'ai mal à la tête, et un drôle de sentiment proche de la nausée ne m'a pas quittée depuis que j'ai claqué la porte du petit salon. Foutus champignons.

— Monsieur Alexandre a besoin de personnes comme vous dans son entourage, ajoute le vieil homme. Il a beaucoup souffert, vous savez.

Je lève les yeux au ciel. Monsieur Alexandre a surtout besoin d'aller se faire voir. De préférence chez les habitants d'un joli pays au drapeau bleu et blanc.

— Oui, je n'en doute pas quand je vois sa « résidence secondaire », maugréé-je.

Wilfried est sur le point de me répondre, mais se ravise.

— Venez, je vais vous reconduire à la fête, dit-il à la place.

Le petit bonhomme qui cogne sur l'enclume dans mon crâne n'a pas l'air tout à fait d'accord.

— Je pense que je vais aller me coucher. J'ai mal à la tête.

C'est un euphémisme. J'oscille entre l'envie de me fracasser la cervelle contre le mur pour faire cesser la douleur, ou celle de me laisser glisser sur le tapis moelleux du couloir juste pour ne plus avoir à supporter le poids démesuré dont est soudain affublé mon cerveau.

Il lisse son gilet et me fait signe de le suivre.

— Venez, je vais vous faire une tisane, vous dormirez comme un bébé. Vous l'avez bien mérité après… tout ça, ajoute-t-il en désignant d'un geste vague la porte de la chambre.

Nous descendons les escaliers, et tombons sur Pilar.

— Monsieur, je peux vous parler une minute ? interroge-t-elle.

Ils s'éloignent de quelques mètres. Je retiens un bâillement. Cette journée a été interminable. J'ai hâte de me glisser sous l'édredon. Mais avant, il faudra retirer les trois millions d'épingles à cheveux et les dix tonnes de laque utilisées pour faire tenir cette putain de coiffure. Je suis en train d'envisager de me coucher comme ça quand j'entends des pas dans l'escalier. Je me retourne. Merde. Merde, merde et remerde.

— Victoria, m'apostrophe le Cyclope.

Qu'est-ce qu'il fout à l'étage ? Peut-être que « Tamie » a voulu lui montrer ses affaires, ou plutôt son absence d'affaires, de plus près ? Est-ce que si je fais semblant de ne pas l'avoir vu, c'est crédible ? Allez, Vic, au point où tu en es, tente le tout pour le tout.

Je me hâte dans le couloir jusque dans la salle de bal. Ses jambes immenses lui donnent un avantage non négligeable, mais avec un peu de chance, j'arriverai à le semer dans la foule et je m'épargnerai une discussion gênante de plus. J'ai eu ma dose pour les dix années à venir. Au moins.

À l'instant où je pénètre dans le salon de réception, les lumières s'éteignent puis changent. Des spots sont abaissés jusqu'à projeter une pluie étoilée sur le parquet blanc tout autour du sapin monumental. Le bruit caractéristique de baguettes de batterie que l'on tape l'une contre l'autre attire mon attention. Je lève la tête, et remarque une estrade avec un groupe qui se met à jouer. Merde, j'avais complètement oublié ce bal. Mon bref moment d'inattention me vaut presque d'être rattrapée.

— Victoria, attendez s'il vous plaît, j'entends de nouveau dans mon dos.

C'est qui la sangsue maintenant ? Il ne va pas me lâcher ? J'ai rempli mon office pour la soirée. Et bien au-delà de mes prérogatives.

L'orchestre entame un blues lent, et le maître de cérémonie invite les couples à rejoindre la piste de danse. J'avise droit devant moi la jeune femme rencontrée sur la terrasse avec son mari. Je me glisse entre eux et chope le bras du géant avant de l'entraîner sur la piste.

— Je vous l'emprunte, précisé-je à l'inconnue.

Nous atteignons le centre du parquet, juste à côté des branches de l'arbre de Noël, à l'instant où le Cyclope arrive à la hauteur de la jeune femme en mauve. Il me jette un regard contrarié. Parce que tu croyais encore que tu allais l'avoir ta première danse, mon gars ?

— Bonsoir à vous aussi, finit par me lancer mon partenaire désigné d'office en positionnant avec une précaution qui confine au maniérisme ma main sur son épaule.

Il est grand. Encore plus grand que D'Enfer. Son nez fracturé à de multiples reprises détonne au milieu de son visage allongé. Mais ses yeux d'un vert profond et lumineux, et les pics de cheveux noirs qui pointent partout sur son crâne lui donnent un charme fou.

— Excusez-moi, bredouillé-je. Je…

Je me sers de vous comme d'un vulgaire bouclier pour éviter mon boss ? Dans quelle galère tu es encore allée te fourrer, Vic ? Ça ne t'a pas suffi cette journée ? Tu voulais te rajouter un petit challenge supplémentaire, c'est ça ? Oh, mais oui, allons inviter un inconnu à danser, quelle grandiose idée. Que dis-je, en fait tu ne sais même pas danser. Alors tu comptes faire comment pour parvenir au bout de la chanson sans avoir réduit la moitié des pieds de ton cavalier en chair à pâté ? La moitié seulement ? Tu es bien optimiste, dis donc.

Un sourire étire ses fines lèvres et met fin aux élucubrations de mon cerveau embrumé. Il guide incroyablement bien, et je me surprends à suivre ses mouvements avec une facilité déconcertante.

— Vous tentez d'échapper aux D'Enfer, comme beaucoup de personnes dans cette ville, ironise-t-il de sa voix acide.

Alors là, il m'a sciée.

— Vous devriez fermer la bouche, vous ne savez pas ce qui pourrait se retrouver malencontreusement à l'intérieur par ici, ajoute mon cavalier.

Cette réflexion a forcément l'effet inverse de celui escompté, et je commence à me demander si j'ai bien gagné au change.

En tout cas, s'il y en a une qui ne cherche pas à échapper aux D'Enfer, c'est bien Tamara : elle vient de réquisitionner le Cyclope pour l'accompagner sur la piste de danse. Ils se positionnent à quelques mètres seulement de nous. Les yeux de D'Enfer ne m'ont pas quittée.

— Vous vous appelez comment ? je demande à mon cavalier en faisant tout pour ne pas regarder en direction de mon boss, et échouant chaque fois lamentablement.

— Cela a peu d'importance. Cette danse est une danse d'animation. Mais ça a été un plaisir.

Une danse d'animation ? Qu'est-ce qu'il raconte encore ? Mais à l'instant où ma bouillie de cervelle tente de démêler tout ça, une clochette tinte, et mon partenaire me lâche. Je lui lance un regard désespéré, ce genre de regard qu'ont les méchants des films d'action quand ils tombent du haut d'un immeuble en flammes en criant un « non » tonitruant. Il me murmure un « bonne chance » avant de se saisir de la première cavalière qui virevolte à proximité. J'ai à peine le temps de comprendre ce qu'il se passe qu'un bras puissant enserre ma taille et m'entraîne dans un mouvement tournoyant qui n'est pas franchement indiqué pour mon estomac.

— Je croyais que vous vous étiez foulé la cheville et refusiez de danser ce soir, me reproche la voix suave de Harry.

Super… Si je hurle Jumanji maintenant ils vont tous rentrer dans la boîte de Pandore ou ça se passe comment ?

— Peut-être que le vomi de votre sœur a des vertus miraculeuses, persiflé-je, mais vous ne le saurez jamais puisque vous m'avez lâchement abandonnée.

Son petit sourire si charmeur, mais si agaçant refait son apparition. Je dois être un genre de mutante, je pense, parce que je peux voir d'ici au moins cinq femmes assises sur le bord de la piste et qui le dévorent littéralement des yeux. En ce qui me concerne, si je n'étais pas végétarienne, c'est moi qui lui boufferais les yeux pour les empêcher de loucher une fois de plus sur mon décolleté. Et je rêve ou ses mains descendent dangereusement bas, là ?

— Je suis là maintenant, je ne vous abandonne plus. On peut même poursuivre la soirée dans ma chambre si vous voulez, ou dans la vôtre. Promis, mon frère n'en saura jamais rien.

— Vous pensez vraiment que vos mains plaquées sur mon postérieur ne sont pas un indice ? Je vous conseille de regagner immédiatement de l'altitude.

Il hume ma chevelure à plein nez. Vu la tonne de laque que j'y ai déversé, je crains qu'il ne vienne de se griller le dernier neurone qu'il lui restait.

— Arrête un peu, répond-il en serrant plus encore ses mains sur mes fesses. J'ai vu comment tu me regardais hier à table. Je les connais les filles dans ton genre. Je sais ce qu'elles veulent. Mais continue de faire semblant de me résister. Ça m'excite.

Et effectivement, mon corps collé au sien ne peut qu'en être témoin.

Aux grands maux, les grands remèdes. Je plaque ma main sur son entrejambe. Son sourire s'élargit.

— Je savais bien que tu étais une vraie petite coquine. Je comprends mieux pourquoi mon frère te traîne partout avec lui.

— Ça t'excite ? susurré-je à son oreille.

— Tu n'as pas idée.

— Un jour, mon ex m'a dit que si ma poigne était un animal, elle serait la mâchoire d'un requin obèse en manque de nourriture depuis une quinzaine de jours. Si je serre ma main, ça t'excitera toujours autant ? murmuré-je. Des mecs comme toi j'en croise toutes les semaines dans le métro. Alors ou tu retires tout de suite tes sales pattes de mon postérieur, ou bien ce n'est pas que de la purée de céleri qu'ils vont avoir à servir au buffet. Me suis-je bien fait comprendre ?

Si j'en crois son visage soudain plus blanc que la porcelaine sur les tables, et ses mains qui remontent en tremblant jusqu'à ma taille, il semblerait que oui.

Il est sauvé par un nouveau tintement. Je m'étais dit que j'allais anticiper ce dernier pour me jeter hors de la piste, mais toute cette histoire m'a distraite. À l'instant où Harry me lâche, je vois Alexandre et Arthur fondre sur moi. J'ai l'impression d'être un bébé de trois jours sur lequel se précipiteraient la peste et le choléra. Autrement dit, je n'ai aucune chance d'en réchapper. C'est le vieux qui m'atteint en premier, et une rousse plantureuse met le grappin sur le Cyclope.

— Vous auriez dû écouter mon conseil et vous retirer dans votre chambre, grince le Fossile.

Le contact désagréable de son corps noueux contre le mien me donne l'impression de danser avec un vieil arbre tout desséché.

Ne réponds rien, cette satanée sonnette va retentir dans quelques secondes et cette fois, tu t'éjectes du parquet même si tu dois griller les dernières fibres musculaires qui réagissent encore dans ton pitoyable corps.

— Vous faites honte à toute la famille. Vous êtes la risée de la soirée.

Mes mâchoires se contractent. Je devrais m'en foutre, comme je me suis toujours moquée de tout ce que mes camarades de classe ont pu me balancer durant ma scolarité, moi la fille pauvre, trop maigre, et mal habillée. Alors pourquoi est-ce que ça me fait si mal ?

— Je ne fais que mon travail, rétorqué-je.

Il rit, et son rire résonne douloureusement contre ma cage thoracique.

— Votre travail ? Malheureuse, vous croyez vraiment que des personnes telles que nous traînent leur petit personnel dans ce genre de soirée ? Nous ne sommes pas au cirque, ni même au zoo. Vous pensez que mon fils avait besoin de son assistante pour les trois jours ouvrés qu'il va passer ici ? Il vous a amenée dans le seul but de faire honte à cette famille et de m'énerver. Parce que ça l'amuse. Mais je ne le laisserai pas jeter plus de discrédit sur mon nom qu'il ne l'a déjà fait par le passé. Et je ne vous permettrai pas de fricoter avec mon fils dans la cuisine en pleine nuit. Je compte bien remettre Alexandre dans le droit chemin. Et vous allez m'y aider.

Visiblement, Pilar est une vraie cafteuse.

Inspire, Vic. Expire. Plus que quelques secondes. Tu peux le faire. Garde les yeux rivés sur le sol. Ne réagis pas.

Ma gorge me fait mal tant elle tremble. Mon bon sens me hurle que tout ceci n'est qu'un ramassis de conneries, mais la petite fille pleine d'insécurité et de manque de confiance en soi que j'avais fracassée à grands coups de pioche et enterrée bien profond dans mon inconscient à l'adolescence décide de pointer de nouveau le bout de son nez.

— Combien voulez-vous ? Car c'est bien ainsi que fonctionnent les gens comme vous, n'est-ce pas ? continue Arthur.

Respire. Oh puis merde.

— Vous savez quoi ? sifflé-je entre mes dents serrées et en osant enfin croiser son regard. Votre argent, vous le prenez, vous vous le mettez là où je pense, et vous bourrez bien le tout avec le balai qui vous remonte dans le cul en permanence.

Il s'arrête de danser. Sa main se saisit de mon bras et le comprime jusqu'à ce que ma circulation soit coupée.

— Comment osez-vous me parler ainsi ? crache-t-il. Vous n'êtes rien. Un simple morceau de purin sous la semelle de mon fils. Je vais vous détruire. Vous, et tout votre entourage. Je vais ruiner chaque petite parcelle de votre quotidien jusqu'à ce que vous n'ayez plus d'autre choix que de mettre fin à ce simulacre de vie.

Je tente de m'écarter, mais il me tient fermement. Une douleur sourde irradie dans tout mon biceps.

— Lâchez-moi immédiatement, fulminé-je.

Son sourire s'élargit. Il se penche, et son nez frôle mon front dans un reniflement de mépris.

— Sinon quoi ? Vous allez me frapper ? Allez-y, ne vous gênez pas. Je suis sûr que l'ensemble des personnes ici présentes se fera une joie de témoigner en ma faveur lorsque je porterai plainte pour coups et blessures. Mon avocat s'en frotte déjà les mains.

Je ne pense pas avoir déjà été aussi furax de toute ma vie. De la lave en fusion inonde mes muscles, et j'ai l'impression que je vais me transformer en gros monstre vert d'une minute à l'autre et réduire ce manoir à l'état de poussière. Et pourtant, la minuscule part rationnelle qui existe encore dans mon cerveau me crie qu'il a raison, que ça signifierait la ruine qu'il m'a promise quelques minutes auparavant. Qu'il aurait gagné. Alors je reste là. Je laisse tous les scénarios de mort et de torture défiler un à un dans ma tête, me repaissant de ces chimères jusqu'à ce que la réalité veuille bien me permettre de me réveiller pour me sortir de ce cauchemar.

J'aurais pu laisser les choses en l'état. J'aurais pu m'écraser comme la merde qu'il est persuadé que je suis. Mais, l'alcool aidant, je déraille.

— Tu sais quoi, le vieux ? je me surprends à lui murmurer. Tu veux la guerre ? Tu vas l'avoir.

Oubliée la mise en garde de l'inconnue à la robe violette. On ne menace pas mes proches comme ça impunément. Il ne sera pas le premier requin dont ma famille viendra à bout : si nous sommes parvenus à sauver notre petite ferme de l'expropriation pendant vingt ans, ce n'est pas un vieux gâteux qui va me faire peur.

La sonnette retentit enfin et je tente de m'extirper de sa poigne, mais pour une momie il est plus fort que je ne pensais.

— Vous n'avez pas entendu la cloche, père ? tempête une voix derrière moi. Lâchez-la.

Arthur affronte son fils du regard, mais craignant sans doute que je les accable de honte, il finit par obtempérer. Le Cyclope me réceptionne immédiatement dans ses bras.

— On joue au Jeu des 7 familles en fait, c'est ça ? maugréé-je. Il ne manque plus que votre mère, et j'aurai gagné le gros lot.

Il ne relève pas. Il n'a pas l'air très à l'aise. Sa main tremble sur ma hanche et il retient une énième quinte de toux.

— Où est-ce que vous étiez ? Je vous ai cherchée partout lorsque vous avez quitté le petit salon, finit-il par demander.

La musique part dans des envolées qui suggèrent que nous allons enfin atteindre la fin de ce supplice.

— Je réglais vos problèmes. J'ai cru comprendre que c'était mon job, je réponds sèchement.

Pourquoi faut-il que son parfum sente aussi bon ? Mon nez, qui arrive pile au milieu de son cou, est attiré par son odeur comme par un rail de coke.

Il m'observe, mais je garde résolument les yeux braqués sur la peau à la jonction de sa chemise. Pas que ce soit une très bonne idée, car j'ai soudain terriblement envie d'y enfouir mon visage.

Vic, lève la main droite et répète après moi : je ne boirai plus d'alcool. Jamais.

— Vous êtes fâchée, se contente-t-il de dire.

Mais c'est qu'il est perspicace le garçon. Dommage que je n'aie pas sur moi un diplôme en psychologie féminine, je le lui remettrais sur-le-champ.

— Non, je ne suis pas fâchée, pourquoi je serais fâchée ? ironisé-je.

C'est vrai en fait : pourquoi est-ce que je suis fâchée ? Peut-être parce que j'ai bêtement cru qu'il était l'un de ces rares boss qui parle à ses employés comme à des égaux ? Peut-être parce que j'ai pensé qu'il avait reconnu ma valeur professionnelle et qu'il m'estimait bonne à autre chose qu'à lui apporter ses cafés et à sortir ses poubelles. Ou peut-être encore que j'ai cru lire dans ses petites attentions envers moi depuis notre rencontre quelque chose qui n'existe pas. Pauvre idiote.

Il approche sa joue de la mienne. Son souffle caresse mon oreille.

Pourquoi j'ai soudain l'impression d'être sur la table de l'acupuncteur ?

— Vous mentez très mal, chuchote-t-il. Mais les ongles que vous enfoncez dans mon dos depuis tout à l'heure, eux, ne mentent pas.

La chanson prend fin, et tous les couples se séparent.

Soulagement. Finalement, il y a peut-être un dieu quelque part. Je me hâte de me désempêtrer des bras du Cyclope avant d'être reprise par l'envie irrépressible de sniffer son parfum. Ou Dieu seul sait quelle autre réaction stupide qui pourrait passer par mon cerveau lobotomisé.

Je me tourne vers le bord de la piste, mais il se saisit de mes poignets.

— Victoria, commence-t-il.

Mon cœur bat la chamade. Je ne sais pas trop si je vais vomir, m'évanouir, ou un mélange des deux. Mais il est clairement temps que je tire le rideau sur cette soirée désastreuse avant de faire de Papa D'Enfer un putain de prophète en causant ma ruine.

Je plonge mes yeux dans son œil, puis je les porte à ses longues mains qui tiennent fermement mes poignets.

— Lâchez-moi immédiatement, monsieur.

Je n'ai pas le temps d'achever ma phrase qu'une détonation retentit. Dans ma tête, j'imagine déjà la pègre D'Enfer venue m'assassiner en pleine fête pour se venger des propos tenus à peine quelques minutes auparavant. Dans un réflexe primaire, je ne trouve pas mieux que de me blottir… dans les bras du Cyclope. Ses deux membres se referment sur moi comme un cocon, alors qu'une pluie de serpentins argentés et de neige artificielle tombe lentement sur nous dans un scintillement magique.

Je me dégage violemment au moment où une femme avec un fort accent anglais prend la parole au micro.

— Mes chers amis, merci d'être présents ce soir pour cette 35e édition de notre gala en faveur des maladies infantiles rares.

Maman D'Enfer a enfin décidé de montrer le bout de son nez.

Chapitre 12

Comment ai-je pu éluder si longtemps mes interrogations sur l'absence de Thérésa D'Enfer depuis mon arrivée au Manoir ? Le crissement des roues de son fauteuil roulant résonne sinistrement dans la salle soudain silencieuse. Les derniers copeaux de neige artificielle tourbillonnent encore dans l'air, donnant une atmosphère irréelle à la scène. Mes yeux se portent sur le foulard de soie précieuse qui entoure son crâne squelettique, sur ses iris verts et ses pommettes ciselées : elle a dû être splendide avant que son épiderme et ses muscles ne soient dévorés par la maladie. Il fallait forcément des gènes parfaits pour créer les bombes atomiques que sont ses enfants. Une robe d'un rouge flamboyant qui contraste avec la pâleur de sa peau a été passée tant bien que mal sur son ossature frêle. Les tuyaux qui partent de ses bras, et de son nez, crient au monde entier ce que son souffle erratique semble murmurer : elle est mourante. À ses côtés, Arthur D'Enfer scrute l'assistance, son sourire carnassier imprimé sur son horrible trogne. Sa posture conquérante, flanquant ce relief de femme, me donne la nausée. Ces deux personnes ne se sont pas aimées. Jamais quelqu'un qui aime profondément son conjoint ne serait aussi insensible à la détresse qu'elle affiche en cet instant. Ses pauvres mains peinent à soutenir ne serait-ce que le poids du micro et ses yeux sont embués de larmes.

Le marteau piqueur qui siège à l'intérieur de mon crâne vient de prendre la cadence d'une locomotive zombie qui se nourrirait de mes émotions pour huiler ses rouages.

Je lève les yeux vers Alexandre. La tête penchée vers l'avant, son regard perdu dans les lames du parquet est indéchiffrable. Est-ce qu'il est venu jusqu'ici pour faire ses adieux à sa mère ? Est-ce que c'est la raison de sa nervosité depuis que nous avons posé les pieds à D'Enfer Road ?

Il a l'air si vulnérable tout à coup, avec ses épaules légèrement voûtées. Quelques secondes auparavant, j'étais blottie dans ses bras. Je peux encore les sentir me serrer contre son torse ferme. Et son menton qui s'était calé sur le sommet de mon crâne pour protéger chaque parcelle de mon être qu'il lui était possible de couvrir.

Ma gorge me brûle. J'ai toujours eu beaucoup trop d'empathie. C'est la malédiction des éponges à émotions : ressentir au centuple les joies, les peines et les souffrances des autres, jusqu'à s'oublier soi-même. Et c'est exactement ce que je suis en train de faire à cet instant : envolée ma colère à son encontre. Oubliés mes petits soucis de la soirée. J'ai une envie irrépressible de couvrir les quelques dizaines de centimètres qui me séparent de mon boss, et de le prendre dans mes bras.

— Mes chers amis, comme vous pouvez le voir, cette année sera certainement la dernière pour moi en votre compagnie, poursuit-elle difficilement.

J'admire sa lucidité et l'absence de tremblement dans sa voix lorsqu'elle contemple sa propre fin. À sa place, je serais en PLS au fond de mon lit, à pleurer toutes les larmes de mon corps, et à maudire l'ensemble des dieux en qui je n'ai jamais cru.

— J'aurais aimé partager verres et danses avec vous comme durant les autres éditions. Mais je suis persuadée que mon époux et mes enfants ont fait honneur à chacun d'entre vous lors de cette soirée.

Ça pour me faire honneur, ils m'ont fait honneur. Je me serais bien passée de leur attention.

— Je souhaitais vous remercier pour vos dons qui vont servir cette cause qui me tient très à cœur. Et aussi m'excuser auprès de tous les habitants et les commerçants de la ville. Je sais que Christmas Road était un évènement très attendu par chacun d'entre vous. Je n'ai pas eu la force de l'organiser cette année.

Je n'ai aucune idée de ce dont elle parle, mais des murmures d'assentiment s'élèvent de partout dans la salle.

— Mais je ne veux pas que ma mort soit la fin de la belle aventure que nous vivons ensemble depuis de si nombreuses années. Parce que vous avez été, et resterez, ma famille.

Tu m'étonnes, quand on se coltine des proches comme les siens, t'es prêt à t'acheter une famille en kit à prix d'or.

Des applaudissements résonnent dans la salle. J'aperçois quelques invités qui essuient discrètement leurs joues, signe que contrairement aux autres membres du clan D'Enfer, cette femme a su se faire aimer.

— Mes amis, cette année, j'ai émis un unique souhait pour Noël, murmure Thérésa dans le micro, comme si elle révélait le plus intime de ses secrets. Et il a été exaucé. Alexandre, mon fils, m'est revenu après toutes ces années loin de moi, loin de chez lui. Darling, ce soir, je veux que tous, et toi plus que quiconque, sachent que je t'aime. Toi seul m'as toujours comprise, et moi, je n'ai pas su t'écouter ni te protéger.

Qu'est-ce que c'est encore que ce délire ? En tout cas, à en croire les conversations qui éructent tout à coup dans la salle, d'autres que moi se posent la même question.

Oh oh, vu la tête du Fossile à ses côtés, il semblerait que Maman D'Enfer se soit lancée dans une improvisation de son cru. Papa D'Enfer a pâli. Il porte un doigt à son col, nerveux.

Eh bien alors, Arthur, on a des squelettes dans le placard ? J'ai l'impression que Thérésa s'est dit « ce soir, mon vieux, je lâche tout ce que j'ai ». La pauvre femme n'aura de toute façon pas d'autre chance. L'a-t-il intimidée comme il l'a fait avec moi ? Si c'est le cas, il doit être terriblement frustré : de quoi peut-on bien menacer quelqu'un qui n'a plus que quelques jours à vivre ?

— C'est pourquoi j'ai décidé de léguer l'intégralité du domaine de D'Enfer Road…

Au ralenti, j'observe Arthur se jeter sur le micro comme un morpion sur le dernier poil de cul d'un chauve. Mais il est déjà trop tard.

— … à Alexandre, achève-t-elle. Je suis sûre qu'il aura à cœur de perpétuer toutes les traditions que j'ai instaurées au fil des ans.

Les applaudissements résonnent dans la salle.

Moi ? Je suis trop occupée à savourer les traits décomposés d'Arthur et de Harry D'Enfer qui se hâtent de faire évacuer Thérésa avant qu'une nouvelle bombe ne s'échappe de ses lèvres tremblotantes. C'est Noël avant l'heure. Il me manque juste le seau de pop-corn et l'énorme gobelet de soda, et je serais vraiment aux anges.

Alexandre se place devant moi. Ses deux grandes mains emprisonnent son visage. Je peux voir ses veines délicates pulser à la surface de sa peau fine, et les os aux jonctions harmonieuses tressauter. Nous ne sommes qu'à un pas l'un de l'autre, comme s'il pensait que mon corps pouvait faire barrage à la curiosité des personnes qui nous entourent. Comme si j'allais le prendre dans mes bras de la même façon qu'il l'a fait pour moi quelque temps plus tôt. Ses mains glissent lentement pour révéler ses traits ravagés par le chagrin. Son œil droit est injecté de sang. Ses joues semblent légèrement humides. Est-ce qu'il a pleuré ?

Mon petit cœur se contracte dans ma poitrine. Mais j'ai désaoulé. Et surtout, j'ai appris. Je repense à ses mots tout à l'heure dans le salon. Il a été très clair. Je suis son assistante, rien de plus. Ma gorge se serre. Je ne suis là que pour faire mon job, n'est-ce pas ? Et consoler mon patron n'en fait clairement pas partie.

Alors tu prends tes émotions et tes hormones par le col, tu leur colles une bonne claque sur les fesses, et tu les enfermes à double tour dans ton cœur qui doit cesser sa crise d'adolescent boutonneux. Ça suffit maintenant. Qui est-ce qui commande ici ? Je ne suis pas comme ça. Ce n'est pas moi. Je ne m'entiche pas d'un mec que j'ai rencontré il y a à peine quelques jours. Je ne me laisse pas contrôler par les pulsions qui m'assaillent après six mois d'abstinence.

Tu es plus forte que ça, Vic. Tout ça, ce n'est que de la chimie. Rien d'autre qu'une histoire de molécules qui ne veut foutrement rien dire.

Ce n'est pas le moment de flancher, Vic. Courage.

Je sors un mouchoir en tissu de mon décolleté, et le lui tends. Il s'en saisit d'une main tremblante. Il a l'air tellement perdu.

Vic, bouge-toi. Tu sais bien comment tu es, si tu restes une seconde de plus devant sa tête de bébé panda battu, tu vas craquer et faire encore une bêtise.

Il m'adresse un regard appuyé et triste qui piétine mon cœur dans ma poitrine. Puis la foule nous sépare et se referme sur lui pour le féliciter. Il ne m'a pas lâchée de l'œil. Il ouvre la bouche pour me dire quelque chose, mais je le coupe.

— Monsieur, si vous n'avez plus besoin de moi, je vais me retirer dans ma chambre, j'articule bien distinctement.

Je ne lui laisse pas le temps de répondre, tourne les talons, et quitte la pièce en courant.

*

Je suis réveillée par la sonnerie tonitruante du téléphone juste à côté de mes oreilles. Tentant de calmer les battements frénétiques de mon cœur qui a frôlé la crise cardiaque, je pivote vers l'engin de Satan. Mauvaise idée : visiblement, quelqu'un s'est amusé à jouer au football avec mon crâne pendant toute la nuit. Ma tête chancelle, mes yeux font trois fois le tour de mon cerveau avant de parvenir à se focaliser et je réfrène au dernier moment la bile qui me brûle la gorge.

— Allô ? articulé-je de ma bouche pâteuse.

Je tente de décoller mes paupières. Je dois avoir l'air d'un orang-outan attaqué par une poussée de conjonctivite purulente. Seule une respiration lente et mesurée me répond. Je réprime un bâillement qui ne fait qu'aggraver mon mal de crâne, et me traîne jusqu'au salon où une cruche d'eau et un verre m'appellent tel un Graal. Après avoir rincé le goût ignoble qui recouvrait l'ensemble de ma bouche, je me sens déjà mieux.

— Si vous tentez un remake de je ne sais quel film d'horreur, marmonné-je, sachez que pour me faire peur, il va m'en falloir plus que ça.

Je pose mon verre et me dirige vers la fenêtre. J'ouvre les lourds rideaux occultants. Dehors, le brouillard ne s'est pas levé. Quelques flocons minuscules tombent par intermittence, venant épaissir la couche de neige généreuse qui recouvre déjà le sol.

— Bon, si vous ne vous décidez pas à parler, je vais raccrocher. J'ai autre chose à faire que de faire mumuse avec des défoncés du bulbe de bon matin.

Comme comater dans mon lit toute la journée. Ou buller dans un délicieux bain chaud.

Je ne peux réprimer plus longtemps un bâillement, et m'étire de tout mon long, levant en l'air mon bras libre. Lorsque je rouvre les paupières, une silhouette sur le chemin qui longe le bâtiment et la rivière qui sinue en contrebas m'observe. Son œil valide passe de mon visage à mon ventre, et je me rends compte que je tiens toujours mon bras en l'air, et que le tee-shirt de mon pyjama découvre une large portion de mon abdomen. Fais coucou à M. Alexandre D'Enfer, petit nombril ! Je pivote précipitamment. Comme si lui tourner le dos allait effacer de sa mémoire la vision d'horreur qu'il vient d'avoir. Comme si me retourner allait effacer la vision de rêve que je viens d'avoir. Même le pantalon de jogging large n'est pas parvenu à camoufler la courbe parfaite de son postérieur. Et ses cheveux qui gouttent de sueur et de rosée mêlées. Quant au tee-shirt thermique qui moule chacun des muscles de son torse, il faudrait décerner le prix Nobel à l'inventeur de cette merveille, car elle permettrait certainement de réaliser de sacrées économies de chauffage si tous les mecs étaient gaulés comme Alexandre D'Enfer… En tout cas, en ce qui me concerne, mon corps vient d'adopter un climat équatorial : chaud et très humide.

Une voix enrouée me tire de mes pensées pas vraiment catholiques.

— Victoria ? C'est moi.

Violette. Ça, au moins, ça a le don de faire redescendre immédiatement la pression dans mon bas-ventre. Je ne peux m'empêcher de jeter de nouveau un œil par la fenêtre, mais le beau joggeur est parti.

— Je tenais à vous remercier, pour… tout, ajoute la jeune femme.

— Violette, j'aimerais qu'on parle. Est-ce que je peux passer vous voir ?

Nouveau silence.

— Je n'ai pas envie de parler, finit-elle par me répondre.

Misère.

— Violette, hier soir, je vous ai torché le cul et lavé votre vomi. Je pense que vous me devez bien ça.

Je l'entends se retourner dans son lit.

— OK, dit-elle simplement avant de raccrocher. Je vous attends.

Je me dépêche de me doucher et de me changer. Malgré tous ces soins, j'ai toujours l'aspect d'un zombie qu'on vient de déterrer de la crypte après une épidémie de lèpre. Mais j'ai intérêt de me bouger, puisque j'entame une course contre la montre : maintenant qu'Alexandre sait que je suis réveillée, il va me traquer et vouloir qu'on parle d'hier soir. Et s'il y a bien une chose que je n'ai pas envie de faire, là tout de suite, c'est lui parler. Pas que j'ai envie de le faire un jour, à nouveau, jamais, en fait. Après une étude scientifique poussée réalisée au beau milieu de mon insomnie, j'en suis arrivée à la conclusion que ce spécimen mâle d'homo sapiens est dangereux. Je ne suis plus moi-même quand je suis près de lui. Il faut que je réduise nos contacts au strict nécessaire, jusqu'au 26 décembre où, une fois qu'il m'aura remis le chèque pour le refuge, je lui adresserai ma démission.

J'ai à peine frappé à la porte de la chambre de Violette qu'elle m'intime d'entrer. Son petit corps est tassé dans la masse d'oreillers où je l'ai calée durant la nuit pour éviter qu'elle ne s'étouffe dans son vomi en cas de récidive. Son teint verdâtre fait concurrence à mon visage de déterrée. Elle n'ose pas croiser mon regard, et je sais par avance que cette discussion s'annonce délicate.

Sa chambre est restée un vrai repaire de gamine : la peinture rose des murs le dispute aux froufrous des rideaux et du baldaquin comme décor pour le prochain film des Bisounours.

Je m'assois sur le lit en prenant garde à ne pas trop le faire tanguer : je connais bien les affres d'un lendemain de cuite.

— Vous les avez vues, c'est ça ? finit-elle par demander.

Comment formuler ça. Je suis douée pour l'empathie, mais ma franchise ne m'a jamais permis d'être d'une quelconque aide pour les personnes en souffrance. J'avais tout simplement décidé d'arrêter d'essayer de consoler les gens. Mais là, il va falloir que je me force. C'est une question de vie ou de mort.

— Violette, je ne sais pas ce qu'il se passe dans votre vie, mais rien ne peut justifier ça. Vous avez tout ce dont une femme peut rêver : un lord anglais pour mari, une magnifique demeure, de l'argent à ne plus savoir qu'en faire. Vous êtes encore jeune si ce sont vos problèmes de grossesse qui vous inquiètent.

Elle tourne enfin la tête vers moi. Elle pourrait être en colère, mais elle a l'air simplement blasé.

— Vous n'avez strictement rien compris, crache-t-elle avec un calme glacial.

Je me saisis de sa main, et elle ne fait pas mine de la retirer.

— Violette, des scarifications, ce n'est pas anodin. Vous devez vous faire aider par un professionnel.

Elle ôte sa main, et se redresse pour me faire face.

— Me faire aider par un professionnel ? Dans quel monde vivez-vous ? Car dans le mien, une lady ne peut pas se rendre chez un psy sans que toute la haute société soit au courant dès le lendemain. Je ne peux pas me le permettre.

Je ne sais pas quoi dire. Je n'avais jamais songé à cet aspect de la vie des riches.

— Et vous pensez que j'ai une vie idyllique, n'est-ce pas ? continue-t-elle, de plus en plus véhémente. Oh la pauvre petite princesse qui se plaint alors qu'elle a tout pour être heureuse dans son beau château. Eh bien figurez-vous que la princesse a baisé avec sa bonne, et que quand le roi son père les a surprises en plein acte, il a fouetté l'amour de sa vie jusqu'au sang de sa cravache avant de la marier de force à un lord anglais tel un vulgaire trophée d'affaires. Ça vous plaît comme histoire ? Ou je rajoute la partie où ce lord me trompe avec toutes les traînées d'Angleterre, tout en m'humiliant pour ne pas arriver à lui donner d'enfant ?

Ses paroles de la soirée me reviennent en mémoire et prennent tout leur sens. Je me sens mal. Je me sens terriblement mal. Après un long silence, je ne parviens qu'à dire quelques mots :

— Elle s'appelait comment ?

Son visage s'illumine au souvenir de sa petite amie.

— Lily. Elle était belle comme la fleur dont elle porte le nom. Elle avait des cheveux d'un blond presque blanc vraiment incroyables. Mon père l'a jetée hors du domaine sans même un vêtement sur le dos. Le lendemain, j'étais dans un avion pour l'Angleterre. Je ne l'ai jamais revue. Je ne sais même pas ce qu'elle est devenue.

Je tends la main vers son visage pour en chasser les mèches qui lui tombent dans les yeux.

— Violette, il existe des associations qui peuvent vous aider. Vous ne pouvez pas rester dans cette union destructrice. Vous devez demander le divorce.

Elle relève ses beaux yeux bleus vers moi.

— Et amener la honte et la ruine sur ma famille ? Mon époux a beaucoup d'influence. Il nous anéantirait. Mieux vaut mourir. Laissez-moi maintenant, je voudrais dormir.

Je m'apprête à lui répondre, mais elle se met soudain à hurler comme une démente.

— Sortez de ma chambre.

À regret, je m'exécute, mais je me retourne tout de même juste avant de refermer la porte.

— Vous savez, quoi que vous en pensiez, votre famille ne mérite pas que vous leur sacrifiiez votre vie. Réfléchissez-y.

Chapitre 13

Jusqu'ici, l'opération « Fuyons le Cyclope » se déroule sans accroc. Je viens de passer vingt minutes les yeux dans les yeux avec tous mes petits amis décapités des latrines du rez-de-chaussée, à attendre qu'il descende aux cuisines, avant de me faufiler par la porte d'entrée. Un peu plus, et j'entamais avec Bambi et ses copains un grand débat sur la question capitale que nous nous posons tous : le papier toilette, on le débobine vers le mur, ou vers soi ?

Après l'avoir entendu demander à Pilar et à Wilfried s'ils m'avaient vue ce matin, mes craintes se sont confirmées : il me cherche, et visiblement pas pour parler de PQ. Chaque pas dans cette baraque ressemble à un immense jeu de l'oie : avec moi dans le rôle du volatile, et les D'Enfer prêts à me plumer dès que je montrerais le bout de mon bec.

Je pénètre dans les écuries que j'avais repérées lors de mon premier jour ici, quand j'étais descendue en ville avec Wilfried.

Merde, c'était hier en fait. J'ai la sensation d'avoir déjà passé un long mois dans l'antre du diable.

Situés en périphérie du manoir, les bâtiments sont tout aussi sublimes que la résidence principale. Le bois et l'ardoise qui les composent leur donnent des allures grandioses et chaleureuses.

Je hume l'odeur à pleins poumons à peine un pied posé dans l'allée centrale. Pour la première fois depuis mon arrivée à D'Enfer Road, mes muscles se détendent, mon esprit s'éclaircit : j'ai l'impression d'être chez moi. Je ne compte plus le nombre de fois où l'on m'a dit que je « puais le cheval » en revenant du refuge. Alors je dois être affublée d'une sorte de déformation de l'odorat. Parce qu'en ce qui me concerne, ces effluves de sueur animale, de crottin, de foin et de cuir constituent la meilleure fragrance au monde. Bon, OK, peut-être après le parfum d'Alex.

Attends, Vic, tu viens vraiment de comparer l'odeur du parfum d'Alex à celle du crottin de cheval ?

Le plus inquiétant étant qu'Alex s'invite dans ma tête, quel que soit le sujet de mes réflexions. Pas plus tard que tout à l'heure, j'étais en train de penser qu'il faudrait que je me charge de graisser l'intégralité des harnais, sangles et filets une fois de retour au refuge, car cela faisait un moment que personne ne s'en était occupé. Pourquoi ces visions de lanières et de cuir m'ont-elles remis en mémoire cette conversation dans la cuisine où Alex m'avait avoué avoir des penchants masochistes ? Je n'en sais fichtrement rien. Mais ça a éveillé en moi des images qui m'ont forcée à retourner prendre une douche froide avant de sortir.

À mesure que j'avance entre les box, des têtes curieuses et amicales apparaissent et tendent vers moi leurs longues oreilles. Un sourire digne d'une gamine de six ans devant son premier cadeau de Noël s'immisce sur mon visage. Dans le milieu équestre, il existe un dicton qui dit que « l'air du paradis est celui qui souffle entre les oreilles d'un cheval ». Si je devais un jour laisser un tatoueur approcher une aiguille de ma petite peau douillette, ce serait très certainement pour me faire encrer cette phrase.

— Oh, là, calme-toi, doucement, doucement, me parvient une voix d'homme.

Elle ne ressemble à aucune de celles de mes sinistres partenaires de jeu. Mais, comme on n'est jamais trop prudente, surtout maintenant que mon ange gardien a l'air de définitivement s'être fait la malle, je m'avance lentement vers le box d'où provient le bruit. Un homme dans la trentaine tente de maîtriser un étalon. Et force est de constater qu'il s'y prend comme un manche. Je pose mes avant-bras sur le pare-bottes :

— Vous n'allez parvenir qu'à affoler davantage cette pauvre bête si vous continuez.

Il sursaute et la seconde d'inattention que cela entraîne manque de lui valoir un violent coup de sabot en plein visage. D'une roulade, il se jette sous la corde qui ferme l'entrée du box avant de se relever. Dire qu'il n'a pas l'air content est un doux euphémisme.

— Qu'est-ce que vous faites là ? C'est une propriété privée, vous n'avez rien à faire ici.

J'observe son front large, sa mâchoire carrée, ses grands yeux noirs.

— Vous êtes le fils de Wilfried ?

Il renifle de mépris en époussetant les saletés qui se sont accumulées sur son sous-pull et ses chaps. Mon regard est irrémédiablement attiré par l'espace entre les deux pans de cuir qui met particulièrement en valeur son entrejambe : visiblement, certaines légendes urbaines ne sont pas que des mythes. Mince, Harry D'Enfer a dû me refiler sa maladie de la tête qui penche et des yeux qui louchent vers le bas. Ce mec est une MST ambulante.

— Bravo, vous avez su faire le lien entre les deux seuls blacks de cette ville, vous êtes un vrai génie. Mais maintenant, vous dégagez d'ici avant que j'appelle les flics. Comme je vous l'ai dit, c'est une propriété privée.

Je tire les manches de mon pull pour y faire disparaître mes mains avant de les croiser sur ma poitrine.

— Je suis Victoria, la nouvelle assistante d'Alexandre D'Enfer, et l'on m'a donné l'autorisation d'être là.

Il hausse un sourcil, et croise à son tour les battoirs qui lui servent de bras. On dirait que quelqu'un est adepte des salles de sport.

— Alex est à D'Enfer Road ? s'étonne-t-il.

Alex ? Eh bien, c'est qu'ils ont l'air intimes ces deux-là. Je trouve curieux que son père ne l'ait pas tenu informé. Et plus curieuse encore l'expression blessée qui passe sur ses traits un court instant.

— Nous sommes arrivés avant-hier soir, je me sens obligée de préciser.

Un silence gênant s'installe. Il passe une main sur ses cheveux nattés près du crâne pour en déloger les brins de paille récoltés lors de sa petite cascade. Pour briser la glace, je finis par demander :

— Vous vous appelez comment ?

Un sourire mutin s'affiche sur son visage.

— Vous aviez l'air de suggérer que je m'y prenais mal tout à l'heure. Alors si vous parvenez à faire mieux que moi avec Hadès, peut-être que je vous dirai mon nom.

Ce mec ne sait pas à qui il s'adresse. Je vais lui faire ravaler son petit rictus suffisant en moins de deux.

J'avise le majestueux frison au crin du noir le plus pur qui piaffe dans son box. Il souffle fort par ses naseaux, ses yeux encore exorbités de terreur. J'observe son corps, sa posture. Cette bête est assurément magnifique, mais aussi, maltraitée.

— C'est le cheval d'Arthur D'Enfer.

Ce n'est pas une question. Mais cette fois, ma remarque semble vraiment étonner mon interlocuteur.

— Comment avez-vous deviné ? demande-t-il, suspicieux.

Je lui prends des mains le pot qu'il vient de ramasser sur le sol et qu'il avait fait tomber dans sa chute et me baisse pour passer sous la corde.

— Si l'on additionne les zébrures de coups de cravache sur sa croupe, et les blessures sur les flancs dues à l'utilisation excessive d'éperons sur lesquelles vous étiez en train d'appliquer cette pommade, je pense qu'on dispose déjà d'un bon faisceau d'indices. Et je crois qu'il n'y a qu'un immonde connard tel que lui qui aurait l'audace de faire ça, et d'appeler son cheval Hadès alors que son propre nom est D'Enfer.

Je reste un moment à l'entrée du box, en prenant bien soin de ne pas regarder l'animal de façon frontale. Il s'est réfugié au fond de la stalle, où il continue de piaffer en m'observant du coin de l'œil. Ses oreilles rabattues vers l'arrière, je sais que j'ai intérêt à faire très attention si je veux éviter la morsure.

— Là, tout doux, mon beau, chantonné-je d'une voix calme.

Je fais le vide en moi et retrouve immédiatement cet état d'esprit quasi méditatif auquel je ne parviens qu'en présence de chevaux. On est pareil eux et moi. Eux aussi ressentent toutes les émotions au centuple. On ne peut pas mentir avec un cheval. On se comprend. Sans même que j'ai progressé d'un pas dans le box, Hadès se calme petit à petit. Toujours sur ses gardes, je remarque que ses muscles se détendent peu à peu.

— Tout va bien, mon beau, ça va te faire du bien, tu vas voir, continué-je en avançant.

Je ne le regarde pas. Je garde les yeux fixés sur son garrot. C'est l'endroit que je dois viser, l'approche par laquelle il se sentira le moins vulnérable. Encore quelques pas, et enfin, ma main flatte lentement son flanc. Il tressaille pendant une longue minute, puis son encolure se baisse peu à peu. J'aime ce moment où ils acceptent de me faire confiance et lâchent prise. Il n'y a rien de plus gratifiant au monde que de parvenir à redonner foi en l'humain à un animal qui a vécu l'enfer.

Je chasse une nouvelle analogie que mon cerveau a créée entre mes pensées et la situation d'Alex et Violette, et entreprends d'étaler la pommade sur le ventre de la bête.

— Vous savez que la façon dont vous venez de plonger vos doigts dans ce pot est certainement la chose la plus sexuelle que j'aie vue depuis des mois ? me lance le palefrenier.

— Alors je plains vraiment votre main gauche. Mais n'essayez pas de détourner la conversation : vous me devez un prénom, je crois.

Il tire la boîte de rangement qui jouxte le box, et s'assoit dessus, ses bras et le haut de son corps reposant sur la corde. La moquerie a laissé sa place à un certain respect dans ses grands yeux noirs.

— Je m'appelle Joey. Et tu peux me tutoyer. Entre sous-fifres, ne faisons pas de chichi.

Il m'observe prodiguer les soins sans rien dire. Mais sa remarque précédente et l'intensité qu'il met dans son regard font vite monter la température dans l'écurie.

— Maintenant qu'on a établi que tu t'y prenais comme un mec avec des moufles à la place des mains, j'ai l'impression que tu aimes vraiment les chevaux malgré tout. Alors pourquoi continuer à travailler pour un homme tel que D'Enfer ? demandé-je en observant la musculature du frison.

Ce cheval est surmené : ses cervicales, ainsi que tous les muscles de l'encolure sont contractés. Joey pose sa joue contre son bras sur la corde avant de me répondre.

— Je te retourne la question, après tout toi aussi tu bosses pour la famille D'Enfer.

Il n'est pas vexé. Ma réflexion a même l'air de l'avoir amusé. Je crois que j'aime bien ce gars. Il doit être ce qui se rapproche le plus d'un humain à des kilomètres à la ronde.

Je prends le temps d'ôter mon pull, et de le jeter sur le rebord du box avant de me diriger prudemment vers l'autre flanc. Le corps de l'animal me cache maintenant Joey de la vue.

— Alexandre n'est pas comme Arthur D'Enfer, je réponds simplement.

Joey crache par terre. Oh mon dieu, il n'y a rien que je déteste plus au monde que les mecs qui glaviotent. Ou peut-être que si en fait. À la réflexion, maintenant que j'ai rencontré D'Enfer père et fils…

— C'est ce que je croyais aussi, finit-il par dire. Mais ne te fie pas aux apparences.

Intriguée, je me baisse pour l'observer depuis le dessous du ventre de l'animal.

— Tu le connais depuis longtemps ?

Ses yeux se perdent dans ses souvenirs. Je pose le pot de pommade et me saisis délicatement de la tête d'Hadès avant de la caler sur mon épaule pour étirer les muscles entourant ses cervicales.

— Depuis toujours. On a le même âge. Il était comme mon frère.

Était. Qu'est-ce qui a bien pu se passer entre eux pour susciter toute la rancœur que je sens dans la voix de Joey ?

La porte par laquelle je suis entrée coulisse vers la gauche. Alexandre pénètre dans l'allée.

— Merde, ne puis-je m'empêcher de lâcher en me baissant.

Joey se marre.

— Trop tard, je crois bien qu'il t'a vue. Finies les vacances, ma belle, tu es grillée. Bon, tu m'excuseras, je te laisse, je sens comme une sale odeur de merde qui se dirige vers nous, et je ne voudrais pas incommoder mon petit nez délicat.

Son nez est aussi petit et délicat qu'un burger dégoulinant de sauce dans une boîte de caviar. Et à cet instant, j'aurais bien envie de le frapper à grands coups de poing pour oser m'abandonner.

— N'hésite pas à repasser me voir, ça me change de tous les gras du bide qui chassent avec M. D'Enfer d'ordinaire.

Le salaud me laisse là, sans issue de secours, comme un putain de petit bébé agneau innocent mené à l'abattoir. Avant de partir, il lance un regard à Alexandre. Les deux hommes se toisent : dire que l'ambiance est soudain glaciale ne parviendrait pas à décrire le millième de ce qui se déroule sous mes yeux. Joey crache à terre en direction de son ancien ami puis quitte le bâtiment par l'autre extrémité.

À mesure que le Cyclope chemine vers moi, j'ai comme l'impression d'entendre la célèbre musique d'un film avec un gros requin. Mon cœur bat la chamade. J'envisage une fraction de seconde de m'enfouir sous la paille dans un coin du box, mais il est déjà devant l'entrée, simplement séparé de moi par un bout de ficelle.

— C'est donc là que vous étiez ? Je vous ai cherchée partout, dit-il nerveusement.

Sa voix est enrouée et fatiguée.

Ça y est, mon cœur se contracte de pitié dans ma poitrine. Ça commence bien. Sans compter que ce petit effet rauque la rend encore plus sexy. Après m'avoir filé un orgasme avec sa cuisine, je suis à peu près sûre qu'il pourrait y parvenir rien qu'avec ses intonations en me récitant des formules mathématiques. Oh là là, y a plus de doute maintenant : je suis en manque. Ou peut-être que j'ai un genre de maladie du cerveau ? Si ça se trouve, j'ai un cancer ou je ne sais quoi.

Je me saisis de l'antérieur droit d'Hadès et l'étire tout doucement.

— On dirait que c'est devenu votre activité favorite depuis hier soir, répliqué-je, après avoir repris le contrôle sur mes émotions. Je crois que je vais lancer le jeu « Où est Vicky », il ferait un tabac auprès des membres de votre famille.

Il défait le mousqueton, et pénètre dans le box au moment où je repose la jambe du cheval. Immédiatement, le frison se tend et redresse la tête.

— Je serais vous, je ne ferais pas ça si vous ne voulez pas perdre le seul œil qu'il vous reste. Il n'a pas l'air de beaucoup aimer les D'Enfer. On ne peut pas l'en blâmer, la pauvre bête.

— Je pensais que vous profiteriez de la piscine, ou du solarium.

Je lève enfin le regard vers lui. Mon cœur remonte dans ma gorge.

— Vous en auriez plus besoin que moi.

Le mec est plus blanc que le cul d'un vampire albinos. Vu les valises qu'il trimballe sous ses yeux, il n'a pas dû dormir de la nuit. Son jean taille haute et son pull vert lui donnent un petit côté vintage. Ses lunettes sont réapparues sur son nez. Quant à ses cheveux légèrement décoiffés… comment dire…

Tout comme lors du bal, j'éprouve le besoin quasi viscéral de couvrir les quelques mètres qui nous séparent et de le prendre dans mes bras. Je me souviens de ses joues baignées de larmes, de la tristesse dans ses yeux. Mais je me rappelle que c'est mon patron, et qu'il m'a clairement fait comprendre qu'il ne souhaitait pas que notre relation dépasse le cadre professionnel.

— Victoria, commence-t-il.

Je le coupe.

— Monsieur D'Enfer, vous savez quel jour on est ?

Il s'approche encore d'un pas en fourrant ses mains dans ses poches.

— On est samedi. Mais, s'il vous plaît, je vous ai déjà dit de m'appeler Alexandre.

Je m'empare du second membre antérieur, et lui fais subir la même manipulation qu'au premier. Au moins, ça me donne une bonne excuse pour ne pas le regarder. Je le connais bien maintenant. Il va me sortir LE regard, et mon ventre va se transformer en grosse guimauve rose bonbon bien dégoulinante.

— Samedi. Et vous savez ce que ça signifie, monsieur D'Enfer ?

Du coin de l'œil, je vois son front se plisser. Il est vraiment contrarié.

— Victoria…

— Cela veut dire que je n'ai aucune obligation de vous adresser la parole pendant les 48 heures à venir. Alors je vous dis à lundi, monsieur.

Son visage se ferme. Ses traits se contractent. Je l'ai blessé.

Mon cœur bat de plus en plus vite. Si ça continue, je vais m'écrouler et faire une crise cardiaque là juste devant lui. Je pense qu'il n'a vraiment pas besoin de ça à gérer en plus, le pauvre.

Mais… qu'est-ce que je raconte ? Mais merde. Après tout, c'est lui qui l'a voulu. Je suis son employée. Son assistante. On ne passe pas le week-end avec son boss.

Il s'avance jusqu'à la tête de l'animal, et tend la main vers les naseaux. Finalement, le frison semble l'accepter avec une facilité déconcertante. On dirait qu'il a vécu auprès des chevaux toute sa vie à la façon dont il gratte maintenant ce petit point secret au creux des ganaches qui rend n'importe quel équidé complètement gaga. Sa pomme d'Adam remonte haut dans sa gorge tant il peine à déglutir. Ses fines lèvres se serrent un court instant. Son œil ne m'a pas quittée.

— Vous avez raison, c'est parfaitement votre droit de ne pas vouloir me parler, finit-il par articuler après un long silence. Et vous avez toutes les raisons d'être fâchée contre moi. Je vous demande juste de m'écouter quelques minutes, et ensuite, je vous laisserai tranquille.

Nous ne sommes plus qu'à quelques pas de distance. J'ai l'impression de sentir la chaleur dégagée par son corps irradier jusqu'à moi. Le mec est une putain de centrale nucléaire.

Un lourd silence tombe entre nous. J'entends sa respiration sifflante à laquelle je n'avais jamais prêté attention. Il est à deux doigts d'être submergé par une nouvelle quinte de toux. Je défais le nid d'oiseaux qui me sert de coiffure et réarrange mes cheveux nerveusement.

— Vous avez trois minutes, capitulé-je enfin. Prenez son antérieur droit, et pliez-le doucement vers l'arrière.

Légèrement décontenancé, il reste quelques instants à me regarder, puis il s'exécute.

— Vient là, mon beau.

J'amène la tête d'Hadès du côté opposé au membre fléchi. D'Enfer observe chacun de mes mouvements. Mais il ne se décide toujours pas à parler.

— Plus que deux minutes, ajouté-je

Je lui fais signe de passer de l'autre côté de l'animal pour réitérer la même manipulation.

— Victoria, Wilfried m'a appris ce que vous avez fait cette nuit pour Violette.

Ma parole, c'est quoi ces employés incapables de tenir leur langue ? C'est pas croyable ça.

Nos regards se croisent. Il transfère le poids de son corps d'une jambe sur l'autre et finit par baisser les yeux, gêné.

— Vous n'aviez pas à faire ça. Bien entendu que cela ne fait pas partie de vos fonctions. Il n'y a pas de mot qui puisse exprimer à quel point je vous suis reconnaissant. Je voulais vous remercier, continue-t-il.

Ça, tu peux. C'est pas comme si tu avais été d'un grand secours quand je suis venue t'en demander.

— Je ne l'ai pas fait pour vous, murmuré-je. Je l'ai fait pour elle. Votre sœur a besoin d'aide. Mais je crains que ça soit un problème qui dépasse mes compétences. Et visiblement, sa santé mentale n'est pas au cœur de vos préoccupations, ou de celles de votre famille.

Je me remémore ses paroles, la façon dont il n'a même pas cherché à savoir quel était le souci que je souhaitais lui soumettre. La façon dont il a creusé un fossé entre nous. Mes mâchoires sont plus serrées que des Parisiens dans le métro aux heures de pointe.

Il pose le sabot à terre et contourne le cheval pour se poster face à moi. Tout à coup, le tas de crottin dans le coin du box derrière lui devient la chose la plus fascinante qui soit.

— Victoria, écoutez-moi, s'il vous plaît, supplie-t-il.

Inspiration, expiration. Exercice de visualisation mentale : imagine qu'il parle avec la voix de ta grand-mère. Ou mieux, tiens, celle de ces écureuils horripilants qui chantent.

— Je suis tout ouïe. Il vous reste une minute, monsieur D'Enfer.

— J'ai été un imbécile hier soir, souffle-t-il.

Il pose sa main sur mon épaule à l'instant où il prononce cette phrase. J'ai l'impression que le tissu de mon tee-shirt va entrer en combustion. Je déglutis et lève les yeux vers lui.

— Je mentirais en disant que je n'ai pas tout un tas d'autres mots qui me sont venus sur le moment pour désigner ce que vous étiez, répliqué-je, je me suis surprise moi-même, je ne pensais pas posséder un champ lexical aussi fourni.

Oups. Ça y est, ça recommence, les mots sortent de nouveau de ma bouche sans que je puisse les contrôler. Peut-être que je suis guérie ? Peut-être que l'élixir spécial Alex qu'il a forcément glissé dans ma soupe le premier soir cesse enfin de faire effet.

Il ne semble pourtant pas s'en formaliser. Il s'approche encore d'un pas. Il est si proche que si je me penchais un peu, je pourrais poser ma tête contre son torse. Comme dans cet instant volé à la fin du bal qui tourne en boucle dans mes pensées.

— J'étais en colère, poursuit-il.

Sa main quitte mon épaule pour ponctuer ses paroles.

— Contre moi, contre mon père. Et le fait que vous pointiez ma défaillance l'a encore exacerbée. Votre avis compte beaucoup pour moi, Victoria.

Ma gorge se serre.

— Je sais que ce ne sont pas des excuses, reprend-il. Mais je voulais vous dire à quel point je suis désolé, et vous demander pardon pour mon comportement. Il ne reflète absolument pas ce que je pense de vous.

Sa voix s'est éraillée sur la dernière phrase. La drôle de nausée qui m'a torturé le ventre toute la soirée est de retour. Pourtant, cette fois, aucun champignon au menu du jour. Son parfum me monte au cerveau. Je baisse la tête. J'ai l'impression qu'un hippopotame obèse vient de s'asseoir sur ma poitrine.

Comme le premier soir, il glisse deux doigts sous mon menton et redresse mon visage vers lui. Sa peau est si chaude, ses mains si douces. Des images s'impriment dans mon esprit. J'ai beau tenter de les chasser à coups de batte de base-ball, elles s'accrochent tel un scarabée à sa boule d'excréments. Son œil plonge dans les miens. Comme chaque fois, j'ai le sentiment de devenir la chose la plus précieuse qu'il existerait sur terre.

— Dites-moi ce que je peux faire pour me faire pardonner.

Comme arracher tes vêtements et me sauter dessus, là, maintenant, tout de suite ? Parce que si ce n'est pas le cas, il est fort possible que je me liquéfie d'une minute à l'autre.

Pour une fois, j'arrive à la fermer. Heureusement que le cerveau reprend le contrôle quand même de temps en temps parce que c'était moins une.

Plus les secondes passent, et plus mon mutisme creuse des rides sur son front. Il finit par laisser retomber sa main comme si je l'avais brûlée. Je baisse la tête, incapable de soutenir une seconde de plus l'expression meurtrie sur son visage.

Mon corps se met à trembler. Pourtant, je ne crois pas avoir déjà eu aussi chaud de toute ma vie. Il reste là, juste devant moi durant de longues minutes qui me paraissent des heures. Je peux voir sa cage thoracique se soulever lentement, et rien que ce mouvement allume dans mon bas-ventre un brasier qui ne peut être éteint. S'il ne se décide pas à bouger, c'est moi qui vais lui arracher ses fringues. Mon corps est clairement en train d'invectiver mon cerveau comme du poisson pourri.

Il pousse un profond soupir. Son souffle balaye le haut de mon crâne, exacerbant encore mon frisson. Puis il s'écarte et se dirige vers la sortie.

J'ai envie de pleurer. Je ne crois pas m'être déjà mise dans cet état pour un homme. C'est flippant. C'est vraiment flippant. Pour une fille qui n'a jamais cru au coup de foudre, je pense que je viens de me prendre le plus grand éclair de toute l'histoire des éclairs.

Avant de passer la cordelette, il se retourne.

— Vous savez quoi ? ajoute-t-il. Hier soir, avant de quitter la salle, vous m'avez demandé si j'avais encore besoin de vous. Si vous aviez attendu ma réponse, vous auriez su que c'était le cas. J'ai besoin de vous, Victoria. Pas seulement en tant qu'assistante. Mais aussi en tant que personne.

Ça, c'est une attaque en traître. Je me rappelle à quel point je m'étais moquée quand mes potes me disaient qu'elles avaient des papillons dans le ventre lors de leurs premiers instants avec leur nouveau petit ami. J'avais toujours trouvé cette expression débile et inappropriée. Pourtant, là, ces saletés d'insectes sont en train de me dévorer les entrailles.

Oh et puis merde.

— Je reconnais que vous avez quelques circonstances atténuantes, concédé-je. Et puis, vous m'avez bien cernée le premier soir. Je ne peux pas résister à une bonne bouffe. Alors… Un resto.

Il arque un sourcil.

— Si vous me trouvez un restaurant végétarien en ville, et que vous me permettez de passer un repas loin de votre père, on oublie tout de cette soirée.

Son visage se métamorphose.

J'ai l'impression d'être une putain d'héroïne qui vient de redonner l'oxygène qui lui manquait à un mourant.

À l'instant où je me fais cette réflexion, il est pris d'une quinte de toux.

Ou pas.

Il s'accroche à la barrière de bois pour reprendre son souffle. Lorsqu'il lève de nouveau le visage vers moi, il sourit.

— Pas tout j'espère, répond-il avec une étincelle dans l'œil.

Je crois bien que mon cœur vient de se jeter du haut de l'Empire State Building.

— Mais c'est d'accord. Je vous emmène dîner ce soir. Et promis, je laisse mon père à la maison.

Ma main se porte instinctivement sur l'hématome à mon biceps droit, à l'endroit où Arthur D'Enfer m'a serrée jusqu'à ce que ma peau en garde la trace. Mon geste ne passe malheureusement pas inaperçu. En quelques pas, Alex se tient de nouveau à mes côtés. Il se saisit de mon bras avec une délicatesse exagérée et caresse doucement l'épiderme bleuté.

— Qu'est-ce qu'il s'est passé ? demande-t-il, sa pupille naviguant entre mes deux yeux comme pour y lire le fin mot de cette histoire.

Sa bouche est plissée en une petite moue contrariée. Je déglutis.

— Croyez-moi, j'ai bien plus de choses à oublier de cette soirée que vous le pensez.

Ses sourcils se contractent, creusant des ridules aux coins de ses yeux qui lui donnent un charme fou.

— Victoria, je suis tellement désolée, c'est ma faute…

Je pose un doigt sur ses lèvres.

— Ne dites pas n'importe quoi. Vos fautes sont pardonnées, ne vous attribuez pas celles des autres.

J'ai soudain une conscience bien trop accrue de ses lèvres chaudes tout contre ma peau. Je retire ma main avec précipitation. Au même moment, il est de nouveau assailli par une quinte particulièrement intense. Il s'accroche à moi et je m'approche pour le soutenir.

— Merci, s'égosille-t-il après avoir recouvré son souffle.

Je dois vraiment me faire violence pour le laisser à nouveau s'éloigner de moi. Parce que ce que j'ai tâté furtivement appelle définitivement à une exploration plus poussée. Le genre d'exploration où l'on prie pour que le plafond de la grotte s'effondre derrière nous et où l'on se perdrait bien pour des heures et des heures. Ou des jours. Ou des années en fait.

Il passe un doigt dans le col de son pull. Son œil se porte de nouveau vers mon bras. Je vois bien qu'il est perturbé par mon hématome et ne compte pas en rester là, mais il n'insiste finalement pas.

— J'ai récupéré ma voiture. Je dois me rendre en ville. J'ai décidé d'organiser Christmas Road moi-même. Les habitants et les commerçants l'ont bien mérité. Je n'aurai pas trop du week-end afin de décorer les écuries pour les enfants, et la rue principale pour le reste des festivités. Si vous avez besoin de quoi que ce soit pendant mon absence, n'hésitez pas à demander à Wilfried.

Il va organiser la fête de Noël des commerçants ? Seul ? Alors là, je m'attendais à tout, sauf à ça. Cet homme est décidément une énigme. Peut-être qu'il y a finalement un cœur sous toute cette couche de D'Enfer.

— Vous voulez de l'aide ? je me surprends à proposer.

Je crois que le sourire éclatant qu'il me retourne vaut réponse.

Chapitre 14

— Avec tout ça, j'ai eu beaucoup beaucoup de contrariésons, tu comprends.

Au secours… encore dix minutes de ce supplice, et mon cerveau va finir par se liquéfier dans mon crâne pour s'échapper par mes oreilles.

Calée dans le siège arrière de la Citroën, je me pince pour m'assurer qu'un tel niveau de bêtise existe vraiment sur terre. Tout cet argent en école privée brûlé sur l'autel de l'idiocratie… Mais la masse de paille desséchée par les milliers de décolorations successives que Barbie ne cesse de m'envoyer à la figure est tout ce qu'il y a de plus tangible. Il paraît que la façon dont on manipule ses cheveux peut se révéler un puissant outil de séduction auprès des hommes. Là, à moins qu'Alex soit un adepte de la pêche à la mouche capillaire, je crains que ses tentatives soient aussi vouées à l'échec que mes espoirs de passer un après-midi tranquille avec mon boss.

— On serait contrarié à bien moins que cela effectivement, confirme le Cyclope en jetant un œil dans le rétroviseur central.

Nos regards se croisent. En parfait gentleman, il écoute religieusement le flot de « paroles » ininterrompues que Tamie vomit depuis notre départ de D'Enfer Road. Je ne sais pas comment un homme à l'intellect supérieur tel que lui parvient à rester si poli et posé en entendant ce ramassis de conneries. Je penche la tête sur le côté, tire la langue et lève mon bras poing serré pour mimer une pendue. Son regard pétille et un petit sourire étire ses lèvres. Il me lance un clin d'œil, qui à lui seul devrait me garder au chaud pendant toute notre excursion.

— Enfin, n'y pensons plus. Maintenant, ça ne me fait ni feu ni flamme. Arthur Chou m'a dit qu'il y avait des tonnes de boutiques sympas à découvrir en ville. On va tellement s'amuser, Alex.

Arthur Chou ? Je manque de m'étouffer en imaginant qui que ce soit se pointer devant le Fossile et l'appeler par ce surnom. Je serais presque prête à casser ma tirelire pour assister à ce spectacle. Si je possédais une tirelire.

— Je ne peux pas t'accompagner, Tamie. J'ai beaucoup à faire pour préparer la fête de lundi, et je ne dois pas rentrer trop tard. Ce soir, j'ai un dîner très important pour moi en ville, dit-il en posant de nouveau son œil sur moi. Mais sens-toi libre de vaquer à tes occupations, nous viendrons te récupérer lorsque nous repartirons.

Un dîner très important pour toi ? Ah oui ?

La pauvre Tamie a l'air perdue. À la vue de son front, figé par le maquillage, qui se plisse, elle doit être en train de fournir un effort incommensurable pour connecter ses deux neurones. À mon avis, c'est un évènement qui a autant de chances de se produire que moi d'organiser une pyjama-partie où je ferais des couettes à Arthur D'Enfer.

— Ah… eh ben c'est pas grave, je vais t'aider ! finit-elle par dire. Ne crois pas te débarrasser de moi comme ça, mon petit chou !

Barbie est si absorbée par la contemplation de ses ongles manucurés qu'elle ne remarque pas les sourcils d'Alex qui se lèvent sur son front haut et le soupir pourtant bruyant qu'il laisse échapper.

Enfin, la voiture s'immobilise sur un parking en plein cœur de la ville. Je m'extirpe de l'habitacle avant de subir une nouvelle attaque de niaiserie. L'air est glacial, j'ai de la neige fondue jusqu'aux chevilles. Mais le manteau offert par Alex me maintient bien au chaud. Il faut dire que j'ai scrupuleusement empilé les couches pour être sûre de ne pas mourir de froid. Je dois ressembler à un Bibendum, mais comme dirait mon papa, la praticité et la santé avant tout. Visiblement, ces préoccupations sont à des années-lumière de celles de Tamara. Elle attend qu'Alex vienne lui ouvrir la portière et extirpe son mètre quatre-vingt de grâce et de courbes avec la prestance d'une reine. Sa combinaison blanche ultra moulante est si décolletée que je peux voir son nombril au milieu de son ventre plat. Aux regards que lui lance la majeure partie des hommes qui passent à ce moment-là sur le trottoir, elle fait son effet.

Alex ouvre le coffre, et me tend une liasse d'affiches et un rouleau d'adhésif.

— On va se séparer pour plus d'efficacité, explique-t-il.

Il va pour mettre le même matériel dans les bras de Tamara, mais celle-ci les lève bien haut au-dessus de sa tête, dans une parfaite parodie de petite frappe qui viendrait d'être appréhendée par les flics.

— Ah non, mais moi, pas question que j'approche mes ongles de ces choses collantes. C'est dégoûtant. Et tu sais bien que je n'ai jamais été douée pour les trucs manuels. Mais je suis un super soutien spycologique il paraît.

À la façon dont elle prononce « trucs manuels », on se demande si elle parle bien de scotch.

Elle frappe dans ses mains comme une gamine de quatre ans et demi, son sourire Colgate faisant craquer les 30 000 couches de fond de teint étalées sur ses joues.

— D'accord, élude-t-il en levant de nouveau les yeux au ciel. Victoria, vous pouvez prendre le côté droit de la rue principale ? L'idée est de prévenir chaque commerçant et de coller des affiches sur les poteaux dans l'avenue. On se retrouve à l'extrémité du boulevard, ou bien, dès que l'un de nous a terminé, il vient en aide à l'autre. Est-ce que cela vous convient ?

Sous mes yeux, Barbie se love contre le torse d'Alex. On dirait un chat qui se frotte aux jambes de son humain. En l'occurrence, plutôt une chatte en chaleur.

— Dieu tout-puissant, Alex, comment fais-tu pour supporter ce froid ?

Ben, mettre plus de trois bouts de tissu sur ses fesses peut être une idée pour commencer, tu ne crois pas « Tamie » ? Ses seins pointent éhontément sous l'étoffe fine de la combinaison.

Alex repose les affiches dont il venait de se saisir, s'extirpe de son manteau, et en drape la jeune femme. Elle passe ses bras dans le vêtement avant de se propulser vers son cou et de l'embrasser dangereusement près de la bouche.

— Oh, Alex, tu as toujours été un amour, dit-elle en couvrant sa joue de tout petits baisers.

Je me racle bruyamment la gorge.

— Je vais tenter de trouver des toilettes, déclaré-je, médusée, j'ai comme une soudaine envie de vomir là, maintenant.

En ce samedi après-midi précédant Noël, la rue principale est bondée. Des hommes et des femmes emmitouflés dans leurs doudounes et leurs bonnets se croisent, les bras chargés de sacs et de paquets cadeaux. Rapidement, les chants de Noël diffusés par les haut-parleurs noyés dans les décorations qui ornent les devantures et les lampadaires me font oublier toute ma mauvaise humeur de ces derniers jours. La plupart des gens affichent des sourires radieux, gagnés par l'esprit des fêtes. On est à des années-lumière des mines lugubres des citadins qui vont de boutique en boutique plus par obligation qu'avec l'envie réelle de faire plaisir à leurs proches.

Dans mon dos, j'entends les gloussements de Tamara. Rien, pas même un orchestre de truies égorgées, ne pourrait couvrir son babillement. Je me force à me concentrer sur ma tâche, mais sans cesse mes yeux sont attirés vers eux. Ses mains sont partout sur Alex : son torse, ses épaules, son cou, sa nuque. À se demander si la pieuvre n'est pas dotée de bras surnuméraires qu'elle cache sous sa tignasse peroxydée pour mieux appâter ses proies vers ses grosses lèvres botoxées. Grosses lèvres qui viennent encore de se poser sur la barbe naissante d'Alex. Écœurée par ce spectacle, je pousse la porte des Délices de Margot. Immédiatement, l'atmosphère chaleureuse du salon de thé m'apaise. Aglaé joue dans un coin de la pièce près du sapin, pendant que la propriétaire des lieux court de table en table aussi vite que le lui permettent ses petites jambes. Je m'accoude au comptoir :

— Bonjour, Margot.

Elle souffle sur une mèche de ses cheveux blonds en posant un plateau rempli de tasses sales.

— Bonjour, mademoiselle Pottier. Comment allez-vous ?

Je lui tends l'une des affiches.

— Très bien, merci. M. D'Enfer organise Christmas Road finalement. Et ça nous ferait plaisir de vous y assistiez. Comme chaque fois, une aide sera accordée aux commerces de la ville et vous pourrez promouvoir votre établissement.

Margot darde un regard vers Aglaé.

— Et la petite pourra profiter des baptêmes à cheval qui seront proposés aux écuries, j'ajoute en pensant la convaincre.

Mon argument semble avoir l'effet inverse.

— Lundi, vous avez dit ? Nous ne sommes pas disponibles.

Aglaé, qui m'a visiblement entendue, se lève et s'approche de moi en sautillant, des étoiles dans ses grands yeux bleus.

— Maman ? On va pouvoir aller voir les chevals ? crie-t-elle au comble de l'excitation.

Les lèvres de la jeune femme se pincent.

— Non, ma chérie, lundi nous avons d'autres obligations.

La déception tord le visage de la gamine. Elle triture sa jupe salopette en velours côtelé du bout de ses doigts potelés.

— Mais je veux aller voir les chevals, moi.

La tristesse de sa fille semble torturer le cœur de Margot. Elle pousse un profond soupir, autant devant les appels des clients qui commencent à s'impatienter que devant le chagrin de son enfant. Je pose une main à plat sur le comptoir et lui adresse ce que je pense être mon sourire le plus encourageant.

— J'espère que vous changerez d'avis en tout cas. Passez une bonne journée.

Je ressors dans le froid à regret. Je croyais avoir pris du retard, mais Alex et Tamara se situent toujours plusieurs dizaines de mètres derrière moi. Il faut dire que ça ne doit pas être facile de travailler en se traînant un putain de boulet autour du cou.

La dernière boutique de l'avenue est une minuscule entreprise qui propose des services d'aide à domicile. J'explique rapidement la raison de ma venue à la femme d'âge mûr qui se trouve derrière le bureau de réception, lorsqu'une jeune fille à la longue chevelure d'un blond presque blanc débarque de l'arrière-salle et s'empare du prospectus. Elle me regarde bien droit dans les yeux, déchire le papier en morceaux, et les lance dans la poubelle.

— Les D'Enfer et tous ceux de leur espèce peuvent bien aller se faire foutre, crache-t-elle avant de se diriger de nouveau vers la réserve.

OK… De prime abord, elle a toutes les qualités requises pour concourir au prix de ma nouvelle meilleure amie ! Mais c'est un autre détail qui m'intrigue. J'ai toujours pensé que les coïncidences n'existent pas. Alors j'avale la salive qui s'est accumulée dans ma bouche, prend une grande inspiration, et décide de me jeter à l'eau.

— Lily ? demandé-je d'une voix hésitante.

Elle se retourne, bouche bée.

— Comment vous connaissez mon nom ?

Est-ce vraiment une bonne idée, Vic ? Tu t'es déjà bien assez mêlée des affaires des D'Enfer comme ça. Mais la vision des scarifications de Violette me revient en mémoire. Je ne peux pas laisser cette affaire en l'état. Ce n'est qu'une question de jours, de semaines, peut-être de mois, mais j'aurai une mort sur la conscience si je ne fais rien.

— Une amie commune m'a beaucoup parlé de vous. Vous lui manquez énormément.

Lily baisse les yeux vers le sol. À l'émotion que je vois déformer son regard et soulever sa poitrine, Violette n'est pas la seule à souffrir.

— Je suis certaine qu'elle serait heureuse de vous croiser lundi à la fête.

Lily redresse les paupières, sauvage.

— Jamais je ne remettrai les pieds à D'Enfer Road.

Vu ce que Violette m'a raconté, cela peut aisément se comprendre.

— Le domaine n'est plus la propriété d'Arthur et de Thérésa D'Enfer. Dorénavant, il appartient à Alexandre. Tout le monde est le bienvenu à la fête.

Je ne suis pas sûre que mes paroles soient exactement vraies. Je ne connais pas l'état des tractations pour la succession. Mais s'il le faut, je suis prête à servir de protectrice aux deux jeunes femmes pendant toute la journée : le Fossile ne s'approchera pas d'elles à moins de me passer sur le corps.

— Je vais y réfléchir, se contente-t-elle de me répondre.

J'ai envie d'ajouter quelque chose, mais Lily se détourne et disparaît à l'arrière de la boutique.

J'ai terminé ma partie du travail alors qu'Alex et Tamara n'ont couvert que la moitié de leur périmètre. La nuit commence à tomber, et le froid se fait de plus en plus glacial. Sans compter que mon estomac pense qu'il serait temps d'arrêter d'aider les autres pour se focaliser sur un vrai problème. Un problème d'importance capitale, ultime : lui offrir enfin le repas que je lui ai promis.

Je rejoins Alex et Tamara au moment où Barbie se met à hurler comme un goret. Elle tient le bout de son pouce comme s'il s'agissait de son dernier neurone encore en vie. Ce qui est peut-être le cas.

— C'est une catastrophe, s'écrie Tamie d'une toute petite voix.

— Allons, Tamie, ce n'est qu'un ongle, tempère Alexandre, une main posée sur son épaule.

— Tu rigoles, j'espère ? s'égosille Barbie. C'est le Père Noël.

Je me penche vers eux pour observer l'objet du drame. Et effectivement, le corps rouge et blanc du vieux bonhomme est maintenant décapité.

— Pas de cadeau pour vous cette année on dirait, je ne peux m'empêcher d'ironiser.

Barbie lève ses yeux larmoyants vers moi, la panique déformant ses traits d'âne bâté.

— Tu… tu crois ? Oh Mon Dieu… mais tu as raison. Ce doit être un signe. Mes cadeaux vont peut-être être perdus pendant la livraison. Ou pire, l'entrepôt va brûler, tremble-t-elle. Oh My God. Alex, je ne me sens pas bien.

Elle hyperventile. Le Cyclope me lance un regard qui se veut lourd de reproches, mais où je lis un vif amusement.

— Mais non, Tamie, ne t'inquiète pas. Tu vois la rue là-bas ? Tu la prends, et quelques dizaines de mètres plus loin, tu as une onglerie. Ils seront en capacité de t'arranger tout ça, et le Père Noël ne t'en tiendra pas rigueur.

Dites donc, monsieur D'Enfer, comment se fait-il que vous connaissiez si bien l'emplacement de l'onglerie ?

Tamara regarde un long moment dans la direction qu'il lui a indiquée. C'est sûr que le temps que l'information soit transmise à son reliquat de cerveau… Puis elle pose la main à plat sur le torse d'Alex, et adopte une pause digne des plus grands dramaturges.

— Alex, mon chou, tu me sauves la vie.

Il l'aide à se redresser, et réarrange le col de son manteau. Il a l'air de vraiment tenir à elle.

— Tu prends le temps qu'il te faut pour corriger tout ça, et tu nous retrouves chez le pépiniériste au bout de la rue, d'accord ?

Voilà qu'elle a de nouveau les yeux plus vides qu'une bouteille d'alcool à l'amicale polonaise des vins de pays.

— Pépiquoi ?

— Le marchand d'arbres, au bout du boulevard. Il n'y en a qu'un, tu ne peux pas te tromper.

Elle secoue la tête tel un paresseux léthargique. Je suis à peu près sûre que pas un seul de ces mots ne s'est imprimé dans sa cervelle malmenée. Elle ne manque tout de même pas de coller encore une fois ses lèvres sur la joue d'Alex avant de se diriger vers l'endroit qu'il lui a indiqué.

Une fois qu'elle a passé le coin de la rue, Alex se tourne vers moi.

— Vous êtes diabolique en fait, m'admoneste-t-il gentiment dans un demi-sourire.

J'avoue. Et le pire c'est que j'en suis fière.

— Ce n'est pas moi qui m'appelle D'Enfer, je réponds.

Il se marre, et me tend le reste des affiches.

— Ce nom vous irait très bien, pourtant, réplique-t-il.

Tout à coup, mes joues me brûlent étrangement.

— Il ne faut pas lui en vouloir, elle a été élevée comme ça, dans l'exubérance. On finit par s'y faire, je vous assure, poursuit le Cyclope.

Je renifle de mépris.

— Je n'en doute pas. Il paraît que le gloss est un très bon soin nourrissant pour la barbe. Vous devriez avoir le poil luisant pour les prochains jours.

Il achève de scotcher une affiche que je lui ai tendue. J'essaie de ne pas m'extasier sur la perfection de ses mains qui s'agitent sur le réverbère. Mais ce serait comme espérer d'un grand requin blanc qu'il épargne un type qui pisserait le sang par tous les orifices.

Lorsqu'il redescend ses bras, ses doigts frôlent les miens.

— Si vous avez les lèvres un peu sèches, n'hésitez pas à vous servir, je pense que j'ai largement de quoi partager, énonce-t-il en penchant légèrement la tête de côté tout en frottant son torse pour en chasser la neige qui s'y est incrustée lorsqu'il s'est collé au poteau.

Un ange passe, et mes ovaires dansent la lambada dans mon bas-ventre. Pourquoi je commence à voir des invitations pour un aller simple dans sa chambre à coucher dans toutes les phrases qui sortent de sa bouche ?

— C'était la dernière, annonce-t-il fièrement. Venez, je vous offre un remontant.

Il pose sa main dans le creux de mon dos, et m'entraîne vers le marché de Noël qui occupe la place centrale. Nous longeons la patinoire, et prenons le temps d'écouter un groupe de chanteurs.

Enfin, lui doit écouter. Parce que moi, j'ai embarqué à bord de la fusée Alex, direction la stratosphère.

Notre respiration forme des volutes devant nos bouches. Il est incroyablement proche de moi, et, chaque fois qu'il se penche pour commenter la performance, son souffle chaud caresse délicieusement mon oreille.

J'imagine ce que ce souffle pourrait faire sur ma peau nue, devant un agréable feu de bois…

OK, visiblement, Tamie n'est pas la seule chatte en chaleur dans les parages. Il faut clairement que je reprenne le contrôle de mon pauvre corps en manque.

Nous poursuivons notre progression au milieu des petites cabanes illuminées. Ça sent bon la cannelle et le chocolat. Enfin, il s'arrête au bout d'une file d'attente imposante. Sa main n'a pas quitté mon dos, et j'ai l'impression de sentir sa chaleur au travers de mes multiples couches de vêtements. Il tousse, et je constate pour la première fois qu'il n'a pas fumé une seule cigarette au cours de l'après-midi. Je le lui fais remarquer.

— J'essaie de ralentir ma consommation, dit-il nerveusement en passant un doigt dans son col.

Ce mouvement découvre encore plus de peau, et lui vaut une nouvelle quinte de toux. La vibration qui se répercute via sa main jusque dans mon dos me renseigne lugubrement sur la violence de l'impact.

— Vous devriez vraiment aller voir un médecin, je ne peux m'empêcher de souffler.

Il caresse doucement mes omoplates. Le geste est si naturel. Mais mes entrailles se liquéfient.

— Je vous l'ai dit. C'est simplement une infection pulmonaire mal soignée. Il n'y aura pas d'aggravation. Mais pas d'amélioration non plus.

Il a lâché mon dos pour mettre les mains dans ses poches. Ses épaules s'arrondissent et il rentre légèrement la tête entre elles. Il doit être frigorifié. Je dénoue l'énorme écharpe qui entoure mon cou, et me hisse sur la pointe des pieds pour la passer par-dessus ses cheveux ébouriffés par le vent.

— Eh bien alors, on prend soin de son petit patron ? plaisante-t-il en se penchant un peu plus vers moi pour me faciliter la tâche.

Son sourire accentue encore l'arête de ses pommettes. J'ai l'irrépressible envie de dévaler leurs pentes du bout des lèvres.

— Juste de mon CDI et de mon chèque de 30 000 euros, n'allez pas vous faire des idées, rétorqué-je en tentant de conserver mon sérieux et en échouant lamentablement.

Son sourire s'élargit et son œil s'embrase.

Je passe un pan d'écharpe sur son crâne pour en faire un genre de grosse capuche. Mes doigts frôlent les tout petits cheveux sur sa tempe et sa joue brûlante.

— Je me disais aussi, ça m'aurait étonné de vous.

Il porte les bras à ses épaules pour réajuster la laine que je continue de draper, et nos mains se touchent.

— Vous êtes glacée, s'écrie-t-il en se saisissant de chacune de mes mains dans les siennes.

Ça, c'est certain que ce n'est pas son cas : le mec est un vrai radiateur. Il se penche encore, mène nos mains à sa bouche, ouvre les siennes et exhale doucement sur mes doigts. Ce faisant, il lève son œil vers moi. Ses lèvres ne sont qu'à quelques millimètres de ma peau.

OK… Et sinon, je m'appelle comment déjà ?

Mes jambes sont toutes molles, et une sorte de vertige me fait tourner la tête. Un frisson me remonte le long de l'échine. Je retire mes mains un peu trop précipitamment et les fourre dans mes poches.

— Si vous prêtez votre manteau à toutes les jolies filles qui passent, pas étonnant que vous chopiez des saletés aux poumons, bredouillé-je.

Ma peau crépite encore de son contact. Les plis de son front se détendent. Sa langue refait son apparition entre ses lèvres. Ce tic m'avait manqué. Je fonds. Je fonds tellement que je suis surprise qu'aucun gémissement ne quitte ma gorge en pâmoison.

— Est-ce que je dois en déduire que vous me trouvez joli garçon, étant donné que vous venez de me prêter votre écharpe ? persifle-t-il en remettant ses mains dans ses poches à son tour.

Il s'est encore approché de moi. Il a l'air terriblement amusé de mon embarras. En fait, ce type est plus sadique que mon ostéo lorsqu'il me demande pour la cinquième fois si c'est vraiment là que j'ai mal en appuyant comme un bourrin sur la vertèbre qui me fait souffrir.

— Je croyais qu'on avait établi que les borgnes n'avaient pas le droit au titre de joli garçon, contré-je en relevant la tête vers lui.

— Dommage alors, parce que je pense que vous n'avez aucune idée de ma définition d'une jolie fille, murmure-t-il en se penchant à mon oreille.

— He he he he he.

Non. C'est vraiment de ma gorge qu'est sorti ce petit rire de chèvre psychotique ?

Nous sommes enfin arrivés devant le stand de vin chaud, ce qui permet une parfaite diversion à mon cerveau qui menaçait de me serrer la main avant de prendre ses cliques et ses claques et d'immigrer aux Bermudes. La vendeuse nous tend chacun un verre avec un grand sourire, et nous nous éloignons lentement entre les échoppes. Je souffle délicatement sur mon breuvage, en essayant de ne pas repenser à toutes les paroles qu'il vient de prononcer : je crois que j'ai si chaud que si j'avale une seule gorgée de cette boisson, mon ventre va prendre feu et des flammes vont me sortir de l'anus.

Allez, Vic, calme-toi, ce n'est qu'une balade. Imagine ce que ça va être au restaurant, ce soir, si tu n'es pas capable de ne pas brûler ta petite culotte pendant une balade ? Non, en fait arrête d'imaginer, ça vaut mieux.

— J'aurais peut-être dû vous prévoir un bavoir, lâche Alex au bout d'un long silence.

Je viens à peine d'avaler une gorgée du précieux breuvage que je recrache donc en mode pulvérisateur droit devant moi.

— Pardon ?

Puis je repense à notre rencontre. À la tache de vin chaud qui s'était invitée sur mon chemisier beige.

Et je me mets à rire. Je ris si fort que la boisson tremble dangereusement dans ma main. Je crois que mes nerfs lâchent totalement. Après tant de tension accumulée ces derniers jours, j'ai bien besoin de ça. Tout le monde me regarde, se demandant qui est cette hystérique aux côtés d'Alexandre D'Enfer. Mais, après m'avoir observée, une étincelle dans l'œil, pendant une bonne minute, Alex se met à pouffer à son tour, me rejoignant dans mon hilarité.

Chapitre 15

J'ai toujours pensé que se ronger les ongles était l'une des pires manies qui soient. Avec faire craquer ses vertèbres à tout bout de champ et se curer le nez histoire de rajouter une légère saveur salée à son goûter. Mais, depuis mon arrivée chez les D'Enfer, je me suis transformée en espèce de castor sous amphète, et mes doigts ne vont pas tarder à ressembler à la tronche de Freddy Krueger. Dire qu'Alex a approché ses lèvres de ces petits boudins faméliques il y a à peine deux heures…

— Merde, Seb, tu es journaliste d'investigation oui ou non ? Ça ne doit pas être si difficile que ça de déterrer les cadavres que le Fossile a découpés en morceaux avant de les enterrer dans l'arrière-cour.

Je cale le combiné dans le creux de mon cou et range ma main droite dans la poche de ma salopette en jean afin de stopper le massacre. Peut-être que je pourrais demander des conseils à « Tamie » pour me faire dessiner des décorations de Noël entre les croûtes sanguinolentes. Ou peut-être pas.

— J'essaie, Vic. J'essaie vraiment. Mais les gens ont peur. Mes collègues refusent même de mentionner son nom. Et je te rappelle que je suis en vacances là, et dans ma future belle-famille. Je fais ce que je peux, mais je ne suis pas un magicien. Il faudrait que tu me donnes quelque chose à me mettre sous la dent.

Merde. Voilà que je deviens l'amie chiante et autocentrée que j'ai toujours redouté d'être et d'avoir.

— Excuse-moi, je ne voulais pas être désagréable avec toi. C'est juste… Il a menacé ma famille, Seb. Quand tu parles de quelque chose à te mettre sous la dent, ça serait quoi pour toi ?

— Des documents, un disque dur, des témoignages de son personnel, une relation d'affaires qui serait prête à me rencontrer pour le faire tomber.

Je repense à l'homme et à la femme vêtus de mauve lors du bal de charité. Mais je ne connais même pas leur nom.

— OK, je vais voir ce que je peux faire. Et sinon, comment ça se passe avec la famille d'Esmée ?

Je peux presque entendre son sourire à l'autre bout du fil.

— Ils m'adorent. Esmée est aux anges.

Je souris à mon tour.

— Tu t'angoissais pour rien. Je ne vois pas comment qui que ce soit pourrait ne pas t'adorer.

Son rire explose dans mon oreille et, comme chaque fois, il est le meilleur des pansements qu'on pourrait déposer sur le cœur.

— Bien essayé, Little, mais tu ne perds rien pour attendre. Tu me devras tout de même une fière chandelle.

Je m'assois sur le lit et caresse le duvet du bout des doigts. Visiblement, je ne suis pas la seule à souhaiter m'entretenir avec Seb, puisque mon estomac se manifeste très bruyamment.

— C'était quoi ce bruit ? s'exclame Seb en rigolant. Tu as caché Jabba le Hutt dans ta chambre ou quoi ?

— Ah ah, très drôle. Seb ?

Il arrête de rire devant mon ton soudain très sérieux.

— Oui, Little ?

— Tu me manques.

Je perçois un petit frôlement de tissu, et je sais qu'il vient de porter sa main à son cœur comme chaque fois qu'il est ému.

— Tu me manques aussi, Vic. Et sinon, ça se passe comment avec le Cyclope ? À ce que j'entends, il continue de t'affamer. Au moins, ça semble aller à contre-courant de ton hypothèse selon laquelle ils allaient faire de toi leur prochain dîner. À moins que tu ne sois passée en mode Démolinator et que ça soit toi qui l'aies égorgé ?

À la mention d'Alex, mon cœur se contracte étrangement dans ma poitrine. Une sorte de douleur sourde prend naissance au creux de mon diaphragme.

— Alex… Eh bien… contre toute attente, il est plutôt sympa.

Et sexy… prévenant… complètement craquant.

Pendant un long moment, seul un silence me répond. Puis Sébastien pousse un profond soupir.

— Putain, Vic, dis-moi que je rêve. Tu es amoureuse de ce type ?

Pfff, il est tombé sur la tête ? Nan, mais sérieux.

— Seb, c'est de moi qu'on parle là ! Tu m'as déjà vue tomber amoureuse d'un mec au bout de trois petits jours ?

Nouveau silence.

— Justement non, Vic. Et pourtant, c'est pas faute de t'avoir présenté des tas de copains, de vraies bombes atomiques sur lesquelles tu n'as même pas daigné poser le moindre regard. T'es au courant qu'on parle de ton patron là ?

— Seb... je tente de l'interrompre.

— Il a fallu que tu jettes ton dévolu sur un mec borgne, et issu d'une famille de dégénérés.

— Seb, laisse-moi en placer une, s'il te plaît. Tu délires complètement, je ne suis pas amoureuse de ce type.

Il se marre, il se marre tellement que je crains pendant quelques instants qu'il ne soit en train de me faire une crise d'épilepsie.

— Tu as de la chance que je n'ai pas enregistré cette conversation, car si tu pouvais entendre le ton que tu as employé tout à l'heure, tu me demanderais toi-même de t'interner. Tu es clairement accro.

Voilà que je mordille ma lèvre inférieure maintenant. Je vais finir par grignoter le parquet, quand je n'aurai plus rien d'autre à me mettre sous la dent.

— Écoute, Seb, il est gentil, c'est tout. Il n'y a rien de plus.

Nouveau silence.

— Vic, ça va être un peu violent ce que je vais te dire, mais je le fais parce que je suis ton meilleur ami et que personne d'autre ne va le faire pour toi : redescends sur terre. Je trouvais déjà ça bizarre ce deal que vous avez passé. Maintenant ça crève les yeux : ce mec veut juste te mettre dans son lit. Tu sais très bien comment sont ceux de son espèce. Une fois qu'il aura eu ce qu'il désire, il mettra fin à ta période d'essai et tu pourras dire adieu au chèque pour le refuge.

— Tu racontes n'importe quoi, il n'a qu'à claquer des doigts pour coucher avec n'importe quelle femme. Qu'est-ce qu'il pourrait bien faire avec une fille comme moi ? rétorqué-je.

Ma voix paraît si sûre d'elle. Alors pourquoi une énorme boule est apparue dans ma gorge ?

Au même moment, des coups sont frappés à la porte.

— Je te laisse, je vais dîner en ville ce soir.

Pour la première fois de ma vie, je n'ose pas confier à mon meilleur ami à quel point je trépigne d'impatience à l'idée de ce repas.

— Bisous, et embrasse Esmée pour moi.

Il soupire.

— Bisous, Vic. Fais attention à toi.

Comme chaque fois que quelqu'un frappe à la porte de cette chambre, un gros gyrophare rouge s'allume dans mon cerveau. Aller ouvrir sans en savoir plus serait aussi intelligent que de jouer à la roulette russe avec un barillet où un seul emplacement serait dépourvu de balle.

— Victoria, c'est moi, me parvient la voix d'Alex derrière le battant.

Dire que je suis soulagée serait un euphémisme. Mais le suis-je vraiment ? J'ai passé vingt bonnes minutes devant mon sac de voyage éventré à tenter d'imaginer une tenue qui ferait honneur à ce rendez-vous. Avant de m'apercevoir que j'étais plus équipée pour aller camper au fond des bois que pour accompagner quelqu'un de la haute société pour un dîner en ville. J'ai fini par enfiler un pull vert émeraude par-dessus un tee-shirt de la même couleur sous ma fidèle salopette en jean qui a l'incroyable qualité de ne jamais se froisser.

J'ai à peine ouvert la porte qu'il s'engouffre dans la chambre et se dirige droit vers le lit.

— Nous n'avons pas beaucoup de temps si nous ne voulons pas être en retard, s'exclame-t-il, mais venez par ici et déshabillez-vous. À mon tour de prendre soin de vous.

Je crois que ma mâchoire vient d'atteindre le centre de la Terre. Température ? Trois mille huit cents degrés Celsius.

Il s'assoit sur le lit et se tourne vers moi en tapotant l'édredon à ses côtés.

— Pour votre hématome, explique-t-il.

C'est seulement à ce moment-là que je remarque le petit pot de pommade qu'il tient à la main. Mon cœur s'agite frénétiquement dans ma poitrine. Je ne sais pas trop si c'est pour me secouer en me hurlant à quel point je suis stupide ou parce qu'il ne parvient pas à extraire les images qui se sont gravées dans mon cerveau quelques minutes auparavant.

— Vous… vous êtes très élégant, arrivé-je à articuler dans une voix que je n'espère pas trop chevrotante.

En fait, très élégant ne rend pas justice à ce que j'ai sous les yeux. Son costume bleu marine, assorti au nœud papillon de la même couleur, rehausse la teinte changeante de son œil valide. Même son iris aveugle se nourrit de l'éclat du vêtement, et illumine ainsi son visage pourtant rongé par la fatigue.

— Je suis désolée, je n'avais rien de…

Il me coupe au moment où j'arrive à sa hauteur.

— J'adore votre tenue. Cette couleur vous va vraiment à ravir.

Et avec le rouge qui vient de s'ajouter sur mes joues, c'est comment ?

— Je ne suis pas certaine d'être assez habillée, continué-je.

Il sourit en déposant l'écharpe que je lui ai prêtée en bout de lit et en ouvrant le couvercle de la pommade.

— Croyez-moi, je suis persuadé que personne ne vous trouverait pas assez vêtue. Je serais même plutôt prêt à parier le contraire.

Devant mon regard médusé, il se sent obligé d'ajouter.

— Je vous taquine, une nouvelle fois. C'est vous qui allez finir par avoir des rides prématurées. Ne vous inquiétez pas, votre accoutrement n'aura aucune espèce d'importance dans l'endroit où je vous emmène.

Je ne suis pas sûre que ça me rassure, là maintenant. Je tends le bras vers la pommade.

— Donnez, je peux l'appliquer moi-même.

Sa longue main tapote encore une fois le lit.

— Ne soyez pas ridicule, à moins que vous m'ayez caché des talents de contorsionniste, je crains que vous ayez besoin de moi pour cette fois.

La façon dont il a dit « talents de contorsionniste » jette de petits charbons ardents à l'intérieur de mon bas-ventre. Depuis cet après-midi, j'ai comme l'impression qu'il parle une nouvelle langue. Une langue dont mon cerveau interpréterait chaque phrase avec une forte connotation sexuelle.

Je détache mes bretelles et fais passer mon pull par-dessus ma tête, dos à lui. Il est tellement proche que chaque particule d'air semble chargée de sa chaleur corporelle.

— Vous n'avez pas eu trop de mal à vous défaire de votre sangsue ? demandé-je pour focaliser mon attention sur autre chose que sa main qui vient de se saisir délicatement de mon bras.

Je regarde bien droit devant moi, mais je capte tout de même son petit sourire du coin de l'œil.

— Vous êtes dure avec elle, dit-il en appliquant avec mille précautions l'onguent sur la peau contusionnée.

Je me crispe dans l'attente du contact glacé du liquide, mais la peau brûlante d'Alex a dû réchauffer le baume. S'il n'y avait pas la douleur des chairs malmenées, la sensation serait délicieuse.

— Je ne sais pas comment vous faites pour ne pas l'être.

Cette fille a le QI d'une huître qui serait restée trop longtemps en plein soleil à marée basse.

Il tourne mon biceps pour avoir une meilleure vue sur son travail et les muscles de son cou se tendent en même temps que la pression de ses doigts s'allège sur mon épiderme lorsqu'il constate les dégâts occasionnés par son père.

— J'essaie de ne pas juger une personne sur ses capacités intellectuelles, sportives, son aspect physique, ou encore son origine ethnique ou sociale.

Il appuie bien sur les derniers mots en levant son œil vers moi, comme un reproche.

OK, j'avoue, j'ai « quelques » préjugés.

Il repose ma main sur le lit à quelques centimètres de sa cuisse et referme le pot avec lenteur, soudain perdu dans ses pensées. Lorsqu'il redresse son visage et plonge son œil dans les miens, son regard est légèrement embué.

— J'avais un frère jumeau, confie-t-il. On dit parfois que l'un des jumeaux vampirise le second. Si c'est le cas, alors on peut dire que je suis un vampire.

Mon frère est né avec une grave déformation des jambes et des lésions cérébrales qui ont entraîné un fort retard mental.

Sa voix est brisée par la souffrance. Il a de nouveau baissé le regard vers les couvertures. Sa main n'est qu'à quelques centimètres de la mienne. Sur une impulsion, je soulève ma paume et la recouvre. Il ne fait pas mine de retirer la sienne.

— Je suis désolée, soufflé-je en caressant doucement sa peau du bout du pouce.

Il redresse le regard, et passe sa main libre à l'arrière de sa tête, ruinant sa coiffure parfaite.

— Ne le soyez pas, murmure-t-il dans un petit sourire. Voyez-vous, mon frère paraissait diminué aux yeux de tous. Il était un poids pour beaucoup. Mais en ce qui me concerne, il a été ma planche de salut. Il m'a tellement appris. Chaque jour, je ne pouvais que me sentir humble devant les épreuves que représentait pour lui chaque aspect de son existence. Il les affrontait toutes une par une, sans jamais se plaindre, sans jamais flancher. Mon frère a été mon modèle. Il m'a enseigné que dans la vie il faut voir bien au-delà des apparences. Sans lui, je serais certainement devenu une pâle copie de mon père et de Harry. Chaque individu a ses forces et ses faiblesses. Mais celles-ci ne devraient pas être définies par la vision que la société a de l'utilité qu'une personne peut avoir pour elle.

Il pose son autre main sur nos deux mains mêlées.

— Ce que j'essaie de vous dire, poursuit-il, c'est que même si elle vous paraît superficielle et vaine, Tamara a des qualités qui ne peuvent être ignorées. Lorsque j'ai perdu mon frère, elle a été là pour moi.

Tout à coup, je me sens terriblement mal pour toutes les pensées méchantes que j'ai pu avoir à l'encontre de Barbie. Alex extirpe ses mains, se redresse et se racle la gorge en se levant.

— Je suis désolé, s'exclame-t-il. Une fois encore, je ne sais pas du tout pourquoi je vous raconte tout cela. Vous devez vraiment avoir un pouvoir magique sur moi. Il faut que je prenne garde si je ne veux pas vous révéler tous mes secrets.

Allez, Vic, c'est le moment de ramasser tous les petits morceaux de ton cœur qu'il vient d'éparpiller aux quatre coins de la pièce et de le faire rire avec ton humour légendaire. Alors pourquoi est-ce que rien ne me vient tout à coup ? Mon cerveau est aussi vide que le trou béant qu'il a creusé dans mon cœur.

Alex parcourt les quelques pas qui le séparent de moi et s'empare de mes épaules.

— Oh non, pitié, je ne voulais pas plomber la soirée. Ce serait tout de même un comble de vous extirper des griffes de mon père et que ce soit moi qui vous gâche votre dîner, n'est-ce pas ?

Heureusement, Jabba l'Estomac me sauve la mise en émettant un borborygme tonitruant.

— Si j'en crois ce qu'il me dit, m'exclamé-je, son dîner n'est pas encore totalement gâché. Alors, vous m'emmenez où ?

Chapitre 16

— C'est une blague, c'est ça ? lancé-je en tournant lentement la tête vers Alex qui se tient à mes côtés.

Il ouvre puis ferme nerveusement le couvercle de la boîte dans laquelle il abrite ses précieuses clopes. Je sens que ça le démange d'en sortir une et de la porter à ses lèvres qu'il n'arrête pas d'humecter. En tout cas, le mouvement incessant de sa langue rend toute tentative de concentration aussi vaine que mes chances de réchapper de cette soirée en un seul morceau.

Je reporte mes yeux sur l'enseigne de L'Obscurithé, le salon de thé restaurant dans lequel Alex a réservé pour notre dîner. Le concept ? Manger dans le noir, servi par un personnel exclusivement composé d'aveugles ou de mal-voyants. Je tourne de nouveau la tête vers mon boss. Je me saisis de son bras, et m'accroche à lui comme une bernique à son rocher.

— Pourtant, vous commencez à me connaître, non ? supplié-je. Vous savez bien que si j'ai le malheur d'allumer une bougie dans ma chambre, je vais non seulement faire cramer mon couvre-lit, mon appart, l'immeuble, la ville, et peut-être même l'Amazonie avec. Et vous, vous voulez que je mange dans l'obscurité totale ? Je ne sais pas, vous vous êtes dit, « tiens, cette ville est bien trop tranquille, si j'emmenais GodziVic avec moi ? Oh, j'ai une idée, et si on l'enfermait dans le noir avec ses deux mains gauches, ça donnerait quoi ? ».

Peut-être que je dois y voir une sorte de message : après trois jours à supporter ma tronche de zombie ectoplasmique, il a dû se creuser la tête pour trouver un subterfuge lui permettant de tenir sa promesse concernant le dîner, tout en me substituant à sa vue. Malin, le Alex.

Je lâche son bras et recule lentement vers la voiture. Peut-être qui si je m'y prends discrètement, il ne s'apercevra de rien et que je pourrai filer à l'anglaise avec le véhicule. Il se saisit de ma main.

Merde, grillée.

— Vous me faites confiance ? finit-il par me demander en rangeant la boîte dans la poche de son long manteau et en réajustant ses lunettes sur son nez.

Je ne dirais pas ça, non. Mais le regard brûlant qu'il me lance convaincrait une autruche avec la tête plongée dans le sable que faire une fabuleuse balade dans la gueule de son pote le lion est la meilleure façon de passer sa soirée.

— Oui, je m'entends répondre d'une toute petite voix.

Sa prise sur ma main se raffermit. Sa chaleur se communique à tout mon corps, jusqu'au creux de mon ventre. Ses lèvres esquissent un sourire engageant et plein de promesses.

— Je ne vous quitterai pas une seule seconde, et je vais vous aider. Je voulais vraiment partager cela avec vous. Vous allez voir, c'est une expérience incroyable.

— Si vous le dites… Au moins, on pourra former un club au bureau lorsque je me serai planté une fourchette dans l'œil par votre faute, bougonné-je.

Son pouce serre doucement ma main avec sollicitude.

— S'il le faut, je vous donnerai la becquée, dit-il dans un sourire en coin.

Jamais je n'aurais pensé que ces mots puissent être aussi sexy dans la bouche de qui que ce soit. Jusqu'à ce qu'une image horrible me transperce l'esprit, ou plutôt, l'œil : et si c'était ici qu'il avait perdu le sien ? Si ça se trouve, il veut seulement renouveler l'expérience sur un petit cobaye. Petit cobaye d'un mètre soixante-quinze, et cinquante-cinq kilos toute mouillée. N'exagère pas, Vic, tu n'es pas toute mouillée. Quoique ?

— Et sinon, Papa D'Enfer a prévu quoi pour le dîner ? Peut-être que finalement ça ne serait pas si terrible, tout compte fait, bredouillé-je.

— Trop tard, chuchote-t-il. Vous m'avez dit que vous me faisiez confiance. Maintenant que vous avez signé ce pacte avec votre sang, il va falloir vous en remettre à moi pour toute la soirée.

J'ai à peine le temps d'ouvrir la bouche pour protester qu'il me tire par la main et que nous sommes happés par les lourds rideaux noirs qui protègent l'entrée du restaurant. La façon dont l'obscurité nous enveloppe instantanément est terrifiante. Je n'ai jamais été habituée aux ténèbres. La fenêtre de ma chambre à la ferme n'avait pas de volets. La lueur vespérale guidait alors mes rêves. Plus tard, lors de mon emménagement en ville avec Antoine, la lumière des réverbères et des phares de voitures a hanté mes nuits.

Ma main s'agrippe tellement à celle d'Alex que ce n'est pas avec un œil en moins qu'il va ressortir d'ici, mais sans doigts si ça continue. Sa voix grave salue un interlocuteur fantôme :

— Bonsoir, Guillaume.

J'ai envie de me blottir tout contre lui. Il est devenu la seule chose tangible à laquelle me rattacher.

Quelques secondes plus tard, comme s'il avait entendu mes pensées, Alex imprime un mouvement à son poignet pour me placer dans son dos.

— Je ne vous lâche pas, n'hésitez pas à vous accrocher à ma taille si c'est plus confortable pour vous.

S'il insiste… je ne voudrais pas le contrarier.

Ma main gauche toujours fermement ancrée dans la sienne, j'enlace son torse de la droite. Le tissu de son costume est doux et délicat.

Bon, OK, je n'en ai rien à faire de ce tissu en fait. Ce que je tâte en dessous a toute mon attention en revanche.

— Putain, Alex, il s'écoule trop de temps entre deux de tes visites. Ally me reproche que tu ne passes jamais à la maison. Si tu pouvais trouver deux petites heures dans ton emploi du temps de ministre, tu sauverais mon couple.

Je sens le bras libre d'Alex se lever, certainement pour serrer l'épaule de celui qui semble être un ami très proche.

— Je vais voir ce que je peux faire. Victoria, je vous présente Guillaume, le propriétaire des lieux.

Sa propre cécité lui a inspiré le concept de l'Obscurithé. Guillaume, je te présente Victoria. C'est une amie.

Une amie ? Ah oui ? Depuis quand je ne suis plus « sa nouvelle assistante » ? On aurait omis de m'informer de mon changement de statut ? Je suis outrée. Ou pas, en fait. Je suis totalement gaga.

Je sens une main se poser à tâtons sur mon épaule et la serrer chaleureusement.

— Bienvenue, Victoria. Ouh, il faut se détendre ma petite ! Ne t'inquiète pas, ça va bien se passer. De toute façon, dès que ma cuisine aura atteint tes papilles, tu ne sauras même plus où tu te trouves et ta peur du noir te paraîtra bien bête !

Le rire d'Alex résonne dans la pièce qui me semble vide.

— Toujours aussi modeste, à ce que je vois, s'amuse-t-il.

Son ami me lâche et je sens qu'il donne un petit coup de poing sur l'épaule de mon boss.

— Ose dire que je ne fais pas les meilleurs plats que tu aies jamais goûtés au monde, s'emporte-t-il laconiquement.

— Je n'oserais pas, non, répond Alex.

— Il vaut mieux, je te rappelle qu'avant que tu me connaisses, tu ne savais même pas te faire cuire un œuf.

Le rire d'Alex se fait plus puissant. Ma main tressaute contre ses muscles. Je commence à me représenter cette soirée comme une épreuve. Genre épreuve de volonté ultime. J'ai l'impression d'en voir la bande-annonce se dérouler dans ma tête. Avec une grosse voix bien grave qui me dit : « Qui va gagner ? Ses hormones ? Ou sa raison ? Vous le découvrirez bientôt dans le prochain épisode de Comment foutre sa vie en l'air. »

— Allez vous installer, tu connais le chemin. Je suis à vous dans un instant, finit par lâcher Guillaume.

Alex s'engage plus avant dans l'établissement. Je le suis le moins gauchement possible. Mes grands pieds ne cessent de butter dans les siens. Il a porté sa main sur la mienne au niveau de son torse et avance lentement. Enfin, nous atteignons notre table. Alex a l'air de connaître les lieux par cœur. Il détache doucement mes doigts de sa poitrine, puis je le sens se courber et s'installer sur ce qui semble être une banquette. Il me tire pour m'entraîner à sa suite. Le siège est moelleux et confortable.

— Vous voyez, vous vous en sortez très bien, souffle-t-il à quelques centimètres seulement de mon oreille.

Sa respiration calme et sifflante caresse mon crâne et je tente de ne pas me focaliser sur nos mains entremêlées qu'il vient de poser sur sa cuisse.

— Bon, qu'est-ce que je vous sers ? reprend Guillaume qui nous a rejoints. Je vous préviens j'ai quelques ruptures de stock. Vous savez, à cause de l'accident.

— L'accident ? questionne Alex en se tendant légèrement à mes côtés.

— Tu n'en as pas entendu parler ? La route d'accès à la ville a été obstruée par une avalanche. Les secours vont mettre plusieurs jours à la déblayer. Nous sommes pour ainsi dire coupés du monde.

Je me marre. Je me marre si fort que j'en ai les larmes aux yeux.

— Vous êtes un petit comique, vous.

Le silence qui me répond et le pouce d'Alex qui caresse doucement le dos de ma main m'apprennent à quel point je me trompe.

Pourtant, bizarrement, je ne peux m'empêcher de me remettre à rire.

— Vous êtes en train de me dire que je suis coincée ici avec le vieux Fossile et Mister Pervers Univers ?

Oups. J'ai réellement dit ça ?

Mais Guillaume rigole à son tour.

— Putain, Alex, tu lui as présenté ta famille ? J'en reviens pas ! C'est sérieux entre vous, on dirait. Tu ne me cacherais pas un truc, par hasard, frérot ? Non ! Tu vas te marier ? Dis-moi que c'est pas vrai.

Résultat de l'expérience sociologique : eh bien non, ce n'est pas parce qu'on ne peut pas me voir que je n'ai pas la subite envie de me couler du siège pour me dissimuler sous la table.

— Arrête de t'emballer comme ça, Gui, finit par répondre Alex dans un rire, tu sais très bien que c'est mauvais pour ton petit cœur tout cabossé. Je te rassure, pas de mariage à l'horizon. Ne t'inquiète pas, je ne suis pas près de perdre mon statut de célibataire le moins en vue de la haute société : selon mon amie Victoria ici présente, les borgnes sont de toute façon voués au célibat éternel.

Pourquoi tant de haine ? Est-ce que j'ai vraiment mérité ça ? Bon, OK, je l'ai peut-être mérité.

— Menu découverte pour chacun d'entre nous, ajoute Alex.

Je vais pour protester, préférant me faire énoncer les choix possibles, lorsque Alex prend mon menton entre deux de ses doigts et le tourne vers lui.

— Vous avez dit que vous me faisiez confiance, vous vous rappelez ?

— Deux menus découverte, c'est parti ! s'exclame Guillaume avant de quitter la pièce.

Au silence qui règne dans la salle, nous devons être les seuls clients. Alex n'a pas lâché mon menton. Je sens sa respiration caresser mes lèvres. Je sais que c'est humainement impossible, mais je ne parviens pas à m'enlever de la tête que son œil est en train de parcourir chaque millimètre carré de mon visage.

Je finis par me détourner avant de vraiment mettre le feu à ce restaurant. Je suis à deux doigts de la combustion spontanée.

— Vous vous connaissez depuis longtemps avec Guillaume ? interrogé-je.

Discipline. Focalisation. Respiration. Tu peux y arriver, Vic, je crois en toi.

Alex croise ses jambes immenses sous la table. Son pied vient frôler mon genou. C'est un complot, ce n'est pas possible autrement.

— Bien essayé, finit-il par répondre. Mais nous avons assez parlé de moi tout à l'heure. Parlez-moi de vous.

L'emprise de sa main sur la mienne se détend. Il la dépose sur sa cuisse et la recouvre de la sienne.

— Il n'y a pas grand-chose à dire. Ma vie est loin d'être aussi palpitante que la vôtre.

— Si c'est le cas, alors vous pouvez considérer cela comme une chance. Mais vous sous-estimez grandement l'intérêt que les gens peuvent avoir pour vous. Tenez, prenez les chevaux. Je vous ai vu travailler avec eux. Vous avez un don. Pourquoi ne pas en avoir fait votre métier ?

Est-ce que j'ai vraiment envie de lui raconter ma vie ? Eh bien… étrangement, oui.

— C'était mon but, commencé-je. J'ai entamé des études de vétérinaire. Selon mes profs j'étais particulièrement douée. Faut croire que le cerveau fonctionne bizarrement. Je suis capable d'oublier d'éteindre le feu de la gazinière en sortant de chez moi, mais par contre retenir tout le protocole de soin à réaliser pour des sarcoïdes, aucun problème.

Il rigole.

— Vous me parlez chinois là. Pourquoi ne pas avoir continué dans ce cas ?

Je repense aux mots de Seb au téléphone. Seb qui a toujours été mon unique confident. Alors pourquoi est-ce que ça me paraît finalement si simple de me livrer à Alex ? Pourquoi j'ai l'étrange impression qu'il peut me comprendre alors qu'un monde, que dis-je, un système solaire, nous sépare ?

— Mon père est tombé gravement malade, continué-je. Ma mère s'est retrouvée à devoir gérer la ferme toute seule. Vous savez ce que ça représente de s'occuper chaque jour d'une exploitation de vaches laitières ? Vous n'avez pas le droit d'avoir la flemme. Interdit de remettre au lendemain. Ils n'avaient pas les moyens d'embaucher quelqu'un d'autre. Alors j'ai arrêté mes études.

La seconde main d'Alex rejoint la première sur la mienne, et la serre avec force.

— Je suis désolé. Et votre père ? Est-ce qu'il…

Il n'ose pas terminer sa phrase. Je me tourne un peu plus vers lui, même si je suis incapable de discerner ne serait-ce que sa forme.

— Il est guéri. Et en pleine forme, en train de profiter de ses toutes premières vacances dans les Caraïbes.

Le soupir de soulagement qu'Alex laisse échapper me fend le cœur. J'ai envie de lui dire à quel point je suis désolée pour sa mère, mais je n'ai jamais été très douée pour aborder ce genre de sujet.

— Je suis heureux de l'entendre, parvient-il à énoncer bien qu'il ait la gorge visiblement serrée par l'émotion. Pourquoi ne pas avoir repris vos études après tout ça ? Vous êtes encore jeune.

— Vous savez ce que c'est, vous rencontrez quelqu'un, il veut emménager dans un appartement avec vous, alors il faut trouver un travail alimentaire pour payer le loyer et les charges.

Je l'entends humecter ses lèvres.

— Si j'en crois la conversation que j'ai malencontreusement surprise l'autre jour, vous n'avez plus ce genre d'attache. Vous pourriez reprendre. Réaliser votre rêve.

— Et retourner vivre chez mes parents ?

— Est-ce que ce serait vraiment si terrible que cela par rapport à la possibilité de faire un métier que vous aimez pour les trente années à venir ?

Ma main se tend sur sa cuisse. Mon pauvre petit orgueil vient de se prendre du plomb dans l'aile. Ou plutôt un tir de bazooka.

— Vous croyez que c'est facile ? répliqué-je, soudain énervée. Tout le monde n'est pas comme vous. Tout le monde n'a pas papa et maman pour lui financer son appart. J'ai déjà deux loyers de retard. Vous voudriez que je fasse quoi ? L'argent ne tombe pas du ciel, sauf quand on s'appelle D'Enfer. C'est facile pour vous. Papa claque des doigts et hop, vous avez votre belle petite société toute rutilante qui vous rapporte à votre tour des millions d'euros. Mais nous n'avons pas tous cette chance. Vous ne savez pas ce que c'est.

Mes joues sont brûlantes. Je ne suis plus capable de déterminer si c'est à cause de la proximité d'Alex, ou de ma colère contre lui. Ou bien serait-ce de la honte en m'apercevant qu'en fait je suis furieuse contre moi-même, car je sais au fond de moi qu'il est dans le vrai ?

J'ai envie de pleurer. Une énorme boule s'est formée dans ma gorge.

Boule qui enfle encore lorsque la main d'Alex quitte la mienne pour se poser sur la table, et qu'il s'écarte de moi légèrement.

— Vous avez raison, je ne sais pas ce que c'est, dit-il d'une voix qu'il veut neutre, mais dans laquelle je décèle un soupçon de rancœur. Si un soupçon avait la taille du continent américain.

J'ai l'air bien moi maintenant. À l'instant, j'avais l'impression que ma main n'avait jamais été plus à sa place que sur la cuisse d'Alex. Mais là, je ne sais plus si je dois la laisser ou la retirer à mon tour.

Un silence pesant tombe entre nous, exacerbé par les ténèbres dans lesquelles nous sommes plongés. Alex a décroisé les jambes. Le bruit d'un martèlement régulier m'apprend que ses pieds se sont de nouveau lancés dans la composition d'un opéra rock. Opéra dans lequel le batteur se serait envoyé la bonbonne entière de caféine avant de monter sur scène. Cette soirée tourne au fiasco. Au moins, on peut dire que mes hormones se sont calmées. Elles se sont pris un gros stop là. Genre coup de Mjöllnir en pleine mâchoire.

Quelqu'un pénètre dans la pièce et dépose des plats devant chacun de nous.

— Bon appétit, messieurs-dames.

Ce doit être un serveur, car ce n'est pas la voix de Guillaume. Les odeurs qui s'échappent de l'assiette devant moi sont si divines que je sens ma bouche se remplir de salive. À mes côtés, j'entends Alex se saisir de ses couverts et commencer à manger en silence. Il a vraiment l'air fâché. Je repense à ses paroles dans les écuries, et je me rends compte que j'ai réagi exactement comme lui.

— Écoutez, Alexandre, je m'excuse. Je ne voulais pas m'emporter. C'est juste que… je suis comme vous, je n'aime pas qu'on pointe mes défaillances. Encore moins quand c'est mon patron qui le fait.

Encore moins quand c'est toi…

Il pose ses couverts, et je le sens se tourner vers moi. Ça paraît dingue, mais j'ai l'impression de pouvoir entendre son sourire.

— Vous avez de la chance, finit-il par dire, si j'étais aussi sadique que vous, j'aurais élaboré un plan machiavélique pour vous permettre d'obtenir mon pardon. Mais maintenant qu'on a établi que je suis un peu masochiste, on va dire que je vous pardonne.

Sa main est de retour sur la mienne. Mon cœur gonfle tant que j'ai l'impression qu'il va exploser dans ma poitrine. Tout doucement, je me hisse de quelques centimètres, et je dépose un baiser sur sa joue.

Attends une seconde. What ? Mais… qu'est-ce qui t'est encore passé par la tête, Vic ? Qu'est-ce qui ne va pas dans ton putain de cerveau ? T'es suicidaire ?

Tu veux mourir ? Tu veux mourir. Y a pas d'autre explication.

Fort heureusement pour moi, mes lèvres rencontrent bel et bien de la barbe qui a déjà repoussé depuis sa visite chez le barbier deux jours auparavant. Qui sait sur quoi j'aurais pu tomber dans l'obscurité : des lunettes, un nez… des lèvres.

Oh My God. Il fait chaud tout à coup. Un peu plus que ça même. Mon cœur bat la chamade. Il va se lever, il va déchirer mon contrat et il va me planter là dans le noir, il n'y a pas d'autre issue possible. Comment j'ai pu faire ça ? J'ai cru quoi ? C'est pas parce que ce geste est devenu si naturel avec Seb, que j'embrasse sans arrière-pensée, que je dois faire de même avec mon boss. Misère.

Sa main quitte la mienne, et mon cœur tombe jusque dans mes talons. J'ai tout gâché. Comme chaque fois, il a fallu que je gâche tout. Pourtant, quelques secondes plus tard, j'entends le bruit d'un tissu qui fouette l'air, et je sens quelque chose se poser sur ma poitrine avant que des doigts frôlent mon cou pour y nouer ce qui semble être une serviette. Il se saisit de ma main droite, et y dispose un couvert puis mène la gauche vers le bord de l'assiette.

— Allez-y doucement. Vous allez avoir du mal à évaluer les distances dans un premier temps. Mais très vite, votre corps va s'habituer. Et faites attention à votre petit cœur : Guillaume est encore meilleur cuisinier que moi, et vu votre réaction à ma modeste soupe, je n'ose imaginer ce qui pourrait se passer ce soir… D'autant plus que le noir exacerbe tous les sens.

Heureusement que nous sommes dans l'obscurité, car je reste là, bouche bée. Est-ce qu'il est trop chevaleresque pour mentionner ce qui vient de se passer et a donc décidé d'en faire abstraction ? Ne croyant pas à ma chance, je commence à manger. Pourtant, je viens à peine de parvenir à mener ma première cuillerée à ma bouche, que je sens ses lèvres frôler mon oreille et qu'il me murmure :

— Si j'avais su, j'aurais fait en sorte que vous soyez obligée de vous faire pardonner plus souvent.

*

Comment ai-je réussi à terminer mon repas après ça ? Je n'en ai aucune idée. Je crois que je mérite une médaille. Ou plutôt un camion entier, en fait.

J'oscille dangereusement entre les moments où j'ai l'impression que les paroles d'Alex ne résultent que d'une invention particulièrement sadique de mon cerveau fatigué, et les phases d'euphorie explosives qui déconnectent totalement ledit cerveau et réveillent les saletés de petits insectes volants qui ont élu domicile dans mon ventre.

De quoi avons-nous parlé jusqu'à notre sortie du restaurant ? Absolument aucune idée. Peut-être que je viens de lui avouer ma passion immodérée pour les culottes en coton à motif licorne, et lui la sienne pour les ragoûts de bébés humains. Heureusement pour moi, le froid glacial qui règne à l'extérieur a le don de ramener mon corps et mon esprit à une température relativement normale. Si celle d'un volcan en pleine éruption peut être qualifiée de normale.

Il neige à gros flocons. Nos pieds font crisser la couche de poudreuse qui a recouvert les rues. Loin de l'animation du centre-ville, les petites ruelles parallèles recèlent des trésors de beauté : les vieilles pierres révèlent tout leur caractère dans la lumière chaude des décorations de Noël.

La main d'Alex n'a pas lâché la mienne. Pourtant, nous avons quitté L'Obscurithé depuis plusieurs dizaines de mètres. Le froid agresse ma peau exposée au vent, mais même l'apparition prophétique d'un paquet de fraises tagada à taille humaine ne parviendrait pas à décrocher mes doigts de l'endroit où ils sont lovés. C'est dire.

Le nez enfoui dans mon écharpe, je me shoote à l'odeur enivrante de son parfum qui s'est incrustée dans la laine après que je la lui ai prêtée.

— Alors, combien d'orgasmes ? me demande Alex malicieusement.

On est vraiment obligés de parler d'orgasmes, là maintenant ? Tu es sérieux, Alex ?

Sa main se serre doucement sur la mienne. Je ne l'ai jamais vu d'aussi bonne humeur malgré la fatigue qui tire ses traits. Il enlève ses lunettes et en ôte la buée avant de les installer de nouveau sur son nez délicat. Nos regards se croisent. Mes organes internes ne sont plus qu'un amas de chairs en fusion.

Soupir. Je me sens tellement bien. J'aimerais que cette soirée ne s'achève jamais. Ne pas avoir à revenir à la réalité qui ne manquera pas de nous rattraper dès lundi, lorsque je redeviendrai son assistante, et lui, mon patron. Il s'arrête, lâche mes doigts un court instant, et dégage la capuche bloquée dans l'anse de mon sac avant de la rabattre sur ma tête. Puis sa main retrouve immédiatement la mienne qui se languissait déjà de sa chaleur et de son contact.

Ma gorge est incroyablement serrée et une sensation presque douloureuse a élu domicile dans ma poitrine. Il n'a pas repris sa marche, en attente de ma réponse. Il hausse un sourcil, ce qui accentue les quelques rides qui ornent son front. Je capitule.

— J'ai arrêté de compter après le quatrième, je pense.

Chaque plat était un véritable déluge de saveurs. Alex tourne la tête de côté, pousse un énorme soupir et fend l'air de son poing libre.

— Je vais être obligé de vous inviter à dîner chez moi quand nous serons rentrés alors, je ne laisserai pas à Guillaume la palme de votre jouissance, répond-il dans un grand rire.

Les chèvres hystériques sont de retour. S'il existe un dieu qui ne soit pas vexé de mon manque d'intérêt, pour ne pas dire scepticisme inné, pour la religion depuis mon plus jeune âge, qu'il me vienne en aide.

Quoique, bien sûr, j'ai bien deux ou trois idées qui pourraient permettre à Alex de dépasser Guillaume haut la main, là, tout de suite. Et, à l'exception d'une ou deux d'entre elles, aucune ne requiert l'utilisation d'une cuisine ou d'aliments.

— Qui vous dit que c'est lui qui en détient la palme ? je m'entends pourtant répondre en arquant à mon tour un sourcil.

Bon, OK. Antoine était bon amant, mais peut-être pas à ce point ! Mais il n'est pas obligé de le savoir. Est-ce que c'est du rouge qui vient de teinter ses magnifiques pommettes ? Il passe une main nerveuse dans ses cheveux. Je plaide coupable pour le sadisme, mais c'est lui qui a commencé.

— Vous avez apprécié votre soirée ? demande-t-il en se détournant et en recommençant à marcher.

— J'ai adoré chaque moment. Et vous ?

Il tourne la tête vers moi.

— Je vous répondrai tout à l'heure. Elle n'est pas encore terminée après tout, et je ne voudrais pas préjuger de ce que la suite pourrait me réserver. Quelqu'un aurait un éventail ? Ou une soufflerie de réacteur de fusée sinon. Non ?

— Venez, je tiens à vous montrer quelque chose, ajoute-t-il en me tirant par la main.

Nous arrivons devant une église romane. Son clocher carré s'élance vers le ciel, insensible aux assauts de la neige et du vent. Des projecteurs font danser sur la façade des scènes de lutins et de cadeaux animés. À intervalle régulier, des nuances de vert, de rouge et de blanc se succèdent pour mettre en valeur chaque aspérité de la pierre. Alex pousse la porte de l'édifice, et je marque une hésitation. Ses yeux fouillent les miens.

— Ce n'est pas trop mon truc, les églises.

C'est un euphémisme. La dernière fois que j'ai passé le seuil d'une église, le prêtre nous a expulsés, Seb et moi, en nous coursant avec son encensoir, nous traitant de suppôts de Satan. Quelle ironie d'être sur le point d'y entrer avec un homme qui s'appelle D'Enfer ! La boucle était bouclée.

Son sourire fait son retour.

— Ne vous inquiétez pas, je ne vais pas vous forcer à vous convertir. Et puis, il se pourrait même que vous parveniez à capter une ou deux barres de réseau là où nous nous rendons si vous souhaitez envoyer quelques messages à vos proches avant Noël.

Il sait me prendre par les sentiments. Bon, j'avoue que j'aurais été prête à le suivre même s'il m'avait proposé de partir en excursion dans un endroit sans eau, sans électricité, et sans vêtements. Surtout sans vêtements en fait.

À peine le seuil franchi, le silence révérencieux du monument nous englobe. Alex se signe rapidement, puis nous nous dirigeons sur la gauche, jusque dans une alcôve encombrée de bancs et de chaises qui ne doivent plus avoir d'utilité depuis bien longtemps à en juger par la couche de poussière qui les recouvre. Alex me lâche quelques instants, et fait pivoter un large panneau de bois à l'effigie de la Vierge. Derrière celui-ci, une porte qui a connu des jours meilleurs présente ses gonds rouillés.

— Vous êtes sûr que c'est très légal tout ça ? chuchoté-je en serrant mes bras sur ma poitrine. Je n'ai pas de super avocats pour me sortir de prison si jamais on se fait pincer, moi.

En fait, je n'ai pas d'avocat tout court. J'imagine déjà le prêtre local et son encensoir, pas vraiment d'humeur à terminer la soirée de cette façon. Alex revient vers moi et frictionne mes épaules de ses grandes mains.

— Ne vous inquiétez pas, j'étais enfant de chœur ici. Le père François est devenu un ami. Je venais régulièrement avec mon frère lorsque nous avions besoin d'être un peu seuls.

Si j'avais eu une famille pareille, ça n'aurait pas juste été « lorsque », ça aurait été tout le temps. Je ne peux retenir un petit ricanement.

— Qu'est-ce qui vous fait rire comme ça ? demande Alex, les sourcils légèrement froncés.

— J'étais en train d'imaginer des enfants de chœur avec pour nom de famille D'Enfer. Parfois, la vie a un drôle de sens de l'humour.

Il soupire.

— Vous êtes vraiment diabolique. Je suis étonné que l'Esprit-Saint ne vous ait pas attrapée par le col pour vous jeter en dehors de cette église.

Notre rire résonne dans les couloirs et part en écho jusque dans la nef où les quelques personnes regroupées pour prier nous lancent des regards réprobateurs.

— Venez, me souffle Alex en reprenant ma main.

L'ascension me paraît interminable. Même si je serais capable d'admirer la vue qui s'offre devant moi pour l'éternité : le long manteau ne parvient pas à cacher toutes les courbes qui se meuvent dessous. L'air est de plus en plus glacial à mesure que nous approchons du sommet. Enfin, Alex pousse une trappe qui fait pleuvoir sur nous une myriade de copeaux de bois et de poussière mêlés, et nous sortons au grand air. Le vent est si agressif que mes joues sont rougies par le froid avant que je n'atteigne le parapet. Je prends le temps de resserrer les pans de ma capuche et de mon col puis rejoins Alex. La vue est imprenable et vertigineuse malgré la nuit qui nous entoure. En contrebas, les rues décorées de leurs atours de Noël scintillent de toutes parts et créent une immense toile féerique qui s'étend à perte de vue.

— C'est magnifique, je ne peux m'empêcher de souffler.

— N'est-ce pas ? murmure Alex à mes côtés. C'est mon endroit préféré de la ville. Il me rappelle mon frère. Il aimait venir ici. Même si son plaisir émanait peut-être plus de sa joie à me voir suer sang et eau en le portant sur mon dos jusqu'au sommet qu'à la vue.

Sa voix est enrouée d'émotion. Elle brise mon cœur qui gît désormais en tout petits petits morceaux dans ma poitrine. Pourtant, c'est aussi ce même cœur qui s'arme d'une batte de base-ball, et qui fracasse ma raison avec la violence d'un Hulk passablement énervé.

Je parcours les quelques pas qui nous séparent, et je prends Alex dans mes bras. La façon dont il s'accroche alors à moi m'ébranle de part en part. J'entends son cœur cogner avec frénésie contre ma joue. Je tente de relever les yeux vers lui, mais une bourrasque particulièrement intense m'arrache ma capuche. Je cherche naturellement de nouveau la chaleur de son corps.

— Qu'est-ce qui lui est arrivé ? demandé-je après un long silence.

Alex enfouit son visage dans ma chevelure dégagée, et hume profondément avant de répondre.

— Je ne sais pas.

Je suis sur le point de me redresser lorsqu'il ajoute :

— Nous avions seize ans lorsqu'il a disparu. J'étais parti en ville avec des amis. Une domestique l'a vu sortir dans le jardin. Quand je suis rentré, le soir, personne ne s'était rendu compte de son absence. Je l'ai cherché partout, mais il s'était évaporé dans la nature. Une battue a été entreprise, sans succès.

Mon cœur se tord. À combien de souffrances ont bien pu être exposés les membres de cette famille ? Comme toujours dans ce genre de situation, je ne sais pas quoi dire. Je serre son corps avec plus de force encore, le berçant doucement. Une sensation d'humidité se fait sentir dans ma chevelure, puis Alex finit par s'écarter de moi.

— Mais assez parlé du passé, vous êtes là avec moi aujourd'hui et je veux que cet endroit reste un endroit spécial. Un endroit joyeux, comme il l'a toujours été.

Il passe la main sur mon visage pour en chasser les mèches qui s'y emmêlent et je défaille.

Merde. Merde, merde, merde. Je crois que Seb a raison. Je crois que je suis en train de tomber amoureuse.

Cette constatation me remplit autant de joie que d'effroi.

— Vous devriez envoyer vos messages avant de vous transformer en petit glaçon, me rappelle Alex.

J'ai un mal fou à détacher mes yeux de son visage, et mon visage de ses mains.

T'en fais quoi de tes bonnes résolutions, Vic ? Des bonnes résolutions ? Qui a parlé de bonnes résolutions ? Et tu as pensé à ce qui pourrait se passer pour le refuge si tu déconnes ?

Raclement de gorge. Je m'écarte quelque peu et farfouille dans mon sac à la recherche de mon téléphone. J'en avais presque oublié son existence. Je presse le bouton d'allumage et la musique caractéristique résonne avant d'être emportée par le vent. En attendant la mise en marche, je me tourne de nouveau vers Alex.

— Merci, pour cette soirée. Ça faisait longtemps que je n'avais pas passé un aussi bon moment.

Un aussi bon moment ? Tu n'as rien trouvé de mieux, vraiment ? Mon ange gardien vient d'effectuer un magnifique Facepalm.

Pourtant, Alex sourit.

Je le regarde.

Il me regarde.

Nous nous regardons.

Sa main retrouve sa place tout contre ma joue. Ses yeux glissent vers mes lèvres.

Et c'est le moment que choisit mon putain de téléphone pour se mettre à sonner frénétiquement. Sauvée par le gong comme on dit ? Est-ce que j'avais vraiment l'air de quelqu'un qui a envie qu'on la sauve ? Sérieusement ?

Ce n'est pas un message que j'ai reçu. Mais une bonne centaine si j'en crois le tintement incessant des notifications. Paniquée, à la fois par ce qui était potentiellement sur le point de se produire, et par l'angoisse qui me serre les entrailles à l'idée qu'il soit arrivé quelque chose à l'un de mes proches ou de mes protégés, je m'écarte légèrement et actionne l'écran afin de voir de quoi il retourne.

Vingt appels en absence de Marianne et Seb confondus. Et des SMS en pagaille de mes parents et de mes amis. La peur me noue le ventre et je m'assois à même le sol, mes jambes refusant soudain de me porter.

— Victoria, que se passe-t-il ? s'inquiète Alex en s'accroupissant à mes côtés.

J'écoute mon répondeur, puis lis l'ensemble des messages. Une énorme boule s'est formée dans ma gorge.

— J'ai reçu un avis d'expulsion. On me demande de quitter mon appartement séance tenante. Je ne comprends pas, on est en pleine trêve hivernale, lancé-je après avoir consulté les premiers messages.

Alex s'empare de mon genou et le serre avec sollicitude.

— Exactement, ne vous inquiétez pas, il doit y avoir un malentendu. Nous appellerons votre propriétaire, et tirerons ça au clair.

À l'écoute des autres messages, pourtant, je pâlis.

— Il y a eu un départ de feu chez mes parents. Rien de grave, a priori, mais si un informateur anonyme n'avait pas prévenu les pompiers, leur maison serait partie en fumée. Et les services vétérinaires sont passés au refuge pour un contrôle surprise. Ils veulent saisir les animaux.

À l'instant où j'énonce froidement ces informations à Alex, une constatation s'ancre dans mon esprit : il ne peut pas s'agir d'une coïncidence. Je ne vois qu'une seule explication possible : Arthur D'Enfer est passé à l'offensive. Et visiblement, j'ai déclaré la guerre à un ennemi bien trop gros pour moi.

Chapitre 17

— Seb, calme-toi, s'il te plaît. Je t'appelle pour me réconforter, et tu me rajoutes cinquante sources de stress à la seconde.

— Que je me calme ? Mais putain, Vic, ces gens sont des fous furieux. Je prends ma voiture et je viens te chercher.

Le castor sous amphète est de retour. Mes pauvres ongles risquent fort de ne pas survivre à cette soirée. Je n'ai pas eu besoin de faire part à mon meilleur ami de mes soupçons : il est immédiatement arrivé aux mêmes conclusions que moi.

— Tu ne peux pas, soupiré-je.

Je ne sais pas dans quoi il vient de frapper, mais je n'aimerais pas être à sa place. J'ai du mal à imaginer mon petit Sebounet, dont les muscles sont aussi développés que ceux d'un paresseux centenaire croisé avec une moule, dans l'état de nerf où il semble se trouver.

— Comment ça, je ne peux pas ? Je te préviens, si tu me sors encore cette histoire de deal avec ton boss, Victoria Pottier, je débarque et te ramène par la peau des fesses, que je vais tanner jusqu'à ce que tu prennes enfin un peu de plomb dans la tête.

Ouch. Il est vraiment en colère. Ça en serait presque mignon si les circonstances n'étaient pas si dramatiques.

— Pour ce qui est du plomb dans la cervelle, vois avec le Fossile, je suis sûre qu'il sera content de t'aider, répliqué-je en tentant de faire de l'humour et en échouant lamentablement.

— Vic, je ne rigole pas, là, crie-t-il, furax.

Je porte ma main libre à mon front. Je n'ai pas cessé de trembler depuis que j'ai appris toutes ces nouvelles. Le froid glacial qui règne dans ma chambre n'arrange rien à mon état.

— Seb, il y a eu une avalanche, l'unique route d'accès à la ville est complètement obstruée. Je suis bloquée ici pour quelques jours.

Nouveau bruit de casse.

— Vic…

Je le coupe.

— Je vais te laisser. Je ne peux pas gérer ton stress en plus du mien pour ce soir. Je te rappelle demain, OK ?

Je ne veux pas le lui avouer, mais je suis à deux doigts de fondre en larmes. Peut-être même à un seul, en fait. Je lutte de toutes mes forces depuis notre départ de l'église pour maîtriser mes nerfs.

— Vic, promets-moi de ne pas laisser un seul des D'Enfer t'approcher de près ou de loin jusqu'à ce que je puisse venir te chercher.

Je repense aux lèvres d'Alex, aux mains d'Alex, au torse d'Alex. Et à cet instant suspendu dans le temps où j'ai cru qu'il allait m'embrasser. Est-ce qu'on est vraiment obligés d'inscrire Alex dans la liste des D'Enfer ? Oui ?

J'arrache un énième bout de peau de mon ongle tout en me faufilant sous l'édredon.

— Bonne nuit, Seb, à demain.

Je l'entends hurler lorsque je raccroche. Moi qui comptais sur lui pour m'apporter un peu de quiétude, c'est raté : je suis encore plus angoissée qu'avant mon appel. Mon cœur cogne si vite que je ne parviens plus à en discerner les battements. Et maintenant s'ajoute à tout le reste l'impression d'être la pire amie de la Terre. Ou de la galaxie. Peut-être même de l'univers.

Des coups sont frappés doucement à la porte.

— Entrez, lancé-je sans même réfléchir.

Je crois que je suis arrivée à un stade où si Papa D'Enfer passait le seuil de cette chambre, je me précipiterais vers la cheminée pour décrocher la lance qui y est pendue, et je lui demanderais de m'achever là tout de suite pour mettre fin à mon agonie.

Alex referme la porte aussi lentement qu'il l'a ouverte. Ses traits témoignent d'un état d'épuisement à la limite de la mort cérébrale. Une quinte de toux le terrasse avant qu'il puisse s'avancer dans la pièce. Ça faisait longtemps.

Pour ma part, je suis si fatiguée et angoissée que je remarque à peine qu'il a ôté son nœud papillon et sa veste de costume, et que quelques-uns des boutons de sa chemise ont enfin réussi à se libérer.

…

OK, j'ai menti : je ne vois que ça. Il est en chaussettes. Je repense à une conversation que j'ai eue un jour avec une amie qui m'avait dit à quel point elle trouvait que les hommes en chaussettes étaient de véritables tue-l'amour. Mazette… c'est qu'elle n'avait pas rencontré Alexandre D'Enfer. Ses pieds paraissent encore plus grands ainsi que lorsqu'ils sont chaussés. Il est terriblement sexy.

— J'ai eu mon avocat, murmure-t-il en s'asseyant sur le bord du lit avec précaution. Ils ne peuvent pas vous expulser pendant la trêve hivernale. Et d'ici là, vous devriez pouvoir rembourser vos dettes avec votre salaire. Vous n'avez rien à craindre.

Parmi toutes les nouvelles, c'était bien celle qui m'inquiétait le moins.

— Et pour le refuge ? demandé-je en tortillant mes doigts pour les empêcher de trembler.

— Nous allons diligenter une contre-expertise sur place. Ils ne pourront pas saisir les chevaux avant les résultats de cette étude, et vous devriez ensuite bénéficier d'une mise en demeure assortie d'un délai pour vous mettre en conformité.

Le soulagement est tel qu'un vertige me fait tourner la tête.

— Tenez, buvez ça, ça va vous faire du bien, ajoute Alex en me tendant une tasse remplie d'un liquide fumant.

Je la fixe, puis regarde mes mains qui tremblent encore de façon spasmodique. Il suit mon regard. Avant même que je puisse comprendre ce qu'il se passe, il pose la tasse sur la table de chevet, se glisse sur le lit jusqu'à moi et se saisit de mes mains. Elles disparaissent au milieu des siennes et de leur chaleur réconfortante.

— Victoria, regardez-moi, chuchote-t-il à mes côtés.

J'observe nos mains. Mon corps se met à trembler de plus belle. Mes nerfs relâchent toute la pression qu'ils ont accumulée ces dernières heures.

— Victoria, tout va bien se passer, je vous le promets, ajoute-t-il en s'approchant encore.

Nos épaules et nos cuisses sont côte à côte. Il serre mes mains un peu plus fort. J'ose enfin lever les yeux vers lui. Et à l'instant où je croise son regard, je fonds en larmes.

J'ai honte. J'ai si honte. Je dois ressembler à un Gremlins qui viendrait de tomber dans une marmite d'eau bouillante. Je pleure à gros sanglots, mes épaules secouées de reniflements peu ragoûtants.

Alex s'écarte. Il a raison, même moi je ne voudrais pas me voir en peinture à l'heure actuelle. Je me laisse couler au fond du lit et enfouis ma tête sous les draps avant de bredouiller :

— Je suis désolée.

J'ai envie de rire et de pleurer en même temps, sans même savoir pourquoi. Ça me fait mal tant mes muscles sont contractés. Mes nerfs lâchent totalement.

Puis je sens le drap se soulever légèrement. Alex se glisse à mes côtés. Il m'observe quelques instants, puis ses longs bras enveloppent mon corps et le tirent vers lui.

— Tu n'as pas à être désolée, chuchote-t-il dans ma chevelure.

Il me serre si fort que mes os menacent de craquer.

— Je suis là, ajoute-t-il encore.

Comme si je ne chialais pas déjà assez comme ça, ses mots achèvent carrément d'ouvrir les vannes. Le pauvre va être couvert de mes larmes, de ma bave et de ma morve… super le premier rendez-vous, Vic.

Pourtant, pas un instant il ne fait mine de s'écarter. Mes poings recroquevillés tout contre son torse se desserrent petit à petit. Il porte une main à mon visage pour en chasser les mèches collées de larmes. Puis je le sens se pencher vers moi et déposer un baiser sur mon front.

— Je serai toujours là.

*

On m'en a déjà fait des sales coups dans ma vie, mais alors là. Putain de saleté de cerveau de merde. Je ne sais pas à quel moment ce traître a décidé qu'il avait plus de chance de gagner contre mon pauvre corps en se déconnectant totalement. À mon réveil, la douce chaleur et le divin parfum qui m'enveloppent ne peuvent pourtant signifier qu'une seule chose. Ou plutôt deux. Premier constat : j'ai dormi avec mon boss. Second constat : j'ai DORMI avec Alex. Oui, dormi… Après six mois de célibat et d'abstinence forcée, j'ai enfin dans mon lit un mec canon et si gentil que je doute parfois de sa nature humaine, et moi, je m'endors. À en croire la sensation d'humidité qui s'étend juste sous le côté de ma joue et de mon menton, mon sommeil a été tout ce qu'il y a de plus glamour, en plus. Remarque, peut-être que ça existe les fétichistes de la bave. Non ? Mes mains sont serrées sur un tissu luxueux qui ne peut qu'être la chemise d'Alex si j'en crois le mouvement de sa respiration qu'elles suivent avec délice, telle une berceuse. À chaque expiration, son souffle balaye mon visage.

OK. Opération commando. Tu vas lâcher tout doucement sa chemise, pousser le bras qui enserre ta taille avec la même délicatesse que celle que tu emploies quand tu t'efforces de t'épiler les sourcils, et tu vas filer à la salle de bains pour tenter d'avoir un aspect un tant soit peu vivant et humanoïde à son réveil.

Prudemment, j'essaie d'ouvrir un œil. Chose plus facile à dire qu'à faire quand tu as pleuré toutes les larmes de ton corps la veille au soir. Je dois avoir la tête d'un lapin myxomateux. Je force sur mes pauvres paupières collées, et parviens enfin à mes fins.

Merde. J'ai rêvé ou c'est un œil vert qui m'observe ? Plan B, plan B. Je me coule tout doucement sous les couvertures jusqu'à en être entièrement recouverte.

— Bonjour, m'accueille la voix grave et légèrement rauque d'Alex. Pas la peine de te cacher, cela fait trente bonnes minutes que je te regarde dormir.

Vraiment ? Et il n'a même pas pris ses jambes à son cou ? Finalement, je ne sais pas trop si je suis intéressée. Il doit avoir un problème cérébral. À moins que son œil valide ne commence à le lâcher également. Ça doit être ça.

À regret, j'émerge et parviens à ouvrir mes deux yeux. Le sien est éclairé par la lumière du soleil qui inonde la chambre. Je remarque pour la première fois les petites paillettes dorées qui dansent dans ses iris. L'intensité avec laquelle Alex m'observe est à la fois dérangeante et terriblement excitante. Il porte sa main à mon visage et caresse doucement ma joue du bout du pouce avant qu'elle ne retrouve le creux de ma taille.

OK. Zen. Il est conscient de ce qu'il vient de faire là ? Oui, il en est forcément conscient. Je suis à deux doigts d'appeler la caserne du coin pour qu'on l'enferme pour pyromanie.

— Je ne voulais pas te réveiller, souffle-t-il, mais j'ai promis à ma mère de la rejoindre à 10 heures pour passer la matinée avec elle. Et il est déjà 9 h 50. Alors si tu pouvais me rendre ma chemise.

Oh. C'était donc ça, en fait. Je lâche le tissu comme s'il m'avait brûlée, et baisse les yeux vers l'étoffe froissée. Sa main se serre un peu plus au niveau de ma taille, et descend dans un geste caressant jusqu'à ma hanche.

Mayday, mayday, incendie dans le secteur 3.

— J'aurais vraiment adoré rester, crois-moi, souffle-t-il en penchant la tête à son tour. Mais je mets un point d'honneur à toujours tenir mes promesses.

Ses doigts quittent de nouveau ma hanche pour revenir vers mon visage qu'ils redressent vers le sien.

— Tu vas bien, Victoria ? Tu es bien silencieuse. Cela ne te ressemble guère, ajoute-t-il en fronçant légèrement les sourcils. J'espère que… je ne voulais pas…

Essaie de parler quand tu as le cœur qui te remonte dans la gorge, toi, et on verra comment tu t'en sors.

S'il reste une minute de plus, je jure que je vais lui sauter dessus et lui rouler une pelle de la mort.

— Oui, oui, tout va bien, articulé-je en détournant le regard.

Lorsqu'il se redresse, mon corps ressent immédiatement le manque de sa proximité. Alex ouvre les draps en grand de son côté, et s'apprête à partir. Puis, avec une légère hésitation, il se tourne de nouveau vers moi, se penche doucement, et dépose un baiser appuyé contre ma joue. La sensation de sa bouche contre ma peau et de l'impression d'humidité et de chaleur qu'elle y laisse m'électrise entièrement.

— On se voit cet après-midi pour achever les décorations, murmure-t-il en se redressant.

Mon cœur palpite à trois cents à l'heure.

Oh puis merde.

J'agrippe les pans de chemise chiffonnés au niveau de son torse, le tire vers moi, et colle mes lèvres sur les siennes. J'ai la tête qui tourne. Je crois que je n'ai jamais autant désiré quelqu'un de toute ma vie. Une explosion de vertiges prend source dans ma poitrine et mon cerveau pour se répandre dans tout mon corps. L'intégralité de mes poils se dresse de désir.

Soudain beaucoup trop consciente de ce que je viens de faire, je le lâche et me décide à rouvrir les yeux. Il s'écarte légèrement, et porte une main à sa bouche. Son œil est exorbité de surprise.

Merde. Qu'est-ce que j'ai fait ?

— Désolée, je suis désolée, paniqué-je en me recroquevillant dans le lit.

Mon cœur cogne lourdement à mes oreilles. Alex m'observe une longue minute, comme figé. Puis il se rue sur moi, emprisonne mon visage de ses mains et sa bouche part à l'assaut de la mienne. Ses lèvres sont impérieuses. Leur massage sur les miennes, exquis. Sa langue force leur barrage, et, lorsqu'elle touche la mienne, je ne peux retenir un gémissement. Comme encouragé, son baiser se fait encore plus fiévreux. Son corps recouvre le mien, le coulant dans le matelas. Mes jambes enserrent sa taille. Je peux sentir son cœur battre contre le mien à travers la fine étoffe de sa chemise. Nous roulons sur le côté, et nos visages se détachent enfin. Je suis à bout de souffle. La respiration sifflante d'Alex a pris un rythme saccadé préoccupant. Je porte une main à sa joue et la caresse doucement.

— Est-ce que ça va ? demandé-je, légèrement inquiète.

— Je crois qu'on peut dire cela, oui, répond-il dans un sourire béat.

Toute trace de la fatigue de la veille a quitté ses traits.

Il délaisse ma tête pour partir lentement à l'assaut de mon corps. Son visage rejoint de nouveau le mien, mais cette fois, ses lèvres caressent doucement les miennes, les frôlant avant de les presser avec délicatesse. Le bout de sa langue les parcourt tour à tour, me soutirant de nouveaux gémissements. En cet instant, je regrette presque d'avoir opté pour ma salopette hier soir. J'ai envie qu'il m'arrache mes vêtements, là, tout de suite, et cette pseudo-ceinture de chasteté moderne est un flagrant rempart à mon impatience.

Dire que je suis en feu est un euphémisme. Et lorsqu'il me tire vers lui pour coller mon bassin contre le sien, je constate que je ne suis visiblement pas la seule : une bosse impressionnante déforme son pantalon. Entre deux baisers, je ne peux m'empêcher de faire remarquer :

— Vous… tu es en forme.

Il sourit tout contre mes lèvres.

— Je défie n'importe quel homme de ne pas l'être quand il se réveille avec une aussi jolie créature dans ses bras, s'amuse-t-il.

Je rigole.

— Créature, c'est bien le mot oui. Jolie, je suis moins sûre…

Il me fait taire en m'embrassant à nouveau. La première bretelle de la salopette saute, bientôt rejointe par sa jumelle. Vite, qu'on m'extraie enfin de cette camisole de force ! Les boutons qui en marquent les flancs me hurlent leur souhait de rallier à leur tour le Front de libération des boutons maltraités. Un à un, les doigts tremblants d'Alex leur rendent leur liberté, avant de partir en exploration au sud, vers la Terre promise. De mon côté, j'ôte patiemment les remparts qui me séparent de la peau incandescente de son torse. Bon, OK, j'avoue : je suis tout sauf patiente. Il me faut rassembler le peu de sang-froid dont je suis encore investie pour ne pas carrément arracher cette satanée chemise. Ses doigts brûlants frôlent les replis de mon intimité, et mon corps s'arque sous la caresse délicate. Sa bouche s'égare dans mon cou. Ses dents et sa langue raclent mon épiderme avec gourmandise, et m'extirpent de petits gémissements qui étirent ses lèvres contre ma peau. Monsieur est fier de lui on dirait ! Tu ne perds rien pour attendre, tu vas voir de quel bois je me chauffe ! Mais pour l'heure, c'est moi qui me consume quand son pouce se pose enfin sur mon clitoris où il imprime un mouvement circulaire divin. Mon dos se cambre. Mes jambes s'ouvrent pour lui faciliter l'accès. Je ne sais plus où je suis, mais ça n'a pas vraiment d'importance tant que son corps est pressé contre le mien de la sorte. Je retire tout ce que j'ai pu penser sur les vertus du célibat et des sextoys ces derniers mois au moment où un premier doigt s'insère en moi : putain, rien ne vaut un partenaire qui sait se servir de ses phalanges. Lorsqu'il découvre le taux d'humidité ambiant, là, en bas, un petit grognement satisfait s'échappe de sa gorge et mes organes internes se liquéfient. Quelque part au fin fond de mon esprit, mon ange gardien agite des panneaux, sa tête parée d'un gyrophare rouge qui tourne à toute berzingue. Mais je n'en ai plus rien à faire. Parce qu'un second doigt rejoint le premier, et titille ce point si particulier que tout aventurier du sexe passe parfois sa vie à chercher. Des paroles inintelligibles s'échappent de ma bouche. Bordel, c'est bon. C'est même plus que bon, c'est divin. La tension s'accroît dans mon bas-ventre en même temps que ses doigts impriment un rythme plus rapide dans mon intimité, fouillant chaque recoin, m'arrachant des petits cris. J'ai oublié mes amis les boutons, dans l'opération, mais lui n'a pas oublié le mien qu'il continue de malmener jusqu'à reddition, alternant les cadences pour me rendre folle. De petits tremblements parcourent mes muscles au bord de la rupture. Mes mains s'accrochent aux draps, et les tordent pour tenter de contenir le plaisir que je sens déferler en moi et qui ne demande qu'à être relâché. Mais j'en veux plus. Parce que je sens son sexe comprimé dans le tissu frotter ma jambe à chaque mouvement puissant de son bras entre mes cuisses. Parce que je veux le sentir en moi, là, maintenant. À ce stade, ce n'est même plus une simple envie, c'est un besoin. Et au diable les avertissements de Seb, le chèque pour le refuge, mon CDI, et ce satané ange gardien frénétique. Sa seconde main s'est emparée de mon sein par-dessus les couches de vêtements et le pétrit. J'aimerais qu'il le prenne en bouche tout comme je rêve de sentir son sexe brûlant sur mes lèvres. Toutes mes lèvres. Je fournis un effort monumental pour sortir mes yeux de ce brouillard où le plaisir et le désir les plongent chaque fois, et j'écarte les pans de tissus de sa chemise. Je découvre dans le même mouvement une partie du tatouage que j'avais entraperçu lors de notre session de travail au café. Je cesse la progression de mes baisers dans son cou pour admirer ce qui ne peut être qu'un chef-d'œuvre étant donné le support sur lequel il a été dessiné. Mais Alex ne me laisse pas le temps de voir plus d'un trait d'encre avant de se redresser précipitamment et de se dégager. Le vide provoqué par ses doigts, sa bouche, son corps, me terrasse. Ma tête tourne, et mon ventre est douloureux à force de contenir mon plaisir qui ne demande qu'à exploser. Il me fait quoi, là ?

— Qu'est-ce qui t'arrive ? Tu t'es fait piquer par une guêpe ou quoi ?

Il se racle la gorge, se lève, et reste quelques instants planté au milieu de la pièce, sa longue main serrée sur sa poitrine juste au-dessus du fameux tatouage.

— Me dis pas que tu vas faire une crise cardiaque, plaisanté-je. Il n'est même pas 10 heures du mat', et avec ce que tu viens de me faire, mon cerveau n'est pas calibré pour réagir rationnellement à ce genre de situation, alors tu pourrais avoir la décence d'attendre quelques instants, au moins.

Silence. OK, il commence réellement à m'inquiéter. Avec une lenteur terrifiante, il referme un à un les boutons de sa chemise, replace les pans dans son pantalon, avant d'énoncer sans croiser mon regard :

— Je suis désolé, je dois vraiment y aller.

Il est sérieux, là ? Mec, t'allumes pas un incendie pareil si tu ne comptes pas m'aider à l'éteindre derrière !

— Tu ne peux pas me faire ça, grogné-je presque.

Pourtant, j'ai à peine le temps de m'extirper du lit, et de manquer de m'étaler en m'emmêlant les pinceaux dans ma salopette, qu'il tourne les talons et quitte la pièce en claquant la porte.

Je crois bien que le record de Guillaume n'est pas près d'être battu finalement.

Chapitre 18

— Victoria, si tu n'arrêtes pas d'agiter ton joli petit cul juste devant mon nez, comment veux-tu que j'arrive à me concentrer sur ce que je fais ?

Ça va être ma faute en plus. Perchée de façon précaire en haut d'un escabeau branlant, je fais appel à tout ce qu'il me reste d'équilibre pour ne pas m'écraser au sol comme une énorme pastèque trop mûre. Alors on ne va pas aussi me demander de faire attention à mes positions.

— On t'a déjà dit que tu n'es pas obligé de regarder ? répliqué-je.

— Si on a deux yeux, c'est bien pour que ça serve, non ?

— Eh bien, sers-t'en pour éviter de frapper sur tes gros doigts avec ce marteau, Joey.

— Tu sais qu'il n'y a pas que les doigts qui sont gros chez moi, persifle-t-il énigmatiquement.

Soupir. Les mecs… Au secours.

— Tu veux dire que tu es un gros lourd ? Ça oui, j'avais remarqué. Maintenant, arrête de mater et aide-moi à redescendre.

Il stabilise l'échelle et me réceptionne avec délicatesse lorsque je ne suis plus qu'à quelques marches du sol. C'est ce que j'aime chez Joey : une sacrée grande gueule, mais jamais un geste déplacé ou mal intentionné.

Je prends un peu de recul pour admirer notre œuvre. Que dis-je, notre chef-d'œuvre : les écuries scintillent de mille feux au milieu des guirlandes électriques et florales que nous venons de suspendre. Joey passe un bras autour de mes épaules.

— On a bien bossé, gamine !

Je me dégage et lui assène un coup de coude.

— Gamin toi-même.

— Allez viens, je t'offre un café.

— Je ne dis pas non, j'en ai bien besoin ! Le réveil a été… mouvementé.

Même si j'aurais aimé qu'il le soit un tantinet plus que ça. Ou peut-être plus qu'un tantinet en fait. Pourquoi a-t-il fallu que je tombe sous le charme d'un extra-terrestre sociopathe ? C'est vrai, ça, quel mec un tant soit peu humain prendrait la poudre d'escampette dans un moment pareil ? Il ne perd rien pour attendre. Si c'était une stratégie tordue pour assouvir ses penchants masochistes, il va être servi : quelqu'un a mérité une grosse fessée.

Joey fait basculer l'immense porte sur le côté et me mène jusqu'à un banc de bois blanc recouvert d'une impressionnante couche de neige. Il chasse la poudreuse d'une main, passe un rapide coup de chiffon pour ôter l'humidité restante, et me fait signe de m'asseoir.

— Je reviens, dit-il en repartant dans les écuries au pas de course.

Je croise les bras sur ma poitrine pour me protéger du froid, et inspire profondément. La journée est radieuse. Un grand soleil illumine la rivière gelée qui serpente en contrebas, renvoyant vers moi ses rayons par effet de miroir. Au loin, quelques chevaux s'ébattent dans un pré. Je ne peux m'empêcher de m'extasier devant ce spectacle, même si je l'observe chaque jour de l'année au refuge. Ici au moins les chevaux ne sont pas boiteux, ou faméliques. Personne ne leur a coupé une oreille, personne ne les a énuclés. Je me souviens d'Eden, cette jument qu'on nous a apportée dans un état si catastrophique que j'ai dû la veiller quinze jours dans son box, sans savoir si elle allait passer la nuit. Si j'avais pu mettre la main sur celui qui avait fait ça, ses attributs masculins auraient passé un sale quart d'heure. Fatalement, mes pensées me ramènent aux nouvelles apprises la veille. Arthur D'Enfer a souhaité me transmettre un message : s'il le veut, il peut anéantir chaque aspect de ma vie, comme il me l'a signifié. Va-t-il s'en tenir à cet avertissement ? Ou bien dois-je m'attendre à de nouvelles offensives de sa part ?

Je suis tirée de mes pensées lorsqu'un lourd tissu en polaire se pose sur mes épaules. Joey prend place à mes côtés, et me tend une tasse fumante avant de s'en servir une aussi du thermos.

— Tu m'en laisses un peu ? demande-t-il en indiquant la couverture équestre dont il m'a drapée.

Je fais glisser un pan du tissu par-dessus son cou, et nous nous retrouvons bientôt enveloppés tous deux comme un couple de petits vieux prêts à regarder passer les voitures en médisant.

— Qu'est-ce qui te fait rire ? m'interroge Joey en portant le breuvage à ses lèvres pour souffler délicatement dessus.

— Rien de bien glamour, crois-moi. Merci d'être venu m'assister lors de ta seule journée de repos.

Il me lance le plus éblouissant des sourires.

— C'était la chose la plus palpitante à faire dans ce bled paumé. Ça, ou aider Violette et Tamara à décorer l'artère principale. Et… disons que j'aime le silence… ce qui n'est pas compatible quand Tamara est dans les parages.

Je ricane. Je mentirais si je n'avouais pas avoir proposé d'avancer la décoration des écuries pour les mêmes raisons.

— Et ton boss ? Il se tourne les pouces ? ajoute Joey. Monsieur lance un évènement et après il ne participe même pas à sa préparation. Typique des D'Enfer. Un ramassis de Y a qu'à-faut qu'on.

Mon regard se perd dans les volutes de fumée de ma tasse. Alex… cet homme a l'air d'être un si vaste sujet qu'il faudrait plus d'une vie pour le découvrir totalement. Ils auraient au moins pu me le livrer avec le manuel. Je me sens obligée de le défendre :

— Il ne m'a rien demandé, ça me fait plaisir de le faire. J'ai hâte de voir les sourires sur les visages de tous les enfants. Si cette horrible famille peut amener un peu de bonheur à ces gens une fois par an, c'est toujours ça de pris.

Joey se cale contre le banc, et observe à son tour le paysage. Je sens que c'est le moment de poser la question qui me brûle les lèvres depuis notre rencontre :

— Il s'est passé quoi, avec lui ? Tu as dit que vous étiez comme des frères. Qu'est-ce qui vous a séparés ?

Joey place sa tasse dans son giron, et tourne la tête de l'autre côté pour éviter mon regard.

— Je ne sais pas trop si c'est le genre de chose que je dois confier à son assistante, maugrée-t-il.

Son assistante… est-ce que je suis devenue plus que ça ? J'aimerais penser que oui. Mais est-ce que sa fuite digne de Bip-bip poursuivi par le Coyote ne cache pas quelque chose ? Quelque chose dans le genre grosse baleine sous roche ?

— Je serai muette comme une tombe, ricané-je enfin en lui donnant un léger coup d'épaule.

Il tourne de nouveau la tête vers moi.

— Je vais te la faire courte : un jour, il est venu me voir, et il m'a dit qu'il devait avant tout penser à son avenir, et qu'il ne pouvait plus se permettre d'être vu en ville en train de jouer ou de déjeuner avec un domestique.

What ? Alexandre D'Enfer aurait dit ça ? Alexandre « il faut arrêter avec tous les préjugés sur les riches on n'est pas tous pareils » D'Enfer ?

— Juste comme ça ?

Joey s'avachit légèrement, et pose ses coudes sur ses genoux.

— Juste comme ça.

Ça paraît invraisemblable. Et je ne pense pas ça parce que ledit Alex avait sa langue fourrée jusqu'au plus profond de ma gorge ce matin même.

— Et il n'a jamais fourni la moindre explication ? demandé-je.

Joey se redresse, et change de position, mal à l'aise.

— Il a essayé, plusieurs années après, mais je n'ai pas voulu l'écouter. C'est trop facile. On ne peut pas pardonner ce genre de chose. Il m'a même envoyé des lettres. Toute une tripotée. Je ne les ai jamais ouvertes. Elles seraient d'ailleurs toujours dans la poubelle si mon père ne les avait pas religieusement conservées.

Toute cette histoire ne ressemble pas du tout à Alex. Ça pue le Fossile à plein nez.

— Tu veux savoir ce que j'en pense ? C'est pas net tout ça. Et quand quelque chose n'est pas net, il y a forcément Arthur D'Enfer derrière. Tu devrais lire ces lettres. Parler à Alexandre. La vie est trop courte pour vivre avec des regrets et des rancœurs. Et j'ai comme l'impression qu'aussi bien lui que toi n'auriez pas trop d'un ami en plus. Bon, je range le matos, et je vais manger. Peut-être à plus tard.

Il acquiesce, perdu dans ses souvenirs.

Une fois dans l'écurie, j'entreprends de ramasser les différents outils utilisés, toute à mes pensées. Est-ce que j'ai mal jugé Alex ? Je me remémore ses paroles envers moi lors du gala. Il n'y était pas allé de main morte non plus pour bien me remettre à ma place. Alors qui est le vrai Alex ? Celui qui était dans mon lit ce matin même ? Ou celui capable de dire à son ami qu'il ne souhaite plus le voir, car il ne traîne pas avec les domestiques ? Il avait l'air si sincère ce matin. Alors pourquoi a-t-il fini par fuir ?

Dans la réserve, je me hisse sur la pointe des pieds pour remettre le marteau à sa place, quand je sens deux mains se plaquer sur mon ventre et mes seins, et un nez s'enfouir dans ma nuque. Une fois la surprise passée, je me rends très vite compte d'une chose : qui que ce soit, il ne porte pas le parfum d'Alex. Et si ce n'est pas Alex, alors ces mains n'ont rien à faire là où elles se trouvent.

— Il me semble que nous avons une danse à terminer, susurre une voix suave à mon oreille avant de la lécher d'un grand coup de langue.

Mes poils se hérissent de dégoût. La bile me remonte dans la gorge en même temps qu'une peur ancestrale me serre les entrailles. Une alarme résonne dans ma tête. Je lance mes mains à l'assaut des siennes tentant de les détacher de mon corps, mais sa poigne est plus solide que l'acier.

— Lâche-moi tout de suite, sale porc, ou je te promets que tu vas le regretter, sifflé-je.

Il se marre, et mordille le lobe de mon oreille. J'en profite pour pencher la tête en avant et la redresser le plus violemment possible. Le contact entre mon crâne et ce qui semble être son nez envoie un pic de douleur dans tout mon cuir chevelu.

— Sale garce, tu m'as cassé le nez, éructe-t-il. Tu vas me le payer.

Mais il a desserré ses mains juste assez pour que je puisse enfin me libérer de sa poigne. Je me retourne face à lui, et découvre le visage déformé par la rage et maculé de sang de Harry D'Enfer. L'espace est si exigu que je peux à peine bouger. Je donne un violent coup de genou vers le haut dans l'espoir de le mettre KO, mais il l'esquive sans mal. Il m'agrippe par les cheveux et ma tête cogne brutalement contre le mur de parpaings. La douleur fait apparaître des étoiles dans mon champ de vision, et un liquide chaud se met à couler à flots sur mon visage. Il se dirige lentement vers la porte, profitant de son avantage, et prend tout son temps pour retrousser les manches de sa chemise.

— J'ai toujours pris tellement de plaisir à casser les jouets de mon frère, dit-il froidement en posant la main sur la clenche pour nous enfermer, et tu ne vas pas déroger à la règle.

Mais cet idiot ne se rend pas compte qu'il vient enfin de m'offrir la seule chose qu'il me manquait : de l'espace. J'essuie rageusement le sang qui continue de dégouliner dans mes yeux. Grande inspiration. Je me mets en position, vise sa tête, et déploie ma jambe. J'ai peut-être toujours été incapable de retenir le nom de ce coup, mais mon corps l'a bien enregistré, lui. L'adrénaline et la peur font le reste. La chaussure de rando coquée entre en collision avec sa tempe dans un bruit mat. La surprise qui se peint sur son visage mériterait d'être immortalisée par les meilleurs artistes de ce monde. Je tremble de la tête aux pieds, mon cœur battant spasmodiquement dans ma poitrine. Son corps retombe en se vautrant lamentablement contre un amas de balais et de brosses.

— Mon ex était prof de karaté, connard.

Chapitre 19

Lorsque les portes coulissantes du couloir des urgences s'ouvrent devant moi, je l'aperçois immédiatement, et les petits papillons sont de retour dans mes entrailles. Il ne pourrait pas être assis plus loin de Joey sur le siège double qu'ils partagent tous les deux. Alex a le regard perdu dans le vague. L'un de ses pieds tambourine frénétiquement sur le sol. Ses mâchoires sont si contractées que j'ai presque l'impression d'en entendre le grincement. Son teint de vampire albinos est de retour.

Nous ne sommes séparés que depuis quelques heures, et pourtant mon corps vit cette simple vision comme si je venais de lui fournir une dose massive de coke après une tentative de sevrage.

C'en est presque flippant. Mais en même temps, qui voudrait d'Alexandre D'Enfer à dose homéopathique ? Pas moi en tout cas. Et même pas peur de l'overdose.

C'est Joey qui m'aperçoit le premier. Il se lève et me rejoint précipitamment.

— Vic, comment ça va ? demande-t-il en serrant doucement mon biceps.

J'ai le droit à un joker ? Physiquement, ma petite peau délicate a déjà connu bien pire que les deux pauvres points de suture et l'impressionnant hématome qui n'a pas fini de s'étendre sur mon visage. Mais mentalement, c'est une autre histoire. Je dois déployer des trésors de self-control pour ne pas me remettre à pleurer. La blouse de l'interne qui m'a recousue se souvient encore de mon épisode de craquage. La malheureuse ne savait plus où poser ses mains quand je me suis jetée à son cou. Ou peut-être que c'est la nouvelle déco de mon pull façon massacre à la tronçonneuse qui l'a rebutée ? Je n'arrive pas à m'ôter l'agression de la tête. Pourtant, le harcèlement de rue, les frotteurs du métro, je connais. Tristement, je pourrais même presque dire que c'est devenu une habitude de m'en débarrasser. Mais ça… Il m'a à peine touchée, et je l'ai étalé au sol en trois minutes. Alors pourquoi la peur ne m'a pas quittée ? Pourquoi je ne parviens pas à chasser le dégoût qui me bloque la gorge ? Je me sens sale, et honteuse.

— Oh t'inquiète, il en faut bien plus que ça pour venir à bout de ma bonne humeur légendaire, c'est rien qu'une égratignure ! éludé-je en tentant d'imprimer à ma voix un enthousiasme que je ne ressens pas.

Mon ton semble pourtant berner Joey, qui me prend dans ses bras, soulagé. Je pense qu'il avait dû prévoir autre chose pour son après-midi de congé que d'accompagner une presque inconnue au commissariat et aux urgences du minuscule hôpital de montagne que possède fort heureusement le village.

Alex nous a rejoints, mais reste à distance. À l'instant où nos yeux se croisent, je sais immédiatement que lui n'est pas dupe.

Tu repasseras pour l'oscar de la meilleure actrice, Vic.

— Tu peux rentrer, Joey, énonce-t-il, je prends le relais à partir de maintenant. Merci de m'avoir prévenu.

Mesdames et messieurs, bienvenue au pôle Nord. Sa voix est plus glaciale encore que l'air à l'extérieur.

Joey nous observe quelques minutes, et je n'ose pas croiser son regard. Il caresse doucement mon bras.

— Tu as mon numéro s'il y a quoi que ce soit. N'hésite pas, dit-il avant de tourner les talons.

Alex ne m'a pas quittée de l'œil. En ce qui me concerne, ils ont décidé d'entamer une migration vers le revêtement anthracite du sol où le climat leur semblait bizarrement plus favorable. Un long silence s'installe entre nous. Il inspecte tour à tour ma plaie, l'hématome, et l'état sanguinolent de mes vêtements. Je relève enfin la tête, et m'avance vers lui : il n'y a rien que je veuille plus en cet instant que me blottir dans ses bras, pour effacer la présence de Harry que j'ai l'impression de sentir encore partout sur moi. Pourtant, Alex marque un mouvement de recul. Il empeste le tabac.

— Est-ce qu'il t'a fait du mal ? demande-t-il sans aucune once d'émotion dans la voix tout en maintenant une distance entre nous de sa main tendue devant lui.

Est-ce que tu as laissé ton cerveau à la maison, Alex ? Es-tu seulement Alex, ou bien Papa D'Enfer t'a-t-il remplacé par une version beaucoup plus sexy des Terminator ?

La colère se substitue à tous les autres sentiments qui tournoyaient dans mon esprit. J'ai envie de ses bras, de ses lèvres, de sa chaleur. L'interrogatoire, j'y ai déjà eu droit chez les flics.

— Je ne sais pas, à ton avis ? Tu crois que j'ai tenté un nouveau style pour mon maquillage de Noël ? Oh tiens, si j'ajoutais quelques points de suture et une énorme tache rouge, je serais peut-être un peu plus dans le ton dans cette putain de baraque de monstres.

J'ai hurlé les derniers mots et l'ensemble des personnes présentes dans la salle d'attente se tourne vers nous. Alex est plus pâle que jamais.

— On rentre, dit-il de façon implacable, tout de suite.

La colère déforme ses traits. Il m'indique la sortie de la main. Il ne fait même pas mine de me toucher. Ma gorge se remet à trembler. Je serre mes bras sur ma poitrine pour m'offrir l'étreinte qu'il ne paraît pas décidé à me donner. Comme dirait mon petit papa, on n'est jamais si bien servi que par soi-même.

— Déjà, je ne suis pas ton chien, Alex. Et non, on ne sortira pas d'ici tant que tu ne m'expliqueras pas ce qu'il se passe.

Il détourne le regard, et croise à son tour ses bras sur sa poitrine.

Puis soudain, tout devient clair. Mais bien sûr. Comment est-ce que je peux être aussi bête ?

— Tu as honte de moi ? bredouillé-je. Tu ne veux pas que les gens nous voient ensemble, c'est ça ?

Sa langue fait son apparition entre ses lèvres, avant d'être remplacée par ses dents qui mordent avec violence sa lèvre inférieure. Il prend une longue inspiration, les yeux fermés. Puis il ôte ses lunettes, et pince l'arête de son nez entre le pouce et l'index de son autre main. Ça ne me dit rien qui vaille.

La dernière fois que je l'ai vu faire ça, il est passé en mode Demolition Man dans les minutes qui ont suivi. Il expire longuement, comme s'il lui était indispensable de relâcher la pression sous peine d'exploser. Et c'est fort possible que ce soit le cas : le gars est une vraie cocotte-minute.

— Victoria, je ne souhaite pas parler de ça ici. Est-ce que tu veux bien sortir de cet hôpital et te rendre à la voiture ?

Mon cœur vient de s'offrir un petit voyage dans l'ascenseur, direction le trente-sixième sous-sol : il n'a pas démenti.

Coucou, Vic, c'était sympa ton incursion au pays des contes de fées ? Ça fait quoi de revenir enfin dans le monde réel ?

Ça fait foutrement mal, voilà ce que ça fait. Surtout quand le Prince Charmant t'a bien menée en bateau et que tu as manqué de te faire tuer par la vilaine sorcière.

Voyant que je n'obtempère pas, il rouvre l'œil, penche légèrement la tête de côté, et souffle :

— S'il te plaît.

Soulagement. Peut-être que mon Alex est toujours là, quelque part sous cette façade de froideur et de colère. Ou peut-être que c'est juste moi qui tente de m'en persuader. J'ai si mal dans la poitrine que tout le reste des évènements et des blessures de la journée me paraît bien superficiel.

Si j'avais espéré un semblant de conversation une fois enfermée avec lui dans la voiture, c'est raté : Monsieur est muet comme une tombe. Tombe dans laquelle je ne vais pas tarder à l'enterrer moi-même s'il ne se résout pas à me dire quel est le problème.

Le paysage défile à une allure vertigineuse. Je ne sais pas à quelle vitesse il roule, mais certainement pas loin de celle qui vous mène directement en prison sans passer par la case départ.

Je décide de faire le premier pas, même si son attitude commence sérieusement à me courir sur le haricot, pour penser poliment.

— Je suis contente que tu sois venu, soufflé-je en posant ma main sur sa cuisse droite.

Il tressaille, mais au moins il ne la chasse pas.

Pas de réponse. Pas de réaction. Est-ce qu'il y a encore quelqu'un aux commandes là-haut ?

Il a l'air tellement en colère.

La boule dans ma gorge atteint la taille d'une petite orange. Est-ce qu'il est fâché contre moi ?

— Qu'est-ce que j'ai fait ? demandé-je d'une voix que je veux assurée, mais qui sort aussi pitoyablement que celle d'une souris. Alex, parle-moi. Est-ce que c'est parce que j'ai porté plainte contre ton frère ? Alex, on ne peut pas laisser Harry agir comme ça impunément. Ou c'est à propos de ce matin ? Si je suis allée trop vite pour toi, on peut repasser à la vitesse inférieure. Dis-moi.

Nouveau silence. Sans que je puisse m'en empêcher, je sens une larme couler le long de ma joue.

Punaise. Je chiale. Je chiale pour un mec. Bravo, Vic, tu tiens super bien tes promesses. Tu n'avais pas dit que c'était la dernière fois quand Antoine t'a larguée comme une vieille chaussette puante ?

Les mains d'Alex se crispent plus encore sur le volant. Sa pomme d'Adam remonte haut dans sa gorge et il expire profondément.

— Victoria, je ne peux pas te parler maintenant, finit-il par lâcher.

C'est quoi cette réponse ? Il est sérieux ?

— Tu ne peux pas, ou tu ne veux pas ?

Ma main se contracte sur sa cuisse dans l'attente de sa réponse.

— Je ne peux pas, confirme-t-il. Si je le fais, je risque de dire des choses que je vais regretter par la suite.

Au moins, ça a le mérite d'être clair… Mais… qu'est-ce que je raconte ? Ça veut dire quoi exactement ? En tout cas, vu le ton employé, je ne suis plus sûre de vouloir le savoir.

Le reste du trajet se déroule donc dans le plus parfait des silences. Tout comme notre cheminement dans le manoir jusqu'à ma chambre. Mon esprit est vide, blanc. Parfois, il y a des moments où il vaut mieux arrêter de réfléchir, car chaque pensée fait beaucoup trop mal. C'est comme dans un rêve que je l'entends m'ordonner de rentrer dans cette chambre et de m'enfermer à double tour. Dans un brouillard total, je prends une douche bouillante jusqu'à ce que ma peau soit tellement rougie que la sensation de brûlure soit enfin plus prégnante que celle des mains et de la langue de Harry. Je craque. Une fois. Deux fois. Je ne sais plus combien de fois. J'envisage d'appeler Seb pour me confier à lui, puis me ravise : il serait capable de réquisitionner un hélicoptère de l'armée pour venir me chercher par la peau des fesses, comme il a dit, s'il apprenait ce qui s'est passé. Ou peut-être même l'armée dans son intégralité.

Je viens juste d'enfiler mon pyjama lorsque le téléphone de ma chambre lance des javelots en travers de mon crâne. Je le laisse sonner : je crois que j'ai eu ma dose de D'Enfer pour la journée. Pour une vie entière en fait. Pourtant, à peine a-t-il fini de tinter qu'il reprend de plus belle.

Pour la quiétude de mon cerveau et l'intégrité physique de l'appareil, je réponds enfin :

— Quoi ?

Pas de doute, je viens d'exploser le tympan de mon interlocuteur.

— Victoria, c'est Alexandre.

— Quoi ? répété-je sur le même ton.

— Est-ce que tu peux passer dans ma chambre, il faut qu'on parle.

Oui, je peux. Mais est-ce que je le veux ? Moi aussi je peux jouer à ce petit jeu.

Il faut qu'on parle… Quatre petits mots dont tout le monde connaît très bien la traduction. C'est la goutte d'eau. Ou plutôt le putain de déluge, oui.

— Ah parce que Monsieur D'Enfer veut parler maintenant ? Excuse-moi, peut parler ! Comment est-ce qu'on peut ne pas pouvoir parler ? Tu veux bien m'expliquer ? À moins qu'on t'ait aussi coupé la langue, en plus de l'œil ?

OK, c'était peut-être pas ma réplique la plus sympa. Mais je suis à deux doigts que de la fumée me sorte des narines. Je me fais agresser par l'autre pervers et Monsieur m'en veut pour une obscure raison ? Mais où a-t-il appris le sens des priorités à la fin ? C'est quoi cette famille ?

— Victoria, s'il te plaît.

Inspiration. Il a une façon de prononcer ces mots… Il arrive à m'avoir à chaque fois.

— Et comment je suis censée savoir où est ta foutue chambre ? C'est pas comme si j'y avais déjà été invitée.

— Première porte sur ta gauche. À tout de suite, Victoria.

Il a raccroché. Ce salaud a raccroché.

Mes doigts se ferment et s'ouvrent convulsivement. Je ne sais pas ce que j'aimerais broyer entre mes mains, mais je pense qu'Alex a de la chance de ne pas se trouver dans la pièce à cet instant.

Je jette un œil dans le grand miroir qui orne l'armoire. Dire que je ne ressemble à rien serait méchant pour ledit rien. Mon visage est tuméfié, ma chevelure encore humide de la douche, tout emmêlée. Et mon fidèle pyjama pilou-pilou a connu des jours meilleurs. Quelle tenue plus parfaite pour aller affronter un homme qui va mettre fin à votre relation avant même qu'elle ait vraiment commencé ?

Allez, comme dit ma mère, quand on doit retirer un pansement, mieux vaut y aller d'un coup sec. J'applique plutôt cette philosophie avec les bandes de cire à épiler, mais bon, je comprends le principe. Plus vite je serai débarrassée, plus vite je pourrai tirer un trait sur ce Noël d'enfer. Après tout, il faut que je remette les choses en perspective : je suis ici pour le refuge, et avant tout pour le refuge. Le reste, ce n'était que du bonus. Mais quand le bonus a la tête et le petit cul d'Alexandre D'Enfer…

Vic, tu t'égares. Bouge les tiennes, de fesses, et va prendre ta grosse claque dans ta gueule déjà bien ravagée.

À peine ai-je frappé à la porte qu'Alex me signifie d'entrer. Sa chambre est semblable à la mienne en tous points. Si l'on excepte les fringues impeccablement rangées dans l'armoire et la valise religieusement alignée au pied de celle-ci. Dans la mienne, ces différents éléments ont plutôt décidé de vivre leur propre vie. Une vie bien plus remplie de débauche que la mienne.

Alex me tourne le dos. Il regarde par la fenêtre. Sa main droite posée à plat sur le rebord fait saillir ses omoplates sous sa chemise.

Mazette, ce mec est aussi divin du côté pile que du côté face.

— Assieds-toi, m'ordonne-t-il.

J'observe le salon juste à côté de lui.

— Je préfère rester debout. Vas-y, qu'on en finisse.

Ses épaules frémissent. Est-ce qu'il va vraiment être lâche au point de ne pas avoir la décence de me regarder dans les yeux ?

— Écoute, Victoria. C'était une erreur.

Eh bien il faut croire que oui, il ne va pas se retourner. Je croise les bras sur ma poitrine. Je me suis remise à trembler. Qu'est-ce que tu nous fais, Vic ? Ça fait trois jours que tu le connais. Tu ne vas pas nous faire une petite crise de déprime pour un mec à qui tu as à peine roulé une pelle.

— Je suis désolée, Alex, mais il va falloir que tu sois plus spécifique. Qu'est-ce qui était une erreur, selon toi ?

Sa respiration est particulièrement sifflante. Il tousse, tente de parler, et tousse de nouveau. Bien. C'est au moins le signe que ça a l'air un tant soit peu pénible pour lui aussi.

— De t'avoir amenée ici avec moi.

OK… c'est pas un couteau dans le dos qu'il vient de me planter en fait, mais aussi l'épée, la lance, la hache, la hallebarde et tout le toutim. Je hoche la tête bêtement de haut en bas. Comme si j'étais d'accord. Comme si ça avait le moindre putain de sens.

— J'ai eu les services de la ville, la route devrait être déblayée demain. J'appellerai un taxi pour te ramener chez toi.

La douleur dans mon ventre est telle que je suis finalement obligée de m'asseoir. Qui a coupé l'oxygène ?

— Tu veux que je parte ?

Il bascule son poids sur sa jambe opposée. Sa tête s'abaisse vers sa poitrine.

— Oui, Victoria, je veux que tu partes d'ici. Et le plus tôt sera le mieux.

Je ne pige pas. Ce mec doit être schizophrène. Il n'y a pas d'autre explication. Le matin même j'avais le plus flagrant symbole de son désir collé à moi et maintenant il faut que je m'en aille ?

— Alors ce qu'on a partagé hier et ce matin, ça n'a aucune espèce de signification pour toi ? Par respect pour ces quelques moments, aie au moins la décence de me le dire en me regardant dans les yeux, craché-je.

De nouveau, il tousse.

— Je ne peux pas.

Je me relève. Hors de moi.

— Arrête avec ça ! Tu ne veux pas. Arrête de dire que tu ne peux pas.

Je tremble de plus en plus fort. Il faut que je sorte d'ici, car j'ai l'impression que je vais m'évanouir.

— Et pour le refuge ? j'arrive tout de même à demander d'une voix chevrotante.

Ses épaules se courbent un peu plus.

— Ne t'inquiète pas, tu auras ton chèque.

Ça y est, je me remets à chialer. Il n'y a donc pas de limite aux larmes qu'on peut fournir en une journée ? Je pensais avoir largement dépassé le quota.

— OK. Si c'est ce que tu veux. Est-ce que je peux au moins savoir ce que j'ai fait ?

J'ai l'impression qu'un immense géant enserre ma gorge dans sa poigne. Je vais finir par gerber. Ça serait une super conclusion à cette histoire au final, car c'est vraiment tout ce qu'elle m'inspire désormais.

— Tu n'as rien fait du tout.

— OK. Alors merci de t'être bien foutu de ma gueule ce matin. Et Alex ? Pour ton information, ton frère a essayé de me violer. J'aurais apprécié un peu plus de compassion de ta part. Tu sais… j'ai cru que tu ressentais quelque chose pour moi. Je vois que je me suis bien trompée.

Et ça y est, mon fichu corps a ouvert les vannes. Pleurer à torrents quand la moitié de ton visage tente de concourir au rôle principal du prochain Elephant Man, c'est peut-être pas la plus brillante des idées.

Je m'apprête à sortir, mais je me prends les pieds dans l'un des fauteuils avant de m'étaler de tout mon long. Super, Vic, moi qui pensais que tu ne pouvais pas être plus pitoyable ! Le Guinness des records a dû créer une catégorie spéciale pour toi, à n'en pas douter. Heureusement, plus de peur que de mal. Entre mes larmes et la grosse tignasse qui s'est détachée pour venir obstruer mon visage, je ne sens qu'au dernier moment les mains qui tentent de m'aider à me relever.

— Tu n'as rien ? s'enquit la voix d'Alex juste à mes côtés.

— C'est peut-être un peu tard pour t'en inquiéter. Ne me touche pas, sifflé-je.

Il me lâche immédiatement. Je m'assois par terre, rabats mes cheveux vers l'arrière et…

Oh. Mon. Dieu.

— Qu'est-ce qui s'est passé… soufflé-je en me saisissant de sa main bandée.

Dans la catégorie du meilleur Elephant Man de la soirée, j'ai de la concurrence : son visage est un camaïeu de bleu et de rouge sur toute sa partie gauche, faisant encore plus ressortir son œil aveugle.

— Je crois que j'ai eu un peu trop de compassion… murmure-t-il toujours sans me regarder entre ses mâchoires serrées.

Je porte la main à sa joue. Les blessures sont fraîches. Et le coup n'a pas dû être très puissant. La peau est à peine enflée.

— Tu peux de nouveau circuler comme tu le veux dans le domaine, ajoute-t-il. Tu ne croiseras plus Harry ici.

Mon père dit souvent que l'homme qui arrivera à me clouer le bec n'est pas né. Eh bien il se méprenait !

Enfin, son œil se relève vers les miens. Il est rouge et brillant et un sillon de larmes est encore visible sur sa joue. Ses doigts blessés s'entrelacent avec les miens. Il baisse de nouveau le regard.

— Et tu ne t'es pas trompée, souffle-t-il.

Mon cœur bat si fort qu'il va finir par sortir de ma poitrine pour ajouter un gnon de plus au visage d'Alex.

Raclement de gorge.

— Pas trompée sur quoi ? je me sens obligée de demander.

Il me regarde alors.

— Sur les sentiments que je ressens pour toi. Tu comptes beaucoup pour moi. Plus que tu ne peux le comprendre.

Je le regarde. Je dois avoir l'air d'une carpe qui peine à reprendre sa respiration, car je ne parviens pas à refermer la bouche pendant un long moment.

— Mais… t'es con ou quoi ?

Il ouvre grand son œil, choqué. Je me penche vers lui sans lui laisser le temps de réagir, et je presse doucement mes lèvres sur les siennes. Pendant une fraction de seconde, j'ai peur qu'il me repousse. Pourtant, à leur tour, ses lèvres caressent les miennes. Sa main libre prend place derrière ma nuque. Front contre front, nos respirations se mélangent et j'ai l'impression de reprendre vie. Je tente de réitérer l'opération, mais il pose sa paume sur mon épaule.

— Arrête, Vic. On ne peut pas.

Oh, il commence à m'énerver celui-là ! Je vais finir par appeler l'Académie française pour qu'ils rayent le verbe pouvoir du dictionnaire.

Je le pousse contre le lit qui se trouve à quelques pas, et plaque de nouveau mes lèvres contre les siennes. Ma langue force leur entrée. Je sens sa respiration s'accélérer. Il répond faiblement dans un premier temps, puis sa langue cherche la mienne à son tour. Je m'écarte à nouveau.

— Ose me dire que tu ne veux pas, plaidé-je. Pourquoi est-ce qu'on ne pourrait pas ?

Il passe ses doigts tremblants sur son visage, et je remarque que même sa main non bandée à quelques signes de contusions. Puis il pince ses lèvres, me prend dans ses bras et me ramène tout contre lui. Il dépose un baiser sur ma tempe. Bon sang, ce mec va me rendre dingue.

Il inspire longuement.

— Tu as raison, Victoria, je te dois une explication.

Une seule ? Tu me dois une putain d'encyclopédie d'explications oui.

— Je ne veux pas qu'on se quitte et que tu partes en pensant que c'est toi qui es fautive.

Inspire, Vic, inspire. C'est pas le moment d'ajouter une nouvelle marque à sa jolie petite gueule. Quoique, si je vise bien, ça pourrait presque ressembler à la carte de l'Amérique du Nord.

— Alex ? Tu veux que je te frappe, c'est ça ? Tu m'embrasses à pleine bouche et me dis que tu as envie de moi, puis tu m'ignores royalement, et enfin tu me dis que tu as des sentiments pour moi, mais que je dois partir. Vous êtes combien dans ta tête ? Faut te faire soigner, sérieux.

Il caresse doucement mon dos. Et cale son menton sur le haut de mon crâne.

— C'est déjà le cas. Je ne suis pas quelqu'un de bien, Vic. J'ai… des problèmes. De gros problèmes.

— Excuse-moi, mais être un imbécile une fois de temps en temps ne constitue par de gros problèmes. Ça te met juste dans la partie haute de la moyenne humaine, le restant étant constitué des idiots en permanence.

— Victoria, je ne rigole pas. Je suis sujet à une forte instabilité émotionnelle. Tu l'as vu toi-même. Je peux être violent. Je te jure que j'ai failli le tuer tout à l'heure. Je ne parvenais plus à m'arrêter. J'ai failli tuer mon propre frère.

Frère ou pas, ce mec mérite de toute façon de crever la gueule ouverte au fin fond du Sahara avec ses entrailles dévorées par de minuscules petites fourmis carnivores. Vivant bien sûr.

Je me redresse et prends son visage dans mes mains.

— Alex, regarde-moi. Tu es l'homme le plus attentionné, le plus prévenant et le plus doux que j'aie jamais rencontré.

Il m'écarte un peu de lui et passe tendrement les doigts sur mes plaies. Dans la pénombre qui baigne la chambre, la moitié valide de sa figure est plongée dans l'ombre. Et malgré son œil et ses blessures, il n'a jamais été plus beau à mes yeux.

— C'est ma faute tout ça. Je ne veux plus que tu sois en danger à cause de moi. Je n'aurais pas dû t'amener ici. Je savais de quoi étaient capables les membres de ma famille.

Mes neurones se connectent. Alors c'était ça ? Il a peur pour moi, du coup il préfère m'éjecter de sa vie illico presto ? C'est normal si j'ai à la fois envie de le frapper et de le serrer très fort dans mes bras ?

Je me redresse pour m'agenouiller devant lui. Je tends mes mains pour les porter à son visage, mais il arrête mon geste. Sa cage thoracique se soulève péniblement. Sa respiration n'a jamais été aussi sifflante.

— S'il te plaît, Victoria. Ne rends pas les choses plus difficiles qu'elles ne le sont déjà. Je suis égoïste, tu sais. Je suis terriblement égoïste. Si tu continues, je n'aurai pas le courage de te laisser partir.

J'essaie violemment de dégager mes mains des siennes, mais sa prise est implacable.

— Alexandre D'Enfer, si tu ne me lâches pas immédiatement, je te jure que je vais te mordre.

Un petit sourire s'affiche sur son visage.

— Est-ce que je ne viens pas de te dire de ne pas me rendre les choses plus difficiles ? Alors arrête de me tenter.

Pourtant, je sens sa poigne s'adoucir. Il pose délicatement mes mains sur sa poitrine où il les retient prisonnières.

— Tu dois partir, Victoria, ajoute-t-il avec de moins en moins de conviction.

— Je ne partirai pas, Alex.

L'incompréhension le dispute à la colère dans son regard. Ses doigts se font plus fermes sur les miens.

— Alex, je ne suis pas une demoiselle en détresse que tu dois sauver des manigances de ta famille. Je sais et je vais me défendre. Je ne laisserai pas tes connards de père et de frère dicter ma vie.

J'abaisse mon corps sur le sien.

— Je crois que je suis en train de tomber amoureuse de toi, alors tu ne vas pas te débarrasser de moi aussi facilement.

La surprise qui se peint sur son visage est vraiment sincère. Le plus fabuleux des sourires illumine ses traits avant qu'une grimace de douleur ne lui rappelle que ceux-ci n'aiment pas tellement être déformés à l'heure actuelle. D'un mouvement fluide, il me ramasse dans ses bras, et me dépose sur le lit. Il prend le temps d'ôter ses chaussures, sa cravate, puis il m'y rejoint, marquant toutefois une hésitation.

— Si tu as besoin de temps… après ce qui s'est passé avec Harry… je comprendrais, murmure-t-il.

Bizarrement, je me rends compte que j'ai eu tellement peur de le perdre, lui, que mon cerveau a relégué l'agression bien loin dans mon esprit.

— Harry est Harry. Ne parlons plus de ce connard s'il te plaît. C'est toi que je veux.

Je ponctue mes paroles en tendant mes bras pour me saisir de son cou et l'attirer vers moi. Il résiste, sourit à nouveau, puis hausse un sourcil, malicieux.

— Est-ce que cette proposition de morsure tient toujours ?

Son regard pourrait carboniser à lui seul l'intégralité de la forêt équatoriale.

Je l'embrasse doucement, puis mordille délicatement sa lèvre inférieure.

— Je ne sais pas, est-ce que tu vas encore m'allumer avant de m'abandonner en tête à tête avec mes doigts comme ce matin ?

Toute trace d'excitation quitte ses traits. Il se laisse tomber sur le côté et m'observe longuement avant de se saisir de ma main.

Il faut croire que j'ai à nouveau mis les pieds dans le plat. Ça devient une sorte de spécialité. Ou peut-être qu'en fait ça l'a toujours été, à la réflexion.

— Je suis désolé pour ce matin, Vic. C'est juste… compliqué.

Je repense à l'état de sa mère. Et je me sens terriblement bête d'avoir pu lui en vouloir. Si la mienne était mourante, je passerais chaque seconde à ses côtés, alors que lui a déjà fait l'effort de me consacrer beaucoup de temps depuis notre arrivée.

— Écoute, Alex, bien sûr que ta mère doit être ta priorité, je ne voulais pas…

Son expression paraît plus peinée encore.

— Tu ne m'as jamais demandé comment j'étais devenu borgne, m'interrompt-il tout à coup. C'est pourtant souvent la première chose que les gens me demandent.

Je baisse les yeux.

Est-ce que ma curiosité ne m'a pas titillée depuis le premier jour à ce sujet ? Assurément que si. Mais je me suis dit qu'il m'en parlerait quand et s'il en avait envie.

— C'est mon père qui m'a infligé ça.

Je redresse les paupières. Pour la première fois de ma vie, je ne sais pas quoi dire. Je me contente de serrer sa main toujours dans la mienne avec plus de force.

Mais à l'intérieur, j'imagine déjà toutes les tortures que je pourrais faire subir au Fossile. Et tout à coup, mon cerveau est particulièrement fertile.

— Je l'ai accusé d'être responsable de la disparition de mon frère, et il m'a frappé.

Une larme quitte son œil valide pour couler sur le couvre-lit. Je me glisse jusqu'à lui, et passe un bras autour de sa taille avant de tracer le chemin humide du bout de mes lèvres.

— Mon Dieu, Alex, c'est horrible.

Je ne sais pas quoi dire d'autre. Ma gorge est serrée. J'ai la haine. Une telle haine que je sens que je recommence à trembler, mais de rage cette fois.

— À l'hôpital, quand on m'a annoncé que les dommages étaient irrémédiables, que mon œil allait mourir et ne retrouverait jamais ses capacités, j'ai demandé à voir quelqu'un des services sociaux. Je leur ai avoué que c'était l'œuvre de mon père. Je voulais qu'il paye. Pour tout ce qu'il avait fait subir à William. Pour tout ce qu'il avait fait subir à notre famille. Je me suis bêtement dit que cette fois, il ne parviendrait pas à s'en tirer. Qu'un petit chèque ne suffirait pas à acheter toutes les personnes de l'hôpital à qui j'avais raconté mon histoire.

Mon cœur cogne fort à mes oreilles. J'ai la nausée.

— Ils ont ouvert une enquête. Et bien sûr, ils ont demandé à ma famille de témoigner. Tous, sans exception, m'ont traité de menteur. Mon père, mais aussi Harry, et Violette, et même ma propre mère.

Ils ont dit que j'avais reçu un coup de sabot de mon cheval. Tous avaient une histoire rigoureusement identique. Je suppose qu'un peu d'argent a fait le reste. J'ai vite été la risée du village. Le petit borgne mythomane.

Je ne parviens plus à retenir mes larmes. Je me hisse légèrement sur le lit pour serrer le visage d'Alex contre mon cœur.

— J'ai pardonné à Violette. Elle avait dix ans, elle a simplement répété ce que ses parents lui demandaient de dire. Mais ma mère. Je ne lui ai jamais pardonné. De n'avoir rien fait quand mon père persécutait William, et de ne pas avoir pris ma défense.

Je vais vomir. Cette famille me donne envie de vomir. Comment de telles personnes peuvent seulement exister ?

— Alex, je suis désolée.

— Quand Harry m'a appelé pour m'informer qu'elle n'avait plus que quelques semaines à vivre, et que sa dernière volonté était de me voir et de me demander pardon, je me suis dit que j'allais venir ici, que ça ne prendrait qu'une petite minute. Qu'ensuite, je pourrais passer sereinement mon ultime Noël à ses côtés.

Je le serre encore plus fort. Il s'est mis à trembler lui aussi.

— Mais je n'y arrive pas, Vic. Je n'arrive pas à lui pardonner. Chaque jour, je me rends à son chevet, mais les mots ne parviennent pas à sortir. Même si je sais que chaque fois ce sera peut-être ma dernière occasion. C'est ma mère, et malgré ce qu'elle a fait, je l'aime toujours. J'ai conscience que je devrais en faire ma priorité, comme tu le dis. Et j'essaie. J'essaie vraiment de toutes mes forces. Mais je n'y parviens tout simplement pas.

Nous restons ainsi un long moment. Moi à le bercer doucement en déposant des baisers dans sa chevelure, et lui à pleurer lentement.

— Alex, je comprends à quel point ça doit être difficile pour toi. Mais il faut que tu lui pardonnes. Sinon, tu vas vivre avec des regrets. Vas-y maintenant. Ce genre de chose, ça n'attend pas. Demain, il sera peut-être trop tard. Tu es la personne la plus forte que je connaisse. Je sais que tu peux y arriver.

Wouah, je m'impressionne moi-même. Moi qui perds toujours ma langue dans ce type de situation en temps normal. Alex se redresse sur un bras et essuie rapidement son visage. De l'avis général, il a clairement une mine affreuse. Pour ne pas dire carrément repoussante. Alors je dois avoir un sérieux problème, car je sens que mon Alexomètre vient encore de gagner en amplitude. C'est sûrement ça, l'amour, ça rend complètement aveugle.

— Je comprendrais que tu trouves ça bizarre, hésite-t-il, surtout après tout ce qui vient de se passer, et tout ce que je t'ai dit. Mais… est-ce que tu pourrais m'accompagner ?

Il viendrait de me demander en mariage que je n'en serais pas plus émue.

— Bien sûr.

La délicatesse avec laquelle il m'aide à me relever me retourne les entrailles. Nous cheminons en silence dans les couloirs du manoir, ma main calée fermement dans la sienne. Arrivés devant l'une des portes à code, il se tourne vers moi, inspire profondément, et me serre tendrement dans ses bras. Il respire longuement dans ma chevelure, comme s'il pouvait y puiser la force dont il a besoin. Enfin, nous entrons. Au bout d'un couloir aux éclairages agressifs, Thérésa D'Enfer est sanglée dans un lit d'hôpital. Un nombre de tuyaux, plus impressionnant encore que ceux qui couvraient son corps lors du gala, partent de ses bras et de son nez.

— Mom, je vous présente Victoria.

Le regard de la vieille femme se pose sur mon visage, puis sur celui de son fils. Son front se creuse d'appréhension en découvrant les multiples hématomes qui les émaillent. Puis ses yeux du même vert que ceux d'Alex glissent jusqu'à nos mains mêlées. Une sorte de soulagement apaise ses traits. Elle sourit.

Chapitre 20

8 h 30. Je n'ai jamais été aussi éveillée de toute ma vie : pas besoin d'allumettes pour me tenir les paupières pour une fois. Aujourd'hui est un grand jour. Pas parce que ce soir, c'est le réveillon de Noël. Mais parce que j'ai décidé de lancer l'opération ACPC. Autrement dit : « Aujourd'hui, le Cyclope passe à la casserole ». Oui. J'ai conscience que dit comme ça, ça fait un peu folle furieuse nymphomane addict du zizi sexuel. Mais bon, le gars, c'est comme s'il avait mis le feu à ta maison, qu'il est aussi pompier et qu'il t'annonce : « Ne vous inquiétez pas, madame, je repasse l'an prochain pour les calendriers, on en reparlera à ce moment-là. » Et tout ça, après six mois de disette ! Six putains de mois d'abstinence. Alors comme dit mon petit papa : aux grands maux, les grands remèdes. Déjà deux fois qu'il me file entre les doigts. Le regard brûlant qu'il m'a lancé quand j'ai fini par le laisser avec sa mère valait promesse. OK, il a déclaré qu'il tenait toujours à honorer celle-ci. Mais le destin ne refusera certainement pas une toute petite aide de rien tout, pas vrai ? D'autant que j'avais espéré qu'il viendrait me rejoindre une fois son entrevue terminée, mais seule

ma fidèle tache de bave sur l'oreiller m'a accueillie à mon réveil. Bon, en même temps, j'ai dormi d'un sommeil si lourd que le Championnat du monde d'orchestre symphonique aurait pu se produire dans le couloir sans même que mes ronflements en soient incommodés. Aussi bien a-t-il tenté de défoncer la porte à coups de hache sans parvenir à m'arracher aux bras de Morphée.

Première étape : la tenue de combat. Assise par terre devant le peu de vêtements qu'il me reste qui ne soient couverts ni de sang ni de cambouis, je choisis chaque pièce avec précaution. Il me faut quelque chose qui soit facile et rapide à enlever pour ne pas laisser à ma proie l'occasion de filer une nouvelle fois à l'anglaise. Si en plus ça peut être un peu moulant et légèrement décolleté, ça pourrait constituer un bon appât. J'observe un court instant mon soutien-gorge, mais comme de toute façon il n'y a pas grand-chose à soutenir, autant gagner du temps de ce côté-là.

L'anticipation menace de causer une inondation qui serait regrettable pour les licornes qui courent gaiement sur le coton de l'unique vêtement que je porte, lorsque quelqu'un frappe à la porte. L'idée que ce puisse être Alex n'arrange rien au niveau d'humidité ambiante.

— Oui ?

— C'est Pilar, madame.

Déception abyssale.

C'est bien la première fois que l'un des domestiques m'honore de sa visite.

— Une minute.

Je cherche de la tête mon peignoir et observe à la dérobée si quelqu'un n'est pas venu apporter un seau de glaçons pendant la nuit, ce qui permettrait de me rafraîchir les idées. Mais non. On ne peut pas compter sur les gens.

La petite femme entre précipitamment en jetant un regard nerveux derrière son épaule. Elle porte dans les bras un paquet cadeau. Mon estomac proteste vertement contre cet affront : il n'a rien avalé depuis les chips et le sandwich rassis que Joey est allé lui chercher au distributeur de l'hôpital et espérait quelque chose d'un peu plus consistant à se mettre sous la dent que du carton.

— Tenez madame, M. D'Enfer m'a chargée de vous donner ceci.

M. D'Enfer ? Quel M. D'Enfer ?

Je prends le paquet du bout des doigts, m'attendant presque à voir goutter du sang : il a la taille parfaite pour une tête coupée, et le Fossile serait bien du genre à nous faire un remake d'un film bien connu sur les sept péchés capitaux. Pourtant, je reconnais immédiatement l'écriture sur l'enveloppe qui a été glissée sous l'énorme nœud en ruban. Les fourmillements dans mon bas-ventre n'augurent rien de bon pour les licornes.

— Et il m'a chargée de vous dire qu'il vous attend dans la maison sur le lac pour votre séance de travail matinale.

Une séance de travail ? Ah oui, c'est vrai qu'à un moment donné il faut peut-être que je justifie mon salaire. Oh, et puis, après tout, c'est pas pour une petite demi-heure… ou une heure… Je suis certaine que nous serons d'autant plus efficaces après cette séance de « coaching ». En plus, tout le monde connaît les multiples vertus de l'endorphine.

— C'est noté. Merci, Pilar.

Je pose la boîte sur le lit, émoustillée à l'idée de découvrir ce qui peut bien se cacher dedans. Pourtant, la jeune femme ne fait pas mine de sortir de ma chambre. Au contraire, elle se dirige vers la porte pour la fermer.

— Madame, je voulais vous dire que j'ai appris ce qui s'est passé hier. J'admire votre courage. Vous m'avez donné celui qu'il me manquait. Je vais aller déposer plainte moi aussi ce matin même.

Je plisse les yeux, pas certaine de comprendre, ou d'avoir envie de comprendre. Elle soulève doucement la chemise blanche de son uniforme de travail, et révèle un hématome impressionnant juste sous sa côte droite.

Le connard d'enfoiré de bordel de merde. Si j'avais su, j'aurais profité du moment où il était étalé dans sa bave pour lui couper les burnes et le forcer à les ingurgiter.

— Oh mon Dieu, Pilar… je suis désolée.

Je me dirige vers elle et serre son épaule avec compassion.

— Je vais certainement être renvoyée, madame. Mais je me rends compte que si je l'avais fait plus tôt, peut-être que rien ne vous serait arrivé. Je m'en veux beaucoup, madame.

La colère me tord la poitrine. Je l'invite à s'installer dans le salon, et nous discutons un long moment.

— S'il y a un fautif dans l'histoire, c'est bien Harry D'Enfer, conclus-je. Je ne peux qu'encourager votre décision. N'hésitez pas à me solliciter si vous avez besoin d'aide dans vos démarches.

Je me dirige vers le petit bureau, note mon numéro de téléphone, et le tends à la jeune femme. Elle me remercie avant de quitter la pièce.

Son intervention a douché tout mon enthousiasme. J'ai tout à coup une conscience bien trop accrue de ma blessure à l'arcade qui pulse douloureusement. Mais je refuse de donner à ce connard le pouvoir de me gâcher une journée de plus. J'avise la boîte sur le lit et mon cœur se ragaillardit dans la seconde.

Premièrement, l'enveloppe. Comme la fois dernière, elle est sérigraphiée d'un A. D'E. Mais cette fois, il a pris la peine d'y inscrire mon prénom. Le soin apporté à chacune des lettres affole mon palpitant. À l'intérieur, il a simplement écrit « Merci pour cette nuit… et pour le reste. » Attends un peu de voir la prochaine, de nuit, avant de me remercier. Tu m'en diras des nouvelles !

Oh mon Dieu. Est-ce possible d'être encore plus amoureuse de cet homme ? Apparemment oui… L'Alexomètre vient de monter d'un cran.

Je me laisse tomber sur le lit, le billet serré sur le cœur. Je lève la main droite et je jure que jamais plus jamais je ne me moquerai des gens qui parlent de coup de foudre.

Soldat Victoria, il est temps de vous reprendre ! L'opération ACPC ne va pas s'organiser toute seule. Où en étais-je déjà ? Ah oui, les vêtements. Oh et puis de toute façon, le but étant de ne pas en porter, est-ce vraiment bien nécessaire ? Je pourrais sortir uniquement vêtue du long manteau qu'il m'a offert et lui faire une petite… surprise. Ou peut-être pas. S'il me fait une crise d'apoplexie avec ses poumons tout mités, j'aurai tout gagné.

J'ai presque oublié la présence de la boîte lorsque mon pied bute dedans quand je me redresse. À nouveau excitée, j'arrache le couvercle avec impatience.

Je ne peux retenir un sourire attendri : il commence vraiment à me connaître. Un magnifique bouquet en confiseries me fait face. Jabba l'Estomac le remercie bien.

*

Trente minutes plus tard, mon pancréas fronce sévèrement les sourcils vers mon estomac. Je sens qu'ils ne vont pas trop s'entendre aujourd'hui ces deux-là. Je m'apprête à passer la porte du manoir pour rejoindre Alex lorsqu'une silhouette lugubre se profile dans le couloir à ma droite.

Merde… j'avais presque réussi un sans-faute dans mon périlleux jeu de l'oie géant depuis mon arrivée ici. Mais là, je viens de me jeter dans la gueule du loup. Ou plutôt, du Fossile. Je fais semblant de ne pas le voir et actionne mes grandes jambes aussi vite que me le permet le surplus de sucre que je regrette déjà d'avoir ingurgité.

— Miss Pottier, grince-t-il. Vous avez reçu mes petits messages ?

Oh punaise. Je rêve. Il ne va pas tenter de nier. Au contraire, il va même jusqu'à s'en vanter ! Je m'arrête, et me tourne vers lui.

Une moue dégoûtée a refait son apparition sur son visage. Il scrute le mien sans vergogne.

— J'adore votre nouveau maquillage. Vous devriez le porter plus souvent. Il vous sied à ravir, lâche-t-il, narquois.

Est-ce qu'il vient vraiment de glorifier le travail macabre de son fils sur mon arcade et ma pommette ?

Pourtant, je repense au refuge. À l'incendie chez mes parents. Je ne peux pas mettre en danger les gens que j'aime par orgueil. Je vais pour sortir sans rien dire lorsqu'il lance dans mon dos :

— Guettez bien votre nom sous le sapin, je vous aurai laissé un petit cadeau. Je compte sur votre coopération. Quel dommage que je doive m'absenter jusqu'à demain soir. Je me languirai de votre réponse.

Et moi de te balancer ton « cadeau » à la gueule. Nous nous affrontons du regard un long moment. Je brûle de vomir tout ce que je pense à son visage, mais pour une fois je parviens à me taire. Chaque chose en son temps. J'ai foi en notre capacité, à Seb et à moi, à trouver la faille dans toute son organisation bien huilée. Même si je dois y consacrer des mois, ou des années, il finira par tomber.

À ma grande satisfaction, il détourne enfin les yeux et passe la porte.

De petits flocons pleuvent en tournoyant alors que je chemine jusqu'à la maison sur pilotis qui surplombe le lac en contrebas du domaine. Son bois blanc se confond avec la couche de neige et de glace qui a recouvert tous les alentours. Si j'avais voulu mon arrivée discrète, le martèlement de mes chaussures de randonnée sur le ponton, bien qu'atténué par la poudreuse, l'est autant qu'un peloton d'éléphanteaux qui danseraient le flamenco. Je m'extasie comme chaque fois de la beauté de ce domaine en avisant le mot « *Tranquility* » inscrit au-dessus de la porte d'entrée vitrée. Pour le coup, avec moi dans la place, c'est plutôt raté. Au bout du long couloir qui mène à l'unique pièce de la maisonnette, j'aperçois déjà Alex. Il porte un simple jean et une chemise d'un violine profond qui fait ressortir son teint blafard. Il a l'air plus reposé que les jours précédents.

Je suppose que parvenir à enfin ôter le poids qui pesait sur son cœur depuis toutes ces années a dû l'aider à trouver un sommeil réparateur. Son petit air studieux lorsqu'il pianote sur l'ordinateur avant de consulter les documents posés à ses côtés le rend incroyablement sexy. Il porte distraitement un café à ses lèvres. Visiblement, mon arrivée n'était pas aussi bruyante que je le pensais. Je pousse la porte, en dégrafant le premier bouton du chemisier que je porte sous mon manteau, bien résolue à ne pas perdre une seconde dans l'exécution de mon plan.

— Bonjour, monsieur D'Enfer, je susurre en passant le seuil. Où en étions-nous déjà la dernière fois ?

Il lève son œil sur moi. Le sourire qui m'accueille devrait être interdit par les personnes en charge de la lutte contre le réchauffement climatique. Jamais je n'ai eu cette impression d'être la chose la plus belle et la plus précieuse qui existe sur terre. Et pourtant, chaque fois qu'Alex me regarde, le miracle a lieu.

Je dégrafe un second bouton et le vois froncer les sourcils : fronce tout ce que tu veux, cette fois, tu ne te défileras pas, mon gars.

— Je crois bien qu'il était question de mors…

Merde. Merde, merde, merde. Amusé, Alex hausse un sourcil à l'instant où j'avise Violette, pelotonnée sur un fauteuil à l'autre bout de la pièce, un livre dans son giron.

— Eh bien, Victoria, je t'en prie, continue, me lance Alex sur un air de défi, rafraîchis-moi la mémoire, de quoi était-il question ?

Violette a levé les yeux vers moi. Il n'y a pas que la mémoire d'Alex qui s'est rafraîchie tout à coup : toute la chaleur semble avoir migré vers mon visage.

Raclement de gorge.

— Il était question de morcellement des offres. Est-ce que ça existe seulement ? Aucune idée. Au sourire en coin qui déforme les fines lèvres d'Alex, il y a peu de chance que ce soit le cas.

— Bonjour, Victoria, me lance Violette en sirotant le verre de jus d'orange qui était posé sur le guéridon à ses côtés l'instant d'avant. Et désolée pour mon connard de frère.

Elle remonte le plaid qui couvre ses jambes jusqu'à sa poitrine avant de désigner Alex du petit doigt qui tient son verre.

— Pas lui, bien sûr, je parle de l'autre.

Sa voix est aussi désenchantée que sa mine. Il n'y a plus qu'à espérer que mon plaidoyer auprès de Lily ait été assez convaincant.

— Bonjour, Violette.

Alex s'est levé pour tirer mon fauteuil. Au moment où je m'assois, je sens sa bouche se poser sur ma tempe, puis il se penche davantage et attrape mes lèvres pour un baiser chaste. Je jette un coup d'œil nerveux à Violette qui ne nous a pas quittés du regard.

— Oh, ne t'inquiète pas, dit-elle comme si elle pouvait lire dans mes pensées. Vu comment vous vous dévoriez des yeux lors du gala de maman, je me demandais juste quand ce gros bêta allait se décider à te dire que tu l'intéressais.

OK… Le missile à tête chercheuse Violette vient de sérieusement éborgner le plan ACPC, là. Alex se rassoit et fait glisser jusqu'à moi une tasse de chocolat chaud ainsi qu'un verre de jus de fruits. Il se relève à nouveau, va quérir un plaid sur le divan qui fait face à celui où Violette est étendue et le pose sur mes épaules.

— Bon, où en étions-nous ? s'exclame-t-il en tapant ses deux grandes mains l'une contre l'autre avant de se rasseoir. Ah oui, le morcellement des offres. Je pense que c'est une question qui requiert effectivement toute mon attention, Victoria, tu fais bien de me le rappeler. Je te propose que nous bouclions les affaires courantes et urgentes tout d'abord. Mais ne t'inquiète pas, je compte bien étudier ce morcellement de façon approfondie.

À la manière dont il a appuyé outrageusement sur le mot « approfondie », pas de doute que les pauvres licornes ont dû boire la tasse.

Nous travaillons une bonne demi-heure avant que mon estomac ne se manifeste une nouvelle fois. Je commence à penser que j'abrite un être à part entière, qui s'exprime et intervient toujours dans les pires moments possibles. Alex lève l'œil des documents que nous étions en train d'annoter.

— Tu n'as pas mangé ?

Est-ce que les trois kilos de sucre contenus dans ton cadeau comptent comme un petit déjeuner, à ton avis, Alex ? Visiblement, Jabba n'est pas de cet avis, lui.

— Je vais te chercher quelque chose en cuisine, tu peux continuer toute seule, tu te débrouilles comme une cheffe.

— Je peux venir avec toi, si jamais tu ne peux pas tout porter. Puis nous pourrions commencer à discuter de ce morcellement, je propose avec un sourire mutin.

Et peut-être aussi une idée derrière la tête. Ou plusieurs. Ses magnifiques pommettes se parent d'une somptueuse couleur rosée.

— Merci, Victoria, mais je pense que je vais m'en sortir.

Désespoir…

À peine a-t-il quitté la pièce au pas de course que Violette se lève et se laisse tomber à la place qu'occupait son frère quelques secondes auparavant.

— Il est terrorisé, tu sais.

Je lève les yeux de la feuille de calcul que je vérifiais, pas certaine de comprendre.

— Terrorisé par quoi ?

Elle prend le temps de finir le verre de jus entamé par son frère avant de répondre.

— De se mettre à nu devant toi.

Je hausse les yeux au ciel.

— Comme si je n'attendais pas que ça, maugréé-je avant de m'apercevoir de la personne à qui je viens de m'adresser.

Pourtant Violette ne s'en formalise pas.

— Il a peur qu'en se dévoilant totalement à toi, tu ne veuilles plus de lui. Je suis certaine que dans la magnifique mécanique qui lui sert de crâne il doit d'ailleurs être en train de se demander comment tu peux seulement parvenir à t'intéresser à quelqu'un d'aussi horrible et repoussant. Je peux presque voir tous les rouages s'agiter en permanence.

À mon tour, je trempe mes lèvres dans mon chocolat chaud avant de répondre.

— Il ne devrait pas. Ton frère est un mec en or.

Pour la première fois de la matinée, un petit sourire apparaît sur le visage de Violette.

— Tu prêches une convertie. Il n'a pas toujours été comme ça, tu sais. Joey et lui étaient des charmeurs invétérés à l'adolescence. Mais depuis

William… et depuis qu'il a perdu son œil, il est allé de déception en déception sur le plan amoureux.

Je repose ma tasse, repensant à notre conversation dans la cuisine le premier soir, et à l'amertume que j'y avais décelée.

— Elles n'en avaient toutes que pour son argent. Tu sais, Alex est celui qui a protégé tout le monde dans cette famille : William, maman, moi, et même Harry les rares fois où père en avait après lui. Mais personne ne l'a jamais protégé, lui. Alors il a développé ses propres mécanismes complexes pour se préserver. Ne le laisse pas tout gâcher, Victoria. Il a toujours préféré fuir ce qui lui arrivait de bien avant que cela puisse éventuellement le faire souffrir.

Au même instant, la porte de la maisonnette claque, et Alex entre avec un plateau entier de scones et de confitures.

— Alors, vous discutiez de quoi toutes les deux ?

Je ne comprends absolument pas pourquoi il trouve cela suspicieux lorsque nous répondons en chœur :

— De rien.

Chapitre 21

Dire que j'aurais dû me trouver au bureau, en train de fixer la petite aiguille de l'horloge en l'exhortant à avancer plus vite pour me mener tranquillement jusqu'à ma soirée de Noël en célibataire. J'avais tout prévu : mon plaid licorne et les gros chaussons assortis, mes vieilles cassettes de films de Noël, et des tonneaux de lait pour me noyer dans le chocolat chaud. Là, s'il y a bien une personne que j'ai envie de noyer, c'est Alex. Ce mec est une véritable anguille qui n'arrête pas de me glisser entre les doigts. Je connais pourtant une autre partie de mon anatomie qui ne serait pas contre le fait de subir le même traitement. Mis à part le chaste baiser de la matinée, quelques frôlements de son pied contre mon tibia, et quelques tâtonnements de nos mains lorsque je lui passais des dossiers, on ne peut pas dire que j'ai eu grand-chose à me mettre sous la dent. Littéralement. L'opération ACPC est un fiasco total. La cible est bien plus coriace que ce que j'avais prévu.

Il faut dire qu'il a mis les petits plats dans les grands pour Christmas Road. Et pour un D'Enfer, ça veut dire ce que ça veut dire : il a dû réquisitionner toutes les troupes d'animation de la région. Chants, acrobaties, déambulations, orchestres de rue, pas un mètre carré de l'artère principale n'est dépourvu de réjouissances festives. Du coup, chaque fois que je suis sur le point de le coincer dans un recoin sombre, il se trouve toujours quelque importun pour nous interrompre. Nan, mais allô les gens : depuis quand entraîner son mec vers un couloir non éclairé n'est pas l'indication d'un « Ne pas déranger » en lettres capitales rouges clignotantes ?

En lieu et place de ma soirée dans mon appart, je me retrouve dans un domaine de rêve avec un homme qui ressemble à s'y méprendre aux princes charmants des contes de fées. Bon, OK, si les princes avaient un œil décédé et une remorque pleine de problèmes psychologiques accrochés derrière le dos.

Je me retiens de frotter mes yeux sur lesquels Violette a tenu à appliquer une généreuse dose de paillettes. J'ai l'impression de ne pas avoir dormi depuis le siècle dernier tant mes paupières me semblent peser une tonne. Je sais qu'on associe souvent la passion des gens pour les licornes à celle pour les paillettes. Mais dans mon cas, je n'ai pas dû avoir le mémo. Loin de moi l'envie de ressembler en permanence à une boule à facettes. Et il faudra qu'on ait une petite discussion, Violette et moi, car elle s'est donné comme mission de m'habiller aussi pour la soirée qu'Alex et elle tiennent absolument à ce que je passe avec eux. Et vu le résultat du choix de nos vêtements de l'après-midi, dont elle s'est également chargée, je crains le pire pour ceux du soir.

— Salut, gamine, me lance Joey en passant à côté de moi, les bras encombrés d'une selle.

Il se penche pour claquer un baiser sur ma tempe.

— Aïe, tu viens de m'exploser le tympan !

Il a l'air d'excellente humeur. Je finis de panser le poney dont je m'occupais et place le tapis avec autant d'application que me le permettent mes mains frigorifiées. Je regrette déjà mon manteau que j'ai déposé au manoir sur les recommandations de Violette pour laisser apparent l'immonde pull de Noël dont elle m'a affublée : un renne qui semble avoir fumé dix paquets de clopes tout en sniffant de la colle forte et qui fait clignoter son nez à tout-va. Des bois en feutrine rembourrée sortent du vêtement pile au niveau de ma poitrine, obligeant invariablement chaque homme que je croise à loucher. Moi qui pensais que Joey sauterait sur l'occasion pour me bombarder de remarques grivoises, je suis déçue. Il pose doucement la selle sur le poney. Nos mains se frôlent lorsque nous tentons au même moment d'ajuster le tapis pour éviter qu'il comprime le garrot.

— Ils vont vraiment te laisser t'occuper des gamins ? lance-t-il avec un regard appuyé à mon visage. C'est Noël, pas Halloween !

— Ha ha ha, super drôle. Et, non, je ne serai pas aux écuries. Je suis juste assez bête pour avoir accepté de t'aider.

Le sourire charmeur et éclatant qu'il me renvoie ne peut que désamorcer tout ressentiment à son égard. Je n'ai absolument aucun mal à m'imaginer le dragueur que Violette m'a décrit ce matin. Il n'a pas l'air d'avoir changé.

Pourtant, je le sens soudain très sérieux.

— Vic, je voulais te remercier. J'ai lu les lettres, et j'ai parlé à Alex.

Il recouvre ma main glacée de son grand battoir brûlant pour appuyer ses paroles.

— Laisse-moi deviner, lancé-je en retirant mes doigts pour récupérer la sangle qu'il me passe sous le ventre de l'animal. Je parie qu'il t'a rejeté pour te protéger d'une menace que le Fossile faisait peser sur toi.

Lorsque je me redresse, je manque de m'étouffer de rire : la bouche de Joey pourrait gober un œuf d'autruche.

— Comment tu sais ça ? finit-il par demander, suspicieux.

Je sangle tout doucement le poney en plusieurs fois, haussant une épaule.

— On va dire que j'ai eu une intuition.

Le Fossile porte décidément bien son nom. Il a fait vivre un véritable enfer à son fils tout au long de sa vie. Chaque petite once de bonheur a été pulvérisée par ses soins. Tu m'étonnes qu'Alex ait développé des troubles émotionnels et qu'il doive consulter…

La mention de son « cadeau » me revient en mémoire. J'ai juste envie de l'avoir devant moi pour boxer sa tronche de trou du cul jusqu'à que le peu de dents qu'il lui reste finissent par ressortir par l'autre bout.

— Et alors, vous avez fait la paix avec Alex ? je ne peux m'empêcher de demander.

— Je lui ai dit qu'il n'était qu'un putain d'enfoiré.

Oh… C'est mon tour de faire une tête de carpe ébouillantée. Pourtant, à son sourire canaille, il n'a pas l'air d'en penser un mot.

Joey contourne le poney, et s'approche dangereusement près de moi.

— Et j'ai ajouté que s'il n'était pas capable de prendre soin de toi, alors j'allais m'en occuper moi-même. Regarde comme tu grelottes. Vient voir tonton Joey, ma petite momie.

— Joey.

Je me retourne vers la voix désapprobatrice d'Alex qui vient de passer le coin du hangar où auront lieu les baptêmes de poney. Hilare, le grand baraqué se frappe les mains sur les cuisses en se tournant vers Alex, fier de lui. Ils se serrèrent dans les bras de façon virile, puis Joey pose un index sur le pectoral d'Alex.

— Je rigolais à peine, mec. Si tu ne réchauffes pas tout de suite ce petit glaçon, je te jure que je m'en charge moi-même.

Alex..., même avec un pull de Noël moche, où un Père Noël particulièrement obèse semble danser le casatschok, est à tomber. Lui au moins n'a pas écouté Violette et a conservé son manteau. Manteau dont il saisit les pans pour les ouvrir en grand, façon exhibitionniste.

Si seulement... Soupir extatique.

Il penche la tête de côté, relève doucement son œil vers moi, et arque un sourcil en signe d'invitation.

— Hum, je ne sais pas... attends que je consulte mon agenda. Je peux peut-être te caser de 17 h 05 à 17 h 07. Mais il faudra que je gère en même temps le débat intérieur que j'ai prévu avec mes autres personnalités, répliqué-je en observant ma manucure inexistante.

Un petit sourire déforme un coin de sa bouche. Il referme le manteau, et hausse une épaule. Rien qu'avec ce geste, j'ai envie de me jeter dans ses bras, et je suis contente d'avoir opéré un remplacement de mes troupes de licornes en troquant l'équipe bleue pour l'équipe rose, qui menacent toutefois de subir le même sort.

— Très bien, répond-il innocemment, alors je vais aller offrir mes services de radiateur humain à d'autres jeunes femmes. Je suis sûr que Joey pourra s'accommoder de ton agenda, lui. N'est-ce pas, mon ami ?

Le sourire de Joey s'élargit encore. Il s'approche doucement vers moi à la manière d'un zombie assoiffé de chair, les mains tendues en avant, la bave aux lèvres.

— Oh, oui. Fifille. J'adore les fifilles. Viens voir tonton.

Je hurle pour la forme en me précipitant vers Alex qui ouvre de nouveau son manteau pour m'accueillir. Au moment où les bois de mon renne entrent en collision avec ses abdominaux, un immonde bruit de jouet pour chien se fait entendre.

— Il faut vraiment que tu dises à ta sœur de brûler ces immondices, maugréé-je alors qu'il resserre les pans du vêtement sur moi et m'entoure de ses bras.

Alex secoue la tête doucement tout en déposant un baiser sur mon front.

— Pour une fois qu'elle a retrouvé un peu d'enthousiasme pour quelque chose, je ne lui enlèverais pas ce plaisir. Après tout, le ridicule ne tue pas, tu es bien placée pour le savoir, non ? répond-il, taquin.

Je suis choquée ! Le petit saligaud !

Choc vite effacé lorsqu'il me ferme la bouche d'un baiser langoureux. Mes jambes deviennent plus molles que les biceps de Seb en dernière année de lycée. L'équipe rose commence à boire la tasse elle aussi. Efficacité du radiateur humain : 3 000 %.

Joey se dirige vers la sellerie.

— Les gars, je vous préviens, je reviens dans trois minutes chrono. Si je vous trouve à poil dans l'écurie, je prendrai ça comme une invitation à vous rejoindre.

Alex se marre. Et son rire est une douce musique à mes oreilles et contre ma poitrine.

— Je pense que malgré l'avantage que mère nature t'a donné, Joey, tu ne voudrais pas souffrir de la comparaison... répond-il énigmatiquement.

Vu ce que j'ai pu sentir l'autre matin, je veux bien le croire. Joey finit par s'engouffrer dans le bâtiment, les larmes aux yeux à force de se marrer.

Dès qu'il est hors de vue, les bras d'Alex me serrent avec un peu plus de vigueur, et ses mains caressent mon dos.

— Merci, me dit-il simplement.

— Pour quoi ? demandé-je en levant les yeux vers lui.

Il dépose un baiser le long de ma mâchoire, qu'il remonte lentement de petits frôlements de ses lèvres jusqu'à ma tempe. L'intégralité de mes poils se met au garde-à-vous. S'il continue comme ça, il va réussir l'exploit de battre le record de Guillaume avant de m'avoir ôté mes fringues.

— Pour tout, murmure-t-il à mon oreille qu'il embrasse tendrement.

Une réminiscence d'une autre bouche sur cette même oreille m'envoie un autre type de frisson dans tout le corps. Pourtant, cette sensation est vite effacée lorsque Alex revient vers le bout de mon nez pour y déposer un tout petit baiser.

— Je sais que c'est toi qui l'as convaincu de me parler, poursuit-il. Cela fait plus de dix ans que je tentais de le faire sans succès. Grâce à toi, j'ai retrouvé mon ami.

Je glisse mes mains jusqu'au bas de son dos, puis sous le pull et le tee-shirt qui se trouve dessous. La sensation de sa peau et de ses muscles tout contre mes doigts m'électrise totalement. Il ne fait pas mine de m'en empêcher. Est-ce que j'en profite éhontément ? Carrément ! Ma joue collée contre son torse, j'ai du mal à entendre son cœur battre tant le sifflement qui sort de sa poitrine est aigu.

— Tu n'aurais jamais dû le perdre… énoncé-je en redressant la tête vers lui.

Son œil plonge dans les miens tour à tour. Comme chaque fois, son intensité me foudroie.

— Mon père ne voyait pas d'un bon œil notre relation. Il m'a dit que si je n'y mettais pas un terme, il remercierait Wilfried. Le pauvre homme a toujours travaillé dans la famille, et depuis que sa femme est décédée, il élève Joey tout seul. Alors j'ai fait ce que j'avais à faire.

Mes mains se contractent en forme de poing en revenant contre sa poitrine. L'une des siennes glisse tout le long de mon dos jusqu'à l'arrière de ma tête sur laquelle elle imprime un mouvement pour poser ma tempe tout contre son épaule. Un baiser se perd dans ma chevelure. Il me serre soudain si fort que c'en est douloureux. Je peux presque suivre le fil de ses pensées. Du moins, je me l'imagine. Puisque les miennes prennent exactement le même cheminement. Je redresse la tête.

— Hey. Je suis là. Je ne vais nulle part, OK ? murmuré-je.

Je décolle à regret mon visage de son corps, et me hisse sur la pointe des pieds pour avoir accès à ses lèvres. Il me tient si fermement qu'elles trouvent les siennes avec la précision d'un laser. Son œil se ferme en même temps que les miens pour savourer le ballet de nos langues et de nos souffles.

Le bruit tonitruant de pas qui martèlent le sol met pourtant un terme à notre étreinte. Moi qui avais pensé être peu discrète le matin même, mes éléphants danseurs de flamenco étaient finalement la discrétion incarnée en comparaison de l'armée de mitraillettes qui afflue vers nous.

— Monsieur Alexandre ! hurle une petite fille en se jetant vers nous, ses joues rougies par le froid.

Alex se détache de moi et je suis plutôt fière de voir du regret dans son œil. Ne t'inquiète pas, mon gars, l'opération ACPC est plus que jamais relancée ! Ce n'est pas l'équipe rose qui dira le contraire : l'équipe jaune va devoir être de sortie ce soir. Il se baisse juste à temps pour réceptionner la petite fille.

— Aglaé ? Tu es toute seule ? Où est ta mère ?

Pourtant, j'ai beau sonder l'horizon aussi loin que porte mon regard derrière la gamine, pas de signe de Margot.

Chapitre 22

— Madame, est-ce que j'ai fait une grosse bêtise, madame ?

Je hisse Aglaé sur le dos de son poney, et lève les yeux au ciel.

Allez, pour cette fois, dans ma grande, que dis-je, mon immense magnanimité, je laisse passer : à son âge, on va dire que comparativement à elle, je suis bel et bien une « madame ». Et puis avec sa petite bouille toute choupie et ses yeux de bébé panda à la limite des larmes, je pense qu'il n'y a pas grand-chose que je ne pourrais lui pardonner. La pauvre petite chose n'est pas près de se remettre de la mine de dragon enragé que lui a adressée Alex lorsqu'il a appris qu'elle avait traversé la ville en bus, toute seule. J'ai bien cru que de la fumée allait lui sortir par tous les orifices possibles et imaginables. Moi ce que j'en dis, c'est que cette gamine mériterait presque une médaille : elle a décidément de la suite dans les idées !

— Mais non, voyons, si c'était pour venir voir les chevaux, qui pourrait t'en vouloir ? je lui réponds en lui ébouriffant doucement les cheveux.

Si l'œil d'Alex était un revolver, mon corps pourrait aller proposer ses services comme passoire lors de la préparation du dîner gargantuesque de ce soir. Il s'éloigne de quelques pas, une clope au bec, l'unique téléphone des écuries pendu à son oreille. Ses jointures sont tellement serrées sur le combiné que ce dernier mérite très certainement lui aussi d'entrer dans le Guinness des records ! Je vais leur demander s'ils ne peuvent pas lui faire une petite place à mes côtés.

Comme s'il lisait dans mes pensées, Alex se retourne et son œil se pose à nouveau sur moi.

Quoi ? Il ne va pas non plus donner raison à mes parents qui m'ont toujours dit que j'avais une très mauvaise influence sur les enfants ? Je ne comprends vraiment pas pourquoi on pourrait être susceptible d'oser prétendre que ce serait peut-être hypothétiquement le cas.

— Toi, tu me donnes ça, gronde Joey en enlevant la cigarette des lèvres d'Alex. Pas question que tu foutes le feu à mon écurie.

Je l'aime décidément d'amour, ce Joey. D'autant plus qu'il a détourné le canon du revolver de mon matricule.

Alex plonge une main dans sa poche et en extirpe une nouvelle clope.

— Ton écurie ? Vraiment ? La dernière fois que j'ai vérifié, elle était à moi cette écurie, Joey, et étant donné que la dernière fois n'était pas plus tard qu'hier, je pense pouvoir légitimement faire brûler ce bâtiment du sol au plafond si j'en ai envie.

On dirait que quelqu'un est énervé. On va peut-être devoir reporter le plan ACPC de quelques heures finalement. Le soldat Victoria est brave, mais pas suicidaire.

La petite se met à pleurer.

— Putain, Alex, bravo, tu la fais chialer maintenant, tu fais chier.

Alex agite un doigt vers son ami. Cette fois, de la fumée sort réellement de sa bouche : il est enfin parvenu tant bien que mal à allumer l'objet de ses désirs. Dire qu'il y a quelques minutes à peine, c'était moi qui semblais répondre en tous points à cette définition.

— Joey, surveille ton langage devant ma…

Il stoppe net sa tirade. Et à l'œillade contrite qu'il me lance, je n'ai aucun mal à deviner la fin de la phrase qu'il tente pourtant de ravaler.

Attends une seconde… Sa fille ? Aglaé est sa fille ? Nan. Nan, nan, nan, tu te fais des films, Vic. Réfléchis une minute. Ça n'a aucun sens.

— Margot ? s'exclame Alex au même moment. Enfin, j'arrive à vous joindre. Ne vous inquiétez pas, elle est ici, avec moi, aux écuries. Nous ne bougeons pas. Nous vous attendons. À tout de suite.

Il raccroche brutalement le combiné. La gamine pleure de plus belle. Il se tourne vers moi. Soudain, le crottin fumant que vient de chier le poney devient la chose la plus fascinante qui soit.

Son œil me transperce. Il tire une longue taffe sur son mégot, expire tout aussi longuement la fumée avant de se mettre à tousser.

Oh oh, ce n'est pas bon signe tout ça. Je devrais peut-être essayer de m'éclipser discrètement par la porte de derrière.

— Joey, tu veux bien prendre soin de la petite le temps que j'ai une discussion avec Victoria ? demande Alex d'une voix blanche.

Je tourne la tête de droite et de gauche, mais personne d'autre ne semble porter ce prénom dans les parages, à mon grand désespoir.

— Non, non, nous n'allons pas discuter maintenant voyons, tu es bien trop occupé, plaidé-je. Regarde tous ces gens, là, derrière, je suis sûre qu'ils font la queue avec leur billet en main pour rencontrer le maître des lieux. On parlera ce soir, ou demain, ou sinon je regarderai à notre retour dans ton agenda, on pourra peut-être caler ça, disons, en février. La rentrée risque d'être très, très chargée. Février me semble parfait.

— Vic, s'il te plaît, se rassérène-t-il.

Joey vient prendre ma place au côté d'Aglaé, non sans me glisser à l'oreille en passant :

— En cas d'urgence, la porte à côté de la remise est ouverte, et j'ai laissé les clés sur le contact dans ma voiture. Bonne chance, gamine, ça a été un plaisir de te connaître.

Le ton employé se veut humoristique, mais le soldat Victoria n'en mène carrément pas large. Nous nous retirons dans un coin tranquille du hangar. Dire que ça a été mon but pendant tout l'après-midi. Je ne peux m'empêcher de rire devant cette ironie. À n'en pas douter une nouvelle petite vengeance de mon ange gardien pour toutes mes frasques l'ayant mené à la limite du burn-out.

Alex est bien plus courageux. Il attaque d'entrée de jeu. Son œil à lui ne fuit pas contrairement aux miens qui tentent désespérément de joindre le standard pour s'offrir un aller simple pour les Maldives. Harponnés vaillamment par le général Alex, ils n'ont pourtant pas d'autre choix que de se soumettre.

Alex se saisit doucement de l'une de mes mains. Ce simple contact fait remonter des frissons tout le long de mon épiderme. Je n'avais jamais remarqué à quel point ces membres peuvent être une véritable œuvre d'art. Bon sang, ce mec pourrait aisément me faire devenir fétichiste des mains.

— Vic, étant donné les circonstances, je comprendrais parfaitement que tu préfères qu'on ne poursuive pas…

Qu'on ne poursuive pas quoi ? Notre étude approfondie du morcellement des offres ?

Il humecte ses lèvres avec soin. Chaque parole a l'air de lui coûter un peu plus que la précédente.

— Aglaé est ma fille, enchaîne-t-il. Je suppose que j'aurais dû te le dire l'autre jour au café. Et je comprendrais que tu ne souhaites pas commencer quoi que ce soit avec une personne… dans ma situation.

Tu veux dire terriblement beau, riche, charmant, prévenant… absolument parfait ?

J'inspire profondément. Peut-être que je me trompe. Peut-être que mes neurones ont connecté le fil blanc avec le fil rouge. Mais mon cerveau vient de faire une déduction inattendue. Allez, lance-toi, Vic.

— Alex, tu me prends pour une imbécile ? Tu es autant le père de cette enfant que Korben Dallas est une mite en pull-over.

Il fronce les sourcils, ne pigeant visiblement pas la référence. OK, rectification, ce mec n'est pas parfait s'il ne connaît pas *Le Cinquième Élément*, mais bon, avec un peu d'efforts de sa part, je pourrais peut-être lui pardonner cet affront.

— Vic, je te jure que je suis son père.

Je recule d'un pas. Il ne lâche pas ma main pour autant.

— Alex, on se connaît depuis trois jours, on s'est embrassés pour la première fois hier soir, et tu me tutoies déjà et m'appelles par mon diminutif. Et tu vas me faire croire que tu vouvoies la mère de ton enfant, et qu'elle-même te donne du Monsieur D'Enfer ? À moins que vous ayez des jeux sexuels un peu tordus, j'en doute fort. Et sans vouloir te vexer, cette gamine est le portrait craché de son père maintenant que j'y réfléchis… et je n'ai aucune envie de parler de lui aujourd'hui.

L'incrédulité déforme le visage d'Alex. Il ouvre la bouche, puis la referme, puis la réouvre, puis la referme. Mince, on dirait que j'ai cassé la machine. Il passe une main tremblante dans ses cheveux.

— Alex, quand bien même tu serais le père de cette fille, ça ne changerait absolument rien au fait que si Joey et la petiote n'étaient pas là, je te sauterais dessus pour t'ôter tes fringues et j'assouvirais enfin tous les fantasmes que j'ai pu fomenter depuis que tu m'as laissée en plan hier matin. Est-ce que je me fais bien comprendre ?

— Je t'ai entendue, Vic, me crie Joey depuis l'autre côté du manège. Et ma proposition de tout à l'heure est toujours valable.

Ah celui-là… s'il n'existait pas, il faudrait l'inventer !

Bon, ça devient inquiétant là quand même. J'espère qu'Alex n'est pas en train de nous faire un AVC ou quelque chose de ce genre. Après de longues minutes, il s'approche de moi lentement et me murmure à l'oreille :

— Et… il y en a beaucoup des fantasmes ?

La lueur lubrique qui brille dans son œil lorsqu'il s'éloigne à nouveau augure une victoire retentissante à venir pour le plan ACPC.

Je me hisse à mon tour jusqu'à son oreille.

— Tu n'as pas idée… On m'a toujours dit que j'avais une imagination… débordante.

Serait-ce de la chair de poule que j'aperçois sur la peau délicate de son cou ? Amiral Vic, mes félicitations.

Il soupire.

— Tant mieux, alors. Car tu as raison, Aglaé n'est pas ma fille biologique, dit-il le plus bas possible, certainement pour que la petite ne nous entende pas. Mais je l'ai reconnue comme telle. Donc administrativement parlant, elle est bien ma fille.

Alex… Alex… Alex…

— Alex… on t'a déjà dit que tu n'es pas là pour payer tous les pots cassés par ta famille ? je ne peux m'empêcher de faire remarquer.

Il déglutit difficilement.

— Si ce n'est pas moi, qui le fera ? On parle tout de même d'une petite fille, Vic. Je subviens à ses besoins, et avec cette démarche, s'il venait à m'arriver quoi que ce soit…

Elle serait son héritière… Je jette un œil à la gamine, qui hurle de rire lorsque Joey lance le poney au trot. Une drôle de sensation gonfle dans mon cœur. J'ai bien l'impression que l'Alexomètre vient encore de gagner un cran alors que toute femme censée digne de ce nom aurait très certainement pris ses jambes à son cou. Il faut croire que pour ma part, je préfère mille fois pendre mes jambes à son cou.

— Est-ce que tu penses toujours ce que tu m'as dit il y a quelques minutes, maintenant que tu sais ? demande-t-il, son œil empli d'espoir.

Je me rapproche doucement de lui et colle mon corps contre le sien.

— À ton avis ?

Ses mains glissent dans mon dos de la même façon que les miennes l'ont fait quelque temps auparavant. Mais si les miennes ont pris la direction nord, les siennes empruntent celle du sud vers des contrées hautement vallonnées. Elles passent sans problème la frontière, et partent profiter de la vue offerte par les collines.

— Monsieur D'Enfer, qu'est-ce que vous faites ? m'offusqué-je faussement.

Il se penche, et frôle ma tempe de ses lèvres avant de me murmurer :

— Disons que c'est un petit avant-goût de ce que je te réserve ce soir. Tu me rends fou.

Mission ACPC : cible atteinte en plein cœur. Le soldat Victoria et ses fidèles troupes de licornes n'en sont toutefois pas ressortis indemnes.

— Les gars, vous voulez un scoop ? nous hurle Joey. Vous n'êtes pas encore dotés du pouvoir d'invisibilité ! Alors, arrêtez tout de suite vos cochonneries dans mon écurie !

Alex se marre au moment où son nez touche le mien et qu'il va pour m'embrasser. Je le repousse doucement, mais fermement, et il me lance un regard outré. Je la tiens enfin, ma vengeance.

— Tu croyais vraiment que tu allais avoir droit à un baiser alors que tu pues la clope à dix kilomètres à la ronde ? argué-je. Vous étiez prévenu, monsieur D'Enfer ! Pas de bras, pas de chocolat !

Chapitre 23

À mes côtés, Margot aspire la nicotine comme si elle tentait de racler un fond de grenadine avec sa paille. Ils iraient bien ensemble, avec Alex. Dans le genre toxico de la clope, ils se valent. Accoudées au pare-bottes, nous observons tranquillement la dizaine d'enfants venus profiter des baptêmes de poneys offerts à l'occasion de Christmas Road. Les petites fesses d'Aglaé semblent collées à la selle du destrier blanc duquel elle n'a pas daigné descendre depuis l'arrivée de sa mère. Celle-ci est aussi fraîche que moi au saut du lit. Cheveux en bataille, cernes qui lui pendent jusqu'aux genoux, peau crayeuse : la jeune femme pimpante que j'ai pu voir en action dans le café a dû passer sous un rouleau compresseur en chemin.

Alex revient vers nous après avoir été une nouvelle fois accaparé par l'un des participants à la fête. Si ça continue comme ça, je vais bientôt devoir prendre un ticket moi aussi si je veux avoir un espoir de passer ma nuit avec lui : une file d'attente longue comme le bras se forme sans cesse pour venir lui présenter des remerciements. Il pénètre dans le manège pour dire un mot à Joey qui supervise les baptêmes puis se tourne dans notre direction.

En s'approchant, je le vois farfouiller dans toutes les poches de son manteau à la recherche de quelque chose. Il extirpe un objet, et me le montre ostensiblement, avant de le déballer, et de l'enfourner dans sa bouche : un chewing-gum à la menthe.

— Est-ce que ceci trouverait grâce aux yeux de mademoiselle ? me demande-t-il de loin avec une petite révérence.

On va dire qu'il a de la chance que je sois sympa. Et affamée. Très, très, très affamée.

— Je veux bien passer l'éponge, mais tu auras un gage cette nuit, plaisanté-je en pensant malgré moi avec appréhension à ma soirée de réveillon chez les D'Enfer.

À la lueur qui s'allume dans son regard, il a d'autres idées en tête.

— Intéressant, se contente-t-il de dire en s'approchant de moi pour quérir un tout petit baiser du bout des lèvres avant de retourner auprès de Joey.

J'ai soudain l'impression qu'un acupuncteur miniature s'acharne sur une partie bien précise de mon anatomie.

Margot expire la fumée en évitant de justesse mon visage.

— Vous savez, si c'est de l'argent que vous cherchez, je vous conseille de passer votre chemin, dit-elle en pivotant vers moi.

— Pardon ? ne puis-je m'empêcher de rétorquer.

— Oh vous n'êtes pas la première à lui tourner autour pour ça. Chaque fois qu'il revient ici, il se fait alpaguer par toutes les croqueuses de diamants de la région. Alors je préfère vous prévenir que c'est peine perdue. Vous n'obtiendrez pas un centime de sa part.

La. Pé. Tasse. Zen, Vic, calme-toi. Elle ne mérite pas que tu abîmes tes petites mains qui te seront d'une utilité indéniable ce soir pour le final du plan ACPC.

— D'abord, ma relation avec Alexandre D'Enfer ne regarde que nous deux, et personne d'autre. Ensuite, depuis quand vous vous improvisez banquière d'Alex et décidez ce qu'il fait ou ne fait pas de son fric ? Et pour finir, je ne vous permets pas d'insinuer ce genre de choses. Je ne suis pas une pute. Je ne veux pas de son pognon.

Bon, OK, si l'on exclut l'argent pour le refuge, cela va sans dire. Mais je n'ai pas eu besoin de mettre Alex dans mon lit pour ça. Cette peste arriverait presque à me faire culpabiliser.

Margot lève les yeux au ciel.

— À d'autres. Vous savez, au-delà du dégoût profond que m'inspire cette famille, il avait l'air d'un mec bien, alors j'ai essayé de me forcer. Mais cet œil mort et cette cicatrice… c'est répugnant. Aucune femme ne s'infligerait ça sans arrière-pensées.

Connasse. Essayer de se forcer ? Nan, mais au secours ! Moi c'est pour rester loin de sa jolie petite gueule et de son divin petit cul que je dois me forcer, oui !

— C'est vous qui êtes répugnante. Vous ne méritez pas tout ce qu'il fait pour vous et votre fille, craché-je.

Les yeux de Margot s'agrandissent d'effroi.

— Il… il vous en a parlé ?

— Quoi, ça vous étonne qu'il divulgue ses secrets à sa pute de passage ?

Elle est furieuse. Eh bien ça tombe bien, car nous sommes deux. On est à deux doigts du combat de catch dans la boue assorti de crêpage de chignon. Bon, OK, avec le sol gelé ça risque d'être difficile pour la boue, mais je me sens l'âme d'une crêpeuse professionnelle tout à coup.

— Il n'avait pas à vous le dire. C'est confidentiel. Je ne veux en aucun cas que ma fille soit associée de près ou de loin à cette famille.

— Ça me paraît un peu compliqué vu l'identité de son père, non ? Et je ne parle pas d'Alex, bien sûr.

Les émotions qui traversent son regard me retournent le cœur. OK, c'est une connasse, mais je suis peut-être allée trop loin. Je ne connais pas les circonstances de la procréation d'Aglaé, mais je connais assez Harry D'Enfer pour imaginer qu'on puisse ne pas vouloir en parler, ou même se les remémorer.

Je range mon fer à crêper pour le moment.

— Écoutez, au cas où, sachez que j'ai porté plainte contre Harry D'Enfer, et que l'une des domestiques du domaine entame une démarche également. Si vous souhaitez vous joindre à nous, l'union ferait assurément la force dans cette affaire.

Elle écrase le mégot au sol et se rapproche de moi.

— Ma pauvre, vous êtes vraiment naïve si vous pensez que la moindre plainte aboutira. Ils les étoufferont dans l'œuf. Une déposition va disparaître, ou une preuve, et votre dossier sera clos. C'est comme ça que ça se passe avec les D'Enfer.

— Si c'est le cas, j'ai des contacts dans la presse. Nous pourrons toujours rendre l'affaire publique. Le but est surtout de prévenir ses éventuelles futures proies.

Elle détourne le regard.

— Je ne ferai rien. Je ne risquerais pas qu'ils m'enlèvent ma fille ou que sa réputation soit entachée par cette affaire.

Même si je peux comprendre son choix, je ne peux m'empêcher d'être déçue.

— Mais je connais plusieurs femmes... ajoute Margot. Je peux vous mettre en contact. Toutefois je ne vous promets pas qu'elles voudront bien vous aider. Vous savez, malgré les violences que certaines d'entre elles ont pu subir, beaucoup sont toujours amoureuses de lui. Vous l'avez vu... qui ne succomberait pas à ses charmes ?

Je crois que je vais vomir. Si Harry et moi étions le dernier homme et la dernière femme sur terre, aucun doute que l'espèce humaine s'éteindrait. Je préférerais encore avaler une boîte entière d'épingles chauffées à blanc et trempées dans du tabasco, que ne serait-ce que de le toucher sciemment.

— Hey. Tu vas bien ?

Une longue main épouse mon visage que j'avais baissé sans m'en rendre compte.

— J'ai besoin de prendre l'air. Je vais aller voir si Violette s'en sort, mais ne te sens pas obligé de m'accompagner si tu préfères rester ici.

Les sourcils d'Alex sont si froncés à mesure que son œil détaille mon visage que je crains un instant qu'il ne reste bloqué dans cette configuration pour toujours : une vieille légende que me racontait ma mère pour tenter de me dissuader de faire des grimaces aux clients de la ferme. En pure perte ! Mais depuis on ne cesse de me dire que je possède un minois très expressif : l'entraînement, il n'y a que ça de vrai.

— Tu plaisantes ? s'amuse-t-il en contournant la barrière pour me rejoindre tout en jetant son chewing-gum à la poubelle. Et risquer de perdre de nouvelles opportunités que tu m'infliges d'autres gages ? Jamais.

Petit coquinou. Finalement, ce pull tient terriblement chaud. Je ne comprends pas comment j'ai pu regretter d'avoir laissé mon manteau à l'intérieur.

La neige s'est remise à tomber, ajoutant encore à l'ambiance féerique qu'Alex est parvenu à créer pour cette fête. Nous cheminons en silence sur le sentier qui mène à la rue principale, quand sa main se saisit de la mienne. Nos doigts s'entrelacent avec un naturel qui m'ébranle. Ça va vite. Jamais l'une de mes relations n'aura démarré sur de tels chapeaux de roue. Trop vite ? Assurément pas. Avec lui, je me sens aussi bien que lors d'une soirée au coin du feu avec un bon livre et un plaid. Bon, OK, ça serait le cas si le livre était le Kâma-Sûtra et qu'un charmant borgne à la chevelure auburn était caché sous le plaid. Nu bien sûr.

Alex lâche ma main quelques instants, se déleste de son manteau et le pose sur mes épaules. Immédiatement, mes sens s'imprègnent de son parfum.

— Monsieur D'Enfer, je suis flattée. Dois-je comprendre que je viens d'entrer dans la catégorie des jolies filles qui méritent que vous leur prêtiez vos habits ?

Moi qui pensais qu'il ne ferait pas le lien avec notre conversation de samedi, c'était sans compter sur la formidable machine qu'est son cerveau.

— À ton avis ? À moins que les rousses, tout comme les borgnes, soient bannies à jamais de ce genre de catégorie, me taquine-t-il.

Il prend le temps de fermer un à un les boutons du manteau. Sa main s'attarde un peu trop sur celui qui trône juste entre mes deux seins. Ou pas assez, selon mon propre point de vue.

— Mais mon but est bien moins noble que cela, ajoute-t-il. Si je ne couvre pas immédiatement ces abominables bois de renne qui pointent de tes seins, j'aurai beaucoup de mal à parvenir au bout de mes obligations sans me sentir quelque peu à l'étroit dans ce pantalon. Vois-tu, tu n'es pas la seule à avoir une imagination débordante.

— S'il n'y a que ça, tu sais que ça peut s'arranger, répliqué-je avec une moue que j'espère aussi coquine que dans mon esprit.

Pourtant, une voix haut perchée nous interrompt. Encore…

— Monsieur D'Enfer, quel enchantement que cette édition de Christmas Road, votre mère doit être si fière de vous.

Non, mais c'est un gag en fait. On me fait marcher. Où sont les caméras ? Chaque fois qu'il est sur le point de se passer quoi que ce soit d'un tant soit peu intéressant, quelqu'un crie « *Pull* » et ils jettent un figurant dans nos pattes pour torturer un peu plus mes pauvres hormones, c'est ça ?

Nous nous écartons l'un de l'autre, et expulsons un soupir de frustration dans une parfaite synchronisation. Je profite de ce bref répit pour respirer. C'est fou comme aux abords d'Alex c'est quelque chose qui peut soudain paraître bien futile. J'avise avec envie l'énorme tas de neige qui borde le chemin et envisage une fraction de seconde de me rouler dedans pour calmer mes ardeurs. Mais quand, tout de suite après, la perspective de devoir prendre une bonne douche chaude mène invariablement à un déluge de scènes pas très habillées avec Alex dans sa salle de bains, je me dis que je suis vraiment gravement atteinte.

Soupir. Un virus comme celui-ci, je veux bien qu'il devienne chronique.

Enfin, cette nana lui lâche la jambe. Il va falloir que je l'enchaîne au lit si je désire l'avoir pour moi toute seule.

— Où en étions-nous déjà ? me demande Alex en se saisissant de ma taille pour me rapprocher de lui.

Pourtant, à peine se penche-t-il pour m'embrasser que nous sommes de nouveau interrompus.

— Ah vous êtes là tous les deux, nous engueule Violette. Alex, on t'attend pour le discours qui aurait dû commencer il y a dix minutes.

À ses joues rouges, elle a dû courir une bonne partie de l'après-midi pour s'assurer que tout était en place. Sa robe à paillettes pique les yeux en reflétant la blancheur ambiante.

— Si cela fait déjà dix minutes, deux de plus passées à embrasser ma petite amie ne changeront pas la face du monde, rétorque Alex en joignant le geste à la parole.

Comme chaque fois, ses lèvres sont exquises et son haleine et sa langue dégagent encore des notes rafraîchissantes de menthol. Mais je les sens à peine. Car mon cœur et mon cerveau viennent de quitter la Terre pour un fabuleux voyage en apesanteur avec pour seul carburant les trois mots magiques qu'Alex vient de prononcer. Sa petite amie. Punaise. C'est officiel : je suis amoureuse.

*

Sa petite amie. Je ne m'en remets pas. Cette formulation est délicieusement régressive. Elle me renvoie à mes années de collège où l'on se bécotait en cachette entre deux cours avec mon amoureux de l'époque. Amoureux. Morte de rire. Comme si j'avais la moindre idée de ce que pouvait bien être l'amour en ces temps-là. Merde. Voilà que je pense comme une vieille. Je vais finir par leur donner raison avec leur « madame » si je ne fais pas gaffe.

J'observe Alex qui s'éloigne à petites foulées vers le podium que je peux apercevoir au loin.

Hum. C'est que ça m'a l'air bien ferme tout ça. Le mouvement infime de son postérieur sous les effets de la gravité a quelque chose d'hypnotisant.

— Victoria ?

Qui me parle ?

— Je rêve ou tu es en train de reluquer sans aucune gêne les fesses de mon frère ?

Oups. Grillée. J'espère qu'un filet de bave ne s'est pas échappé de mes lèvres.

— Moi ? OK, j'avoue. J'aurais tort de me priver, non ? À défaut de pouvoir faire quoi que ce soit d'autre vu qu'il semble y avoir un complot international visant à nous empêcher de copuler.

La bouche de Violette s'ouvre puis se ferme. Finalement, ça doit être un trait familial. Un long frisson remonte le long de son échine.

— Mon Dieu, Victoria. Beurk. Je vais devoir me laver les yeux à la Javel maintenant que tu as imprimé ces images sur mes rétines.

Je me tourne vers elle. Elle est gonflée, quand même.

— Bah quoi, ce n'est pas ce dont il était question lors de notre conversation de ce matin ?

Un nouveau frisson la saisit.

— Mais… absolument pas.

Absolument que si, ouais ! Ne fais pas ta mijaurée.

— Violette, on n'a plus dix ans. Et si tu veux mon avis, il doit être autant en manque que moi… si ce n'est plus. Ça relève presque de l'hygiène à ce niveau-là. Tu ne souhaiterais pas que ton frère…

Elle pose ses mains sur ses oreilles.

— Stop, stop, arrête ça tout de suite ! Je ne veux rien savoir de la vie sexuelle de mon frère, quelle horreur.

Ses index plantés dans ses oreilles, elle chante à tue-tête pour ne pas entendre mes paroles. En grosse sadique que je suis, je fais semblant de parler avec emphase, n'épargnant aucun mime. Lorsque j'écarte mes mains de près de trente centimètres en haussant les sourcils à plusieurs reprises, elle se met à courir en riant à moitié. Ça fait du bien de la voir comme ça. Même si le bonheur n'atteint jamais ses yeux. Je la rejoins enfin, et elle dresse son index devant moi.

— Je te préviens, Victoria…

Je la coupe.

— OK, OK, j'arrête.

Nous nous observons un court instant avant de nous remettre à rire de plus belle. La fête bat son plein. À ma gauche, des jongleurs déguisés en lutin font virevolter dans les airs des quilles et des balles scintillantes sous les hourras de la foule. À ma droite, une file d'attente impressionnante s'est formée pour bénéficier d'une photo avec le Père Noël. Un peu plus loin, des couples, qu'on croirait tout droit sortis des années 40, dansent sur des musiques swing de Noël. Leurs acrobaties aériennes soutirent des exclamations de peur et d'émerveillement au public nombreux rassemblé pour les regarder. La neige qui continue de tomber ne semble pas avoir dissuadé la foule. Elle est si dense qu'on dirait que l'intégralité de la population du village a décidé d'assister à la fête.

— Je viens tous les ans pour Noël, et je n'ai jamais vu autant de monde. D'habitude, les gens fuient littéralement le domaine, indique Violette comme si elle lisait dans mes pensées. Tout le monde adore Alex.

Comment ne pas l'adorer ? Même si en l'occurrence je commence à ne plus trop avoir la fibre partageuse.

— Vous avez l'air proche, avec Alex, je fais remarquer après un long moment à écouter une chorale de chants de Noël.

Violette continue de regarder droit devant elle.

— Nous le sommes devenus. Mais ça n'a pas toujours été le cas.

Elle marque une légère hésitation avant de poursuivre.

— Je lui en ai beaucoup voulu, étant petite. Il n'y en avait que pour William. À l'époque, je ne voyais pas tout ce qu'il faisait pour moi dans l'ombre. Je voyais juste mon frère qui ne s'occupait que de Will. J'avais l'impression d'être transparente.

— Comment était-il… William ?

Violette soupire en rentrant légèrement la tête dans ses épaules.

— William… était William. Il n'y avait bien qu'Alex qui essayait, et parvenait à le comprendre. Tout le monde, moi y compris, était terriblement mal à l'aise quand il était dans la pièce. On ne savait pas comment interagir avec lui, alors on préférait l'éviter, Harry et moi. Je pense qu'Alex nous en a toujours voulu, et nous en veut certainement encore de ne pas avoir su aimer Will comme lui l'a aimé. Selon lui, c'est notre faute à tous si Will est parti.

Et dans la catégorie des meilleurs plombeurs d'ambiance de l'année, le premier prix revient à Victoria Pottier.

— Nous avons renoué bien plus tard, poursuit pourtant Violette. Après mon mariage, il a repris contact avec moi, en me fournissant sa nouvelle adresse. Il a été un réel soutien étant donné ma... situation. J'ai trouvé toutes les excuses possibles et imaginables pour venir passer du temps chez lui, loin de mon époux. On a appris à se connaître. Sa chambre d'amis est presque devenue ma seconde maison.

Dire que j'ai pu me plaindre de ma vie de fille unique de fermiers sans le sou. Finalement, être le membre d'une famille nombreuse de riches aristocrates n'est pas forcément plus enviable quand on s'appelle D'Enfer.

— Mes chéries ! Je vous ai cherchées partout ! Vite, j'ai besoin de vous ! Il y en a qui croivent que les ballons qui volent sont en open-bar. Non, mais allô quoi, genre c'est la fête.

Non, Vic, non. Sois gentille. Tu as promis.

— C'est le cas, Tamara. Ils peuvent se servir, c'est gratuit et illimité, c'est fait pour ça, je réponds en esquissant un sourire.

Ses yeux se retournent presque sous ses paupières alors qu'elle fournit un effort surhumain pour tenter de réfléchir.

— Ah, OK. Si on ne me dit rien, aussi.

Bon, à la base, j'avais peut-être un peu prévu de lui faire mes excuses pour l'avoir mal jugée et même peut-être un tout petit peu moquée. Mais c'est au-dessus de mes forces. On doit forcément le faire exprès pour être bête à ce point, non ? Mais bon, j'ai promis à Alex que je serais gentille avec elle à partir de maintenant.

— Tu seras de la fête ce soir ? questionné-je en l'aidant à distribuer les ballons.

— Bien sûr que oui. Mon avion ne décolle que demain. Arthur Chou m'a presque ordonné de rester.

Tu m'étonnes. Arthur Chou va être terriblement déçu d'apprendre les nouveaux développements dans les relations d'Alex Chou. À moins que son fameux cadeau ne soit un diplôme de bienvenue dans la famille D'Enfer. Mais bizarrement, j'ai quelques petits doutes à ce sujet.

— Victoria, m'apostrophe Violette, approche, on vient de me dire que vous n'avez pas été proprement présentés lors du gala.

Je me retourne, et me retrouve nez à nez avec la jeune femme au visage défiguré et son immense mari.

— Victoria Pottier, la... petite amie de mon frère, entonne Violette après une courte hésitation. Et voici Cassandra et Jeremiah Novak. Ce sont de grands défenseurs de l'environnement.

Je tends ma main pour serrer la leur, ce que fait la dénommée Cassandra avant que Jeremiah ne s'en saisisse pour la porter à ses lèvres.

— Nous serions bien restés discuter, m'indique celui-ci de sa voix acide, mais nous sommes pressés. Nous ne voulions toutefois pas quitter la ville avant d'avoir fait nos adieux à M. D'Enfer.

Il se tourne vers Alex en disant ça. Ce dernier est toujours en train de s'adresser à la foule.

— Je suis certaine que nous aurons l'occasion de nous revoir, c'était un plaisir, dit Cassandra en se détournant d'un même geste avec son mari.

Yes ! J'ai un nom ! Novak. Il va falloir que je fournisse ça à Seb. Et avec un peu de chance, ils accepteront de l'aider dans son enquête.

— J'ai hâte de retirer ces chaussures, me souffle Violette en frottant le bout de ses orteils contre son mollet. Elles m'assassinent les pieds. Vivement ce soir que nous soyons enfin un peu au calme.

Elle a à peine fini sa phrase qu'elle se fige d'effroi. Je suis son regard et aperçois la jeune femme à la chevelure presque blanche qui fend la foule dans notre direction. La main de Violette se saisit de mon poignet. Elle le serre si fort que je pense qu'elle vient de faire une petite addition à ma collection de bleus made in D'Enfer. Il ne manque plus qu'Alex maintenant… mais j'ai bien deux trois idées de marques que j'aimerais qu'il laisse sur mon corps.

Punaise, Vic, focus. L'heure est grave là ! Garde tes pensées libidineuses pour la soirée.

— Vic. C'est Lily, souffle Violette.

Sa voix est contractée de panique.

— Je sais, je me contente de répondre. C'est moi qui lui ai demandé de venir.

Violette se tourne vers moi en chancelant.

— Mais… pourquoi as-tu fait ça ? Je suis une femme mariée maintenant.

Je décroche tant bien que mal sa main de mon bras, et la saisis par les épaules.

— Violette, on n'a qu'une seule vie. Arrête de la gâcher pour plaire à ta famille. Crois-moi, d'après le peu que j'ai pu voir de ta mère depuis que je suis arrivée ici, elle s'est repentie de ses erreurs et ne souhaite rien de plus que le bonheur de ses enfants. Quant à ton père, et ton frère, s'ils sombrent à cause de ton mari déçu, ils n'auront que le juste revers de leur pièce. Alors oui, si tu choisis Lily, tu devras changer de vie, et te crever le cul pour gagner ton pain. Mais mets tout le reste dans la balance. Elle t'aime encore, je l'ai décelé dans ses yeux quand je lui ai parlé de toi.

— Tu… tu lui as parlé de moi ?

Elle n'a pas le temps de terminer sa phrase que déjà Lily nous a rejointes. Les deux jeunes femmes s'observent un long moment. Aux larmes que je vois briller dans leurs yeux, je n'ose imaginer l'émotion qui doit les assaillir.

— Je crois qu'on a beaucoup de choses à se dire, se contente d'énoncer Lily.

Je lâche Violette, non sans avoir serré sa main avec autant de force qu'une poigne de camionneur sous Red Bull.

— Effectivement, il faut qu'on parle, répond Violette.

Mon Dieu, que c'est épuisant de réparer cette famille ! Je vais demander une augmentation, je ne suis pas assez payée pour ça. Mais bon, j'avoue que c'est gratifiant. Je reporte mon attention sur Alex qui vient de finir son discours. Son œil me cherche. Et lorsqu'il me trouve, un grand sourire étire ses lèvres. Allez, c'est le prochain sur la liste.

Chapitre 24

— Alors, les filles, vous en pensez quoi ? interroge Violette.

— Par. Faite, répondent les deux autres en chœur.

Les traîtresses.

— Violette, on avait débattu, tu te rappelles ? Et j'avais consenti, après des efforts que ta petite tête de moineau monomaniaque n'est même pas capable d'imaginer, à porter une robe. Une robe, Violette.

La jeune D'Enfer lève les yeux au ciel. Elle est métamorphosée depuis sa discussion avec Lily : son expression de morte vivante désenchantée l'a enfin quittée.

— Oh, Victoria, arrête un peu de toujours tout dramatiser. C'est une robe.

Je porte la tranche de ma main droite à mon genou à défaut de pouvoir la mettre dans sa face.

— Une robe, Violette, arrive au minimum, et je dis bien minimum, à ce niveau-là. Ça, c'est ce que j'appelle une tunique.

Elles me regardent toutes les trois comme si j'étais tombée sur la tête. Ce qui est peut-être le cas en fait. Si ça se trouve, je me suis cassée la figure dans cet escalier au boulot et je vais me réveiller à l'hôpital en rigolant bien devant la schizophrénie farfelue de mon cerveau.

Tamara pousse un soupir si bruyant qu'ils ont dû l'entendre de l'autre côté du Pacifique, où j'aimerais fortement qu'elle aille voir si j'y suis à l'heure actuelle.

— Victoria, chérie, arrête de faire ta mamie. Tu as des jambes sublimes, il faut les montrer.

Ma mamie ? Ma… Oh punaise, je vais me la faire celle-là. Tu parles de jambes magnifiques. En temps normal, à cette époque de l'année, elles sont un vibrant hommage à Bilbo le Hobbit et Chewbacca. Par une opération digne du Saint-Esprit, il se trouve que le hasard a fait que je suis allée chez l'esthéticienne la veille de mon premier jour de boulot, pour pouvoir arborer l'horrible engin de torture que constituait ma jupe crayon. À la réflexion, je me demande ce qu'aurait pensé Alex de ma débauche capillaire habituelle. Remarque, si j'en crois son apparence lors de notre rencontre, ça ne lui aurait peut-être pas déplu. On aurait pu organiser des soirées tresses.

Tamara me sort de mes réflexions en tirant mon vêtement vers le haut.

— Ma chérie, tu n'as vraiment rien d'autre que cette chose à mettre dessous ? questionne-t-elle d'une voix dégoûtée.

Je rabats ma « jupe » vers le bas.

— Non, mais ça suffit maintenant, je ne te permets pas, grogné-je.

Et qu'est-ce qui ne va pas avec l'équipe jaune d'abord ? Il y a même un bébé licorne avec un cadeau entre ses petites pattes toutes mignonnes. Je n'aurais pas pu trouver plus adapté pour l'occasion.

— Et ces cheveux, enchaîne Lily en se saisissant d'une de mes mèches. Il faudrait peut-être faire quelque chose.

Son air dépité achève d'amorcer la tempête Victoria.

— Si l'une de vous touche à mes cheveux ou tente d'appliquer la moindre particule de maquillage sur mon visage, je vous jure qu'Alex ne sera plus le seul borgne de cette demeure.

Elles stoppent toutes à quelques centimètres de moi et reculent prudemment. Violette lève à nouveau ses grands yeux bleus au ciel.

— Les filles, laissez tomber. On aura au moins essayé. Allez, tout le monde dehors, Alex et mère doivent nous attendre de toute façon.

Elle fait sortir Lily et Tamara, puis, lorsqu'elle est sûre qu'elles ne sont plus à portée d'oreilles, elle me lance :

— Tu ne viendras pas te plaindre si mon frère refuse encore une fois de, comment tu as dit déjà ? Copuler avec toi.

La pétasse ! C'est que tu connais très mal le soldat Victoria, ma cocotte. Cette nuit, ton frère passe à la casserole !

— Oh ne t'inquiète pas pour ça, s'il le faut, je l'attacherai. Après tout, ça a l'air d'être son truc.

La mine outrée qu'elle me lance est mon premier cadeau de Noël de la soirée.

*

À ma grande surprise, nous passons la salle où j'avais dîné le jour de mon arrivée pour nous diriger plus avant dans le manoir. Nous pénétrons dans un petit salon qui a été magnifiquement décoré pour l'occasion : un sapin naturel trône près de la fenêtre à l'extrémité de la pièce. Une table a été dressée juste devant la cheminée où crépite un feu de bois réconfortant. Sur les assiettes qui semblent constituées de la plus fine porcelaine, des scènes d'hiver et de Noël ont été peintes avec délicatesse. Au milieu, un chemin de table composé en grande partie de branches de conifères et de pommes de pin serties de bougies rendrait folle la phobique des incendies qu'est ma mère. En bout de table, Thérésa D'Enfer discute tranquillement avec une femme brune que je n'ai jamais vue auparavant. Un rire amusé me fait détourner la tête : Joey et Wilfried se tiennent debout et bien droits dans la partie du salon qui a été dégagée pour y aménager une petite piste de danse intimiste.

— Je ne veux aucune remarque désobligeante de ta part concernant cette robe, OK ? j'avertis immédiatement Joey en m'avançant vers lui.

Je ne doute pas un seul instant que le gloussement de dinde sous hélium émanait de lui. Il plonge ses yeux noirs dans les miens, porte la main à sa bouche, et mime une fermeture éclair du bout de ses doigts. Ses yeux rieurs parlent pourtant à la place de sa langue.

— Tu peux me passer mon verre, derrière toi, sur la table basse, s'il te plaît ? me demande-t-il.

Je me tourne et me baisse pour ramasser sa boisson, et, lorsque je la lui tends, un grand sourire suspect est accroché à son visage. Il lève sa coupe comme s'il trinquait à ma santé.

— J'aimais déjà les chevaux, mais je viens de me découvrir une passion soudaine pour les licornes, chuchote-t-il dans un clin d'œil.

L'enfoiré ! Je le frappe sans vergogne sur le bras sous le regard interrogatif de son père qui discute avec les filles.

— Sale pervers !

Il frotte distraitement son biceps, et se redresse comme si je venais de le gratifier du plus exquis des compliments. Je me saisis à mon tour d'un verre en prenant bien garde à plier les genoux cette fois.

— Qu'est-ce que tu fais là d'ailleurs ?

Joey prend une gorgée de liquide et se désaltère bruyamment. Me voilà rassurée : il y aura au moins une personne à table qui a des manières encore plus exécrables que les miennes.

— Alex nous a invités, mon père et moi. Il a dû avoir peur à la perspective de se retrouver seul pour Noël au milieu de toutes ces jolies filles.

Il est vrai que maintenant qu'Harry et Arthur ont déserté, le taux de testostérone de D'Enfer Manor a chuté drastiquement.

— Et où est le nouveau maître des lieux ? demandé-je en scrutant la salle du regard.

Comme si un beau roux d'un mètre quatre-vingt-dix pouvait dissimuler sa grande carcasse sous le tapis ou derrière un rideau.

— Toujours en cuisine. On a tous essayé de le faire remonter par la peau des fesses, sans succès. Peut-être que tu en auras plus. Tu as des arguments que nous n'avons pas, après tout. Et puis toi, tu pourras le ramener par le bout de…

Je lui assène une seconde tape pour l'empêcher de finir sa phrase, et m'apprête à me diriger vers la cuisine lorsque Thérésa D'Enfer m'interpelle.

— Sweetheart, je vous présente Ally, m'indique-t-elle en désignant la brune d'un doigt tremblant.

— Oh, tu dois être Victoria, s'écrit celle-ci en déclinant ma main tendue pour me faire la bise. Tu as dû rencontrer Guillaume, mon mari, lorsque vous avez dîné à L'Obscurithé avec Alex.

Rencontrer est un bien grand mot étant donné qu'il faisait plus sombre que dans le trou du cul de King Kong.

— Effectivement, je me force toutefois à répondre.

— Eh bien, Guillaume se demandait si Alex n'avait pas exagéré les superlatifs en nous parlant de toi, mais je constate que ce n'est pas le cas.

Je regrette soudain le fond de teint dont Violette voulait me tartiner le visage. Alex leur a parlé de moi ?

— Bon, je vous laisse, on se reverra tout à l'heure, il faut que j'aille saluer Violette, dit Ally sur un dernier clin d'œil.

Je vais pour m'éclipser lorsque la main décharnée de Thérésa se saisit de mon poignet avec une force dont je ne l'aurais pas pensée capable.

— Sweetheart, nous n'avons pas eu l'occasion de beaucoup nous parler depuis votre arrivée, souffle-t-elle avec difficulté. Mais j'ai vu la façon dont vous rendez heureux mon Alexandre. Je ne serai pas là pour votre mariage, mais j'espère que vous lui donnerez beaucoup de vaillants enfants. Il mérite une belle petite femme comme vous, mon Alexandre.

Et voilà que le troupeau de chèvres hystériques est de retour dans ma gorge. OK. Sur l'échelle des conversations les plus gênantes qui puissent exister, à combien j'évalue celle-là ? Très clairement hors catégorie. Avant de parler de convoler en justes noces, encore faudrait-il que j'aie pu tester la marchandise… à de nombreuses reprises… dans toutes sortes de situations.

Heureusement pour moi, je suis sauvée par Violette qui doit s'atteler à une tâche non moins titanesque : présenter sa petite amie à sa mère, et lui annoncer son intention de divorcer pour partir vivre avec elle. Tout un programme.

Je souris poliment à la matriarche, serre doucement l'épaule de Violette en signe d'encouragement, et je parviens enfin à m'extirper de la pièce.

Le son d'AC/DC m'accueille à mesure que je descends l'escalier qui mène à la cuisine, où je découvre Alex et Guillaume, vêtus de tabliers par-dessus leurs costumes marron coordonnés. Ils se trémoussent tout en finissant de préparer le repas. Ils ne m'ont pas vu entrer, et je réprime un rire en les observant. Le ballet de leurs gestes et de leurs déplacements ne peut résulter que de l'habitude. Fatalement, mes yeux sont attirés comme des aimants par le postérieur d'Alex qui tangue en rythme avec celui de Guillaume. S'il y a bien une chose pour laquelle il porte bien son nom, c'est celle-là : il a vraiment un cul d'enfer.

Je m'approche tout doucement dans l'angle mort d'Alex, et l'enserre tendrement de mes bras. Le sursaut de surprise passé, je sens tout son corps se détendre. Il lève ses mains pleines de crème pour me montrer qu'il ne peut pas me rendre mon étreinte.

— Enfin prête ? Vic, tu te souviens de Guillaume ?

Guillaume se tourne vers moi et m'adresse un sourire. Maintenant que je peux le voir correctement, je me rends compte qu'il ne correspond absolument pas à l'idée de vieux ronchon que je m'étais faite de lui en me fondant uniquement sur sa voix : la cinquantaine bien tassée, sa grosse touffe noire n'arbore pourtant aucun cheveu blanc. Son visage anguleux est étrangement avenant.

— Bonsoir, beauté.

Je suis épatée par sa capacité à gérer autant de choses, objets tranchants compris, malgré sa cécité.

— Bonsoir, je réponds timidement alors qu'Alex se retourne et me pousse de son corps jusqu'à ce que mon dos entre en collision avec l'îlot central.

— Tu m'as manqué, susurre-t-il en recouvrant mon nez d'une généreuse couche de crème.

Ses lunettes ont disparu, certainement au profit de lentilles. Dommage, je le trouve incroyablement sexy avec son air de jeune prof intello. Il pose un coude sur le comptoir de part et d'autre de mon buste, puis applique lentement ses lèvres sur mon nez. À leur contact, j'ai l'impression de me liquéfier telle une glace à l'italienne en plein été. L'intégralité des poils de mon corps se dressent, et je le vois admirer avec satisfaction le frisson se répandre sur ma peau.

— J'ai vraiment hâte d'être au dessert, chuchote-t-il encore en caressant mon nez maintenant parfaitement propre du sien.

Et moi donc. Si ça continue comme ça, je vais finir aussi desséchée qu'un vieux pruneau oublié au fin fond du frigo. Il s'apprête à faire subir le même traitement à mes lèvres, mais je stoppe ses mains. De ma bouche, je le déleste de son arme, un doigt après l'autre, très lentement, mes yeux plantés dans le sien. Victoire : à mon tour d'observer la chair de poule se propager dans son cou et le désir s'allumer dans sa pupille.

— Les jeunes, je ne peux peut-être pas vous voir, mais je vous entends, s'amuse Guillaume tout en continuant son labeur.

Alex s'empare de la télécommande qui traîne sur l'îlot, et monte le son sous le rire gras de son ami. Puis, les mains enfin propres, il me saisit juste sous les fesses pour m'asseoir sur le plan de travail. Appréciateurs, ses doigts ne quittent pas mes cuisses nues, et son œil parcourt ma tenue qui s'est retroussée si outrageusement qu'elle ne laisse vraiment plus place à l'imagination.

— Tu me feras penser à remercier ma sœur d'avoir choisi cette robe, énonce-t-il la voix légèrement rauque avant de m'embrasser passionnément.

Les mains enfouies dans ses mèches auburn, je ruine complètement la coiffure qu'il a dû mettre un certain temps à élaborer. Lorsqu'il m'autorise enfin à reprendre mon souffle, j'admire mon œuvre : des épis partent dans tous les sens sur son crâne, et même son sourcil gauche est tout ébouriffé. C'est vraiment possible d'être aussi beau ? Ça devrait être interdit par la ligue de protection des ovaires. Les miens sont au bord de l'atomisation.

— Bien que les choses que je rêve de te faire chaque fois que je te vois dans ton pyjama molletonné me feraient indéniablement excommunier, ajoute-t-il dans un sourire près de mon oreille avant de m'aider à descendre de mon perchoir.

Achevez-moi. Pitié. On dirait que je ne suis pas la seule à être frappée d'une combustion à la fois généralisée et très très localisée. À croire qu'Alex a fomenté une mission AVPC de son côté.

— Voilà, tout est prêt, nous crie Guillaume pour couvrir le son tonitruant de la musique.

À son sourire goguenard, j'ai l'impression qu'il n'a pas perdu une miette de nos échanges. Heureusement qu'il ne peut pas voir mon visage qui a viré au rouge tomate caramélisée.

— Ah la jeunesse, qu'est-ce que c'est beau, ironise-t-il pour confirmer mes pensées.

Alex se saisit de son bras pour le conduire vers moi.

— C'est vous qui avez préparé tout ça ? demandé-je pour tenter de me donner une contenance.

— J'ai donné congé à tous les domestiques, me répond Alex en me faisant signe d'approcher. Mais ça ne me dérange pas, j'adore cuisiner pour les gens que j'aime. Et tout est végétarien. Tu veux bien accompagner Guillaume en haut, et demander à Joey de venir m'aider à porter les plats. J'arrive dans une minute.

Les gens qu'il aime. Je reste un long moment à le fixer. J'ai l'impression que mon cœur occupe l'intégralité de ma cage thoracique. Une délicieuse douleur y prend racine.

— Vic, ça ne va pas ?

Allez, Vic, secoue-toi, recalibration cognitive.

— Si, si, tout va bien. On se retrouve en haut.

*

Lorsque nous arrivons au petit salon, j'ai l'impression d'avoir pénétré dans une faille spatio-temporelle : je viens d'être téléportée tout droit des hauteurs enneigées de Savoie aux plages des Caraïbes. Dans un coin de la piste de danse, Violette, Lily, Ally, et à ma plus grande surprise Wilfried, s'agitent sur un zouk endiablé en riant aux éclats. Quant à Joey, on dirait que son bassin a fusionné avec celui de Tamara dans une « danse » sensuelle : certainement les prémices d'une bête à deux dos en devenir. Thérésa D'Enfer observe tout ce petit monde un sourire aux lèvres en battant faiblement la mesure de sa main sur la nappe. La pauvre femme a dû être bourrée de médocs jusqu'au ras du gosier pour supporter la douleur toute la soirée.

Dès notre entrée, Ally se désolidarise du groupe pour venir me relayer au bras de Guillaume.

— Alors, lui lance celui-ci avec un sourire en coin.

Ally m'adresse un regard amusé.

— Il ne t'a pas menti. Elle est aussi craquante qu'il nous l'a décrite !

J'ai à peine le temps d'ajouter une teinte supplémentaire de carmin à mon visage qui en présente déjà une belle palette avec l'énorme coquard que je me paye, qu'Alex arrive dans la pièce les bras chargés de victuailles.

— À table, les enfants, le dîner est servi !

Il dépose les plats, puis se saisit de la télécommande de la sono avec une œillade accusatrice vers Joey qui sifflote innocemment le nez en l'air. Immédiatement, les chants de Noël bercent de nouveau l'atmosphère feutrée.

Si l'on m'avait dit que je passerais un repas de réveillon si délicieux à D'Enfer Manor après mon premier jour ici, j'aurais certainement appelé l'asile psychiatrique le plus proche pour faire interner la personne qui aurait osé suggérer une idée aussi saugrenue. Et pourtant, à voir tous les visages rayonnants de bonheur réunis, il y a tout de même une toute petite minuscule bébé chance que je chérisse le souvenir de cette soirée avec autant de nostalgie que celui des moments passés auprès de Seb et de mes parents. Il transpire tellement d'amour de cette tablée, que j'en aurais presque les larmes aux yeux si j'étais l'une de ces madeleines sentimentales qui s'émeuvent pour un rien. La seule chose qui m'émeut à l'heure actuelle, c'est la main d'Alex qui remonte dangereusement haut sur ma cuisse, cachée sous ma serviette de table. Et qui a eu la merveilleuse idée de me placer entre Joey et Alex ? Le premier ne cesse de me verser des verres d'alcool en me disant que je vais en avoir besoin pour ce qui m'attend après le repas, tandis que le second me les subtilise à peine servis sous prétexte que la juge doit être en pleine possession de ses moyens pour que son record soit validé. Heureusement pour moi, tout le monde est bien trop absorbé par ses conversations respectives, car j'aurais été bien en peine d'expliquer à qui me l'aurait demandé en quoi consiste exactement ce record.

— Et maintenant, c'est l'heure des cadeaux ! hurle Violette en sautant de sa chaise et en tapant dans ses mains avec impatience.

Oh My God. Un peu plus, et je frôlais la crise cardiaque. Faut pas me faire ça quand je suis à moitié alanguie et sous le coup de la drogue hautement addictive que représentent les caresses d'Alex sur ma peau nue. Mon petit cœur n'a pas été calibré pour ça.

Et puis… qui est cette personne ? Où est la jeune femme à deux doigts de se tirer une balle il y a quelques jours à peine ? Lily se lève à son tour et leurs doigts se joignent dans un regard passionné.

Nous quittons tous la table, et ma bonne humeur de la soirée fond comme neige au soleil. Le moment tant redouté toute la journée est enfin arrivé : je vais hériter d'un unique cadeau estampillé Fossile Industry. Qu'est-ce qu'il a bien pu y glisser ? Une main coupée ? Le pacte qu'il a très certainement dû signer avec le diable ? Mais celui-ci aurait presque des cours à prendre auprès de Papa D'Enfer. Il en connaît un rayon sur le métier et a déjà le nom tout indiqué pour intégrer l'entreprise familiale Lucifer and Co.

Violette et Lily font le tour du sapin, et distribuent les cadeaux aux différents convives.

Deux grands bras enserrent ma taille et plaquent mon dos contre un corps ferme. Sa chaleur se transmet immédiatement à ma propre peau.

— Est-ce que le repas t'a plu ? me demande une voix divinement grave en apposant un baiser dans ma chevelure.

Je crois que je ne me lasserai jamais de ce parfum. J'ai hâte de pouvoir me baigner dedans jusqu'à plus soif. Si tant est que ce soit une soif que je puisse un jour étancher.

— C'était délicieux, je réponds distraitement en profitant de l'instant et en tentant de me concentrer sur ces sensations pour éviter de penser.

Il m'écarte doucement sur le côté pour pouvoir m'observer. Oh, on dirait que quelqu'un est légèrement vexé.

— Délicieux seulement ? Moi qui espérais avoir déjà marqué quelques points pour mon record.

Je fronce les sourcils.

— Tu rêves. Quand bien même ce serait le cas, étant donné que Guillaume a cuisiné avec toi, ils ne seraient pas validés pour ton compte personnel. Tu vas devoir te débrouiller seul.

— Quelle cruauté, lâche-t-il d'un air faussement offensé.

— On sait tous les deux que tu adores ça, je lui réponds en lui offrant un baiser chaste.

Violette se dirige vers nous les bras chargés de cadeaux. Je m'écarte pour la laisser les donner à Alex, mais c'est vers moi qu'elle les tend.

— Tiens, Vic, c'est pour toi.

Hésitante, je m'empare de tous les paquets. Alex s'assoit sur le fauteuil juste à côté de nous et me fait basculer sur ses genoux. Je ne peux réprimer un cri qui attire tous les regards sur nous… et vers mon armée de licornes qui a décidé de faire un petit coucou à l'assistance.

Alex tire sur le tissu pour couvrir mes cuisses au maximum, non sans en profiter pour caresser ma peau nue.

— Circulez, il n'y a plus rien à voir, rigole-t-il à l'adresse des autres qui reportent leur attention sur leurs présents.

Super, maintenant je suis doublement gênée. À la base, j'avais signé pour passer Noël seule dans une chambre d'hôtel quatre étoiles à regarder des films tout en dévalisant le Minibar. Qui avait parlé de cadeaux ?

Alex, une main bien calée sur ma fesse libre, porte l'autre à mon visage pour en chasser les mèches folles.

— Eh bien, qu'est-ce que tu attends, ouvre-les. Tu vas finir par me faire mourir d'impatience.

Sa main quitte ma fesse pour caresser doucement mon dos.

— Tiens, commence par ceux-là, ce sont les miens, ajoute-t-il en sortant deux des paquets du lot.

Ma salive se bloque dans ma gorge. Mon visage chauffe tellement qu'on pourrait certainement éteindre le feu dans la cheminée sans faire baisser la température de la pièce.

— Alex… c'est gênant. Je ne m'attendais pas à recevoir quoi que ce soit. Je n'ai pas de cadeaux à offrir en retour.

Sa main caresse ma joue. Son œil est si clair dans la lumière changeante des décorations.

— Victoria, lève la tête s'il te plaît, murmure-t-il.

Quand il constate que je n'obtempère pas, il se saisit de mon menton pour le redresser vers la salle.

— Tu vois tous ces gens ? Tu vois tous ces sourires ? Tout ce bonheur, toute cette joie, c'est grâce à toi. Et uniquement à toi. Je commence à croire que tu es notre petit lutin de Noël et que tu vas finir par disparaître demain matin une fois la magie de Noël passée. C'est cela mon cadeau. Je n'ai jamais connu un Noël aussi joyeux. De toute ma vie.

Ouais, enfin ça, c'est peut-être un petit peu beaucoup dû au fait que Papa D'Enfer a décidé de ne pas ramener sa carcasse en putréfaction à la soirée. Alex pousse les présents de nouveau vers mes mains.

— Et maintenant, dépêche-toi d'ouvrir ces paquets ou bien tu n'auras pas de « dessert ».

Je feins l'indignation, mais à l'intérieur, je suis sens dessus dessous. J'ai beau essayer de me mentir, ses paroles ont fait mouche : la bombe nucléaire Alex a explosé et mon cœur a repeint toute ma cage thoracique. Je décachette l'enveloppe qu'il m'a tendue, et découvre un bon cadeau pour un week-end en chambre d'hôtes en Alsace. Je me tourne vers lui.

Il baisse les yeux, un peu gêné, et se racle la gorge dans un léger toussotement.

— Nous n'avons pas eu beaucoup de temps pour faire connaissance jusqu'ici. J'aimerais que nous prenions un week-end rien qu'à nous. Tu sais pour… discuter.

Discuter ? Ah oui ? Alexandre D'Enfer… êtes-vous seulement réel pour être si parfait ?

Là, il m'a cloué le bec. Ne sachant que répondre, je me penche pour l'embrasser doucement. Il sourit contre mes lèvres.

— Si j'avais su que j'aurais droit à ça à chaque cadeau, j'aurais acheté une multitude de tout petits présents.

— Ne t'inquiète pas, tu seras dûment remercié dès qu'on sera enfin seuls.

— Je l'espère bien, d'autant que le prochain paquet est un peu pour nous deux.

Intriguée, j'ouvre la boîte désignée. Quand j'aperçois la soie rouge rubis, je referme légèrement le couvercle pour éviter d'exposer le cadeau à toute la galerie. Du coin de l'œil, je vois Alex mordiller sa lèvre inférieure d'amusement. J'inspecte le plus discrètement possible, et découvre un magnifique ensemble de lingerie en soie et en dentelle. De part et d'autre de ce qui ne peut être qu'un tanga, le tissu forme un gros nœud qui se positionne au niveau des hanches et qui permet l'ouverture du vêtement en défaisant les boucles. Le soutien-gorge est doté du même système entre les deux balconnets. Une toute petite étiquette a été placée à l'intérieur où il est inscrit « Prêt à l'emploi ».

Je dois être aussi rouge que cette culotte. Au moins. La main d'Alex retrouve ma fesse, et il me glisse à l'oreille.

— J'ai hâte que tu l'essaies pour moi.

— Alors, Vic, tu ne nous montres pas tes cadeaux ? en profite pour demander Joey, certainement alerté par la couleur de mon visage. Il y en a un de ma part aussi.

Et effectivement, j'aperçois un emballage d'une forme qui ne me dit rien qui vaille et qui porte son nom. Je m'empresse de déchirer le papier alors qu'Alex prend un air offensé.

— Et mon baiser ?

Je hausse un sourcil et expire longuement.

— Alex, je suis à deux doigts de prendre feu là, tu comprends ? Alors ne pousse pas ta chance.

Il se marre.

— S'il t'en faut si peu, qu'est-ce que ça va être tout à l'heure, chuchote-t-il.

Mais à l'instant même où il prononce cette phrase, j'extirpe une magnifique… cravache.

Joey est hilare. Je tourne lentement une tête incrédule vers lui. Il hausse les épaules.

— On ne sait jamais, des fois que tu aies besoin d'un second cavalier, tu penseras à moi, j'ai inscrit mon numéro sur le manche.

Et effectivement, je peux voir les chiffres gravés dessus. Mon corps tressaute en même temps que celui d'Alex sur lequel je suis affalée. Il est mort de rire.

— À force d'insister, je vais vraiment finir par croire que c'est votre truc à tous les deux, les plans à trois, je lâche en posant la cravache du bout des doigts à côté du fauteuil.

Alex détourne le regard et passe sa main dans ses cheveux. Un léger ton rosé colore ses pommettes. Non, mais… sérieusement ? Joey me lance un clin d'œil et je m'ébroue pour chasser de ma tête toutes les images qu'ils viennent de marquer au fer rouge dans mon esprit. Chaque chose en son temps, Vic. Un jour, dans un lointain futur, peut-être qu'éventuellement… Dans un but purement scientifique… Après tout, ça serait dommage de mourir idiote et de ne pas saisir toutes les opportunités que la vie me présente. Dieu qu'il fait chaud dans cette pièce.

— Oh, Alexandre, c'est adorable, s'exclame Thérésa en ouvrant l'un de ses cadeaux.

Alex me donne une petite tape sur la fesse et plante un baiser sur ma tempe avant de me redresser pour se lever et rejoindre sa mère. J'observe le cœur battant les trois paquets restants. Deux sont emballés dans le même papier rose avec des cœurs. Je doute fort qu'ils proviennent du Fossile. Je les ouvre donc sans crainte, et découvre un fer à lisser et… une boîte de capotes. Je lève les yeux et croise ceux de Violette, visiblement très fière de son coup.

— Je me suis fiée à tes indications de cet après-midi pour la taille, ricane-t-elle en me montrant le XL inscrit en gros. Et ça, c'est parce que vous avez l'air d'avoir tous les deux si chaud aux fesses, que vous en aurez bien besoin, ajoute-t-elle en tapotant à l'endroit où il est écrit « effet retardant ».

OK, après le complot pour m'empêcher de conclure avec Alex, ils semblent s'être donné le mot pour me faire mourir de honte. Bon, je l'ai peut-être un peu cherché. Juste un tout petit peu.

Violette se détourne au moment où sa mère l'appelle. Me voilà seule avec le dernier paquet. J'aperçois Alex près de la cheminée, une boîte emballée du même papier que le mien au creux des mains. Sans qu'aucune expression ne transparaisse sur son visage, il la jette dans les flammes. Immédiatement, une horrible odeur de cramé emplit la pièce, alertant toute l'assemblée.

— Laisse, je ne veux rien de lui, explique Alex au moment où Joey tente d'extirper le cadeau du feu.

Tout le monde est massé auprès d'Alex. Je sais que je devrais y aller. Je sais qu'il a besoin de moi. Mais je saisis ce moment pour ouvrir le fameux présent à l'abri des regards. La boîte renferme un amas de papiers. On dirait des copies d'écran de conversations mails et SMS. La correspondance entre un homme et une femme, dont seuls les pseudonymes sont indiqués, est impressionnante par son ampleur et son contenu plus que chaud. Pourquoi Arthur D'Enfer m'aurait-il envoyé ces échanges dignes des plus mauvais récits érotiques ? Écœurée par la teneur de certains messages, je suis sur le point de faire suivre le même chemin à ma boîte que celui qu'a pris celle d'Alex quand je remarque des photos enfouies tout au fond, ainsi qu'une petite carte qui porte un A. D'E qui n'a rien à voir avec celles que j'ai déjà reçues de la part d'Alex. Je la mets de côté pour extirper les photos qui font visiblement partie des pièces jointes des messages précédents. Lorsque je reconnais le visage de l'homme et de la femme qui s'y exposent sans pudeur et sans vêtements, mon sang se glace dans mes veines.

Chapitre 25

Quand j'étais petite, je me souviens que dès qu'une contrariété venait entacher ma bonne humeur légendaire, je me précipitais au ru qui traversait le village, ôtais mes chaussures, et trempais mes pieds dans ses eaux glacées pour tenter d'y noyer mes problèmes. Ce soir, à défaut de ruisseau, j'ai porté mon dévolu sur l'immense piscine semi-olympique des D'Enfer. Mais quand les problèmes à occire se révèlent plus gros qu'une baleine à bosse accro au fast-food…

Mon esprit peine encore à formuler pleinement cette pensée : mon père trompe ma mère. Et avec l'une des infirmières qui était chargée de sa convalescence en plus. La garce. Les images tournent dans ma tête sans discontinuer, telle une manivelle réenclenchant sans cesse la fontaine de mes larmes. J'ai l'impression que toute ma vie, toute mon existence, a été bâtie sur un mensonge. Mon père, mon petit papa que j'ai toujours mis sur un piédestal, dont j'ai toujours appliqué les conseils comme s'ils étaient inscrits dans ma bible personnelle, est un menteur. Comment peut-il lui faire ça ? Elle qui a tellement souffert. Elle qui a porté la ferme à bout de bras lors de sa longue maladie à lui. Maman a perdu une vingtaine d'années de vie à s'esquinter la santé durant les quelques années où il n'était plus capable de nous venir en aide. Je revois son sourire le jour où ils ont enfin pu prendre leur retraite commune. Son bonheur de pouvoir passer chaque minute de son temps avec l'homme de sa vie.

Quelle idiote tu peux être, Vic. Dire que j'ai toujours vu en elle la méchante. C'était elle la plus sévère, celle qui pensait qu'il y avait un problème dans ma caboche à cause de ma franchise éhontée, celle pour qui je n'étais jamais assez bien élevée, assez jolie, assez intelligente… Alors que l'homme pour qui j'avais une telle adoration la trahissait dans notre dos. Maman a tout sacrifié pour lui. J'ai tout sacrifié pour lui. J'ai laissé tomber mes études pour aider ma mère à la ferme lorsqu'il était malade. Et pour quoi ? Pour qu'il puisse se taper tout le service hospitalier depuis sa chambre d'hôpital ? Pour qu'il puisse envoyer des putains de sextos à cette salope de Nancy ? J'ai envie de vomir. J'ai envie de tout fracasser. La douleur dans ma cage thoracique est si grande que j'ai l'impression que je suis à deux doigts de la crise d'angoisse. Je tremble de la tête aux pieds tant la colère et l'incompréhension bouillonnent dans mon corps.

Inspire, Vic. C'est un cauchemar. C'est forcément un cauchemar. Tu vas finir par te réveiller.

Je porte mes mains à ma poitrine, ne cessant de les tortiller dans tous les sens pour m'aider à accoucher des sanglots déchirants que chaque pensée fait jaillir. Si ma mère l'apprend, elle ne survivra pas. Elle a déjà trop souvent marché au bord du précipice lorsqu'elle devait gérer seule les difficultés financières de la ferme en plus de tout le travail physique que nous effectuions toutes deux chaque jour, sept jours sur sept, et 365 jours par an.

Le deal est tout ce qu'il y a de plus simple : si je ne respecte pas ses exigences à la lettre, le Fossile enverra la même boîte en cadeau à ma mère. Cette fois, il a gagné. Échec et mat. Fin de la partie.

Des bruits de pas me tirent de mes sombres pensées. Il ne manquait plus que ça. Est-il seulement possible d'agoniser en paix dans cette maison ? Non, c'est trop demander ça aussi ?

J'ai juste le temps d'essuyer mes joues baignées de larmes que les lumières de l'immense véranda clignotent avant de s'allumer, m'explosant les rétines.

— Qu'est-ce que tu fais là, toute seule, dans le noir ?

Mon cœur fait un bond dans ma poitrine et remonte jusque dans ma gorge.

Merde. La dernière personne que je voulais voir. Ironie, sachant que c'est celle avec qui j'ai tenté toute la journée de passer un « petit » moment au calme. Je ne veux pas qu'il me voie comme ça. Le déchet Victoria. La loque humaine. La lâche qui a décidé de rendre les armes. Margot avait raison. J'ai été naïve de croire que j'étais assez forte pour lutter contre une telle famille. Une famille qui a les moyens de se procurer des échanges personnels et confidentiels entre les membres de mon entourage. Une famille qui n'hésite pas à s'en servir pour son odieux chantage. La bile me remonte dans la gorge et je mobilise chaque parcelle de mon être pour ne pas ajouter au chlore de la piscine une petite addition d'enzymes made in Victoria.

— Je t'ai cherchée partout. Je ne t'ai même pas vu quitter la pièce, dit doucement Alex en se délestant de ses chaussures et de ses chaussettes.

Il retrousse le bas de son pantalon de costume jusqu'aux genoux, et installe sa grande carcasse à mes côtés, ses pieds immenses battant l'eau turquoise. Il me tend un verre de champagne. La simple vue du liquide ravive ma nausée. Je préfère détourner la tête. Si je me saisis de la coupe, il va voir mes mains de parkinsonienne en phase terminale. Et plus de questions encore vont venir. Des questions auxquelles je n'ai aucune envie de répondre. Je l'entends tousser et sens son épaule tressauter contre la mienne. Il est nerveux. Il n'est pas bête. Il sait très bien que quelque chose ne va pas. J'aimerais qu'il me prenne dans ses bras comme il l'a fait samedi soir. Qu'il me berce. Mais je n'ai pas le droit de lui demander ça. Pas alors que je devrais mettre un terme à toute relation entre nous dès demain, tel que me l'a ordonné Arthur D'Enfer. Sale raclure. Je hais cet homme. Je le hais d'une force. Je ne crois pas avoir déjà détesté quelqu'un à ce point dans ma vie. Dans le genre doué pour allumer des envies de meurtres, il est le meilleur des pyromanes.

La main d'Alex se saisit de la mienne, la retourne, et en caresse tendrement la paume. J'apprécie qu'il ne me harcèle pas de questions. Je serre doucement ses doigts. Nous restons ainsi un long moment, en silence. La respiration sifflante d'Alex ne se calme pourtant pas. Son corps est tendu à l'extrême à mes côtés. Je me souviens de la conversation que j'ai eue avec Violette. De la peur d'Alex de me faire fuir. Punaise, j'espère qu'il n'est pas en train de se dire que c'est à cause de lui.

Assez, pitié, assez. Qu'on m'ouvre le crâne pour m'extraire ce putain de cerveau. Je n'arrive plus à réfléchir. Les pensées s'entrechoquent dans ma tête.

Qu'est-ce que je dois faire ? Je n'en sais foutre rien. Après tout, ce n'est pas ma faute si mon père a décidé de fourrer sa queue dans une autre femme. Pourquoi est-ce que je devrais assumer les erreurs d'un autre ? Pourquoi est-ce que je devrais encore une fois sacrifier ma vie pour un homme qui ne respecte même pas les siens ? Des étoiles dansent devant mes yeux. Merde, je vais faire un malaise. Mes nerfs sont au bord de l'implosion. Ma respiration devient saccadée, l'air refuse de rentrer dans mes poumons. La main d'Alex se serre de plus belle sur la mienne. D'une seconde à l'autre, les larmes vont se remettre à couler.

Victoria, bouge-toi. Est-ce que tu veux vraiment aggraver la situation ? Monte dans ta chambre, dis-lui de partir, et demain matin, tu prends le premier taxi direction Adios City. Il est encore temps de limiter les pots cassés. Les pots cassés ? Putain, Vic, mais de quoi tu parles ? Tu l'aimes. Oh, mais alors qu'est-ce que tu suggères, hein, Vic ? Quel que soit ton putain de choix, il va souffrir. Tu crois quoi ? Qu'il va te serrer la main et te dire « Oh merci Victoria, c'est sympa de me laisser tomber comme une vieille chaussette puante » ?

Mes dents sont si contractées que j'entends mes molaires hurler de protestation. Punaise, je suis lâche. Je ne vais pas y arriver. Oh arrête, Vic, tu ne vas même pas essayer oui… Je n'ai pas le courage de rejeter Alex. Pas le courage de lui demander de me quitter. Je le veux. Je le veux d'une telle force que c'en est physiquement douloureux. J'ai juste envie de faire un gros fuck à la vie. À Arthur D'Enfer. D'arracher les vêtements d'Alex et de lui faire l'amour passionnément à même le sol de cette piscine. Sans me soucier des conséquences. Sans me dire que par ma faute, je vais briser ma famille. Ce n'est pas ma putain de faute après tout.

Sa main quitte enfin la mienne. Comment lui en tenir rigueur ? Qui voudrait d'une girouette qui l'allume sans vergogne pour fuir ensuite la soirée de sexe débridé tant anticipée ? Je ferme les paupières pour me concentrer sur mes poumons qui semblent avoir décidé de se mettre en grève, lorsque je sens le corps d'Alex glisser littéralement à mes côtés. Alarmée, je rouvre les yeux… pour le découvrir devant moi dans la piscine, totalement immergé. Son magnifique costume marron est imbibé d'eau, sa cravate flotte devant lui et sa veste forme un halo autour de sa taille dessinée par la ceinture de son pantalon.

— Mais… qu'est-ce que tu fais ?

Un sourire étire ses lèvres. Il nage vers moi en sinuant comme un serpent de mer et stoppe juste entre mes jambes. Il pose un bras de part et d'autre de mon corps, et se hisse jusqu'à ma bouche.

— J'essaie de te redonner le sourire. Et je crois que je ne m'en sors pas si mal que cela.

Et effectivement, je me rends compte au moment où il le dit que les commissures de mes lèvres sont relevées, et que l'air circule enfin pleinement dans ma cage thoracique. Pas de doute, Alexandre D'Enfer devrait être commercialisé en pharmacie et remboursé par la Sécurité sociale. Voilà un traitement que je ne rechignerai pas à m'infliger pour le restant de mes jours.

— Tu es complètement fou, l'admonesté-je en me saisissant de sa tête pour la stabiliser.

Son front se colle au mien, nos nez se cherchent, et ses lèvres mangent les miennes dans un baiser passionné.

— Fou de toi ? Je plaide coupable, articule-t-il difficilement dans un souffle saccadé.

Alors, sans prévenir, il se laisse glisser de nouveau dans le bassin et tire sur mes jambes pour m'entraîner à sa suite. Le hurlement que je pousse remporterait assurément la médaille d'or au championnat régional de cri de cochon. Je vais pour protester, mais la chaleur de l'eau enveloppe mon corps en même temps que les bras d'Alex se referment sur moi. La gravité n'est plus qu'un lointain souvenir. Je nage dans un rêve, flottant paisiblement dans l'étreinte de l'homme que j'aime. Alex me lâche un court instant, et caresse mes joues de ses pouces pour en essuyer le sillon des larmes pourtant noyées par l'eau qui ruisselle sur mon visage.

— Tu es tellement belle, murmure-t-il en m'observant comme si j'allais me désagréger dans la seconde.

Et c'est peut-être ce qu'il va se passer, même s'il a clairement besoin de ses lunettes. Sa tendresse et sa sollicitude font remonter toutes les émotions que je refoule à grand-peine depuis qu'il est arrivé. Malgré ma poisse légendaire, j'ai vraiment tiré le gros lot : je ne mérite pas un mec tel que lui. Mais forcément, il a fallu que le sort me rattrape en la personne d'Arthur D'Enfer. Si seulement une fois dans sa vie mon putain d'ange gardien pouvait faire son job…

Comme s'il pouvait lire dans mes pensées, les bras d'Alex m'enserrent de nouveau, et il colle sa joue à la mienne, me berçant doucement. Des volutes de vapeur s'élèvent de toutes parts autour de nous.

Mon cœur cogne lourdement contre sa poitrine, mais il s'apaise de minute en minute. Bon sang ! Qu'est-ce que je l'aime ! Je ne veux pas lui dire au revoir.

Il s'écarte quelque peu, m'observe un long moment, puis ses traits s'illuminent au moment où il saisit mon visage en coupe et plonge vers mes lèvres. Plus rien d'autre n'existe que son odeur, son goût, et cette sensation de douleur et de vertige qui enfle dans ma cage thoracique. La tunique qui me sert de robe flotte autour de mon buste. Mon dos rencontre la paroi du bassin, et Alex se colle à moi encore un peu plus.

— Vic… commence-t-il.

D'un baiser, je le réduis au silence, et mes jambes enserrent tout naturellement sa taille, me faisant prendre conscience de la bosse plus que proéminente qui déforme son pantalon.

Notre position réveille la partie lubrique de mon cerveau qui s'était éteinte après la remise des cadeaux. Mon entrejambe a l'air de s'être découvert une vie propre et me lance dans l'oreillette des « SOS » pas vraiment discrets. On dit souvent que les hommes ont le cerveau à la place du pénis. Eh bien il faut croire qu'il n'y a pas que pour les vêtements que j'ai un petit côté garçon manqué, car à ce moment-là, je ne peux pas certifier que mon cerveau entre encore dans l'équation. De toute façon, j'ai toujours été nulle en maths.

Alex cesse ses baisers quelques secondes, frappe dans ses mains, et la lumière vive et agressive qui éclairait les lieux se mue en ambiance tamisée et romantique. Impressionnée, j'arque un sourcil.

— Et… ça répond à tous les types de bruits de claquement ? je demande innocemment.

Alex passe sa main dans ses cheveux trempés.

— Oui, pourquoi ?

Mon sourire s'élargit.

— Dis-moi, tu n'es pas épileptique au moins ?

Il fronce les sourcils, ne voyant visiblement pas où je veux en venir.

— Non, mais qu'est-ce que c'est que toutes ces questions ?

J'attrape ses joues, et lui roule une énorme pelle avant de répondre :

— Rien, rien.

Si la nuit suit le cours qu'elle semble avoir emprunté, ça va être soirée stroboscopes à la piscine.

À sa mine décontenancée, mais déterminée, son incroyable cervelle vient de s'activer. Je parviens fort heureusement à détourner son attention en trouvant un point particulièrement sensible à la base de son cou. À son tour, la bouche d'Alex descend sur l'arête de mon menton. Je passe les doigts sous les pans de sa veste de costume et la lui ôte tant bien que mal. La chemise qu'il porte dessous est collée à ses muscles et ne laisse rien à l'imagination. Punaise… je me rappelle mes copines qui notaient les mecs sur leur physique au collège. Je crois bien qu'il faudrait inventer une catégorie « hors catégorie » pour Alexandre D'Enfer, car il explose toutes les classifications.

Je devrais lui parler du chantage du Fossile. Il a le droit de savoir. Oh… oh là là. Parler ? Quelle drôle d'idée, Vic, quand une bouche peut faire bien d'autres choses hautement plus intéressantes.

— Alex, c'est malin, je suis toute mouillée, je me plains faiblement au moment où ses lèvres se posent sur le bout d'un sein au travers du tissu détrempé de ma robe.

Sa langue joue avec la pointe érigée, créant une tension dans ma poitrine et un tiraillement dans mon bas-ventre. Mon entrejambe ne souffle clairement plus dans l'oreillette : il s'est converti en cantatrice et me hurle son besoin.

— Mais je l'espère bien, sourit Alex en goûtant le creux entre mes seins avant d'offrir le même traitement au second.

Presque sauvagement, il s'empare de la bretelle de la robe et en déleste mon épaule. Il découvre toute la partie gauche de mon buste, et sa main descend doucement le long de mon flanc puis entre nos deux corps pour partir en expédition en terres licornesques.

— Alex, je tente d'objecter avant de retenir à grand-peine un gémissement lorsque ses dents s'attaquent délicatement au mamelon exposé à l'air à l'instant où ses doigts inquisiteurs arrivent à destination et démarrent leur exploration.

Mon dos se creuse, amplifiant le point de contact avec sa main qui s'affaire entre mes cuisses et je sens ma résolution et mes questionnements s'éloigner loin, très loin, dans une galaxie lointaine, très lointaine. Dans mon ventre, c'est la supernova. Mon corps est en fusion. Mes nerfs sont tendus pour une raison bien différente des minutes précédentes. Titillés sous les assauts précis d'une langue avide et de doigts agiles, les pauvres sont pris d'un constant dédoublement de la personnalité, criant grâce et en redemandant à chaque instant. Dans un dernier sursaut de lucidité, pantelante, je parviens à gémir lamentablement :

— Alex, arrête, s'il te plaît.

Il stoppe, retire sa main, et immédiatement, mon corps se tend vers lui, déjà en manque. Il l'observe avec fascination avant de se hisser de nouveau au niveau de mon regard.

— J'ai comme l'impression que certaines parties de ton anatomie ne sont pas vraiment d'accord, dit-il en haletant avant de me gratifier d'un nouveau baiser.

Il va me rendre folle. Mon cerveau a entamé un combat de boxe avec mon cœur, mais chaque sensation lui envoie un uppercut plus puissant.

L'œil d'Alex me scrute. Le désir que j'y lis achève presque de me convaincre.

— Et si tu avais raison ? je parviens à articuler difficilement. Et si demain, tout s'arrêtait ? Et si comme tu l'as dit, à ton réveil, tout ceci n'avait été qu'un rêve ?

Il me saisit au niveau des hanches, et me hisse hors de l'eau pour m'asseoir sur la margelle avant de se laisser redescendre lentement dans le bassin. Tous mes muscles se crispent de son absence. Il nage devant moi, et m'observe intensément.

— Victoria, est-ce que tu as envie de moi ?

Oh, Alex, si tu savais. Même une montagne de crêpes au caramel et beurre salé, mangée en terrasse par une merveilleuse journée d'été, ne parviendrait pas à ne serait-ce qu'effleurer la place que tu occupes sur l'échelle de mes envies.

— Bien sûr, mais…

Il me coupe.

— Alors il n'y a pas de mais. Nous parlerons demain.

Il se saisit de ma jambe gauche.

— Ce soir, je compte bien ne pas perdre une seule seconde pour faire de cette nuit le plus long, et le plus délicieux des rêves…

Il appose un baiser contre ma cheville. Sa langue s'attarde quelques instants sur la malléole.

— Oh… Mon… Dieu… je ne peux m'empêcher de lâcher dans un souffle.

Mes coudes rencontrent le sol froid. J'ai basculé à la renverse sans m'en apercevoir.

L'arrière de mon genou subit la même torture, puis l'explorateur Alex remonte doucement vers les territoires quittés par ses doigts quelques secondes seulement auparavant. Je réitère ma supplique.

— Pour quelqu'un qui se revendique non croyante, je trouve que tu invoques un peu trop le nom de notre Seigneur, s'amuse Alex en visitant tout le creux de l'aine qui sépare la jambe du buste.

Je retire tout ce que j'ai pu penser jusqu'ici : c'est lui le sadique. Et il excelle dans cet art. Il frôle et contourne le seul endroit que je souhaite dorénavant qu'il honore de sa présence. Dans un grognement de frustration, je ne peux m'empêcher de lâcher un « Alex » courroucé.

Il redresse la tête, et moi mon buste qui se soulève frénétiquement. Le sourire machiavélique qui déforme ses lèvres ne me dit rien qui vaille.

— Oui, Victoria ? questionne-t-il en haussant un sourcil. Tu veux peut-être de nouveau me demander d'arrêter ?

Le fourbe. L'ignoble fourbe. Chacune de ses paroles projette son souffle chaud sur la partie hautement sensible de mon anatomie, rendant le supplice encore plus insupportable. Il mordille la chair de ma cuisse en rigolant, puis fait mine d'attendre ma réponse en calant sa joue contre la même cuisse, dangereusement proche du point culminant de son expédition et de mon excitation.

— Alex, si tu t'arrêtes maintenant, je t'éviscère, et je me fabrique un collier avec tes entrailles fumantes, grogné-je en dardant vers lui un regard suppliant.

Il se marre, et son rire grave calme mes angoisses et affole mes hormones.

— Je ne te savais pas si mélodramatique !

Ses doigts remontent jusqu'à mes hanches, se saisissent de l'élastique de ma culotte, et l'instant d'après, l'équipe jaune fait le plongeon dans le grand bain, et moi, vers les limbes du plaisir. Les mains d'Alex retrouvent mon fessier pour le faire glisser de façon impérieuse vers le rebord de la piscine. Doucement, presque tendrement, il caresse mes cuisses du bout des doigts, l'une après l'autre, et les écarte. Je m'expose devant lui, totalement ouverte, offerte. Le froid de la margelle contraste avec ma peau brûlante. Son œil parcourt mes chairs avec une révérence que je n'ai jamais connue chez aucun de mes amants. Une fois son inspection achevée, son regard enfiévré retrouve le mien, et l'un de ses sourcils s'arque, quémandant une autorisation.

— Oui, murmuré-je dans un souffle.

Sans me quitter des yeux, il se penche, et dépose un minuscule baiser sur mes petites lèvres, puis sur tout le pourtour de mon sexe. Je frémis et gémis en même temps. Ma respiration est chaotique et accélère encore par anticipation. Sa bouche se place sur mon intimité ruisselante, et il imprime un mouvement de langue délicat de bas en haut, terminant sur mon bouton gorgé de plaisir autour duquel elle s'enroule. Mes doigts se perdent dans ses cheveux, suppliants. Je veux qu'il me goûte, qu'il me dévore. Il stoppe ses caresses buccales une fraction de seconde et lève la tête vers moi. Un sourire déforme ses lèvres.

— Il n'y a pas à dire, le dessert valait vraiment la peine d'attendre, lâche-t-il d'une voix rendue rauque par le désir.

Je hausse les yeux au ciel, et guide sa tête vers l'intérieur de mes cuisses. Lorsque sa bouche emprisonne mon clitoris et imprime une légère succion, je pars en vrille.

Seigneur, j'avais presque oublié à quel point les hommes peuvent être parfois utiles. Mon fidèle rabbit et mes dix doigts peuvent aller se rhabiller ! Et alléluia, enfin un mec qui a compris qu'un sexe féminin n'est pas une manette de console de jeu sur laquelle on s'acharne pour réaliser le maximum de combos. Merde, Alex a raison, qu'est-ce qui me prend avec tout ce jargon de cul béni ? Le seul cul que j'ai envie de bénir ce soir, c'est celui qui se trouve dans l'eau juste devant moi. Sa langue danse dans les replis de mes chairs, jouant la parfaite partition de ma jouissance. Chaque caresse, chaque succion est comme un défibrillateur qui chargerait un peu plus la boule de nerfs et de félicité qui enfle dans mon ventre. Mes doigts s'agrippent dans sa chevelure auburn pendant que sa langue s'enfonce en moi, et je ne donne pas cher des tympans de toute personne qui passerait dans les deux kilomètres à la ronde. Il accélère le rythme. Je m'ouvre plus encore pour lui permettre une exploration plus profonde. Un rideau lumineux remplace ma vision. L'intégralité de mes muscles se met à trembler de façon incontrôlable. Mon corps se tend, mes jambes emprisonnant sa tête entre mes cuisses, la comprimant sous leurs spasmes. J'explose dans un orgasme fulgurant.

Petit intermède publicitaire. Le cerveau de Victoria n'est plus disponible pour le moment. Nous revenons dans un instant. Standing ovation de mes ovaires. Le prix du meilleur myorelaxant est attribué à Alexandre D'Enfer.

Mais… c'était quoi ça ? Où suis-je ? Qui suis-je ? J'entends Alex se hisser hors de l'eau, et je le sens s'étendre à côté de moi. Un grand sourire illumine ses traits. Il ramasse son verre de champagne, le lève vers moi. Pantelante, je nage en pleine extase.

— Alors, tu valides un premier point pour l'équipe Alex ? questionne-t-il en reposant sa coupe et en couvrant mon corps du sien.

Ses deux mains emprisonnent mon visage, et il m'embrasse avec une tendresse qui me retourne les entrailles.

— Je crois qu'on peut dire ça, je réponds la voix terriblement rauque.

Ses doigts sillonnent mon corps encore parcouru de spasmes.

— Et si l'on poursuivait cette soirée dans ma chambre, devant un bon feu de bois, avant que nous attrapions froid ?

Une chose est sûre, en ce qui me concerne, je suis loin d'avoir froid ! Et il me semble me rappeler dans un petit coin de ma tête que j'ai une mission à achever. Le soldat Victoria reprend du service.

Chapitre 26

À peine la porte de la chambre refermée, Alex me plaque contre le bois sculpté et s'empare de mes joues pour un baiser passionné. Nos langues se caressent. Les sensations sont indescriptibles. L'odeur du chlore se mêle à celle de son parfum si caractéristique. Je commence à vouloir le déshabiller, mais d'une main, il se saisit de mes bras et les emprisonne au-dessus de moi. Il me serre comme si j'allais disparaître d'un instant à l'autre, avec envie, empressement. Ses doigts parcourent ma peau, évitant habilement mon intimité encore trop sensible du traitement qu'elle vient de recevoir dans la piscine. Il ne s'arrête qu'une courte fraction de seconde, le temps de faire passer ma tunique trempée par-dessus ma tête. Je me retrouve totalement nue devant lui. Ses mains s'emparent de mes seins avec une urgence qui n'a plus rien à voir avec la tendresse qu'il affichait tout à l'heure.

— J'ai tellement envie de toi, souffle-t-il à mon oreille en frottant son bassin contre le mien.

Je ne peux que constater l'ampleur de son érection qui bute contre mon ventre. Soldat Victoria, il est temps de prendre les choses en main. Dans tous les sens du terme !

L'ennemi est fourbe. Il fait rouler mes tétons entre ses doigts pendant que je tente fébrilement de détacher sa ceinture en cuir. Concentration, focalisation. Tu peux le faire ! Je crois en toi ! Ses mains ont quitté mes seins et pétrissent maintenant mes fesses. J'ai l'impression d'avoir un cœur à la place du vagin tant une pulsation sourde ne cesse de répéter « Mayday, mayday ».

Enfin, je parviens à mes fins. Le pantalon s'écroule à terre dans un bruit humide. Je m'empare de l'élastique de son boxer, et libère la bête qui se dresse devant moi dans toute sa colossale splendeur.

Oh mon Dieu ! Voilà un culte pour lequel je serais prête à passer tous mes dimanches matin à genoux. Pas vraiment en pénitence, non. Sauf si celle-ci implique de recevoir le corps de ce Dieu directement dans ma bouche pour me faire pardonner mes péchés. Péchés qui seraient assurément très, très nombreux.

Je le prends en main, et mes doigts peinent à en faire le tour tant son calibre est imposant. Il pousse un soupir de soulagement, comme s'il avait attendu cet instant toute la soirée sans trop oser l'espérer. Ce qui est peut-être le cas, d'ailleurs. J'imprime tout d'abord un lent va-et-vient pendant que sa tête se perd dans mon cou dans un gémissement. J'aime le bruit qu'il fait. J'aime la force de ses muscles, de son attention, la dureté de son désir, tous tournés vers moi. La peau de son sexe est tellement douce, brûlante. Il me rend folle. Je le veux, là, maintenant. Je me baisse, l'eau à la bouche, mais il me retient et me plaque à nouveau contre la porte. Son pénis se retrouve prisonnier entre nos deux corps. Sa simple présence incandescente contre mon ventre nu rend mes jambes complètement molles.

— Pas maintenant, halète-t-il en me regardant droit dans les yeux. Tu me rends dingue. Je ne tiendrais pas une minute si tu me prends en bouche.

Ma main se replace sur sa verge. Je serre doucement pour lui exprimer ma frustration, et passe mon pouce sur son sommet dans un cercle tentateur. Ses yeux se ferment, sa tête part en arrière dans un râle qui m'arrache un sourire. Il l'efface d'un baiser pressant, et remonte ma jambe droite contre sa hanche. Son sexe se frotte au mien, et je n'ai plus qu'une seule envie : le sentir en moi. L'opération ACPC va enfin connaître son dénouement flamboyant.

Je me dégage légèrement, et m'empare de son visage.

— Tu as ce qu'il faut, ou je vais être obligée de retourner chercher le cadeau de Violette dans le salon ? J'ai bien l'impression que nous allons avoir besoin de cet effet retardant, après tout !

Dans un grand sourire, il me lâche, et laisse retomber ma jambe.

— Tu as de la chance, je suis quelqu'un de plutôt prévoyant, me nargue-t-il.

Il se baisse, et dépose une salve de baisers sur son passage : dans mon cou, entre mes seins, sur mon nombril, sur mon mont de Vénus, avant de terminer par mes cuisses frissonnantes. Sur tout le chemin, ses mains glissent le long de mes flancs, frôlant à peine la peau, laissant une traînée de lave derrière elles. Il farfouille dans son pantalon, et en extirpe un ruban entier de préservatifs qu'il me montre fièrement en se redressant. Je vois que je n'étais effectivement pas la seule à avoir une idée en tête pour cette soirée ! Peut-être pas qu'une, le concernant. J'arque un sourcil, taquine.

— Tu crois vraiment que ça va suffire ?

— Tu n'as encore rien vu de mon endurance légendaire, raille-t-il.

Je m'apprête à répliquer quand sa bouche fond sur la mienne pour me faire taire.

Je dénoue sa cravate, et arrache sa chemise d'un geste sec. Pas question qu'il me refasse le même plan que la dernière fois ! Les boutons ricochent sur le sol, leur liberté enfin rendue. Le Front de Libération me devra une fière chandelle ! Sa peau est encore humide de notre expérience aquatique. La vache, je me targue souvent d'avoir une sacrée imagination, mais elle était loin de pouvoir rivaliser avec la réalité. Mes mains parcourent son torse dessiné, les creux de ses abdominaux, puis remontent jusqu'au fameux tatouage. Il se redresse, ouvre la bouche. Je plaque un doigt sur ses lèvres.

— Je ne veux pas entendre un mot sur ce tatouage, ou je te bâillonne, grogné-je. C'est bien clair ?

Son sourire s'élargit, et son œil flamboie.

— Alors en fait, ce tatouage… commence-t-il.

Je m'empare de sa cravate, et la lui fourre dans la bouche.

Ses yeux pétillent. J'agite un emballage sous son nez, et l'ouvre d'un geste sec. Sans le quitter du regard, j'installe le préservatif sur sa verge, et me baisse vers son ventre. Sa respiration se bloque dans sa poitrine et ses doigts glissent dans mes cheveux lorsque je pose mes lèvres sur son sexe et que je m'aide de ma bouche et de mes mains pour dérouler lentement, si lentement, le latex jusqu'à ce qu'il recouvre l'intégralité de son membre. Un gémissement étouffé me parvient.

D'un geste impérieux, il me relève, crache son bâillon improvisé, et plaque ses mains sous mes fesses avant de me soulever pour me caler contre la porte. Mes jambes enserrent sa taille. Son sexe dur palpite à l'orée du mien. Mon corps le supplie d'y plonger. Pourtant, il reste là, à me regarder, l'œil brillant, la respiration sifflante.

— Tu es sûre ? prend-il la peine de demander.

Mais il attend quoi, là, le déluge ? J'avais pourtant cru que mes signaux étaient assez clairs ces derniers jours. S'il lui faut un « baise-moi » écrit en lettres de feu au sommet du plus grand immeuble de la ville, on n'est pas sortis de l'auberge ! Pfff… Les mecs… obligée de tout faire soi-même de nos jours, non, mais je vous jure.

Je hausse les yeux au ciel. À la guerre comme à la guerre, soldat Victoria. Il est temps de mettre la main à la pâte ! Je m'empare de son membre et le guide en moi.

Oh mon Dieu. Oh… mon souffle se bloque dans ma gorge. Ma tête part en arrière et rencontre le bois avec un bruit mat. Il est si gros, si dur. Il m'écartèle. Sa peau est brûlante, et je sens chaque millimètre de sa progression. Il ne bouge toujours pas, et me laisse le temps de m'habituer à sa grosseur, en couvrant ma tempe de tous petits baisers.

— Ça va ? murmure-t-il tout contre ma bouche.

Je hoche doucement la tête, des larmes de désir perlant à mes paupières. Je m'accroche à son cou, mes doigts caressent les mèches humides sur sa nuque. Lentement, j'entreprends de descendre sur sa hampe, prenant un peu plus de lui à chaque mouvement. C'est... divin. Indescriptible. Jamais je ne me suis sentie aussi comblée. Lorsque je remonte une dernière fois et redescends sur lui jusqu'à la garde, nous laissons tous deux échapper un long râle de félicité. Son emprise se resserre sur mes fesses, et enfin, il imprime son propre rythme. Je m'agrippe à ses épaules, je ne peux retenir un petit cri à chaque poussée de ses reins. Mes ongles rongés griffent son épiderme. Pourtant, bien loin de le gêner, il prend même la peine, après un coup de bassin particulièrement viril, de me glisser à l'oreille :

— Il me semblait qu'on avait parlé de morsure, je me trompe ?

Je le fixe un court instant, le regard à moitié embrumé de plaisir. Nos fronts se rencontrent et se collent alors qu'il accélère encore le rythme, cognant parfois jusqu'au plus profond de mon être. Je réfugie mon visage dans son cou, emprisonne sa tête dans mes bras. Il coulisse en moi avec une facilité déconcertante. Les mouvements se font plus vifs, et je sens qu'il n'est pas loin de trouver sa jouissance. Chaque caresse de son membre sur mes chairs intimes fait grandir la boule presque douloureuse dans mon bas-ventre qui ne demande qu'à exploser. De toute ma vie, je n'ai jamais connu d'orgasme par pénétration. J'en étais même arrivée à la conclusion que ce n'était qu'une légende murmurée au coin du feu, un mirage. Mais la légende, c'est lui. La magie, c'est lui. Au coup suivant, j'enfonce mes dents dans son épaule pour retenir un cri et mords dans la chair. Il gémit, et son sexe durcit encore en moi alors que je pensais la chose impossible. L'une de ses mains remonte dans mon dos que j'arque pour approfondir l’angle de la pénétration, pendant que l’autre plonge entre nos deux corps. Nos fronts se retrouvent. Nos regards s’arriment. Lorsque son pouce se pose sur mon clitoris et entreprend un mouvement circulaire, mon âme s’ébranle et un orgasme dévastateur me foudroie. Mon sexe se resserre autour du sien, pris de spasmes incontrôlables, ce qui déclenche sa propre jouissance. À travers la maigre paroi de latex, je le sens se déverser en moi, son pénis palpitant dans mes chairs, et des larmes de bonheur se mettent à couler le long de mes joues. Il se retourne, toujours planté en moi, plaque son dos à la porte, et nous fait glisser tous deux jusqu’au sol. Nous nous y écroulons dans un amas de jambes et de bras. Ses poumons sifflent comme jamais. Il passe l’une de ses grandes mains dans mes cheveux, et je fais de même, dégageant son front des quelques mèches humides qui l’obstruent. Il m’embrasse tendrement, et sourit tout contre mes lèvres.

— Je jure que tu vas finir par me tuer, tousse-t-il à moitié. Mais au moins, je mourrai le plus heureux des hommes.

Un sourire carnassier déforme ses traits.

— Laisse-moi quelques minutes de répit, et je t’offre un deuxième round.

*

Si mes talents en dessin n’égalaient pas ceux d’un enfant de maternelle, né avec deux mains gauches, nul doute que je serais déjà occupée à immortaliser du bout de mon pinceau la scène qui s’expose devant mes yeux amoureux : Alexandre D’Enfer est une véritable œuvre d’art. Bon, OK, œuvre d’art présentement en train de cracher ses poumons, le dos courbé en deux.

— Est-ce que ça va ? Tu vas t'en remettre ? Tu veux peut-être un entracte ? Qui est-ce qui se vantait de son endurance légendaire tout à l'heure ?

Il me jette un regard accusateur. Oui, bon, c'est vrai, mon ton était peut-être un poil moqueur. Juste un poil.

Il se laisse enfin choir contre ses oreillers, une main posée sur sa poitrine, l'autre derrière sa tête. La vache, je ne me lasse pas de cette vision. Si dans les hôtels ils proposaient vue sur mer, ou vue sur les magnifiques contrées vallonnées du postérieur d'Alexandre D'Enfer, les femmes se découvriraient tout à coup pas si passionnées de paysages marins que cela. Les petits cheveux trempés de sueur qui lui retombent sur le front lui donnent un charme fou. Je sens déjà le désir s'éveiller à nouveau. Même si mes muscles crient grâce.

— Je te remercie pour ta sollicitude, Vic. Tu n'as donc même pas pitié de ce pauvre homme qui a tout donné pour tenter de satisfaire ton appétit d'ogresse ?

Je m'étire de tout mon long, heureuse.

— Il me semble que ce pauvre homme ne s'en plaignait pas, il y a à peine cinq minutes. Et puis, comme tu l'as si bien noté après le premier round, il y a pire façon de mourir, après tout.

Il se hisse sur un coude, pose une main sur mon ventre couvert de sueur, et m'embrasse doucement.

— Moi qui suis allé courir chaque matin pour entraîner mes poumons en vue de cette nuit… ils ne savaient pas qu'ils allaient avoir en face d'eux la seule, l'unique, Démolinator, rigole-t-il en enfouissant son nez dans mon cou.

Petit salaud.

— Je n'aurais jamais dû te raconter cette anecdote ! Je sens que tu vas t'en servir ad vitam æternam pour me foutre la honte maintenant !

Il se redresse et m'adresse un sourire canaille.

— Comment dis-tu déjà ? C'est peut-être hypothétiquement possible que ce soit le cas ?

Je me saisis d'un oreiller derrière mon crâne et lui assène un coup. Enfin, je tente, car mes muscles transformés en grosses guimauves spongieuses ratent lamentablement leur cible. Il m'ôte mon arme des mains, s'installe sur moi à califourchon, et immobilise mes poignets de part et d'autre de ma tête. Le bruit de nos peaux nues et détrempées n'a rien de ragoûtant, et je ne peux m'empêcher de rire en repensant à d'autres bruits du même acabit qui emplissaient la chambre quelques instants auparavant. Son visage à lui, au contraire, devient très sérieux.

— Tu es magnifique, souffle-t-il en m'observant avec adoration.

Mon petit cœur fond dans ma poitrine. Pour la millième fois de la soirée. Mon Alexomètre a explosé le plafond et ne parvient pas à redescendre sur terre.

— Tu n'es pas trop mal non plus. On va dire passable. À peine.

— Ah oui ? s'amuse-t-il.

Il se penche vers moi, pose sa bouche entre mes seins et souffle l'air en décollant très légèrement les lèvres par intermittence pour faire vibrer toute ma peau. Je hurle.

— Oh non, je t'ai dit que je détestais ça, arrête !

— Est-ce que le soldat Victoria rend les armes ?

Je lui lance un regard de défi, et il s'incline vers mes aisselles pour réitérer l'opération. Je crie de plus belle. Je prie pour que les chambres de D'Enfer Manor soient bien isolées, sinon je ne pense pas être capable de croiser les yeux de qui que ce soit au petit déjeuner. Et encore moins ceux du domestique qui sera chargé de nettoyer la pièce, car on peut dire qu'Alex n'avait pas menti en disant qu'il avait beaucoup d'imagination. Je ne regarderai jamais plus des rideaux de la même façon, et je crois avoir enfin compris l'origine de l'expression « grimper aux rideaux ».

— C'est bon, c'est bon, tu as gagné. Tu es sublime, sublime, tu m'entends ?

Triomphant, il s'allonge sur moi de tout son long. Il n'y a pas de doute, mon poids idéal est celui du corps d'Alexandre D'Enfer au-dessus du mien. Il m'embrasse encore, puis se laisse rouler sur le côté.

Je bascule à mon tour pour me hisser sur un coude et pouvoir l'admirer. Mon doigt dessine patiemment les contours de son tatouage sur son pectoral gauche : une main tendue, paume vers le haut. Avec fascination, j'observe ses poils se dresser tout le long de mon parcours.

— Il représente quoi, ce tatouage, au final ? demandé-je.

Un sourire en coin apparaît sur son visage.

— Comment m'as-tu grogné tout à l'heure ? « Alex, je te préviens, si tu te mets à me parler de ce tatouage, je te bâillonne. » Pas que je n'ai pas apprécié cette nouvelle expérience, mais j'ai déjà du mal à reprendre mon souffle, alors…

Je le fais taire d'un baiser.

— Disons que d'autres sujets brûlants réclamaient mon attention de toute urgence, persiflé-je en dardant un œil lubrique sur ledit sujet qui repose maintenant mollement entre les jambes de son propriétaire.

Il se redresse, cale des oreillers dans son dos, et prend une grande inspiration.

— Il a plusieurs significations en fait. En premier lieu, il symbolise la main tendue de William, sa demande d'aide que nous n'avons pas su voir avant sa disparition.

Oh mon amour. Je me relève à mon tour, et pose ma tête dans le creux de son épaule. Sa respiration, bien que toujours sifflante, a regagné son rythme de croisière. Il semble hésiter avant de poursuivre.

— En second lieu, elle représente ma propre main, et celle de toute personne ayant un jour connu la rue, et l'indifférence des personnes qui passent devant toi lorsque tu mendies.

Je me redresse pour l'observer, pas certaine d'avoir bien compris. Il pousse un profond soupir, et s'empare de ma main comme pour y puiser du courage.

— Après la traîtrise de ma famille concernant l'origine de mon énucléation, et lorsqu'ils m'ont annoncé que les recherches pour retrouver William avaient été officiellement abandonnées, j'ai pris mon sac à dos, j'y ai mis quelques-unes de mes affaires, et je suis parti. J'avais dix-sept ans. J'ai tenté de continuer l'enquête que personne ne semblait vouloir mener. Puis rapidement, j'ai dû trouver des stratagèmes pour me cacher de la police et de mes parents qui étaient à ma poursuite.

Tout à coup, j'ai l'impression que la température de la pièce a chuté drastiquement. Alex caresse doucement mon dos de sa main libre, les yeux perdus dans le vague.

— J'ai vécu dans la rue pendant plus d'un an. J'y ai rencontré Guillaume, qui m'a pris sous son aile. Nous avons vivoté, j'ai fait quelques petits travaux de-ci de-là, puis nous avons fini par réussir à nous faire embaucher dans un restaurant. Guillaume était un chef étoilé avant de se retrouver ruiné à cause de son addiction aux jeux d'argent et mis à la porte par sa famille. Il a convaincu une ancienne connaissance de nous donner une chance.

Soudain, beaucoup de choses que je n'étais pas parvenue à m'expliquer jusqu'ici prennent du sens : sa pneumonie mal soignée, la façon dont il avait réagi avec violence chaque fois que j'avais insinué qu'il ne savait pas ce qu'était une vie normale, lui, le gosse de riches pourri gâté. Je raffermis ma prise sur sa main.

— Un jour, j'ai entendu le propriétaire du restaurant se plaindre qu'il ne comprenait rien à l'informatique et qu'il ne se sentait pas capable de créer un site Internet digne de ce nom pour son établissement. J'avais toujours été doué dans ce domaine. Je lui ai proposé mes services contre une petite prime. Je ne le savais pas encore, mais Phénix Web venait de naître. Son site a fait des émules, et, lorsque j'ai eu économisé assez d'argent, je me suis lancé. Seul au départ. Mais l'entreprise a vite remporté un succès phénoménal, jusqu'à devenir le mastodonte que tu connais aujourd'hui, et moi le multimillionnaire le moins en vue de la planète.

Ainsi, il n'y avait pas un seul centime d'argent D'Enfer dans cette entreprise. Je me sens terriblement bête. Alex se redresse d'un seul coup, et me fait sursauter.

— Mon cœur, tu grelottes, s'inquiète-t-il en portant une main à mon front.

Serait-ce une hallucination auditive ? Est-ce qu'il vient vraiment de me donner un petit nom ô combien niais ? Je ne sais pas pourquoi, j'ai toujours trouvé ça tellement débile, mais là, tout à coup, je pourrais peut-être être en mesure d'éventuellement réviser mon jugement. J'ai l'impression que toute ma substance vient de s'écouler à l'extérieur de mon corps et que je ne suis plus qu'une coquille remplie de papillons.

Il se lève en se saisissant de ma main, et me tire hors du lit.

— Viens par là, une bonne douche chaude nous fera du bien de toute façon.

À l'idée de lui et moi sous une douche fumante, complètement nus, mes hormones font la ola. Pourtant, je me dresse à peine que mes cuisses entreprennent une drôle de danse désarticulée, ne répondant plus à mon cerveau.

— Qu'est-ce qui t'arrive ? s'inquiète Alex en me réceptionnant dans ses bras.

Maintenant que je suis à l'arrêt, mes jambes tremblent de fatigue. Il faut croire que moi aussi je ne peux pas me targuer d'une résistance légendaire, et que mes pauvres petits muscles protestent vertement du traitement légèrement sauvage, presque primitif, qui leur a été infligé dans la nuit.

Devant mon regard penaud, Alex comprend enfin et rigole avant de passer son bras sous mes genoux pour me porter jusque dans la salle de bains.

Il me dépose dans la douche avec délicatesse. Tout en me maintenant lovée contre son corps, il allume le jet revigorant qui fouette nos peaux recouvertes de sueur. Pendant de longues minutes, nous restons simplement comme ça, ma tête calée tout contre son cœur par l'une de ses mains, l'autre câlinant amoureusement mon dos. Alex se saisit d'une noix de gel douche et entreprend de me laver avec des gestes caressants. Je me sens de nouveau comme dans un doux rêve. Un rêve... Je rouvre les yeux et l'observe un moment. Il s'applique à savonner chaque parcelle de mon corps, son regard empli d'adoration. Dans quelques heures, le rêve prendra fin. Sans que je puisse la retenir, une première larme s'écoule sur ma joue. Moi qui pensais qu'elle allait passer inaperçue au beau milieu de l'eau crachée par la douche, c'est perdu : Alex stoppe immédiatement tout mouvement, et m'entraîne au creux de ses bras.

— Alex, il faut vraiment que je te parle d'hier soir, commencé-je.

Mais il me coupe.

— Victoria, je ne suis pas bête. Tu ouvres une boîte emballée du même papier cadeau que celui que j'ai eu de mon père, et je te trouve en pleurs dans la piscine. Je n'ai pas besoin de sortir de Saint-Cyr pour comprendre qu'il a quelque chose contre toi, et qu'il te fait chanter.

What the fuck ? Comment... Merde, j'avais presque oublié que j'avais pour copain un putain de génie.

Je le repousse légèrement pour pouvoir l'observer, bouche bée.

— Je connais mon père, je connais ses méthodes, ajoute-t-il, je les ai évitées toute mon existence en faisant en sorte de n'avoir jamais rien à perdre pour qu'il ne parvienne pas à avoir de prise sur moi.

Une boule énorme s'est formée dans ma gorge.

— Et si ce qu'il détient est assez important pour toi pour que tu envisages de sortir de ma vie, je ne peux pas t'en blâmer. Je suis le premier à t'avoir dit que tu devrais te tenir éloignée de ma famille. Cela vaut mieux pour toi.

Cela vaut mieux pour moi ? Vraiment ? Est-ce qu'on a passé les mêmes moments de grâce ces derniers jours ? Est-ce qu'on a passé la même nuit ? Je n'ai jamais rien ressenti de tel de toute ma vie.

— Je ne veux pas te perdre, je parviens à émettre d'une toute petite voix.

Alex hésite quelques instants. Son œil détaille mes larmes qui coulent de plus belle.

— Je vais essayer de négocier avec lui.

Négocier avec le diable ?

— Alex, je ne pense pas…

Il me coupe à nouveau.

— Viens, j'ai quelque chose à te montrer.

Il sort de la douche, me tend un peignoir, et m'aide à regagner la chambre sur mes jambes toujours vacillantes. Il m'installe dans l'un des fauteuils qui doit encore porter des traces de nos ébats, me couvre les épaules d'un plaid, et revient quelques instants plus tard avec son ordinateur. Il le pose sur la table basse devant lui, et m'indique l'écran.

— Ceci est un plan de cette ville.

Il tourne la tête vers moi.

— Vic, tu m'écoutes ?

Raclement de gorge.

— Alex, comment tu veux que je me concentre sur quoi que ce soit alors que tu te tiens juste à côté de moi, complètement nu, les jambes éhontément écartées ?

Une légère rougeur colore ses joues, et il serre les cuisses. Je peux enfin me focaliser sur le plan cadastral de la ville. Un minimum du moins.

— Et ceci, ce sont les établissements qui m'appartiennent.

Une nuée de points verts apparaissent sur la carte. Ils couvrent toute la superficie du territoire.

Je tique.

— Attends, tu es en train de me dire que tu possèdes la moitié de la ville, et que le premier soir tu n'as pas été capable de nous trouver un autre endroit où passer la nuit que D'Enfer Manor ?

Ses joues se colorent de plus belle.

— Ils m'appartiennent, mais je les ai tous donnés en gestion à des personnes que j'ai sorties de la rue. Tous les logements de fonction sont occupés. Et je ne me voyais pas t'imposer dès la première nuit de partager un vieux canapé tout mité chez Guillaume.

À la réflexion, ça aurait peut-être été un peu… bizarre. Je reconnais effectivement L'Obscurithé et même Les Délices de Margot parmi les bâtiments marqués d'un point vert.

— Cette ville, c'est le seul souvenir qu'il me reste de William. Je ne voulais pas que mon père rase tous les endroits qui nous étaient chers, tous les lieux qui me le rappellent, pour les remplacer par son complexe hôtelier et commercial. Alors dès que j'ai gagné beaucoup d'argent, j'ai commencé à acheter des établissements aux quatre coins de la ville, discrètement. Les habitants ont confiance en moi, j'ai eu l'information des ventes en premier.

Je resserre les pans du peignoir tout contre moi, impressionnée.

— Alex, c'est magnifique ce que tu as fait pour cette ville, pour ces gens, mais je ne vois pas en quoi ça concerne le problème que j'ai avec ton père.

Il baisse la tête, et humecte lentement ses lèvres. Ce tic finira par me rendre folle. Je sens immédiatement le taux d'humidité de mon corps monter en flèche malgré le sérieux de la conversation.

— Victoria, ces établissements sont tout ce qu'il manque à mon père pour concrétiser son projet. Si j'offre de les lui vendre en échange de…

Je le coupe tout de suite.

— C'est hors de question.

Il m'observe un long moment. Sa respiration est redevenue difficile, et une quinte de toux le prend à nouveau.

— Alex, si par ma faute tous ces gens qui t'ont fait confiance perdent leur emploi et leur logement, je ne me le pardonnerai jamais. Sans compter qu'il est absolument hors de question que tes souvenirs soient détruits à cause de moi.

Il s'approche, et s'empare de mon visage entre ses mains.

— Vic, je t'en supplie, ce n'est pas ta faute, c'est uniquement celle de mon père.

J'humecte mes lèvres à mon tour.

— Alex, si tu fais ça, je ne te le pardonnerai jamais. Tu as ma parole.

Son œil s'humidifie, et la peine que j'y lis me brise le cœur. Il s'agenouille à mes pieds, et me tire contre lui pour me prendre dans ses bras.

Allez, Victoria, il est temps de se réveiller, maintenant. Fin du rêve.

Chapitre 27

Parfois, la vie vous joue de drôles de tours. Me voilà en train de prier de toutes les fibres religieuses que je n'ai pas pour que Chantal Goya fasse son grand retour dans le moteur de la Citroën. Jamais quelqu'un n'aura autant appelé le coup de la panne de ses vœux. Je suis prête à salir les derniers vêtements propres qui ont survécu à cette semaine d'enfer. Demandez-moi de me vautrer dans le cambouis, je le ferai sans une seconde d'hésitation si ça peut vouloir dire me rouler de nouveau dans des draps ou n'importe quoi d'autre avec Alex. Bon, OK, maintenant que j'y pense, peut-être pas n'importe quoi non plus. Nous n'en sommes pas encore à ce stade de notre relation. Merde, mais t'es conne, Vic, tu n'en as plus de relation.

À mes côtés, Alex a un drôle de comportement. Après m'avoir presque arraché le bras tel un wookie ayant perdu au jeu d'échecs, il m'a pressée pour que nous quittions les lieux avant le retour de son père. Puis nous avons fait nos adieux à l'ensemble de la maisonnée avec le même empressement avant de prendre la route à toute allure. Comme si ne pas pouvoir lui donner ma réponse de vive voix allait annuler le chantage fomenté par le Fossile. Remarque, si on finit au fond d'un ravin ou encastrés dans un arbre, ça évitera peut-être à mon cerveau de terminer aussi carbonisé qu'un Sith à une Jedi party.

— Qu'est-ce que tu as prévu pour le Nouvel An ?

Non, Vic, non. Ne le regarde pas. Ne le regarde plus. Jamais. Lui s'évertue à faire comme si tout allait bien. Comme si nous ne vivions pas nos derniers instants ensemble. Moi, je ne peux pas. Je ne veux pas faire semblant. Au loin, j'aperçois déjà les contours du village qui va signer la fin de cette histoire. Pourquoi ça m'affecte tant ? Je connais cet homme depuis quoi ? Six jours ? Six tout petits jours. Secoue-toi, Vic. Comment est-ce que ça pourrait être de l'amour en si peu de temps ? Ça fait tellement longtemps que tu es célibataire que tu ne sais même plus faire la différence, oui. Maintenant que tu as calmé tes appétits sexuels, tu devrais bien te rendre compte qu'il n'y avait rien de plus qu'une attirance, fondée sur ces putains de phéromones. C'est de la chimie. Rien que de la chimie. Il suffit juste de retirer le stimulant, et dans quelques jours, tu te demanderas même comment tu as pu penser une seule seconde sacrifier le couple de tes parents pour lui.

— Vic ?

C'était quoi sa question déjà ? Ah oui. Je suppose que « Me morfondre dans mon canapé, enfoui sous une montagne de plaids multicolores, un pot de glace à la main, telles ces caricatures de comédies romantiques » n'est pas une réponse convenable. Est-ce que j'ai de la glace au congélo d'ailleurs ? Il faudra que je pense à passer en acheter avant que cela devienne une denrée plus rare que l'or en barre à l'approche du réveillon.

— Vic, tu es avec moi ?

Il n'y a rien que j'aimerais plus au monde, Alex. Pas même un dîner aux chandelles avec Robert Downey Jr. Bon, OK, j'exagère peut-être un poil. Mais non, même pas en fait. Putain, c'est flippant. C'est vraiment flippant. Faut croire que je suis un chouia plus amoureuse que je veux bien le penser. Finalement, je vais peut-être lui demander de me déposer chez le cardiologue. Qu'on m'ouvre la cage thoracique, et qu'on me retire cet organe qui ne sert à rien d'autre que me torturer comme un putain de clébard à qui on promet le petit gâteau s'il fait le beau avant de l'engloutir soi-même dans sa bouche. Voilà. Je dramatise. Encore. Je vais m'en remettre. On s'en remet toujours. Le corps et l'esprit humain sont tellement résilients. Puis de quoi je me plains ? Je me suis envoyé en l'air avec un putain de bon coup, j'ai été payée une fortune pour travailler, quoi ? Un jour et demi ? Et le refuge va être sauvé grâce à ce sacrifice de rien du tout que constitue mon minuscule insignifiant petit cœur. Mince. C'est moi ou la voiture a stoppé ? Peut-être qu'on est finalement en panne. Dieu existe. Si c'est le cas je promets de réciter mes « je vous salue Jésus truc machin bidule » tous les jours jusqu'à… jusqu'à…

— Mon cœur, souffle avec tendresse la voix d'Alex à côté de moi.

Son cœur. Oh mon Dieu, je me sens mal. Honte ultime, je vais finir par déverser l'entièreté du contenu de mon estomac sur lui. Mode total vomito. Au moins peut-être que ça l'aidera à m'oublier très, très rapidement. Peut-être qu'il l'a déjà fait vu comment il a l'air de prendre tout ça de façon très détachée. Je ne sais pas, moi, suis-je la seule à avoir envie de décapiter la première personne que je vais croiser à dents nues ? Je pensais que c'était le genre de réaction tout à fait normale pour quelqu'un dont le cœur vient d'être piétiné par l'équivalent de tous les participants du marathon de Paris.

Sa grande main se saisit de la mienne, et irrémédiablement mes yeux sont attirés sur ses phalanges parfaites, sur ses ongles délicats. Il est brûlant, comme toujours. Punaise. Inspire. Expire. Ne craque pas. Pas maintenant, si près du but. Une formalité, Vic, ce n'est rien qu'une formalité. Un petit au revoir de rien du tout.

— S'il te plaît, Victoria.

Il dépose un baiser sur ma tempe. Tiens, il y a encore plus de neige sur cette portion de route que sur tout le trajet jusque-là. C'est fou. Ils ont dû passer un Noël fabuleux. Vraiment merveilleux. Oh et si c'est pas mignon cet oiseau qui picore je ne sais quoi sur le bas-côté. Beurk, en fait, peut-être pas, on dirait une merde de chien maintenant que je regarde bien. Est-ce seulement possible qu'une crotte aussi monumentale existe ? Et surtout, comment se fait-il qu'elle ne soit pas enfouie dans la neige ? Mystère. Je pense que ça mériterait une enquête en bonne et due forme. Avec analyses de labo et tout le toutim. Oh et il fait froid on dirait. Sinon pourquoi est-ce que je tremblerais comme ça ?

Il serre ma main doucement, retire la sienne, et pousse un profond soupir avant de remettre le contact. Il tousse, il siffle, il renifle, une vraie cocotte-minute. Dans la périphérie de mon champ de vision, je le vois porter les doigts à son œil. Il pleure ? Non,

Vic, arrête de penser à ça. Ne flanche pas maintenant ou je ne donne pas cher de ton petit cerveau. C'est sur le point d'exploser là-haut. Ne lui fournis pas ce satané détonateur. Dans dix minutes, tu seras chez toi, et tu pourras ouvrir les vannes de la fontaine qui menacent de déborder derrière tes paupières. On a dit plus de larmes, plus de morve. C'est quoi ce bruit ?

Il pleure. Oh mon Dieu. Il pleure. Merde. J'ai tourné la tête. Pourquoi j'ai fait ça ? La douleur ravage ma poitrine comme un train fou lancé à grande vitesse sur un circuit dessiné par l'architecte timbré qui élabore les plans des parkings de grande surface. Je ne parviens plus à respirer. Je vais crever. J'ai mal. Putain, j'ai mal. Tout s'embrouille dans ma tête.

Il coupe le contact, et sort de la voiture. Ça vaut mieux après tout. Je ne veux pas le voir comme ça. Je ne veux pas qu'il me voie comme ça. Pourtant, quelques secondes plus tard, la portière de la Citroën s'ouvre à la volée. Il se penche, détache ma ceinture, passe ses mains sous mes jambes et dans mon dos et je me retrouve dans ses bras. Cette odeur. Pitié, tuez-moi sur-le-champ. Je ne vais pas y arriver. J'ouvre les yeux. Un œil d'un bleu sombre mêlé du vert le plus pur m'observe. Je fonds. Il me dépose avec une délicatesse infinie sur le capot de la voiture, et ses bras me serrent avec une force qui m'ébranle. Comme s'ils pouvaient être à même de retenir toutes les petites parcelles de mon cœur qui se sont brisées. Je le vois enfin. Et je regrette de ne pas avoir réussi à m'en tenir à ma promesse. Mon Dieu, il est ravagé. Comment je fais, moi, maintenant ? Comment est-ce que je suis censée demeurer insensible devant l'homme que j'aime et qui a l'air de s'être tailladé le cœur en dehors de sa poitrine pour me le présenter en offrande ?

— Ne fais pas cela, s'il te plaît, Vic. Je veux qu'on profite de chaque moment, de chaque seconde qu'il nous reste. Parle-moi. Regarde-moi. Viens chez moi ce soir. Une dernière nuit.

— Alex…

Ses mains parcourent mon visage. Nos fronts se rencontrent. Mon cerveau a du mal à focaliser. Que dire ? Que faire ? Je n'en ai pas la moindre idée. Je vais craquer. Je sens que je vais craquer.

— S'il te plaît, cela ne peut pas finir ainsi. Donne-moi encore quelques moments que je pourrais chérir dans mes souvenirs.

Je prends une grande inspiration. Et ferme les yeux.

— Alex, c'est terminé. Comme tu l'as dit, on a cru au Père Noël, on a bien profité de sa magie, mais maintenant c'est fini. Je redeviens Victoria, la paumée, et toi…

Il m'embrasse doucement. Son odeur, son goût. Tout ça va tellement me manquer. Ma cage thoracique se serre de plus belle.

— L'insupportable gosse de riches pourri gâté ? termine-t-il pour moi.

Elle est toujours là, cette magie. Je la sens tout autour de nous, à l'œuvre. Je souris, et mon expression se répercute sur son propre visage. Il est si beau.

— Oui, bon, ne remue pas le couteau dans la plaie, je réponds timidement. Je crois que tu m'as démontré par A + B tout le week-end à quel point je suis une très mauvaise juge.

Il porte sa main à ma joue et la pince affectueusement. Plus que tous les autres, ce geste me retourne l'estomac. Je veux plus de petites attentions. Plus de lui. Plus de nous.

— Très mauvaise seulement ? me taquine-t-il. Tu es tendre avec toi-même. En ce qui me concerne, je pense que j'aurais dit catastrophique.

Je m'apprête à lui asséner un coup sur l'épaule lorsqu'il ajoute dans un baiser :

— Mais j'ai décelé une certaine marge de progression. Il faut croire que tu n'es pas un cas désespéré après tout.

Je passe une main dans ses cheveux. Quelques gouttes de condensation s'y sont déjà accumulées et me renvoient fatalement à un autre type d'humidité qui s'y accrochait quelques heures auparavant.

— Une nuit. Et ensuite, mon carrosse se transforme en citrouille, et le Prince Charmant pourra partir en quête d'une vraie princesse.

Son expression redevient terriblement sérieuse.

— Je ne veux personne d'autre que toi, Victoria. Quand vas-tu enfin le comprendre ?

Ses lèvres cherchent les miennes avec une ardeur renouvelée. Il suffoque, mais ne rompt pas notre étreinte pour autant. Lorsqu'il se détache finalement de moi, il prend mon visage en coupe et le maintient avec vigueur. Comme s'il voulait s'assurer que les mots qu'il s'apprête à prononcer atteignent bien leur but. Comme s'il allait me faire la plus grande révélation dont ait jamais accouché ce monde.

— Vic, je t'aime.

*

Punaise, pourquoi a-t-il fallu qu'il prononce les trois mots magiques ? Ces trois putains de mots que toute femme rêve d'entendre de la bouche de l'homme qu'elle aime. Tout était si simple. Il suffisait juste qu'il me dépose devant chez moi, que je m'en tienne à mon plan initial, et tout aurait été parfait dans le meilleur des mondes. Enfin, dans un monde normal, plutôt, où les espoirs finissent en cendres et où l'amour véritable n'a pas sa place.

Je me force à chasser ces mots de mes pensées. Parce que je sais que si je les laisse s'insinuer en moi, je n'aurai pas la force de faire ce qui est nécessaire. Je secoue la tête pour tenter de m'éclaircir les idées et tire les manches de mon pull, avant d'enserrer ma poitrine de mes bras.

Pourquoi j'ai accepté de venir chez lui ?

Tout, ici, provoque chez moi des sentiments ambivalents. La simplicité des lieux, de taille modeste, meublés avec parcimonie, me crie à quel point j'ai été stupide de l'associer à ces milliardaires avides d'argent. Rien ne sent le luxe dans ce foyer. Tout est fonctionnel, dans un pur style industriel et froid. S'ils cherchent une Miss Préjugés pour les sélections régionales, je me pose là ! Peut-être même que je pourrais concourir au titre de Miss Univers dans cette catégorie !

L'impersonnalité de la décoration me confirme en revanche la première impression que j'avais eue de lui, lors de notre rencontre : il est plus marié à son bureau en ville qu'à son canapé, contrairement à moi ! Et pourtant, à mesure que je parcours des yeux chaque étagère recouverte de livres de littérature anglaise, chaque cadre photo le mettant en scène avec William ou Violette, une évidence me foudroie : nous ne nous côtoyons que depuis une semaine, mais Alex m'a livré l'intégralité de l'essence intime de sa personne dans chaque discussion que nous avons eue ensemble. J'ai l'impression de le connaître depuis toujours. Même cette odeur de tabac froid qui flotte dans l'air me semble familière.

Derrière moi, des pas feutrés me sortent de ma contemplation. Je me retourne, et il est là. Son regard n'a pas perdu cette expression qu'il a depuis qu'il m'a avoué ses sentiments, sur cette route enneigée. Comme s'il avait peur que je me désagrège dans la seconde, que je fonde entre ses doigts pour disparaître à jamais.

Je détourne les yeux. Quelle lâche tu fais, Vic ! Bien sûr que tu vas disparaître. Tu n'as juste pas le courage de le lui dire en face. Tout comme tu es tout bonnement incapable de lui rendre les trois mots qu'il a misés sur la table. Tu sais, ces mots dont tu passais ta vie à te moquer, avant, et que tu jurais à tous que tu ne prononcerais jamais ô grand jamais pour qui que ce soit.

— Tiens, dit-il en me tendant une tasse, ça va te faire du bien.

L'odeur réconfortante de plantes et de fruits titille mes narines en même temps que la chaleur du breuvage me réchauffe. Je ne peux réprimer un sourire.

— Monsieur Caféine a des tisanes dans ses placards ? raillé-je. Tout de suite, ça casse le mythe !

Ses mains se posent sur mes bras, et il les frictionne tendrement. Il gratifie mon front d'un baiser avant de répondre :

— Il faut bien que je prenne mes précautions. Après tout, il me semble me rappeler que quelqu'un a menacé de me poser une perfusion de café si je ne me calmais pas sur ma consommation !

Je grimace, et enfouis mon visage dans son pull. Il sent bon. J'ai besoin d'imprimer dans ma mémoire son odeur, la sensation de sa peau sur la mienne, la douceur de son regard sur moi, dans mon esprit. Je ne veux pas que tout ça ait été vain. Je chérirai ces instants de bonheur volés au destin, puisque c'est tout ce que ce chien aura accepté de me donner.

— Cette personne doit être vraiment affreuse, je réponds en me blottissant encore un peu plus contre lui tout en prenant une première gorgée de tisane.

Il toussote en riant à son tour. L'une de ses mains descend sur mon postérieur, et y imprime une petite tape.

— Tu as raison, je crois qu'elle mériterait une bonne fessée.

D'ordinaire, j'aurais gloussé, moi aussi. Je me serais désapée en mode Flash, et j'aurais présenté mon fessier au malotru en le défiant de mettre ses menaces à exécution. À la place, une sensation de vide m'assaille. Je refoule un haut-le-cœur et pose ma tasse sur le bar à mes côtés. Mes bras retrouvent mon corps. Mon tremblement a presque cessé. Seuls mes nerfs laissent parfois échapper un frémissement incontrôlable. Mais je me sens mal. Je ne me suis jamais sentie aussi mal. Les larmes menacent de me submerger à nouveau et je lutte pour les réprimer. Incapable de dire quoi que ce soit d'autre, je me blottis de nouveau contre Alex et murmure simplement :

— Serre-moi fort.

Ses bras se referment sur moi et m'enveloppent dans leur cocon. Il cale son menton sur ma tête, et me berce doucement. Il a l'air si calme. Mais sa respiration et son rythme cardiaque rapide ne me trompent pas.

Nous restons comme ça un long moment. Mes yeux se perdent dans le mobilier aux dominantes de cuir et d'acier. Malgré sa chaleur protectrice, j'ai froid. J'ai l'impression que je n'aurai plus jamais chaud une fois que j'aurai quitté ses bras. Merde, je deviens vraiment mélodramatique. Seb se foutrait tellement de moi !

Alex se racle la gorge, et dépose un baiser dans ma chevelure avant de parler.

— Tu sais, ce n'est pas parce que tu as accepté de passer la nuit ici qu'on est obligés…

Il hésite. Une main glisse dans mon dos et le caresse de haut en bas.

— On peut discuter, si tu veux, ajoute-t-il. On fera ce que tu désires.

La boule dans ma trachée m'étouffe. Est-il forcé d'être si gentil, aussi ? Je ne sais pas, moi, s'il devenait un vrai connard, là, d'un coup, ça pourrait aider un peu, non ? Une fois dans sa vie, il ne peut pas être le parfait cliché du patron arrogant ? C'est trop demander ?

Mes mains s'agrippent à la laine de son pull. Il me serre encore plus fort. J'essaie de me nourrir de sa force, parce que ce serait trop bête de gâcher nos derniers moments ensemble par un gros craquage. Je me détache légèrement de lui, et lève la tête. Il m'observe un court instant, puis ses lèvres rencontrent les miennes dans un baiser dont la tendresse m'ébranle. Nos fronts se touchent. Je rouvre les yeux et croise le sien. Il sourit et mon cœur éclate.

— Fais-moi l'amour, soufflé-je.

Ses palpitations s'accélèrent tout contre ma paume. Son œil s'embue. Il passe une main légèrement tremblante sur mon visage avant de la faire glisser sur mon bras, jusqu'à ce que nos doigts s'entrelacent.

— Viens, se contente-t-il de dire.

Il nous conduit jusque dans sa chambre. À l'instar du reste de l'appartement, l'espace est épuré : un lit king size, une table de chevet de chaque côté surplombée par des lampes en forme de spots de cinéma, et un mur entier recouvert d'un dressing. Rien de plus. Le chauffage diffuse une atmosphère chaleureuse malgré la froideur du mobilier. Nous stoppons face à face. Comme chaque fois, il quête mon assentiment. Je crochète mes mains derrière sa nuque, me hisse sur la pointe des pieds, et dépose un baiser sur ses lèvres. Il les entrouvre, et laisse le passage libre pour ma langue. La sienne l'enlace avec tendresse et son souffle s'accélère déjà. Pourtant, ce soir, nous prenons notre temps. L'urgence de découvrir l'autre, de s'y perdre, s'est muée en un besoin de se gorger de chaque sensation, de chaque odeur. Pour les graver en nous. Pour qu'ils soient les seuls souvenirs que nous emporterons chacun de notre côté après cette dernière nuit. Nos mains parcourent nos muscles, tout d'abord sur le tissu, puis dessous. Sans hâte, je fais passer son pull par-dessus sa tête. Sa chevelure auburn se dresse, m'arrachant un sourire attendri. Son tee-shirt suit le même trajet, et je pose mes paumes sur ses pectoraux avec toute la révérence qui leur est due. Ma bouche explore son torse, et je trace une ligne de baisers jusqu'à l'un de ses tétons, d'ores et déjà érigé de désir. Il gémit légèrement. Il me déshabille à son tour, ses longs doigts arpentant ma peau, provoquant frissons et sillons de lave mêlés sur leur chemin. Je le déleste de son pantalon, puis de son boxer. Il est nu devant moi, son membre à moitié dressé seulement. Il fait passer un bras sous mes genoux, puis me porte jusque dans le lit où il nous installe. Mes mains parcourent chaque creux et chaque bosse de son dos, s'attardant sur cette petite zone plane juste à la chute de ses reins où j'adore déposer des baisers. Les siennes explorent mes fesses, pressant mon corps contre le sien, entrelaçant nos jambes. Au moment où je m'empare de son membre, ses doigts glissent entre mes cuisses. Son va-et-vient s'adapte au mien, et je le sens grossir dans ma main pendant que nos regards s'accrochent à nouveau. Nos souffles se mêlent en même temps que nos langues, puis nos pupilles se retrouvent encore. Je ne sais pas si c'est tous ces sentiments réfrénés depuis son aveu près de la voiture, cette détresse de savoir que je vais le perdre à jamais au petit matin, ou simplement tout ce qui transparaît dans son œil qui ne me quitte pas, mais les sensations sont décuplées. Au frôlement suivant sur mon clitoris, un premier orgasme me terrasse. Je ne crois pas déjà être partie aussi vite. D'ordinaire, ce sont plutôt mes partenaires qui héritaient du titre de Speedy Gonzales ! Mon esprit baigne dans un brouillard de plaisir, mais je trouve malgré tout la force de quémander :

— Prends-moi.

J'entends Alex ouvrir un tiroir, et déchirer un emballage. Encore à moitié dans les vapes, je chope un coussin en tête de lit, et me place sur le ventre avant de lui lancer un regard brûlant. Mon dos se creuse, ma croupe l'aguiche. Son corps recouvre le mien et je sens son sexe incandescent frôler mon épiderme. Les lèvres d'Alex se déposent dans ma nuque et entame de délicieuses caresses. Et… oh… hello, zone érogène ! Ravie de faire votre connaissance ! Moi, c'est Victoria, enchantée ! Mon âme fond à l'intérieur de mon être. Ma joue s'enfonce dans le moelleux du coussin à mesure que la main droite d'Alex parcourt mon flanc puis mes seins avec lesquels il joue tour à tour contre le matelas. L'autre vient s'entrelacer aux miennes, enfouies sous l'oreiller. Je n'en peux plus d'attendre. Mon sexe est en feu, et il n'est plus l'heure de vendre des calendriers : la grande échelle est déployée, une intervention d'urgence est requise.

— S'il te plaît, supplié-je.

Il dépose un dernier baiser sur ma nuque qui se couvre de sueur à vue d'œil, et me pénètre d'une unique et longue poussée. Je crie. Pas de douleur, car je n'ai jamais été aussi prête à le recevoir. Mais d'extase. Mes yeux se révulsent dans leurs orbites. Il imprime des mouvements longs et profonds, et mes muscles intimes ne cessent de trembler sur son membre. Chaque fois qu'une vague de jouissance menace de s'éteindre, une autre déferle immédiatement à sa suite. Je n'ai jamais connu ça. Des larmes de plaisir humectent peu à peu l'oreiller. Je me cambre plus encore, propulsant ma croupe à la rencontre de ses reins. J'en veux plus. Car je ne pourrai jamais en avoir assez d'Alex. Pourtant, il se retire. Je miaule mon désaccord. Tamara peut aller se rhabiller, dans le rôle de la chatte en chaleur, je crois que j'obtiens l'oscar haut la main.

— Viens, me susurre-t-il.

Il collecte mon corps encore tremblant dans ses bras, et s'assoit contre la tête de lit. Là, il m'installe sur lui. Ses mains, de part et d'autre de mes hanches, guident l'intromission jusqu'à la garde avant de revenir emprisonner mes joues. Il m'embrasse, les yeux enfiévrés.

— Tu es tellement belle, quand tu jouis, je ne veux pas rater une seule seconde de ce spectacle.

Ces simples paroles menacent de déclencher un nouvel orgasme. Je n'en peux plus. Je suis en nage. Nos poitrines se collent l'une à l'autre, et je commence à bouger sur lui, d'abord lentement, puis de plus en plus vite. Ses mains pressent mes fesses pour guider le rythme et l'amplitude. Les yeux dans les yeux, je vis un moment de partage tel que je n'en ai jamais connu. Mes mains parcourent ses épaules, son torse, ses cheveux trempés. Il halète lorsque j'agace la chair de son cou de mes dents avant de m'attaquer à un téton. Nos mouvements se font plus frénétiques. Ses paumes cherchent de nouveau mon visage. Son œil plonge en moi. Il ouvre la bouche :

— Vic, je…

Sans interrompre nos gestes, je pose un doigt sur ses lèvres.

— Chut, murmuré-je. Ne dis rien.

L'entendre prononcer à nouveau ces mots à voix haute est au-dessus de mes forces. Car ces mots, il n'a de toute façon pas besoin de me les dire. Je les lis dans son regard enfiévré, dans la dévotion qu'il met dans chacune de ses caresses, dans le roulis profond de ses reins qui s'adapte à chacun de mes gémissements. Et lorsqu'il trouve enfin sa jouissance à l'instant même où une nouvelle vague me terrasse, j'espère qu'il peut les lire aussi en moi.

Chapitre 28

26 décembre. 4 h 36. J'ai l'impression d'avoir une putain de gueule de bois alors que je n'ai pas bu une seule goutte d'alcool de la soirée. Vraiment ? Entre mes muscles meurtris et mon esprit embrumé, je dois faire pitié à voir. Je me marre, comme la paumée que je suis, au beau milieu de la chaussée. T'es tellement conne ma pauvre fille. Mon cœur me rappelle frénétiquement que je suis en train de faire la pire bêtise de ma vie. J'essaie de ne pas penser aux émotions qui assailliront Alex lorsqu'il se réveillera pour trouver un lit vide à ses côtés. Je suis lâche. Le soldat Victoria a déserté. Je n'ai même pas été capable de lui dire adieu. C'est mieux comme ça. Qu'il me haïsse.

Je ferme les yeux un court instant. Comme si ça allait me permettre de repousser les images de cette dernière nuit. Je sens encore son odeur partout sur moi, jusque dans les mèches de mes cheveux qui fouettent mon visage. Mon énorme sac de voyage calé sur le dos, je remonte la rue sous une pluie battante. Quelle ironie ! Un dieu particulièrement sadique a dû décider que le 25 décembre passé, le magnifique tapis de neige immaculée devait se transformer en champ de bouillasse dégueulasse. Le temps et le sol correspondent parfaitement à mon humeur. Je me concentre sur mon objectif, droit devant. Je n'ai même pas appuyé sur la sonnette que la porte de l'appartement s'ouvre à la volée. Les gros yeux globuleux de Seb scrutent mon visage, s'arrêtent sur mon arcade explosée. Ses mains forment des poings et j'aperçois une veine palpiter de rage sur son front. Je nage en plein manga japonais. J'ai envie de rire à nouveau. Peut-être qu'il n'y avait pas que de l'alcool chez Alex, en fait. Peut-être que le sexe a eu sur moi le même effet que la drogue. Je suis complètement stone. Ou peut-être que ce sont juste mes nerfs qui lâchent.

— Est-ce que j'appelle tout de suite le bureau pour qu'ils me donnent l'adresse de cet enfoiré et que je lui casse la gueule, ou on fait comment ? finit-il par dire en passant doucement sa main sur mon visage.

J'avais presque oublié ces blessures. Comparées à elles, mes plaies internes ont la taille du Grand Canyon qui poserait chacune de ses falaises dans un étrier de gynéco géant. Une fraction de seconde, j'imagine Seb, un mètre soixante-dix, et disposant d'autant de muscles qu'une limace croisée avec un paquet de chamallows, face à Alex, un mètre quatre-vingt-dix d'athlétisme sculpté dans le granit. Je pouffe de rire. Je me marre. Je me marre tellement que c'en est douloureux. Pourtant, lorsque les rires se transforment en larmes, Seb m'ôte mon sac des mains, me pousse à l'intérieur, et referme énergiquement la porte. Il m'enlève mon manteau détrempé, se place derrière moi, pose ses mains sur mes épaules, et me pilote sans un mot jusque dans sa minuscule salle de bains.

— Prends une douche chaude, dit-il avec une tendresse infinie. Ça va te faire du bien.

Je me rends compte que je grelotte. Il a raison, il faut que je me réchauffe. Pourtant, à la simple perspective d'ôter l'odeur d'Alex de ma peau, d'en effacer toute trace, je sens mes jambes se dérober. Seb me rattrape au dernier moment. À sa tête désemparée, il ne sait pas quoi faire. Ça tombe bien, on est deux. Nous restons un long moment comme ça, assis par terre, lui me berçant, et moi pleurant toutes les larmes de mon corps. C'est que ça en a beaucoup de larmes, un corps. On dirait pas comme ça. Seb se saisit d'une serviette éponge, et essore comme il le peut l'humidité qui suinte de mes vêtements.

— Je reviens, tu ne bouges pas, OK ?

Dommage, j'avais justement prévu de me rendre au Salon de la connerie. Je sens que je suis une putain de challengeuse pour le titre suprême. Sérieusement. Où voudrait-il bien que j'aille ? Le seul endroit où je souhaiterais me trouver m'est désormais proscrit. Quand il reparaît enfin, j'ai repris le contrôle de mon corps, si ce n'est de mes émotions. Il m'offre sa main, et m'aide à me relever. Nous nous dirigeons vers son salon. Lorsque nous pénétrons dans la pièce, je reste bouche bée.

— Qu'est-ce que c'est que ça ?

Au beau milieu de la salle, une immense tente de fortune formée de draps tendus entre les différents meubles et sur les fauteuils et le canapé me rappelle des souvenirs d'enfance chéris. Il ne répond pas, s'empare du pan de tissu qui barre l'entrée du château fort improvisé, et me fait signe de m'y installer. À l'intérieur, des coussins recouvrent le sol, et deux tasses de thé fumantes ont été disposées. Seb allume une lampe torche, éteint les lumières, se glisse sous la toile, et en referme l'ouverture. Confortablement assise sur mes coussins, je laisse la chaleur diffuse de ma tasse réchauffer mon corps alors que la présence et les attentions de mon ami réconfortent déjà mon petit cœur meurtri.

— Seb, il ne fallait pas te sentir obligé de faire tout ça, lâché-je un peu gênée.

Il prend le temps de siroter une longue gorgée de son breuvage avant de reposer sa chope aux côtés de la mienne et de se saisir de mes mains.

— Vic, ça fait combien de temps qu'on se connaît ? demande-t-il avec un rare sérieux.

Oulà, s'il attend de moi le moindre travail cérébral, on est mal barrés ! Après une journée de route et une nuit de sexe, je ne suis pas sûre qu'il reste encore un seul neurone en état de marche dans ce cerveau malmené. Réfléchis, Vic. C'était… c'était… Étrangement, l'atmosphère tamisée m'apaise. Mes muscles s'autorisent un minimum de décontraction.

— Je ne sais pas, vingt ans ? tenté-je honteusement.

Seb hoche la tête.

— Cela fait vingt-deux ans, Vic, pour être exact. Et en vingt-deux ans, combien de fois tu m'as appelé en pleurs au beau milieu de la nuit ?

Je ne vois pas où il veut en venir, mais je me sens tout à coup comme une grosse merde sous la chaussure d'un pauvre petit vieux arthritique.

— Je sais, Seb, je sais que je n'aurais pas dû. Tu étais chez les parents d'Esmée, c'était important pour toi. Excuse-moi, je ne savais vraiment pas quoi faire d'autre.

Il lève les yeux au ciel.

— Putain, Little, tu ne comprends rien. En vingt-deux ans, pas une seule fois tu m'as appelé pour que je te réconforte comme tu l'as fait lors des six derniers jours presque chaque soir. Pas une seule fois tu ne m'as demandé de t'aider. Tu ne t'es jamais plainte, même quand tu aurais été largement en droit de le faire.

J'ouvre la bouche, puis, ne sachant que dire, je la referme : le syndrome de la carpe hypoxique est de retour.

— Alors maintenant tu cales tes jolies petites fesses dans ces coussins, et tu me racontes tout.

*

Un peu plus, et on était bons pour le remake du dernier film de zombies à la mode. Je ne suis pas certaine que la fin de mon récit ait été très cohérente. Mon esprit oscille entre les vertiges de fatigue, les palpitations dues à la panique, et ces putains de pics d'adrénaline que t'envoie ton cerveau pour te rappeler que oui, tu es toujours bien vivante, même si ton corps te crie qu'il est grand temps de se relocaliser six pieds sous terre.

Éclairés à la faible lueur de la torche, les immenses yeux de Seb semblent tout droit sortis du dernier film de Tim Burton. Au fur et à mesure de mon résumé, son visage est passé par toutes les couleurs de l'arc-en-ciel. Pendant un long moment, il ne dit rien, ne fait rien. Je suppose qu'il doit être en train d'analyser toutes les informations que je lui ai débitées comme le parfait petit journaliste qu'il est.

Au moment où je suis sur le point de tapoter son biceps pour voir s'il ne s'est pas tout simplement endormi les paupières grandes ouvertes, ce dont je ne pourrais lui tenir rigueur étant donné la voix monocorde avec laquelle j'ai vomi mon histoire, il se penche vers moi. Je lâche enfin le souffle que je retenais, et m'apprête à recevoir son étreinte. Car c'est ce qu'on fait généralement quand quelqu'un ne va pas bien, non ? Un gros câlin, et ça repart.

Alors quand il me saisit par les épaules pour me secouer violemment comme le prunier le plus têtu de la Terre, mes yeux s'entrechoquent dans leurs orbites, mais surtout mes pauvres neurones grillés peinent à comprendre ce qu'il lui prend : a-t-il perdu la tête ? Ou bien est-ce que j'ai raconté complètement autre chose que mon week-end chez les D'Enfer ? Réfléchis, Vic. Merde, ça se trouve je viens de lui avouer que c'est moi qui ai placé un excrément dans ses chaussures de rando en classe de troisième.

— Mais… t'es conne ou quoi ? finit-il par dire dans un soupir lorsqu'il cesse enfin de torturer mon oreille interne. Réponds-moi, Vic, Alexandre D'Enfer et toi vous êtes-vous soudain transformés en créatures les plus idiotes de la Terre ?

Euh… Joker ?

— Victoria, regarde-moi. Je vais te poser une question. Une seule. Et je veux que tu me répondes avec la plus grande honnêteté. Je peux compter sur toi ?

Pourquoi je suis venue ici, déjà ? Je me sens terriblement fatiguée tout à coup. Oui, c'est ça, il me fatigue.

— Vas-y, maugréé-je.

Il se penche pour se saisir de mes épaules, et je ne peux réprimer un mouvement de recul. Mes pauvres neurones ne se sont pas encore remis de leur traitement précédent.

— Est-ce que tu l'aimes ?

Je le regarde. Mais de quoi parle-t-il à la fin ? Il pousse un profond soupir et lève les yeux au ciel devant mon absence de réponse.

— Est-ce que tu aimes Alex ? reformule-t-il.

Je baisse les yeux. Je n'ai pas envie qu'il me fasse une nouvelle fois la morale, comme il l'a fait au téléphone. Pas envie qu'il me dise « je te l'avais bien dit ». Mais je décide toutefois de dire la vérité.

— Oui.

Il soupire à nouveau. Puis il me secoue encore, plus doucement cette fois.

— Alors réveille-toi, merde. Prends du recul. Il est temps que tu arrêtes de prendre soin des autres pour enfin t'occuper de toi pour une fois. Vic, ça fait plus de vingt ans que je te vois soigner chaque personne, chaque animal dans ton entourage, t'user la santé, ruiner tes finances pour veiller sur tes amis, le refuge, tes parents.

Pourquoi est-ce qu'il m'engueule ? Je devrais recevoir une putain de médaille, non ?

— Vic, pose-toi cinq secondes, et regarde tout ce que tu as accompli. Grâce à toi, le refuge est sauvé. Grâce à toi, j'ai enfin trouvé une femme qui me supporte et que je compte bien demander en mariage. Grâce à toi, tes parents ont pu atteindre la retraite sans qu'on leur prenne leur ferme. Il est temps que tu arrêtes de vouloir réparer les autres. Il est temps que tu nous laisses prendre soin de toi.

Je passe mes doigts tremblants dans mes cheveux. Saloperie de tignasse, des fois, je me demande pourquoi je n'ai pas tout coupé.

— Seb, on parle de mes parents. On parle de ma mère. Elle ne s'en remettra pas.

Sébastien pose son front contre le mien, une main derrière ma nuque.

— Victoria, regarde-moi. Inspire profondément, essaie deux petites minutes de prendre du recul, et dis-moi ce que tu en penses : est-ce que tu crois vraiment que c'est mieux pour ta mère qu'elle vive sous le même toit qu'un homme qui lui ment chaque jour ? Est-ce que tu crois qu'elle ne préférerait pas savoir ? Elle n'est pas si âgée, elle peut encore refaire sa vie avec quelqu'un qui la respectera. Et puis tu sais quoi, Little ? Ça va être difficile ce que je vais te dire, mais ça ne te regarde pas, en fait. Ils font leurs propres choix. C'est ton père qui a merdé. Pas toi. Ils sont grands. Ils n'ont pas besoin de toi pour régler leurs problèmes.

Il ne comprend pas. Il ne comprend rien.

— Victoria, ajoute-t-il enfin, ta famille ne mérite pas que tu leur sacrifies ta vie.

Je lève les yeux. Merde, il y a un bug dans la matrice. J'ai comme une impression de déjà-vu. Je me revois, dans la chambre de Violette, prononcer exactement les mêmes paroles. Sans que je puisse les contrôler, les larmes se remettent à couler.

— Je ne te dis pas que ça va être facile, Vic. Pour toi, pour ta famille. Mais ce n'est pas à toi de porter le monde entier sur tes épaules.

Il a raison. Je sais qu'il a raison. Pourtant, je ne peux m'empêcher de sentir ce poids oppresser ma poitrine.

— Et qu'est-ce qu'il se passera si le Fossile revient avec autre chose ? Car il trouvera toujours quelque chose.

Cette fois, il me prend dans ses bras et me serre fort.

— Est-ce que tu es seule ? Tu n'es pas seule, Vic. On fera face à chaque menace, ensemble. Nous les prendrons les unes après les autres, lorsqu'elles se présenteront. Et qui sait, peut-être même que d'ici là Alex et toi ne serez plus en couple.

— Dis donc tu me vends super bien le truc, marmonné-je

Il rigole.

— Il faut être réaliste ! Mais si tu n'essaies pas, tu ne pourras jamais savoir. Grâce à toi, j'ai trouvé la femme de ma vie. Et je serais un tantinet fier si c'était grâce à moi que tu gardes l'homme de la tienne, mais ne brûlons pas non plus les étapes, le sexe ne fait pas tout.

— Mais avoue que ça aide quand même.

Il m'ébouriffe les cheveux.

— Tes parents rentrent samedi matin. Tu vas les chercher à l'aéroport, et tu as une discussion avec eux, OK ?

Mes deux neurones se connectent.

— Mais… samedi, c'est la fête de Noël du refuge, Marianne compte sur m…

Il pose son doigt sur ma bouche.

— Qu'est-ce qu'on a dit Vic sur le fait de ne pas porter le monde entier sur tes épaules ? Nous serons bien assez de deux pour tout mettre en place.

Soupir. Je n'aime pas trop l'avouer, mais il est hypothétiquement possible qu'il ait peut-être un peu raison.

— Et Vic, termine-t-il en se mouvant vers l'entrée de la tente, je te promets que je vais les faire tomber ces fumiers. Même si ça me prend dix ans, ils paieront pour ce qu'ils ont fait.

Chapitre 29

Allez, un verre, le discours, et je me barre. Le club house du refuge est bondé. Bizarrement, en semaine, quand il faut récurer les box de leur crottin ou nettoyer le pus de blessures à vif, il y a autant de monde que dans une administration française après 17 h 30. Mais lorsqu'il s'agit de profiter du buffet gratuit offert à l'occasion de la fête de Noël, là ça grouille de sales rapaces. Je porte le verre à mes lèvres et sens le parcours lent et brûlant de l'alcool jusque dans mon estomac. Je pose ma coupe sur la table. Ou plutôt tente de la poser tant mes mains ont l'air d'être reliées à l'un de ces foutus appareils censés vous faire ressembler à Schwarzie en deux séances d'électrostimulation. C'est le chaos dans ma tête, et je ne suis pas sûre que l'alcool soit de bon conseil pour parvenir à faire le tri. Quoique, un second verre ne peut pas me faire de mal, si ? Est-ce vraiment le second d'ailleurs ? Je n'ai jamais été très douée en calcul mental. Quelque part au fin fond de mon esprit, je sais que mon ange gardien dépressif tente d'intervenir, mais je le piétine allègrement du haut de mes minuscules petits escarpins. De toute façon, si je ne parviens pas à calmer mes nerfs, c'est moi qui vais finir par me faire sauter la cervelle. À moins que j'opte pour l'asphyxie par empilement de plaids et d'oreillers. Je pourrais ainsi rattraper un peu du sommeil qui m'a lâchement abandonnée lors des trois derniers jours en attendant de succomber.

— Victoria, c'est vraiment fabuleux ce que tu as accompli avec Eden, cet été.

C'est sûr que ce n'est pas toi avec ta manucure de pouf à cinquante balles qui aurait plongé la main dans les blessures infectées pour en retirer les éclats de métal que son propriétaire sadique y avait placé. Mais qu'est-ce qui me prend ? Qu'est-il arrivé à mon discours maintes fois étrenné de « chacun fait ce qu'il peut à la hauteur de son temps, de ses capacités et de son argent » ? Vic la douce, Vic la gentille, Vic la trop conne semble avoir été métamorphosée par son petit passage chez les D'Enfer.

Tout à coup, la voix de Freddie Mercury s'élève dans la pièce. Gwendoline, mon interlocutrice, baisse les yeux vers mon sac à main qui pendouille lamentablement à mon épaule.

— Tu ne réponds pas ? demande-t-elle, légèrement étonnée.

Je sors l'engin du diable de ma besace au moment où le son tonitruant du refrain de *Don't stop me now* résonne à mes oreilles. Je ne peux retenir un petit sourire. Je suis vraiment fière de la chanson que j'ai choisie pour lui. Des souvenirs de tous ces moments où nous avons été interrompus dans notre étude approfondie du morcellement des offres me reviennent en mémoire. Et avec eux, fatalement, des deux nuits où nous n'avons pas été interrompus. Il fait chaud tout à coup. Respire, Vic.

— Oh, ce n'est pas important, marmonné-je en balançant l'appel sur mon répondeur.

Comme je l'ai fait avec les vingt-sept autres reçus depuis ma fuite honteuse mercredi matin. Le troupeau de chèvres hystériques menace de sortir de ma gorge à tout moment. Pas important ? Tu essaies de convaincre qui, là, Vic ? Mon regard passe furtivement sur les quelque trente-trois notifications du même numéro, que je tente d'ignorer aussi avec autant de succès qu'un Lex Luthor contre un Superman gonflé aux stéroïdes. Alex est ma kryptonite. Je le sais maintenant. Quand je pense à lui, mes jambes deviennent molles, mon cerveau sort en bouillie de mes oreilles et mes entrailles se font bouffer par des milliers de petits papillons dévoreurs de chair. Dit comme ça, on dirait presque un putain de virus de niveau 5. Le genre pour lequel il n'existe aucun vaccin, aucun antidote.

— Il y a un bal costumé après la fête, et tu ne m'as même pas prévenu, Little ? me taquine une voix que je ne connais que trop bien derrière moi.

Ouf, sauvée. Gwendoline, qui n'a que peu apprécié que mon meilleur ami lui préfère la belle Esmée, alors qu'elle traîne ses pantalons moulants sous son nez depuis des années dans le seul but de l'aguicher, déserte dans la seconde. Seb est radieux dans son deux-pièces rouge pompier.

— Ah ah ah… ironisé-je en me retournant. Très drôle.

Je prends le temps de finir mon second verre avant de conclure, mal à l'aise :

— Je vais chez Alex après la fête.

Seb me lance un regard attendri.

— Et tu crois vraiment qu'il a besoin de tout ça pour te trouver à son goût ? questionne-t-il en indiquant la robe rouge au décolleté plus que plongeant dont je me suis parée.

Mes joues doivent certainement avoir pris la même teinte que mon vêtement. Oui, bon, il n'y a pas de mal à aider un peu le destin, non ? Si ça peut détourner son attention de mon visage de cadavre de trois semaines tout juste déterré de la crypte… Mon téléphone en profite pour se remettre à chanter. Je passe le maudit engin en silencieux avant de le balancer dans mon sac.

— Tu ne lui as toujours pas répondu ?

Je soupire.

— Ce n'est pas le genre de conversation qu'on a au bout du fil ou par SMS, tu ne crois pas ? Et… je ne sais pas s'il voudra encore de moi après… Enfin tu vois, quoi, je l'ai laissé comme ça, sans un mot… puis il a eu trois jours pour se réveiller, reprendre sa vie normale, sans la catastrophe Victoria… Peut-être qu'il est bien content d'être débarrassé de moi, au final.

Seb glisse la main dans mon sac, en extirpe le portable, et sourit.

— Tu as raison, je pense que les vingt-huit appels manqués et les trente-trois SMS qu'il t'a envoyés sont le signe flagrant de quelqu'un qui a tourné la page, se moque-t-il. Pourquoi tu n'es pas déjà là-bas, Vic ?

Et pourquoi tu me poses des questions auxquelles je n'ai aucune envie de répondre, hein ?

— C'était important pour moi, cette fête, cette année. Je te rappelle qu'on a failli perdre le refuge.

Bon. OK. Ce n'est pas la stricte vérité. Disons que j'ai peut-être un tout petit peu la trouille. Juste un tout petit peu. Et que je me suis dit qu'un bain de bonnes ondes allait me donner la force dont j'ai besoin. Il caresse doucement mon épaule de sa main.

— Comment est-ce que ça s'est passé, ce matin, avec tes parents ?

C'est pas vrai, il a fait une petite liste avec tous les sujets qui fâchent et entreprit de les cocher un à un ou quoi ? Soupir.

— Disons que je m'attendais à pire. Les affaires de mon père ont spontanément décidé qu'il était temps d'aller visiter le jardin en sautant par la fenêtre. Et papa a bien failli prendre le même chemin. Ma mère va demander le divorce.

Seb nous entraîne un peu à l'écart du buffet pour me serrer tendrement dans ses bras.

— C'était vraiment ce qu'il y avait de mieux à faire, Vic, j'en suis persuadé.

Je lui souris, tout en retenant l'émotion qui ne m'a pas quittée depuis les éclats violents qui ont opposé mes deux géniteurs toute la matinée. Mais il a raison. J'en suis convaincue maintenant.

— Merci. C'est grâce à toi. Tu sais, j'ai beaucoup réfléchi, ces trois derniers jours.

— Ah bon, c'est pour ça qu'il pleut des cordes, alors ? ironise mon ami.

Je préfère ne pas relever, et poursuis :

— À ce que m'a dit Alex. À ce que tu m'as dit. Il est temps que je reprenne ma vie en main. Il n'est pas trop tard pour que je réalise mes rêves. Je vais reprendre des études pour devenir monitrice d'équitation éthologique et d'équithérapie. Je vais retourner vivre avec ma mère. Je veux être là pour elle. Mais je veux aussi être là pour moi.

Le sourire de mon meilleur ami n'a jamais été aussi radieux.

— Little, je suis tellement content pour toi ! Je t'aime, petite carotte.

Je le repousse.

— Hey ! Ne m'appelle pas comme ça, menacé-je.

— Sinon quoi ? me nargue-t-il. Petite carotte toute cuite !

Je me saisis d'un verre sur la table et m'apprête à le lui lancer lorsque Marianne surgit entre nous.

— Les enfants, les enfants, combien de fois faudra-t-il que je vous répète de ne pas jouer avec la nourriture ? rigole-t-elle.

— Une fois de plus, il faut croire, hurlé-je en jetant le contenu de ma coupe en direction de Seb.

Le traître esquive au dernier moment et court se réfugier à l'autre bout de la salle. Je repose le verre, le fixe du regard, et passe mon doigt lentement le long de ma gorge pour lui faire comprendre qu'il vient de réveiller le Démolinator. Il est hilare.

À son tour, Marianne me serre dans ses bras. C'est la journée des câlins on dirait ! Après celui de ma mère ce matin, qui a bien dû s'étendre sur une heure entière, celui de Seb, et maintenant celui de Marianne. Quelque part au fin fond de ma caboche, l'espoir qu'une dernière étreinte de la personne que mon corps désire de toutes ses fibres clôture cette journée ne cesse de s'allumer, puis de s'éteindre. Jour, nuit, jour, nuit. Bon sang, Victoria, reprends-toi. Pourquoi j'ai bu autant d'alcool déjà ? Putain d'ange gardien qui ne sait pas faire son taf.

— Ma chérie, je ne sais pas comment te remercier, pleure mon amie dans mes bras. Tu as sauvé le refuge.

Je me racle la gorge.

— Alexandre D'Enfer et son immense fortune ont sauvé le refuge, Marianne. Pas moi.

Elle m'écarte à bout de bras, et m'observe d'un air faussement sévère derrière ses lunettes en demi-lune.

— Ne dis pas de bêtise, ton Alexandre m'a tout raconté lorsqu'il m'a apporté le chèque. Un homme vraiment charmant. Il a promis de prendre soin du refuge.

Mon Alexandre ? Je me marre.

— Qu'est-ce qui te fait rire comme ça ?

— Oh rien.

Elle s'éloigne vers l'estrade où aura lieu son discours dans quelques instants. Je me dirige vers le sapin de Noël, où des bénévoles ont accroché des petits cadeaux pour les chevaux ou des chèques pour aider le refuge.

Je repense aux paroles de Marianne, et ne peux m'empêcher de sourire. Mon Alexandre. Jamais je ne voudrais faire de lui ma propriété. Il m'est bien trop précieux pour ça. J'aimerais faire de lui tellement de choses qu'il a déjà été pour moi lors de cette dernière semaine : mon ami, mon confident, mon amant… mon amour.

— Vic.

Mon cœur rate un battement. Je ferme les yeux, et pose ma main droite sur mon front. Putain, mais pourquoi j'ai bu autant ? Voilà que j'ai des hallucinations auditives maintenant ! Et pas qu'auditives ! Le délicieux parfum d'Alex m'enveloppe tout entière. Tu m'étonnes : en même temps, ça fait trois jours que je pense Alex, que je rêve Alex, ou plutôt que je somnole Alex. Il n'y a pas une fraction de seconde où j'ai réussi à le faire déguerpir de mon esprit depuis que je l'ai quitté. Pas faute d'avoir essayé ! J'ai sorti l'artillerie lourde : même l'intégrale de tous les films de mon acteur préféré, regardée en compagnie du plus gros pot de glace n'ayant jamais été produit par l'industrie laitière, n'y a rien fait.

— Vic, s'il te plaît.

Cette voix grave. Hum. Ça me file des frissons. Je rouvre les yeux. Et le reflet que me renvoie la boule de Noël accrochée juste devant moi me fait craindre une hallucination visuelle. Je me retourne. Jésus Marie Joseph et tous les elfes de la forêt perdue de la putain de Terre du Milieu du royaume de Poudlard.

— Alex ? Mais… qu'est-ce que tu fais là ?

Dire qu'il a mauvaise mine serait une sacrée insulte pour lesdites mauvaises mines. Les yeux enfoncés dans leurs orbites, son œil aveugle est encore plus effrayant. Il porte un survêtement. *Un survêtement*. La barbe de kiwi trop mûr a recommencé à coloniser ses pommettes, et ses cheveux ne semblent pas avoir été coiffés depuis la nuit où j'ai pris un malin plaisir à les ébouriffer lorsque sa bouche parcourait l'intégralité de mon corps. Oh, Dieu… c'est normal que je le trouve si beau avec son look crado ?

— Vic, écoute-moi, s'il te plaît.

Ses mains tremblent comme celles d'un camé en manque. Des regards étonnés convergent vers nous, et vers nos visages tuméfiés à tous les deux. Je sens que nos oreilles vont se transformer en train à vapeur demain. Enfin surtout les miennes, étant donné que personne ne connaît Alex, ici.

— Alex, j'allais ven… je commence.

Mais il tombe à genoux à mes pieds et m'arrête d'un geste impérieux. *What the…* Mais, qu'est-ce qu'il se passe ?

— Vic, si tu ne me laisses pas parler, je te préviens, c'est moi qui te bâillonne, hurle-t-il presque.

OK. Coucou tout le monde, bienvenue au Alex D'Enfer Show. Tous les yeux sont braqués sur nous. J'en entends certaines murmurer « mariage ». Si Alex n'avait pas l'air si désespéré, j'aurais presque envie de rire. Il enserre mes genoux de ses bras et colle son visage contre mes cuisses. Oups, il aurait déjà découvert la surprise que je lui réservais pour tout à l'heure si ma jupe n'était pas si longue.

— Mon cœur, je sais ce que tu penses, poursuit-il d'une voix vacillante. Mais je t'aime. Je deviens fou sans toi. Je ne pense qu'à toi.

Il déglutit difficilement. Sa respiration siffle tellement. Merde, il va finir par me claquer entre les doigts si ça continue.

— Je me moque de mes propriétés, de mon argent, ajoute-t-il. Je donnerai toute ma fortune, tout ce que je possède si cela veut dire que nous pouvons être ensemble. Laisse-moi négocier avec mon père. Je t'en supplie.

Chaque phrase, chaque mot me chamboulent un peu plus. Y a-t-il seulement une limite à ce satané Alexomètre ? Car chaque fois que j'ai l'impression d'atteindre le sommet, je découvre des paliers supplémentaires. Et je me rends compte que c'est de ça que j'ai envie : passer chaque jour à dévoiler les prochains niveaux. Je m'apprête à répliquer, mais il me serre de plus belle. Sa tête se lève vers moi. Son œil est implorant.

— Vic, j'ai besoin de toi. Ne me quitte pas, s'il te plaît. Je t'en supplie, Vic. Tu me rends meilleur. Je ne me suis jamais senti aussi normal, aussi entier, que lorsque je suis avec toi. Tu es la seule à me voir pour ce que je suis vraiment. Donne-nous une chance, s'il te plaît. Rien qu'une chance, c'est tout ce que je te demande.

Je m'agenouille devant lui. C'est possible d'aimer une personne à ce point ? J'ai l'impression que je vais tomber dans les pommes tellement je l'aime.

— Alex… sort un minuscule borborygme de ma bouche.

Merde, il m'a coupé la voix, ce con. Je me saisis de son visage. Il tremble de tous ses membres. Le pauvre doit être à deux doigts de la crise de nerfs. Le grand Alexandre D'Enfer a perdu de sa superbe, tout à coup. Mais Alex, quant à lui, n'a pas hésité une seule seconde à se mettre totalement à nu, à m'offrir son cœur sur un plateau en me laissant en disposer à ma guise. Je repense aux paroles de Violette, à toutes ces fois où il a préféré se cacher, et renoncer plutôt que de souffrir. Et je me sens infiniment privilégiée.

Lorsque mes lèvres rencontrent les siennes, j'ai l'impression de revivre. C'est comme si j'avais retenu ma respiration depuis ce mercredi matin où mon corps a quitté la chaleur du sien. Comme si mon cœur ne pouvait battre qu'à l'unisson du sien. Les applaudissements éclatent tout autour de nous. J'ai l'impression d'être dans une sitcom à deux balles. Mais rien ne pourrait gâcher ce moment où je rouvre les paupières, où je rencontre son œil, et où j'y lis une surprise évidente. Une question s'y dessine.

— J'allais venir te parler, ce soir, expliqué-je. J'ai décidé de me battre. Ton connard de père ne gagnera pas.

Le soulagement qui envahit son corps est tel qu'il est forcé de s'asseoir par terre, délesté de ses forces. Je n'ai pas lâché son visage.

— Alex, je t'aime. Je t'aime, tu m'entends ?

Nos fronts se rencontrent. Il pousse un profond soupir accompagné d'une petite toux, et un sourire étire ses lèvres.

— Je crois que je n'ai pas très bien entendu en fait, tu veux bien répéter ? demande-t-il en déposant un baiser sur le bout de mon nez.

Je souris contre ses lèvres lorsqu'elles rejoignent de nouveau les miennes.

— Je t'aime, gros nigaud.

Des raclements de gorge gênés s'élèvent de toutes parts au-dessus de nous. J'entends même une gamine s'écrier « Beurk, c'est dégoûtant ». Mais nous sommes seuls au monde. Rien d'autre ne compte pour moi que cet œil, et ces lèvres qui ne cessent de sourire et de rire comme un enfant.

Cet œil descend éhontément jusque dans le creux de ma poitrine où son doigt va quérir le petit nœud d'un soutien-gorge rouge bien trop connu de lui. Il remonte ensuite vers mon visage.

— Est-ce que…

Sa question reste en suspens un court instant. Instant pourtant suffisant pour que le tanga assorti se retrouve aussi humidifié que mes pauvres licornes.

— Est-ce que j'ai une folle envie d'aller étudier le morcellement des offres dans la grange à foin, maintenant, tout de suite ? je termine pour lui.

Sa barbe s'agite sous un nouveau sourire. Il se redresse, et me soulève dans ses bras d'un même mouvement.

— Je crois que vous avez raison, très chère Victoria, c'est un sujet qui requiert notre attention de toute urgence, susurre-t-il à mon oreille.

À l'instant où nous sortons de la salle sous les yeux médusés de toute l'assistance, je croise le clin d'œil de Seb, et le sourire entendu de Marianne. À croire qu'elle avait tout manigancé depuis le jour où elle m'a décroché cet entretien chez Phénix Web. Et si c'était elle, au final, ma mère Noël ?

Épilogue

25 décembre. 10 h 26. Soupir extatique. Je ne sais pas à quoi ressemble le paradis, mais je suis à peu près sûre que le mien ne pourrait pas être plus parfait qu'en cet instant. Après des mois de travail harassant, pas de formation ni de boulot à l'horizon pour toute la semaine à venir. Il y a si longtemps que je n'ai plus goûté à la saveur de vraies vacances. La chaleur du soleil, qui pointe par la fenêtre jusqu'à mon visage, n'est rien comparée à celle de la bouillotte humaine calée dans mon dos, son bras contre ma taille, sa grande main posée sur mon ventre nu. S'ils en vendaient en option, j'en équiperais ma chambre chez ma mère aussi, y a pas à dire. À chacune de ses expirations sifflantes, son souffle caresse ma nuque et me provoque un frisson. Je me sens bien. À ma place. Place qui représente trois quarts du lit, comme il se doit dans tout bon contrat tacite de couple, bien entendu.

Quelle ironie ! Trouver son paradis dans les bras d'un homme nommé D'Enfer. Si l'on m'avait dit ça un jour, j'aurais pouffé comme une dinde frappée de hoquets compulsifs. D'ailleurs, c'est exactement ce que je fais. Dans mon mouvement, des poils de barbe chatouillent ma nuque.

Punaise, c'est quoi cette odeur divine ? Et je ne parle pas de celle suspicieusement bonne d'Alex malgré notre nuit… disons sportive. Serait-ce des crêpes ? Tout à coup, je suis incroyablement bien réveillée. Il y a des choses qui ont le don de motiver ma marmotte intérieure, et mon estomac en fait clairement partie. Je me redresse, et avise un plateau-repas posé sur ma table de chevet. Une pile de crêpes encore fumantes y côtoie un assortiment de petits pots de confiture et de pâte à tartiner. Et au milieu de celles-ci, le Graal : du caramel au beurre salé. Je me saisis avidement de mon trésor, puis me retourne vers Alex. Le drap a glissé dans mon mouvement, révélant l'intégralité du haut de son corps dénudé. À la vue de son torse tatoué et de la naissance de son aine, un tout autre type de faim me tord le ventre. Le genre de faim que j'ai l'impression de ne jamais pouvoir rassasier depuis que je suis avec le beau roux. Un an déjà. Une année rythmée par la mort de sa mère, les coups bas de son père, les démarches juridiques contre son frère, et par le divorce de mes parents, les engueulades, les larmes. Mais surtout une année marquée par le plus incroyable déferlement d'amour que je n'ai jamais connu. Merde, voilà que je deviens émotive. Je vais finir par donner raison à ma mère si ça continue comme ça. « Tu as changé » n'arrête-t-elle pas de me balancer à tort et à travers. Changé, mon cul, oui. C'est juste que… je ne pensais pas que quelqu'un puisse un jour me chérir à ce point. Je croyais que ça n'existait que dans les films, que c'était une vieille pub mensongère pour vendre plus de fleurs pourries à la Saint-Valentin. J'ai même honte parfois. On dit souvent que dans un couple, il y en a toujours un qui aime plus que l'autre, et j'ai sans cesse l'impression d'être cet autre. Je repose le plateau sur le côté, et me jette sur lui.

— Arrête de faire semblant, je sais que c'est toi qui as préparé tout ça. Et tu as pris une douche sans moi ? Espèce de lâche !

Son expression reste impassible jusqu'à ce que je sorte ma botte secrète féminine : je colle mes pieds glacés sur son ventre brûlant. Il hurle et tente d'échapper à mon arme ultime, mais mon sadisme n'a aucune limite et je les lui plante dans le bas du dos lorsqu'il se retourne. Il tombe du lit dans un amas de draps et de couvertures, manquant d'emporter avec lui le précieux plateau.

Le tas de tissu convulse, tousse. Dans ma grande, que dis-je, immense compassion, je suis morte de rire. Une tête tout ébouriffée finit par émerger. Il se saisit de ses lunettes, et les pose de guingois sur son nez fin. Jamais je n'aurais pensé qu'un homme portant des lunettes, et uniquement ça, pourrait être aussi sexy. Oubliées les crêpes, le sucre, et mon estomac. Je n'ai envie que d'une seule chose au menu de mon réveil. Je roule vers lui, mais il tend la main pour prendre son téléphone et se recule légèrement, hors de ma portée.

— Alex, qu'est-ce que tu fais ? Allez, reviens là. Tout de suite.

OK, les derniers mots ont été prononcés dans un genre de grognement. Ce n'est pas ma faute, à moi, si la lubricité a tendance à me transformer en espèce de bête assoiffée. Après moult tergiversations, j'en suis arrivée à la conclusion qu'il devait mettre une sorte d'aphrodisiaque dans son parfum. Il ne peut pas y avoir d'autre explication possible.

— Allô, s'exclame-t-il en levant son œil vers moi. SOS hommes maltraités ?

Le salaud. Je me saisis d'un oreiller et l'assomme de toutes mes forces. Le portable vole dans la pièce et retombe dans un bruit sinistre. Oh, vu tous ceux qu'il casse lui-même dans ses accès de colère, certes de moins en moins fréquents, il ne va pas m'en vouloir tout de même ?

Il regarde le téléphone, me regarde, puis de nouveau le téléphone, puis il se jette sur moi et me chatouille de la tête aux pieds. Surtout les pieds. Il connaît mon point faible, le bougre.

— Je me rends ! Je me rends !

Satisfait de sa victoire, il rampe du pied du lit où il maltraitait mes petits petons jusqu'à ma bouche, en passant par tout le reste de mon anatomie. Il dépose un baiser sur mes lèvres. Je frétille de plaisir et mon corps est déjà prêt pour ce qui va suivre.

— La prochaine fois que j'aurai envie de faire une surprise à ma femme, ronchonne-t-il, j'y réfléchirai à deux fois si c'est pour récolter un tel accueil.

Je le pousse, et me redresse en position assise, joueuse.

— Je te rappelle que je ne suis techniquement pas ta femme. J'ai refusé ta demande. Enfin, tes demandes.

Il roule à son tour et prend place à mes côtés. Il chasse mes cheveux sur l'épaule opposée, et entreprend de déposer une série de baisers sur ma nuque.

— Je ne désespère pas de te faire changer d'avis, chuchote-t-il tout contre ma peau.

Ce n'est pas du jeu ! Ça devrait être interdit par les règles de l'univers de faire ce genre d'effet. Je jette un coup d'œil vers sa table de chevet où il conserve religieusement le petit coffret qui contient la bague de fiançailles qu'il ressort de temps en temps pour tenter sa chance.

— Le mariage c'est rien qu'un bout de paperasse. Je t'aime, tu m'aimes, on est bien ensemble, c'est tout ce qui devrait compter, non ? Pourquoi c'est si important pour toi ?

Il se lève et dépose avec délicatesse le plateau sur mes genoux après avoir réarrangé la couette autour de moi. Il gratifie mon front d'un baiser et me sourit.

— Ce n'est rien. Ce n'est pas important, répond-il.

Oh non, non, non, non. On ne me la fait pas celle-là. C'est ma phrase ça ! Copyright Victoria Pottier. Et bon… OK… quand je me dis ça… généralement… il est hypothétiquement possible que je pense peut-être un tout petit peu le contraire. Pourtant, j'ai à peine ouvert la bouche qu'il la referme d'un baiser et me dépose un paquet cadeau entre les mains. J'observe la boîte suspicieusement. La dernière fois que j'ai reçu un présent de la part d'un D'Enfer, ça ne s'est pas franchement bien terminé.

— On n'avait pas dit qu'on échangerait les cadeaux avec les autres après le repas, tout à l'heure ?

Putain ! Le repas ! Mes deux neurones se connectent, et ma tête fuse tellement vite vers le radio-réveil que je suis à peu près sûre que je viens de gagner un aller simple chez l'ostéo. 10 h 56. Les invités arrivent dans une heure. Je ne suis pas lavée, pas habillée, et le repas n'est absolument pas prêt.

Tout. Va. Bien. Voyant ma panique, Alex s'installe de nouveau à côté de moi et se saisit de mes mains.

— N'angoisse pas, mon cœur. J'ai tout préparé pendant que tu dormais. La table est dressée, le repas prêt à être servi.

Je plisse les yeux. Je me demande si tout ceci n'a vraiment rien à voir avec la fois où j'ai malencontreusement cramé tous les amuse-gueule et fait tomber la pièce montée du mariage de Lily et Violette en voulant juste aider en cuisine. Alex pose sa main contre ma joue, et m'embrasse délicatement. À quoi je pensais déjà ? Ce mec est décidément très doué pour détourner mon attention.

— Et ce n'est pas un cadeau de Noël. Bon anniversaire, mon cœur.

Je rougis jusqu'à la racine de mes cheveux et jette un œil vers mon téléphone : ça, c'est forcément un coup de Seb. C'est bien la peine de faire tout mon possible pour faire oublier à tout le monde que je suis née le jour de Noël afin de ne pas empiéter sur l'autre fête, si c'est pour qu'il le crie sur tous les toits. Alex fait de nouveau taire mes pensées d'un baiser, qui n'arrange en rien ma température corporelle.

— Tu croyais vraiment que j'allais laisser passer tes trente ans ? questionne-t-il en s'allongeant à côté de moi sur le ventre.

Oh Dieu. Comment veut-il que je me concentre sur quoi que ce soit avec ces fesses divines qui m'appellent de leurs courbes ?

— Allez, ouvre s'il te plaît, s'impatiente-t-il.

Je déchire le papier à toute vitesse pour avoir le temps de profiter de ce qui s'offre à ma vue par la suite pour découvrir… une brosse à dents.

Je pose les yeux sur Alex, qui lutte pour garder son sang-froid.

— Qu'est-ce que c'est que ça ? Tu tentes de me faire passer subtilement un message ou quoi ? Je pue de la gueule ?

Même si je suis passablement vexée, je ne peux m'empêcher de porter ma main à ma bouche et de souffler dedans avant de humer mon haleine. Bon, on ne va pas se mentir, personne ne fleure le menthol super haleine fraîche de la mort qui tue de bon matin. Mais faut pas exagérer quand même. Il me tend un second paquet, beaucoup plus petit.

— C'est quoi cette fois ? Un savon pour me dire que je pue ?

Il hausse les sourcils et s'appuie sur le côté, offrant l'intégralité de son corps à mon regard. OK, 11 heures, ça laisse amplement le temps pour qu'il se fasse pardonner pour sa goujaterie. Je me dépêche d'ouvrir le paquet pour ne pas perdre une seconde de plus, et y découvre un porte-clés licorne. Oh mon dieu, il est terriblement mignon !

— Merci, je l'adore, m'exclamé-je en le posant sur ma table de nuit.

Alex soupire. Il s'empare du plateau, le fait migrer, et m'attrape par les hanches pour me faire glisser jusqu'à lui.

— Tout ne fonctionne décidément pas bien chez toi de bon matin, maugrée-t-il.

Je me colle à lui.

— Contrairement à chez toi, tu veux dire ?

Il m'entraîne sous la couette et me love dans un cocon de tendresse.

— Vic, j'aimerais vraiment que tu viennes vivre avec moi. Ici, ou dans une maison qu'on achètera ensemble.

Oh. Ah. Je comprends maintenant l'allusion, avec la brosse à dents et le porte-clés. Punaise, faut pas me faire des coups comme ça au réveil. Mes neurones sont un vieux diesel, ils ont besoin d'un peu d'échauffement avant d'être performants.

— J'ai envie de me réveiller auprès de toi tous les matins, argumente encore Alex.

À la peur que je lis dans son œil, il s'attend à un nouveau refus. Je prends son visage en coupe, dépose un baiser sur ses lèvres avant de lui livrer ma réponse… au moment où la porte de la chambre s'ouvre à la volée et où Joey se propulse dans les airs pour atterrir dans le lit à mes côtés.

— Surprise ! hurle-t-il dans un grand sourire.

Je tourne lentement la tête vers Alex.

— Et tu as donné les clés de ton appart à combien d'autres personnes dernièrement ? Lui aussi a eu droit à une demande en mariage ?

Je tente de conserver mon sérieux, mais la mine penaude et rubiconde qu'il me retourne finit d'avoir raison de moi et nous partons tous d'un grand éclat de rire.

*

12 h 45. Lily, Violette, Joey, Marianne et Alex s'esclaffent à la table alors que ce dernier leur raconte l'incursion de Joey dans notre chambre. Sur le canapé, ma mère caresse doucement la cuisse de Wilfried en sirotant son apéritif. Je ne peux retenir un sourire attendri, même si ces deux-là m'ont causé quelques insomnies avec leurs jeux nocturnes, ces dernières semaines. Qui aurait cru que ma mère, Miss Prude Univers jusqu'au mois dernier, se révélerait une vraie cantatrice dans les bras du père de

Joey ? Je reporte mon regard sur l'extérieur, et sens mes entrailles se contracter d'angoisse. Comme s'il pouvait la ressentir, Alex se lève et se place derrière moi. Ses bras enlacent ma taille, et il dépose un baiser sur ma chevelure.

— Ne t'inquiète pas comme ça, il va arriver.

Comment pourrais-je ne pas paniquer après tous les sales coups que son père nous a fait subir cette année ? Et s'il avait fait quelque chose à Seb ? Jusqu'ici, les menaces n'ont été que verbales. Mais je conserve en mémoire le départ d'incendie de la maison de mes parents, qui ne pouvait pas être une coïncidence, lors de mon séjour à D'Enfer Manor. Mon téléphone serré dans le creux de mes mains, je me force à ne pas consulter une nouvelle fois mes appels, quand la voiture de mon meilleur ami se gare enfin dans la cour. Le soulagement est tel qu'il me coupe les jambes. Je ne sais pas combien de temps je pourrai encore vivre comme ça, dans la peur du prochain scandale fomenté par le Fossile. Mais c'est la vie que j'ai choisie. La seule qui me permette d'être avec Alex.

Seb trottine jusqu'à la porte et l'ouvre avec violence avant de se précipiter dans le salon.

— OK… bonjour à toi aussi, et joyeux Noël, je lui lance dans le dos.

Il appuie sur tous les boutons des télécommandes, agacé de voir l'écran désespérément noir, quand enfin il parvient à faire apparaître une image. Il me faut un long moment pour comprendre ce que je vois et ce que j'entends tant j'ai l'impression d'être dans un rêve. Je sens les mains d'Alex se mettre à trembler contre mon ventre, et il me serre un peu plus fort avant de me retourner pour lui faire face.

Ses yeux sont embués de larmes. Seb saute comme un fou dans toute la maison, et se précipite vers nous pour donner une grande tape dans le dos d'Alex.

— Hey Monsieur Carotte ! On a réussi ! Le Fossile est hors-jeu ! Il est sous les verrous ! Et d'un ! On finira par avoir Harry aussi, j'en suis persuadé.

Tout le monde crie de joie. Je lance un regard faussement courroucé à Seb.

— Je t'ai déjà dit de ne pas appeler mon fiancé comme ça, marmonné-je avant de me détacher d'Alex pour serrer mon ami dans mes bras, folle d'allégresse.

Tout le monde se fige. L'œil d'Alex fuse vers mon annulaire gauche, où j'arbore la bague d'argent et d'or noir mêlés. Sa bouche s'ouvre, puis se referme. Et c'est reparti, on est de retour au royaume des carpes.

— Mais… commence-t-il.

Je me colle à lui, et lève la tête vers son visage.

— Alors, c'est le cerveau de qui, qui ne fonctionne plus très bien maintenant ? le taquiné-je.

Il baisse de nouveau l'œil vers ma main, avant de revenir vers mon regard.

— C'est un oui, gros nigaud, expliqué-je. Je dirais même un double oui.

L'instant semble figé. Puis les larmes se mettent à couler sur le visage de mon fiancé au moment où il plonge vers mes lèvres.

— Câlin général ! hurlent Joey et Seb à l'unisson en se précipitant pour nous enlacer.

Parfois, la vie vous joue de drôles de tours. Un jour, peut-être qu'on racontera la légende d'une sirène paumée qui rencontra un cyclope. Quant au « Ils vécurent heureux et eurent beaucoup d'enfants »… Comment dire. Il est hypothétiquement possible que ce soit peut-être le cas.

Bonus Saint-Valentin

Note à moi-même : la prochaine fois que mon ange gardien en toc me suggérera de reprendre mes études, ne pas oublier de l'abattre à coups de pelle. Non, mais sérieusement, comme si je ne connaissais pas déjà tout ça. Pas besoin d'un institut pour apprendre : passe une semaine au refuge et tu sauras tout ce qu'il faut savoir sur les soins aux animaux, la gestion d'une structure et la diplomatie. Bon, j'avoue, j'ai peut-être quelques progrès à faire sur ce dernier point. Tous des cons ! Pas ma faute si personne dans cette promo n'est capable d'encaisser la franchise. Et on en parle du travail de groupe ? Celui qui a inventé ça n'a jamais dû mettre un pied dans la vie réelle : à part provoquer d'ardentes incitations au meurtre, je ne vois pas à quoi ça peut bien servir. Depuis quand un prof d'équitation est obligé de travailler en groupe, de toute façon ? CQFD.

Mon téléphone vibre. L'espace d'un court instant, mon cœur se serre de tendresse en pensant qu'il s'agit d'un message d'Alex. Je ne sais pas combien de temps est censée durer cette fameuse période

« lune de miel » de début de couple. Avec Antoine, en quelques semaines, elle était retombée comme un soufflé frelaté. Mais avec Alex, j'ai l'impression d'être de plus en plus accro chaque jour.

MAMAN : Tu dors chez Alex ce soir ?

Malgré la légère déception en voyant le nom de l'expéditrice, je ne peux retenir un petit sourire : ça, c'est une question déguisée pour savoir si elle peut ramener un homme à la maison cette nuit, ou je n'y connais rien.

MOI : Non, il m'a dit qu'il était débordé de travail aujourd'hui. De toute façon j'ai exam demain matin, je te rappelle. Mais au pire, je mettrai des Boules Quies ! Bisous

Dormir chez Alex les soirs des semaines où je suis à l'institut n'est pas une bonne idée. Car il est bien rare que je dorme beaucoup quand je vais chez lui. À cette simple pensée, mon addiction entortille encore un peu plus mon cœur autour de son petit doigt. Un sourire niais accroché au visage, j'ouvre ma conversation avec mon amoureux.

MOI : Tu me manques. Tu t'en sors avec tes dossiers ? Je pourrais t'aider à avancer demain après-midi si tu veux. Je n'ai pas cours. Je compte les heures qui me rapprochent de tes bras. Bonne journée mon amour. Je t'aime.

J'appuie sur envoyer et relis mon message. Trop tard. « Je compte les heures qui me rapprochent de tes bras » ? Sérieux ? Punaise. Je me découvre une âme de poète maintenant. Pathétique. Je suis devenue le cliché ambulant que je moquais chez toutes les filles. Et que ça dégouline d'amour et de mièvrerie ! Au secours.

La prof détaille les différentes parties de l'anatomie d'un cheval. On entendrait un pet de mouche diarrhéique tant les autres sont concentrés. Je jette un œil à mon carnet où, comme presque tous les jours, je n'ai inscrit que la date et le sujet du cours. Bravo, Vic, en fin de formation tu auras un merveilleux sommaire pour seules et uniques notes.

Mon téléphone vibre à nouveau, et je me jette dessus avec l'avidité d'une puce sur un chien galeux.

JOEY : J'ai réservé nos chambres pour les vacances.
Je suis sûr que tu approuveras mon choix.
Avoue que tu en meurs d'envie.

Je lève les yeux au ciel en voyant la photo d'un lit trois places.

MOI : C'est beau de rêver.

Un smiley mort de rire accompagné d'un autre à la tête auréolée me parvient pour toute réponse. Nouvelle vibration, nouvel expéditeur.

VIOLETTE : Je compte sur toi pour bien prendre soin
de mon frère aujourd'hui.

Est-ce que « prendre soin de ton frère » est un nom de code pour signifier lui donner sa dose de sexe, Violette ? Car si c'est le cas, sache que : petit a, je n'attends pas la Saint-Valentin pour la lui donner. Et petit b, je ne suis pas encore parvenue à déterminer la dose qui permettrait de le rassasier. Mais c'est en cours d'étude. Et en bonne scientifique que je suis, j'y emploie tout mon temps libre.

Enfin, je vois apparaître le nom que j'attendais sur mon écran.

ALEX : « Je compte les heures qui me rapprochent
de tes bras » ? Qui êtes-vous ?
Qu'avez-vous fait de ma petite amie ?

La formatrice lance un regard assassin à mon ricanement.

ALEX : Tu me manques aussi mon cœur.
Et ne t'inquiète pas pour les dossiers.
J'ai d'autres projets pour notre vendredi après-midi.
Tu dors chez moi demain soir.

Je ne sais pas ce que sont ses projets, mais je les aime déjà.

MOI : Ça semble compromis pour demain soir,
samedi matin je dois accompagner ma mère
chez son avocat pour le divorce.

ALEX : Ce n'était pas une question.

MOI : Tu sais très bien ce que je pense des ordres.

ALEX : Que tu vis pour m'en donner
dans la chambre à coucher ?

Le troupeau de chèvres hystériques est de retour.

— Mademoiselle Pottier, si nous vous gênons pour vos petites conversations privées, vous pouvez toujours prendre la porte.

Je lève les yeux, puis les épaules, avant de ramasser mes affaires et de traverser la salle sous les regards médusés des autres élèves et de la formatrice. À peine arrivée sur le parking, je repère la vieille Renault de Seb qui est en avance, comme toujours. Pourtant, en avisant les cartons d'articles de bureau qui trônent sur ses sièges arrière, j'ai un mauvais pressentiment.

— Ne me dis pas que tu t'es encore fait virer ? demandé-je en montant dans la voiture, le cœur serré.

Mon meilleur ami soupire, force un sourire dans sa barbe broussailleuse, puis me regarde.

— Alors je ne te le dirai pas, Little. Et interdiction que tu te sentes responsable comme les deux fois précédentes. Ce n'est pas grave. S'il croit que c'est en achetant tous les rédac chefs qu'il nous dissuadera de mener notre enquête sur lui, le Fossile se fourre le doigt si profond dans l'œil qu'il ne va pas tarder à lui ressortir par l'anus. Et crois-moi, ça ne sentira pas bon du tout pour lui.

S'il existait une cérémonie de remise des oscars du plus génial meilleur ami de l'univers, pas de doute que Seb raflerait le prix chaque année. Je me jette sur lui pour un câlin réconfortant qu'il tente d'esquiver pour la forme, mais qu'il me rend avec toute la force que lui permettent ses muscles atrophiés de bébé paresseux.

— Direction le refuge ? questionné-je en me dégageant avant de m'emmitoufler dans le manteau offert par Alex il y a déjà près de deux mois.

— J'y ai passé la journée du coup, avec Marianne, nous avons fait tout ce qu'il y avait à faire. Tu vas pouvoir te reposer avant ta super soirée, ajoute-t-il avec un clin d'œil.

Je tourne le regard vers lui.

— Ma super soirée ? Si tu veux parler de la soirée que je vais passer enfermée dans ma chambre à faire semblant de ne pas entendre ma mère glousser sous les compliments de sa nouvelle conquête… Sans parler de la nuit où je serai certainement bercée par le doux bruit des ressorts de son lit et de leurs gémissements…

Un sourire étire sa barbe.

— Arrête, Little, je sais que tu exècres cette fête, mais je suis sûr qu'Alex va mettre le paquet pour votre première Saint-Valentin. Je parie que d'ici quelques heures tu étoufferas presque sous un déluge de roses rouges et de baisers.

Quelle horreur. Quel cliché. Alex et moi sommes au-dessus de ça, pfff.

— Alex m'a dit qu'il n'aimait pas la Saint-Valentin. Alors tu vois, c'est toi qui te fourres le doigt dans l'œil, cette fois.

Seb part d'un grand éclat de rire.

— Alex est le pire romantique que j'aie jamais vu de toute ma vie. C'est tout juste si de la guimauve ne lui coule pas de ses petites oreilles parfaites en permanence. Crois-moi, Alexandre D'Enfer est aussi allergique à la Saint-Valentin que nos chers politiciens le sont aux mensonges.

C'est quoi cette drôle de sensation qui s'insinue en moi tout à coup ? Non non non non, hors de question. Ôte-toi ça de ta tête de linotte immédiatement ma petite Vic. Mais… Alex n'avait-il pas éludé la question un peu trop rapidement l'autre jour ? Allez, ça suffit, arrête de penser à ça.

— On va boire un verre ? Je peux commencer à t'aider à chercher de nouvelles annonces de job si tu veux ? lancé-je pour tenter de détourner mon cerveau soudain lâché comme un chien fou sur ses doutes à ronger.

Seb met le contact, et pousse un profond soupir.

— Une autre fois, ça aurait été avec plaisir. Mais je suis vanné, et je compte bien me reposer un peu avant la soirée, car moi je vais profiter de ma Saint-Valentin contrairement à toi.

— C'est bon, c'est bon, je ne veux rien savoir. Bon OK, j'ai peut-être menti, j'espère bien que tu me raconteras absolument tout ! Tu veux que je te fasse un petit massage relaxant avant ta sieste ? Tu m'as l'air tout tendu.

Il tourne sa tête hirsute vers moi.

— Vic, Esmée est à la maison. Elle a déjà bien du mal à accepter notre relation fusionnelle, alors tu crois qu'elle va dire quoi si elle te voit me faire un massage ?

Quel rabat-joie.

— C'est bon, c'est qu'un massage, y a pas mort d'homme.

— Non, mais si tu la sous-estimes, il pourrait bien y avoir mort de femme !

— C'est qu'elle ne connaît pas encore le Démolinator.

Deux troupeaux de chèvres hystériques se rejoignent dans l'habitacle et chassent mes idées noires.

— Bon, tu n'as qu'à me déposer à Phénix Web, vu que tu ne veux pas de moi.

Il me coule un regard chargé de reproches.

— Vic, tu ne travailles plus pour lui. Il faut que tu te reposes.

Est-ce qu'il me connaît trop bien ? Absolument.

— Je vais juste l'aider à résorber un peu du retard qu'il a sur ses dossiers, et qui sait, peut-être que je parviendrai à lui voler quelques baisers de Saint-Valentin au passage. Et plus si affinités.

Seb se frappe la tête contre le volant au moment où nous arrivons au bas de l'immeuble rutilant.

— Tu es irrécupérable.

— Je sais, je réponds fièrement. Bisous à Esmée.

Le vent glacial m'agresse les joues à peine sortie de la voiture. Comme chaque fois que je passe les portes de l'immeuble, je me souviens de mon premier jour ici, et de cette rencontre catastrophique avec mon boss qui allait finir par devenir mon amoureux. Rien qu'à l'idée de voir son visage, je sens tous les organes se trouvant dans ma poitrine se liquéfier. Alex devrait décidément être requalifié en maladie rare sexuellement transmissible, car je vis dans un état de fébrilité inquiétant depuis que je suis avec lui.

— Salut, Rosa, je lance au moment où les portes de l'ascenseur s'ouvrent sur l'open space si familier.

— Victoria ? Qu'est-ce que vous faites là ?

Toujours en train de jouer les commères celle-là.

— Je suis venue voir Alex. Il n'est pas en communication ?

Elle baisse ses yeux globuleux parés de lunettes sur son sous-main, n'osant croiser mon regard.

— M. D'Enfer n'est pas venu travailler aujourd'hui. Je pensais que vous le saviez.

What ? Qu'est-ce que c'est encore que ces conneries ? La boule est de retour dans ma gorge. Il n'est pas venu travailler ? Alors pourquoi est-ce qu'il m'a dit qu'il avait des dossiers en retard et que nous ne pourrions pas nous voir pour cette raison ? Il y a baleine sous grain de sable. Allez, Vic, rationalise. Peut-être qu'il a simplement décidé de travailler depuis chez lui. Pas qu'il le fasse souvent, mais ça a dû lui arriver une fois ou deux, non ? Genre les 29 février et les 36 du mois.

Je ne prends même pas le temps de dire au revoir à la pauvre assistante, et repars d'où je viens. En chemin vers l'appartement d'Alex, je compose son numéro, les mains tremblantes. Je tente de garder mon esprit le plus vide possible pour ne pas penser, mais je ne suis pas très forte à ce genre d'exercice.

Je ne comprends vraiment pas pourquoi les gens changent de trottoir lorsqu'ils me croisent. Merde, je dois avoir enclenché le mode Démolinator. Ça ne doit pas être beau à voir. Un instant, je me dis que ce n'est pas possible, qu'Alex n'est pas comme ça. Ce n'est pas un menteur. L'instant d'après, j'imagine déjà une grognasse, que dis-je, une armée de grognasses dans son lit, une orgie dans tout l'appart. Quand il ne répond pas, l'angoisse monte encore. Arrivée devant chez lui, mes derniers espoirs qu'il se soit rendu en urgence à D'Enfer Manor pour gérer un souci sur le domaine s'envolent quand j'aperçois la vieille Citroën garée dans la cour.

La porte d'entrée vibre tant la musique qui s'échappe de l'intérieur dépasse de très loin les normes légales d'une bonne entente de voisinage. Je n'ai pas les clés, nous n'en sommes pas encore à ce stade de notre relation. J'actionne la clenche : c'est ouvert.

Merde, merde, merde. Qu'est-ce que tu es en train de faire, Vic ? Après tout, les humains ne sont pas faits pour être monogames, c'est scientifiquement prouvé. Putain si je trouve une grognasse dans son lit, je l'écorche vive et lui arrache le cœur avant de la découper en petits morceaux et de me faire un méchoui. Allez, Vic, rien n'est perdu, il ne t'a pas encore jetée, alors pourquoi t'inquiéter ? Je ne sais pas, Vic, peut-être que la boule dans ta gorge qui menace de t'étouffer et les larmes que tu retiens à grand-peine peuvent constituer un début de réponse, tu ne crois pas ? Ma respiration saccadée n'aide en rien mes réflexions. Je l'aime tellement. Et encore, c'est un euphémisme. Est-ce que je serais prête à abandonner ma super collection de squelettes de dinosaures chérie depuis l'enfance pour lui ? Carrément, oui. Pourquoi est-ce qu'il me ferait une chose pareille ? Détester la Saint-Valentin n'est tout de même pas un motif valable pour la passer avec une autre pouffiasse, si ?

N'y tenant plus, j'ouvre la porte en grand et pénètre dans l'appart.

Mais. Qu'est-ce. Que. C'est. Que ça ? Que se passe-t-il ici ?

Le sol est jonché de fragments de verre. Mon cœur s'accélère. Oh mon Dieu.

— Alex ? hurlé-je en me précipitant dans toutes les pièces.

Les morceaux de verre s'enfoncent dans les semelles tendres de mes bottes, mais je m'en contrefiche. Dans ma tête, toutes les putains d'alarmes se sont mises à hurler, le voyant « Fossile » clignotant en énorme. Non, pas son propre fils. Il n'oserait pas.

— Alex ! crié-je encore en glissant sur un fragment d'œuvre d'art lors de mon entrée dans le salon.

L'odeur de tabac est insupportable, et la pièce est complètement enfumée. La forme dégingandée de mon petit ami est étalée sur l'immense canapé. Mon cœur rate un battement et je me redresse en courant vers lui.

— Vic ? Qu'est-ce… qu'est-ce que tu fais là ? dit-il en tournant la tête vers moi, une clope au bec.

Il éteint difficilement la chaîne Hifi dans une quinte de toux phénoménale. Le soulagement déferle dans mes veines et je me jette littéralement sur lui.

— Putain, Alex, tu m'as fichu la peur de ma vie. Ne me refais plus jamais ça ou je te jure que je te tue de mes propres mains, grondé-je en frappant de mes petits poings aussi inoffensifs qu'un crocodile édenté et unijambiste sur son torse sifflant.

Je ne me suis même pas rendu compte que je me suis mise à pleurer. Sa main libre se pose sur mon dos et le caresse doucement, quand j'avise un verre d'alcool fiché dans son autre main. Je me redresse et prends enfin le temps de l'examiner. Le mec est une épave. Il porte un costume comme s'il s'apprêtait à partir pour le bureau, mais que son corps avait finalement décidé en chemin de vider l'intégralité de son stock d'alcool et de cigarettes. Lui que je n'ai jamais vu ne serait-ce qu'un peu éméché me regarde avec l'œil vitreux de quelqu'un qui a déjà bien trop abusé de la bibine. Des mégots de cigarette encore fumants sont posés négligemment sur son canapé en cuir, entamant la peau en de grosses auréoles noires. Paniquée, je lui ôte sa clope des lèvres et me saisit des mégots pour les poser dans le cendrier qui trône toujours sur la table basse malgré le fait qu'il ait supposément arrêté de fumer depuis plus d'un mois. À peine ai-je sécurisé le périmètre que je le vois fouiller d'une main tremblante dans la poche de son costume pour en allumer une nouvelle.

— Arrête ça immédiatement, râlé-je en m'emparant de la boîte pour la balancer à l'autre bout de la pièce. Qu'est-ce qui t'arrive à la fin ?

Il tremble de tous ses membres, pourtant il fait une chaleur à crever. Je me débarrasse de mon manteau et me saisis de son visage. Il tente de le détourner en renversant la moitié du contenu de son verre par terre.

— Va-t'en, Vic. Je ne suis pas de bonne compagnie ce soir, parvient-il à articuler sans croiser mon regard.

Franchement, ce gars m'impressionne. Dans son état d'ébriété, je ne pense pas que j'aurais été capable de baragouiner plus de trois mots cohérents et serais certainement debout sur ladite table basse en pleine démonstration de mes talents de danseuse qui valent ceux d'un nonagénaire en déambulateur frappé d'une crise d'épilepsie.

— Sans blague… tu m'étonnes beaucoup là. Tu ne penses pas que je rêve d'un mec qui fume clope sur clope et que je retrouve affalé sur le canapé complètement beurré en plein milieu de semaine ? Ça me paraît être la définition d'un très grand nombre de mecs lambda pourtant.

Il tourne son œil vers moi comme si je venais de lui asséner la pire des insultes. Ce qui est peut-être bien le cas. Lui et moi savons parfaitement qu'il est tout sauf un mec lambda. Je me lève et lutte un court instant pour lui extirper son verre des doigts quand je remarque des centaines de documents éparpillés sur le divan et sur le sol derrière lui. Des photos. Toutes représentent une seule et même personne : Alex. Mais parfois, deux copies conformes du même individu apparaissent sur les clichés. Je tends la main pour me saisir de l'une des images, mais Alex arrête mon bras d'une poigne ferme.

— Vic, il faut que tu partes. Je te promets que nous parlerons demain.

Il y a tant de tristesse dans sa voix que mon cœur éclate. Tout doucement, je m'assois sur ses genoux, et pose une main sur son visage.

— Vic, je ne me contrôle pas ce soir. Je ne veux pas te faire du mal, plaide-t-il encore, presque suppliant.

Ses mains s'ouvrent et se ferment spasmodiquement et je sais qu'il ne me ment pas. Il a les nerfs à vif, et j'ai déjà vu bien trop de fois ce que ses excès de colère incontrôlés peuvent faire sur son mobilier, sa vaisselle, ou ses téléphones portables.

— C'est un soir de Saint-Valentin qu'il est parti, n'est-ce pas ? Qu'il a disparu ? demandé-je doucement en lui caressant la joue.

Une larme coule de son œil et roule jusqu'à mes doigts.

— C'était il y a dix-huit ans aujourd'hui, se contente-t-il de répondre.

Mon cœur se contracte. J'ai l'impression d'être une énorme éponge qui absorbe la détresse qui suinte par tous les pores de sa peau. William était tellement plus que son frère. La blessure ne guérira jamais. Et ce constat est presque insupportable pour l'accro du syndrome de l'infirmière que je suis.

J'aimerais pouvoir le soigner, recoudre une à une les cicatrices de son cœur. Un long silence tombe entre nous. Il m'a à peine regardée depuis que je suis entrée dans la pièce et ça me fait terriblement mal.

— Alex, je comprendrais parfaitement que tu aies besoin d'être seul. Je me retirerai de cette pièce si tu me le demandes. Mais je ne te laisserai pas livré à toi-même ici, dans cet état. Tu comprends ?

Pas de réponse. Il tremble tellement. En temps normal des façons très originales de le réchauffer m'auraient certainement sauté à l'esprit, mais pas ce soir.

— Alex, hésité-je, ne sachant pas comment formuler ma pensée.

Punaise, je n'ai jamais été très douée pour ça. J'aimerais tellement trouver les mots justes.

— Sache que si tu as besoin de moi, je suis là pour toi. Je le serai toujours.

Pas de réponse. Je ravale ma fierté, et enterre ma propre tristesse qui est bien pâlotte en comparaison de la sienne. Je me saisis d'un plaid plié avec maniaquerie sur le fauteuil en face du canapé, et entreprends de l'en couvrir lorsqu'il attrape mon poignet et m'attire à lui violemment. Ses bras se referment sur moi, et il enfouit son nez dans le creux de mon cou avant de fondre en larmes. On croit souvent qu'il n'y a rien de pire que sa propre peine. Jusqu'à ce qu'on soit confrontée à celle des personnes qu'on aime le plus au monde. Ses sanglots me transpercent et sa douleur me donne la nausée. Je ne sais pas quoi dire, quoi faire, alors je ne fais rien. Petit à petit, ses tremblements cessent, puis ses larmes. Ses doigts enfouis dans la peau de mon dos y laisseront indubitablement leur marque, mais ils finissent par se détendre.

— Je suis là, mon amour, murmuré-je doucement en lui caressant les cheveux, je ne vais nulle part. Je suis avec toi.

Après un temps infini, il décolle sa tête de mon cou et dépose un baiser sur mon front.

— Merci, se contente-t-il de dire dans un premier temps.

Punaise, dire que je pensais savoir ce qu'était l'amour avant de le connaître. À quel point je m'étais trompée.

— Tu parles d'une Saint-Valentin, chuchote-t-il enfin sur un ton d'excuse. Je suis tellement désolé.

Il pue l'alcool et schlingue le tabac. Je suis couverte de sa morve et de ses larmes séchées. Et pourtant ? Il n'y a aucun autre endroit où je souhaiterais me trouver en cet instant.

— Bon, on va espérer que tu sois assez beurré pour oublier tout ce que je vais te dire, sinon je jurerai sur la Bible et *Le Seigneur des Anneaux* que tu as tout inventé, OK ? Mais… c'est la fête des amoureux, non ? Alors c'est forcément ma plus belle Saint-Valentin puisque je la passe dans les bras de l'homme de ma vie.

Un petit sourire déforme ses lèvres fines et c'est le plus beau cadeau de Saint-Valentin qu'il puisse me faire.

— Je t'ai déjà dit que mon appart était truffé de micros ? J'aurai des preuves, et je compte bien m'en servir, ironise-t-il avant de fondre sur mes lèvres.

Je l'arrête d'un doigt.

— Hop hop hop ! Tu te rappelles de ce qu'on a dit sur le tabac, les bras, et le chocolat ?

Son regard outré me prouve qu'il n'est décidément pas si saoul que ça. Je me saisis de sa cravate à deux mains, et l'attire doucement à moi.

— Je rigole, viens par là, gros nigaud.

Bonus 50k

Dans un hurlement qui ferait mourir d'envie les meilleurs chanteurs de hard rock de la planète, le vieux break Citroën s'immobilise enfin devant l'entrée principale de D'Enfer Manor. Il était temps. Une seconde de plus et je jure que je refaisais la déco version *Massacre à la tronçonneuse*.

— Oh, Alexandre, c'est charmant ! Quelle magnifique demeure.

Je hausse les yeux au ciel. Geste que j'ai répété tant de fois lors de ces deux demi-journées de voyage en compagnie de ma mère et d'Alex que je suis étonnée qu'ils ne se soient pas déjà creusé un chemin jusqu'à l'extérieur de mon crâne pour aller vivre leur meilleure vie dans les Bermudes auprès de ma patience et de ma bonne humeur. Alexandre par-ci, Alexandre par-là. Je vais finir par croire que c'est elle qui est folle amoureuse du plus-si-célibataire le plus en vue du pays. Je suis sûre qu'elle est à deux doigts d'ouvrir le Alex Fan Club juste pour en être la présidente. Et ça c'est quand elle ne passe pas son temps à tenter de me convaincre que je devrais bénir tous les dieux possibles qu'un homme tel que lui ait pu accepter de sortir avec une pauvre fille telle que moi.

Une longue main se glisse sur mon genou et le caresse doucement. S'il croit qu'il va m'avoir comme ça, il se fourre le doigt dans le seul œil qu'il lui reste. Je croise les bras sur ma poitrine. Ma vengeance sera terrible. Il va enfin rencontrer le Démolinator. Je garde les yeux résolument pointés devant moi. La chaleur de ses doigts me quitte enfin, et il descend de la voiture pour aller ouvrir à ma mère.

— Merci, Alexandre, toujours le parfait gentleman ! J'en connais une qui devrait prendre exemple sur vos manières impeccables.

Nan, mais je rêve ! Mes bras se serrent si fort que je dois être à deux doigts de m'autopneumothoraxer. Comment ça, ça n'existe pas ? Je demanderai à Tamie la prochaine fois que je la vois, c'est une pro quand il s'agit d'inventer des mots.

Alex se marre avant qu'une quinte de toux le rattrape.

— Croyez-moi, il n'y a pas une seule chose que j'aimerais changer chez votre fille. Pas une. J'aime chacune de ses qualités, et peut-être même plus encore ce que les autres pensent être ses défauts.

Ouais c'est ça, essaie de te racheter. Tu ne perds rien pour attendre.

Ma mère renifle de mépris.

— Ah... l'amour. Qu'est-ce qu'il ne faut pas entendre !

Alex serre brièvement Wilfried dans ses bras avant de le présenter à ma mère.

— Voici Wilfried, mon majordome. Il va s'occuper de réaliser vos moindres souhaits tout au long du week-end.

Ma mère observe le père de Joey de haut en bas avant de hausser un sourcil.

— Ah oui ? Mes moindres souhaits dites-vous ? Intéressant.

Jésus Marie Joseph et tous les elfes de la putain de forêt perdue du royaume de Poudlard. J'ai juste envie d'ouvrir mon sac à main, de prendre deux tampons et de me les enfoncer dans les oreilles jusqu'à ce qu'ils épongent tout le sang qui doit s'en écouler, et mon cerveau avec.

Alex affiche un petit rictus. Je le connais très bien celui-ci. C'est le sourire spécial « Oh My God, mais faisons comme si nous n'avions rien entendu ». Il est devenu expert de ce sourire avec moi.

— Je vous laisse avancer, je vous rejoins dans quelques instants avec Victoria.

Une fois qu'ils se sont quelque peu éloignés, il ouvre ma portière, mais n'essaie même pas de tendre la main pour m'aider à descendre de la voiture. C'est bien, il a retenu la leçon, et il tient bien trop à ses doigts. Moi aussi remarque… maintenant que j'y pense. Non non non non, ne pense pas à ce qu'ils sont capables de faire, Vic, focus. Tu es fâchée là, tu te rappelles ? Fâchée.

En lieu et place de sa main, je l'entends farfouiller dans la poche de son manteau, et bientôt, un mouchoir blanc s'agite devant mon visage.

— Ô Glorieuse Victoria, Reine des Orgasmes, je viens en paix, s'exclame-t-il en exagérant sa voix de stentor.

Voix qui fait des choses pas très catholiques dans mon bas-ventre. Tricheur va.

Je lève enfin les yeux vers lui. Le bras posé sur la portière, son immense carcasse bloque totalement toute tentative de fuite. Encore faudrait-il vouloir fuir en apercevant le petit sourire mutin qu'il affiche sur son visage parfait, et les boutons de sa chemise verte qui tirent si fort sur le tissu que j'ai terriblement envie de les aider à retrouver leur liberté. Double traître.

— Vas-y, cours, vole, va récolter ta médaille du parfait petit gendre, lâché-je en serrant de nouveau les bras sur ma poitrine, boudeuse.

Je les desserre immédiatement en voyant son sourire s'élargir. J'avais oublié à quel point il aimait me voir bouder. Son œil s'illumine de malice.

— Pour ça, encore faudrait-il que nous soyons mariés, ce qui n'est pas le cas, et que quelque chose se révèle être petit chez moi, ce qui, je te le rappelle, est loin d'être le cas.

Je pousse son bras et m'extirpe de la voiture en le bousculant.

— Ça, c'est sûr qu'en ce qui concerne ton ego, on ne doit pas être loin du Guinness des Records. Quant au reste, il y a tellement longtemps que je n'en ai pas vu la couleur qu'il ne faut pas m'en vouloir si je ne m'en souviens pas.

Peut-être que trois jours ne représente pas si longtemps pour certains, mais personnellement je suis grave en manque, avec tous les effets secondaires indésirables que cela comporte, comme être bougonne, chieuse, et d'une mauvaise foi qui frise le ridicule. Bon, OK, peut-être qu'elle ne fait pas que le friser, mais qu'elle a déjà achevé le full brushing de caniche version années 80.

Il pousse un profond soupir, réprime une nouvelle quinte de toux, et se saisit de mon poignet avec délicatesse avant de plonger son œil dans les miens.

— Tu vas m'en vouloir tout le week-end ?

— Tu étais vraiment obligé de l'amener avec nous ?

Il passe une main sur ma joue pour en chasser les mèches de mes cheveux que je n'ai pas pris de temps de coiffer ce matin à l'hôtel.

— Écoute, j'ai pensé bien faire. Avec le divorce et tout le reste, elle n'avait pas l'air dans son assiette. Je me suis dit qu'un changement d'air lui ferait le plus grand bien.

Je me détache de sa main et le fusille du regard, même si au fond de moi je me sens déjà fondre devant sa gentillesse et sa sollicitude à l'égard de ma mère. C'est juste que, pour une fois dans ma vie, j'avais terriblement envie d'être égoïste et de l'avoir pour moi toute seule.

— Qu'est-ce que tu ne comprends pas dans le concept de « Week-end en amoureux » ? Tu veux peut-être que je te fasse un dessin ? Moi qui comptais « inaugurer » avec toi chacune des 367 pièces de ce manoir avant que tu le cèdes à la Fondation…

Il se marre. Le salaud a l'audace de se marrer.

— Mon cœur, malgré l'entraînement intensif auquel tu soumets mon pauvre corps, je crains que tu aies préjugé de mon endurance dans tes calculs. Et puis je te rappelle que Joey sera là. Tu sais comment il est. Tu crois vraiment qu'on aurait pu passer un week-end romantique avec Joey dans les parages ? Au moins, ta mère va l'occuper un tant soit peu. Il doit mourir d'envie de lui extirper tous tes petits secrets d'enfance.

Ça y est, j'ai peur.

— À moins que ce ne soit lui qui finisse par s'occuper d'elle, qui sait, ajoute-t-il en haussant l'un de ses sourcils broussailleux. Il a des goûts plutôt... disons éclectiques...

Oh... Mon... Dieu... je vais vomir.

— Merci, Alex, maintenant je vais être obligée de me rincer le cerveau à l'eau de javel pour m'enlever l'image que tu viens de graver à tout jamais dans mon crâne. Et on en parle de cette chambre d'hôtel avec trois lits une place que tu avais réservé pour la nuit dernière ?

Je me dirige vers le coffre de la voiture pour en extirper mon fidèle sac de voyage en cuir.

— Je te l'ai déjà dit, c'était la seule chambre disponible. Je te rappelle que j'avais prévu de venir seul ici à la base.

Comme si j'allais le laisser faire alors que c'était la première fois qu'il remettait les pieds ici depuis les obsèques de sa mère. Sans compter le Fossile que la police avait dû faire déguerpir manu militari, car il ne voulait pas débarrasser le plancher...

Je hisse mon sac sur mon dos, et croise de nouveau les bras sur ma poitrine.

— Je ne sais pas, peut-être que c'était un message subliminal ? Peut-être que tu ne me désires déjà plus au bout de trois mois ensemble ?

Il sort sa valise de la voiture tout en partant dans un grand éclat de rire.

— Tu es sérieuse là ? Donne-moi dix minutes et je vais te montrer à quel point je ne te désire plus, susurre-t-il en se collant à moi tout en laissant sa main libre se balader sur mon postérieur.

Là il m'intéresse. Toutefois, ma joie est de courte durée.

Je lève, encore une fois, les yeux au ciel.

— Laisse-moi deviner : ton rendez-vous avec la Fondation débute dans quelques instants et donc tu n'as pas ces pauvres minutes à m'accorder ? Nan, mais OK, c'est pas comme si j'avais pas l'habitude ! Il y a un complot contre toute tentative de baise dans ce putain de manoir. Je l'ai bien vu la dernière fois.

Son œil luit d'un éclat amusé. Il plante un baiser sur mon front et sa barbe naissante me chatouille. Je fonds. Punaise ce mec va me rendre dingue. Impossible de lui en vouloir très longtemps.

Il ferme le coffre, pose sa main dans mon dos, et m'invite à me diriger vers la grande porte d'où ma mère vient de sortir pour voir ce que nous fabriquons. Quelle commère. Elle ne va pas nous lâcher les basques du week-end. Heureusement pour moi, elle ne peut pas voir, de là où elle se trouve, que la main d'Alex a de nouveau perdu de l'altitude.

À peine passé le seuil de la maison, il dépose sa valise au pied de l'escalier, me déleste de mon sac, et se saisit de ma main avant de m'entraîner vers une pièce qui m'est totalement inconnue.

— Wilfried, je te laisse gérer l'installation ? J'ai besoin de toute urgence de l'avis de Victoria sur un dossier, nous vous rejoignons dans dix petites minutes. Si les gens de la Fondation arrivent entre-temps, fais-les patienter dans le grand salon.

Un dossier ? Mais je n'ai pas le temps de tergiverser plus avant, car en moins de temps qu'il n'en faudrait à un Superman sous amphètes pour se changer dans sa cabine téléphonique, je me retrouve plaquée contre la porte d'un immense bureau, mes vêtements au sol, et ma main autour du fameux dossier.

Et autant dire que mon avis sur celui-ci ne cesse de croître de façon très positive de minute en minute.

— Tu vois qu'il suffit de peu pour briser la malédiction du Manoir, s'amuse Alex en mordillant doucement la chair de mon cou.

À cet instant, la seule pensée cohérente qui habite encore mon cerveau est que j'ai décidément bien fait de laisser ses doigts indemnes tout à l'heure. Mon crâne cogne contre le battant sans que je puisse retenir un gémissement lorsque ses doigts jouent avec maestria à l'intérieur de mon corps. Dire que ma mère n'arrête pas de lui dire qu'il a des doigts de pianiste. Je n'ai peut-être pas de queue, mais je veux bien être son piano particulier pour le restant de mes jours.

— J'attends de voir la suite, le défié-je du regard.

Au même moment, quelqu'un frappe à la porte et la grosse voix de Joey nous interpelle :

— Alex ? Vic ? Vous êtes là-dedans ? Les personnes de la Fondation sont arrivées. Alors si vous voulez que je vous aide sur votre dossier, histoire que ce soit traité plus rapidement quoi, ouvrez-moi.

Je lève, encore, les yeux au ciel.

— Qu'est-ce que je disais, maugréé-je.

Pourtant, Alex me fait taire d'un baiser particulièrement fougueux, passe ses mains sous mes fesses, et je me retrouve soudain à effectuer une étude très très approfondie du dossier. Ou bien serait-ce le contraire ? Je ne sais plus vraiment à vrai dire. Captain Vic vient de décoller en orbite, loin, très loin au-dessus de la Terre.

Lorsque nous sortons enfin de la pièce, habillés, mais plus que légèrement échevelés, Joey hausse à son tour un sourcil. Il faut croire que c'est la journée mondiale du haussement de sourcil et que je n'ai pas eu le mémo. Il ouvre la bouche pour dire quelque chose de certainement très spirituel, comme toujours avec Joey, mais je l'en empêche en apercevant ma mère derrière lui. Alex se racle la gorge tout en tentant de remettre de l'ordre dans sa chevelure. Sans succès : c'est un véritable carnage, ce qui le rend, à mes yeux, d'autant plus sexy.

— Je vous laisse profiter de la piscine, et je vous rejoins après ma réunion, pour le déjeuner, se contente-t-il de dire, légèrement essoufflé.

Je me hisse sur la pointe des pieds pour passer mes doigts dans ses boucles tout en murmurant à son oreille :

— Au fait, tu avais raison, mon amour, tout à l'heure. Il va vraiment falloir travailler ton endurance.

***

— Si Alex pouvait te voir, je suis sûr qu'il mourrait de jalousie, s'amuse la voix de Joey à mon oreille.

Je plonge en profondeur dans la touffe fournie, l'attire à moi, et fixe un court instant la tige érigée. La salive inonde ma gorge par anticipation. Je souffle doucement sur l'objet de mes désirs, et mords à pleines dents dans la chair croquante. Hummm un délice.

Un second brocoli rejoint le premier pendant que je lance un regard chargé de plombs à l'importun qui a osé me déranger lors de l'un de mes désormais célèbres orgasmes gustatifs.

— Où est-il d'ailleurs ? Ça doit bien faire une demi-heure que les gens de la Fondation sont repartis.

— Je ne sais pas, soupire Joey en s'étirant de tout son long, il était au téléphone, et il a insisté pour qu'on commence sans lui.

J'enfourne un nouveau légume dans ma bouche tout en tentant d'abattre à coups de pelle mentale l'angoisse qui me tord les entrailles. Je sais à quel point ce projet de reconversion compte pour Alex. Ce qu'il représente aussi : la possibilité de sanctuariser ce lieu qui renferme ses seuls souvenirs de son frère, tout en fournissant à des enfants en situation de handicap un lieu d'apprentissage et d'épanouissement. Un lieu où ils se sentiront compris alors que William ne l'a jamais été.

— Wilfried, c'est absolument délicieux, s'exclame ma mère sur ma gauche. Mais vous n'auriez pas dû vous donner la peine de faire un repas végétarien spécialement pour Victoria. Elle aurait pu se le cuisiner toute seule, comme à la maison, et ne pas imposer son choix à tout le monde.

Et voilà c'est parti… Si Alex croit que le petit quickie de tout à l'heure va suffire à se faire pardonner un week-end entier à supporter ce genre de conneries… Remarque si ça continue, on va vite pouvoir jouer à un Cluedo géant. Mais je pense qu'il ne sera pas très difficile de deviner que c'est Vic qui a tué la Mère, dans la salle à manger, avec la fourchette. Quoique, le pic à glace qui trône dans le seau à champagne devant moi pourrait s'avérer étonnement cinématographique aussi.

Wilfried éponge religieusement ses lèvres avant d'afficher un sourire crispé.

— Il n'y a pas de mal, madame, mademoiselle Victoria a changé tellement de choses pour nous, que nous pouvons bien le lui rendre en tentant de lui faire plaisir.

Ah ! je suis devenue mademoiselle maintenant ! Il a enfin lâché le « Madame » ! Faut dire que du haut de ses cinq années de plus que moi, Alex me fait passer pour une jeunette. Soupir… Ouais, Vic, c'est beau de rêver.

Je lance un regard d'avertissement à Joey qui s'apprêtait à répliquer, certainement à propos de la dernière partie de la phrase de son père et sur ses propres idées pour me faire plaisir. Lui aussi a une imagination très fertile que je ne souhaite pas vraiment que ma mère connaisse.

Celle-ci renifle de mépris. À force, elle aussi va finir comme Alex avec un rhume chronique.

— Victoria a toujours adoré se faire passer pour une originale. Elle était végétarienne, et quand elle a appris que son oncle André l'était devenu également, il a fallu qu'elle pousse jusqu'au végétalisme.

Je vais faire un meurtre. C'est seulement lorsque la main de Joey se pose sur la mienne et extirpe de force la fourchette de mes doigts crispés que je réalise que j'étais sur le point de commencer la partie de Cluedo.

Je suis tellement énervée que, cette fois, je ne suis pas en mesure de stopper la catastrophe naturelle qui menaçait de se produire depuis le début du week-end : Joey ouvre la bouche, et c'est le drame.

— Vous savez, madame, ça va peut-être être difficile à « avaler », mais je sais de source sûre que Victoria n'est plus strictement végétalienne depuis quelques mois. Elle s'est mise à consommer des produits d'origine « animale », « très » régulièrement.

Non. Il n'a pas osé ? Putain il a osé. Je vais le tuer. Non en fait je vais l'atomiser.

Le grand miroir qui me fait face de l'autre côté de la pièce me renvoie une image précise de mon visage qui vient de prendre une teinte écrevisse. Bien ébouillantée, l'écrevisse. J'arrache la fourchette des mains de Joey, et lui lance un regard noir. À la façon dont il recule soudain sur sa chaise, je pense qu'il vient de faire la rencontre du Démolinator.

— Ah oui ? Chérie, pourquoi tu ne m'as rien dit ? Ça m'aurait évité de devoir acheter ces immondes choses au soja au supermarché, s'exclame ma mère, qui, certainement par l'intervention divine d'un Gandalf le Blanc shooté au vieux Toby, n'a pas l'air d'avoir relevé l'allusion malgré l'emphase de Joey sur certains mots.

Je me racle la gorge.

— Je vais aller voir ce que fait Alex. Je reviens.

Je me lève, et Joey ne me quitte pas des yeux, visiblement très fier de lui maintenant qu'il est hors de portée des pointes aiguisées de mon arme de la soirée. Je mime un « je vais te tuer », qui l'amuse plus encore, avant de passer la porte.

Nom d'un Cousin Machin : cette baraque était déjà flippante sous l'Ère Fossilifère, mais les pièces vides de tout meuble que je croise au fur et à mesure de ma quête d'Alex font froid dans le dos. Pas plus que la silhouette de mon homme qui se dessine enfin au bout du couloir, les épaules courbées, les lunettes à la main, et le regard perdu dans la surface polie de ce qui composait le sas d'entrée de l'aile médicalisée du manoir réservée à sa mère.

Grâce à ma discrétion digne d'un éléphant trompettiste, je suis grillée à peine un pied posé sur la moquette. Sa tête pivote prestement vers moi, puis il me tourne le dos pour essuyer ses joues à la va-vite avant de replacer ses lunettes sur son nez. Mon cœur se serre. Lorsqu'il me fait face, il accroche un sourire à son visage en s'avançant vers moi. Je le connais aussi celui-ci. C'est le sourire « Je suis au fond du trou, mais tentons de faire croire que tout va bien ». Celui-là n'est pas mon œuvre. C'est celle de toute sa famille pourrie jusqu'à la moelle.

— On dirait que cela rigole bien en bas, fait-il mine de s'amuser.

Comme à chaque fois, je suis presque obligée de me tordre le cou pour hisser mes yeux jusqu'au sien.

— Alex…

Il avance vers l'escalier, mais je l'arrête d'une main sur le torse. Il hausse un sourcil. Décidément, ils vont me rendre folle avec leurs sourcils. Si ça continue, je vais organiser une mission commando cette nuit, armée d'un rasoir, et régler le problème définitivement.

— Vic, si tu comptais « inaugurer » une autre pièce, est-ce que tu m'autorises au moins à reprendre un peu de force en avalant un morceau avant ça ? Sans quoi je crains que mon endurance en pâtisse encore plus.

Re-soupir. Je passe un bras de chaque côté de son torse et lui administre un câlin digne du plus parfait des Wookies. Un court instant, il reste là, les bras ballants, sans me rendre mon étreinte. Comme s'il était encore étonné, après tout ce que nous avons déjà traversé au cours de notre jeune relation de couple, que je puisse voir quand ça ne va pas. Je sais que je ne suis qu'une maigre rustine sur toute la douleur qui suinte de ses pores en permanence, mais si je peux être au moins ça dans ce genre de moment, je signe, toujours, encore, malgré tout.

Ce petit copieur pousse à son tour un soupir, puis ses bras m'enveloppent tout entière et ses longues mains trouvent leur place dans mon dos. Nous restons comme ça un moment. Quand je m'écarte enfin, ses traits sont plus détendus, l'intelligence aiguisée a remplacé la peine au fond de sa pupille. Je pose doucement la paume sur son visage.

— Mon amour, tu sais qu'avec moi, tu n'as pas à faire semblant.

Il me sourit faiblement, puis plonge vers mes lèvres pour y déposer un tout petit baiser.

— Je sais, Vic. Un vieux réflexe.

Je vois bien que quelque chose cloche encore. Je me saisis de sa main, et pianote doucement sur ses doigts : si le moindre de ces vieux croulants l'a rendu triste, je vais les étriper vifs et me faire un collier de leurs entrailles fumantes.

— Qu'est-ce qu'il y a, mon amour ? La réunion ne s'est pas bien passée ?

Sa pomme d'Adam remonte haut dans sa gorge et il déglutit difficilement. Il me serre de nouveau contre lui en étouffant une quinte de toux.

— Si, si, ne t'inquiète pas. Le projet les a enchantés. Nous avons signé et les premiers aménagements pourront commencer dès le mois prochain, murmure-t-il tout en me berçant.

Il hésite. Mais je le connais trop bien pour tenter de le forcer à parler. Il pousse un profond soupir qui chatouille mon cuir chevelu, me repousse, et caresse ma joue de son pouce.

— Mon avocat a appelé. Toutes les femmes ont retiré leurs plaintes contre Harry. Il ne reste plus que Pilar et toi. Vous êtes seules.

J'ai l'impression qu'Obélix vient de m'asséner un terrible coup de menhir sur la tête. Après des mois à rechercher chaque femme, à passer du temps à les convaincre de déposer plainte, à recueillir les témoignages pour donner plus de poids à notre action… Tout ça pour rien ? Une main dans mon dos, l'autre à l'arrière de mon crâne, Alex m'attire de nouveau tout contre lui.

— Il n'est pas très optimiste, continue-t-il. Il n'y a aucune preuve, juste votre parole à toutes les deux contre la sienne. Et bien sûr il s'est dégoté le meilleur des avocats véreux du pays.

Je repense à ses mains sur mes fesses, à sa langue sur mon oreille, à mon crâne qui se fracasse contre le mur de la réserve des écuries. La bile me remonte dans la gorge et les larmes envahissent mes yeux. Respire, Vic. Tu ne vas pas gâcher ton seul week-end de vacances à cause de ce connard, si ?

J'inspire profondément, tentant de chasser les images qui tournent en boucle dans ma tête. Comme s'il pouvait lire dans mes pensées, Alex me serre de plus belle, me berçant avec plus de force. Il couvre mon front de baisers. Mes poings se crispent sur sa veste de costume. Un jour, je ferai bouffer ses couilles à ce pervers de Harry. Je m'écarte d'Alex, et la sollicitude que je lis dans son œil manque de me faire éclater le cœur. Je pose mes deux mains à plat sur son torse, et force à mon tour un sourire.

— On finira par l'avoir. Je ne m'en fais pas. J'irai jusqu'au bout de toute façon, même si je dois le faire seule.

Alex s'empare de ma main, et entrelace ses doigts dans les miens.

— Tu ne seras jamais seule, mon cœur. Je te l'ai déjà dit : je serai toujours là.

***

Quand nous pénétrons dans la salle à manger, la main dans la main, tous ont déjà achevé leur repas. Malheureusement pour moi, ma mère est toujours assise à sa place à plaisanter avec Wilfried. Je rêve ou son pied est bien trop proche de celui du majordome sous la table ?

— Alex, tu ne me croiras pas… commence Joey avec une œillade mutine à mon égard.

Mais Alex l'arrête d'un geste, me lâche un instant, farfouille dans la veste de costume qu'il avait revêtue pour sa réunion, et en extirpe des enveloppes. Il en tend une à Joey, et l'autre à Wilfried.

— Cadeau. Je sais que vous adorez les comédies musicales. Ils donnent une représentation exceptionnelle du *Fantôme de l'Opéra* en ville, et j'ai réussi à avoir des places VIP.

Les mâchoires des deux hommes se décrochent en même temps, et j'ai à peine le temps de m'écarter qu'Alex est plaqué contre le mur, un Joey frétillant pendu à son cou.

Wilfried, plus mesuré, s'approche à son tour et serre doucement le biceps d'Alex en le remerciant.

— Putain, mec ! Tu es complètement fou ! Six mois que je surveillais la mise en vente des places mais tout a été vendu en une fraction de seconde ! hurle Joey en secouant mon pauvre chéri contre le mur.

— Il faut croire qu'être devenu l'une des plus grosses fortunes du pays a ses avantages, rigole Alex en donnant à son tour à son ami une accolade virile.

Il s'extirpe de l'amas de membres en folie et tend une dernière enveloppe à ma mère.

— Je vous ai pris une place également. Je me suis dit que cela vous plairait peut-être de les accompagner après notre conversation de la dernière fois.

Ma mère saute de sa chaise et sautille sur place comme une gamine. Merde. Qui est cette personne ? Je ne l'ai pas vue comme ça depuis… depuis… ça devait être avant la maladie de papa en fait.

— Oh, Alex, vous êtes un amour ! Vous vous êtes rappelé cette discussion ?

Si elle savait… Le cerveau d'Alex est une véritable machine. Tu n'as pas intérêt à lui dire quoi que ce soit que tu préférerais qu'il oublie par la suite. Autrement dit, tu n'as pas intérêt à être Victoria Pottier… Je suis certaine que dans dix ans, il me ressortira mot pour mot les premières phrases que je lui ai adressées. Quoique… à la réflexion… mieux vaut peut-être les oublier !

— Je suis vraiment heureux de pouvoir vous faire plaisir, répond-il, légèrement gêné. Le spectacle finira tard, alors je vous ai pris des chambres d'hôtel au Palace.

Ma mère se tourne vers moi.

— Mais… comment allons-nous faire ? Ma chérie, toi qui détestes les comédies musicales…

C'est un euphémisme. Je n'ai jamais compris l'engouement pour ce supplice qui consiste à voir des gens se tortiller et s'égosiller en déclamant des chansons d'amour à vomir toute la bile de mon corps.

Le bras d'Alex entoure ma taille, et il me serre contre lui.

— Ne vous inquiétez pas pour elle. Je vais rester ici avec votre fille.

Les sourcils de ma mère se plissent.

— Quel dommage de vous priver pour Victoria.

Ça m'aurait étonnée aussi, la bonne humeur ne dure jamais très longtemps chez elle.

Alex sourit. Un vrai sourire cette fois.

— Oh, mais je ne me prive pas. Ce genre de spectacle n'est pas non plus ma tasse de thé. Et puis ne vous inquiétez pas, nous n'allons pas nous ennuyer : Victoria et moi avons des tonnes de dossiers à étudier.

À sa main qui vient de glisser sur mon postérieur, je n'ai pas le moindre doute sur la nature de ceux-ci. Et vu comme le premier s'est révélé attrayant, je salive d'avance de découvrir les autres.

Joey revient déjà dans la pièce avec le manteau de ma mère.

— Vite, il faut partir maintenant si nous voulons pouvoir visiter les loges avant le spectacle. Je n'en reviens toujours pas ! crie-t-il, tout excité, en emmitouflant ma mère avant de l'entraîner vers la sortie.

— Bon, eh bien, à demain ma chérie ! rigole ma mère en sortant.

Que vient-il de se passer ? Je dois nager en plein rêve.

Le petit ricanement d'Alex me sort de ma stupeur. Il se place devant moi, pose ses mains sur mes épaules avant de les serrer doucement.

— Alors, que disais-tu déjà sur cet affreux week-end qui t'attendait ?

Un terrible soupçon s'insinue dans mon cerveau comateux. Un soupçon qui me fait dire que je n'ai jamais autant aimé cet homme. L'étincelle qui s'allume dans son œil me donne la confirmation qu'il me manquait. Le saligaud ! Le roublard ! … Le meilleur des hommes de tous les univers existants… Il a tout manigancé !

***

— Tu te rappelles, tout à l'heure, quand tu m'as demandé si j'attendais le déluge pour te sauter dessus ? m'interroge Alex, hilare. Eh bien il faut croire que tu as été entendue !

Moi ce que j'en dis, c'est qu'il y en a qui ne tiennent vraiment pas à leur vie ! Ça paraissait pourtant une bonne idée cette balade à cheval autour du lac. Les forêts de conifères se mêlant à la roche, le pépiement des oiseaux, les premières fleurs du printemps : autant d'ingrédients pour passer un merveilleux moment en amoureux, tout en partageant l'un avec l'autre nos connaissances sur les différentes espèces rencontrées. Mais ça, c'était avant que je ne sais quel dieu farceur se mette à nous pisser littéralement dessus. En mode femme enceinte qui se retient depuis plusieurs heures et ouvre enfin les vannes. Même mes pauvres licornes sont trempées jusqu'aux os. Et pour une fois, ni Alex ni moi ne sommes responsables. J'avoue qu'il est hypothétiquement possible que le mouvement hypnotique du sublime petit cul d'Alex, parfaitement moulé dans son jean, et qui monte et descend au rythme du trot de sa monture soit partiellement responsable. Oui, bon, peut-être un peu plus que partiellement.

Surtout maintenant que ledit jean et ce qui se trouve dessous sont plaqués à sa peau et laissent très peu de place à l'imagination.

Je guide Hadès pour qu'il se rapproche de Max, le cheval d'Alex. La pluie tombe sur les deux animaux sans les perturber le moins du monde. Il faut dire qu'après avoir subi la tyrannie et les coups du Fossile pendant des années, avoir l'opportunité de se balader ainsi doit leur changer la vie.

— Si tu ne veux pas avoir à me passer dans le micro-ondes en mode décongélation à notre retour, tu as plutôt intérêt à m'annoncer là, maintenant, tout de suite, que tu connais un abri à proximité. Car je te préviens, quand j'ai froid, je deviens un petit peu grincheuse.

Il rigole.

— Tu veux dire, encore plus que d'habitude ? Que Dieu me vienne en aide !

Je fais mine de lui assener un coup qu'il esquive avec adresse en écartant sa monture pour passer de l'autre côté de l'arbre immense que nous nous apprêtions à longer.

— De toute façon, je ne possède pas de micro-ondes, reprend-il une fois qu'il peut de nouveau me scruter de son œil unique qui luit d'un éclat amusé. Alors tu finiras directement dans le sèche-linge. Sauf si tu as d'autres méthodes de réchauffage à me suggérer.

Il cale un instant ses rênes dans sa main gauche pour caresser doucement mon avant-bras nu.

— Je sais que tu as une imagination débordante, susurre-t-il. Enfin, si ton magnifique cerveau n'est pas totalement gelé, ce qui, soit dit en passant, semble être le cas étant donné que tu ne t'es pas aperçue depuis tout à l'heure que ton pantalon est complètement craqué et présente une ouverture plus que suggestive à un endroit, disons… intéressant.

Oh mon Dieu ! Dites-moi que c'est pas vrai ! Je me retourne frénétiquement pour observer mon postérieur, mais avec ma souplesse légendaire, je dois ressembler à un T-Rex qui vient de tomber sur le dos et essaie désespérément de se remettre debout en s'aidant de ses ridicules petits bras. Le temps que ça monte au cerveau, et que je pense à me servir de ma main pour vérifier l'information, Alex est plié de rire sur son cheval.

Ouais, c'est ça, marre-toi. Le pire dans tout ça ? Impossible d'arriver à le détester. L'eau qui ruisselle sur son visage et ses cheveux plaqués par la pluie lui donnent un petit air de beau gosse de pub pour parfum. Avec un million de pour cent de charisme en plus. En cet instant, je me dis que ma mère a raison en fait : comment un mec comme lui a-t-il bien pu s'intéresser à une fille comme moi ? Je suis trempée et frigorifiée, mais j'ai pourtant l'impression d'être la nana la plus chanceuse de la Terre. Certainement même de l'univers.

— Si tu continues comme ça, c'est plus qu'un dieu dont tu vas avoir besoin, maugréé-je tout de même pour la forme en réponse à sa précédente injonction.

Il se rapproche encore de moi, et se penche jusqu'à ce que ses lèvres frôlent mon oreille.

— Si je continue comment ? susurre-t-il. Comme ça ?

Je ferme les yeux dans l'attente d'un petit baiser, d'un mordillement d'oreille qui serait peut-être susceptible d'obtenir mon pardon. Au lieu de quoi je sens une tape sur mon postérieur. Le bruit sur le tissu mouillé est décadent. Le salopard ! Je rouvre les yeux au moment où il me fait un clin d'œil et lance son cheval dans un galop effréné.

Sa tête rejetée en arrière et offerte aux éléments, je ne l'ai jamais vu aussi détendu. Monter à cheval est une seconde nature pour lui. Si j'avais eu peur qu'il soit l'un de ces aristos qui montent avec deux mors et qui aiment tordre l'encolure de leur cheval jusqu'à abîmer complètement leur bête, j'aurais été rassurée. La main d'Alex est au contraire aussi légère que la mienne. Et le mouvement de son bassin sur la selle… suffit à lui seul à maintenir mon petit glaçon de corps en hyperthermie.

Je talonne à mon tour ma monture, qui file ventre à terre dans sa direction. Le bruit de nos rires couvre celui du vent qui fait rage. On devrait ajouter les fous rires à la liste des meilleurs exercices pour abdos au monde. Et Dieu sait qu'avec Alex, je les travaille tous les jours.

— Tu vas voir ! Si je te rattrape ! hurlé-je au moment où il ralentit enfin sa monture.

Son petit sourire de canaille, le sourire spécial qu'il ne réserve qu'à moi, fait son apparition.

— Ah oui ? Et qu'est-ce que tu vas me faire, si tu m'attrapes ? me défie-t-il.

J'arrête Hadès à mon tour, et Alex s'amuse à faire tourner Max en cercle autour de nous.

— Alors ? J'attends, ajoute-t-il encore.

S'il savait tout ce que j'ai envie de lui faire, là, maintenant, tout de suite, je ne sais pas vraiment s'il serait excité, flatté, ou bien s'il prendrait carrément peur. Je m'effraie moi-même parfois ! C'est sa faute aussi. Je le savais bien qu'on m'avait menti quand on m'avait présenté le *package* marqué « Amour » tout beau, tout glamour. Ou alors cette version-là est réservée à une partie privilégiée de la population dont je ne fais pas partie. Chez moi, l'amour a plus les effets d'une maladie rare, particulièrement grave, de niveau 5 au moins, abêtissante... Alex doit émettre des phéromones qui ont le don de faire fondre mon cerveau jusqu'à ce qu'il s'écoule par mes oreilles. Et pas que mon cerveau d'ailleurs. L'intégralité de mes organes est en fusion permanente dès qu'il est dans les parages.

— Tu as vraiment de la chance que j'aie laissé la cravache de Papa D'Enfer aux écuries.

Il hausse une nouvelle fois son putain de sourcil.

— De la chance ? Je pense que je n'aurais pas dit ça, non, lance-t-il d'une voix rauque de désir.

Oh punaise. Il fait terriblement chaud tout à coup. Je dois me retenir de porter ma main à mon oreille pour vérifier que la cervelle n'est pas en train de s'en échapper.

— Mais tu ne pourras rien me faire si c'est moi qui t'attrape le premier, continue-t-il.

Je pouffe. Alors là, j'aimerais bien voir ça, avec sa condition physique de tortue centenaire asthmatique. Pourtant, je suis encore en train de ricaner qu'il se laisse glisser au bas de sa monture avec une rapidité déconcertante, me saisit à la taille grâce à sa stature de géant ayant un peu trop abusé de la soupe quand il était petit, et me plaque contre l'arbre le plus proche. Ça m'apprendra à le sous-estimer. Il est redoutable pour repérer mes faiblesses. Un petit sourire, une intonation, et hop, Vic part en vrille. Ses longues mains s'emparent de mes poignets pour les porter loin au-dessus de ma tête. Je suis à sa merci. Mais aussi à celle des éléments. La pluie trouve des chemins insoupçonnés jusque dans les moindres recoins de mon anatomie. Mais à la lueur dans son regard, Alex semble bien décidé à les explorer dans la seconde.

— T'es au courant qu'on est en pleine forêt, que notre peau s'est transformée en énorme aimant à poils de cheval, et qu'on pue le canasson mouillé, n'est-ce pas ?

Son sourire s'étire. Il se courbe, ses mèches mouillées chatouillent mon front, et j'ai à peine le temps de reprendre ma respiration que ses lèvres frôlent les miennes.

— Et alors ? murmure-t-il tout contre ma bouche.

Son œil plonge dans le mien. Putain ce que je l'aime ! Même après trois mois, mon cœur ne s'en remet toujours pas. Il bat tant la chamade que j'ai l'impression que je viens de terminer trois marathons courus les uns à la suite des autres.

— Alors ? Il n'y a que dans les films que c'est glamour de se retrouver potentiellement avec des échardes dans le derche, et des tiques dans toutes les parties plissées de son anatomie.

Ses lèvres attrapent les miennes, et il lâche mes mains pour se saisir de mes seins. Ses pauvres poumons semblent sur le point de rendre l'âme, mais il persévère malgré tout. Bon… OK… après tout… on ne vit qu'une fois, n'est-ce pas ? Et tout ça n'a jamais tué personne. Et puis au pire, je le forcerai à nettoyer chaque parcelle de mon corps après. Avec sa langue, bien sûr.

Mes mains libérées ont soudain l'air de s'ennuyer, et décident presque de leur propre chef de partir en exploration vers une zone aux dents de métal très acérées. Elles tâtent, caressent.

Je me fige, et repousse doucement Alex.

— Dis donc. C'est moi ou c'est l'heure de la sieste là-dedans ? Moi qui pensais trouver Soldat Popol au garde-à-vous !

Il tousse. Tousse, tousse et tousse encore. Quand enfin il parvient à prendre la parole, je ne sais plus vraiment si c'est une toux ou un rire qui agite son corps.

— Sache que même tes jolis petits tétons magnifiquement mis en valeur dans ton pull trempé ne peuvent pas rivaliser avec le froid, s'offusque-t-il.

Il passe sa main dans ses cheveux et secoue son tee-shirt et sa veste pour les décoller de sa peau. Mon Dieu. Achevez-moi. C'est possible d'être aussi parfait ?

Sa fierté piquée au vif, il lance sur un ton amusé :

— Et quand bien même ça ne serait pas le cas, le simple fait de s'entendre appeler « Soldat Popol » aurait très certainement sonné la fin du garde-à-vous.

Je rejette ma tête en arrière contre le tronc. Profond soupir.

— Oh les mecs, ce que vous êtes compliqués.

Il se marre de plus belle. Et tousse de plus belle aussi.

— Crois-moi, c'est bien la première fois que je tombe sur une fille si peu « compliquée » que toi en matière de sexe, ironise-t-il.

Qu'est-ce que ça veut dire ça ? Mais je n'ai pas le temps de parvenir à ramasser les morceaux de ma cervelle éparpillés partout alentour pour les faire réintégrer mon cerveau qu'une crise de toux particulièrement violente saisit de nouveau Alex. Il se plie en deux, et tousse si fort que ça le fait tirer au cœur.

— Mon amour, est-ce que ça va aller ? m'inquiété-je en passant une main sur son front. Putain, Alex, tu es glacé.

Il continue de s'étrangler à moitié. Son visage est aussi rouge que le mien après les révélations de Joey sur mes nouvelles habitudes alimentaires. D'une main tremblante, Alex me désigne le chemin droit devant nous. Et effectivement, j'aperçois une sorte de chalet tout au bout. Je me saisis des rênes des deux chevaux qui s'étaient mis à paître non loin de nous, passe le bras d'Alex par-dessus mes épaules, et entreprends de le mener au chaud. Dans un minuscule coin de ma tête, je ne peux m'empêcher de le trouver gonflé de nous avoir fait stopper si proche de la chaleur salvatrice d'un abri. Pourtant, quand je repense à nos échanges, à nos caresses… pfff… je ne peux pas lutter contre tant de mignonitude.

Le chalet est relativement petit pour une construction D'Enfer. Mais il doit bien faire la taille d'un manoir pour le commun des mortels. Il y a même une petite grange accolée avec des stalles pour les chevaux.

— Tu savais qu'il y avait ça ici ?

Question conne. Il a vécu ici toute sa jeunesse, bien sûr qu'il doit le savoir.

— Chalet. Chasse, parvient à articuler Alex.

Je mène les chevaux dans un box chacun sans prendre le temps de les desseller et Alex commence à protester. Ou du moins je pense que c'est ce qu'il tente de faire car ça ressemble plus aux vaines tentatives d'un Hutt pour se faire comprendre d'un Wookie.

— Je vais revenir m'en occuper. Mais d'abord, je vais essayer de faire en sorte que tu ne me crèves pas entre les doigts. J'ai encore quelques plans te concernant. Au moins pour les trente années à venir.

Sa tête tourne si violemment vers moi qu'une quinte particulièrement cruelle manque de le faire tomber par terre. Heureusement, les positions, disons acrobatiques pratiquées depuis des mois ont permis de transformer mes bébés biceps en biceps de compète.

Nous pénétrons dans une immense pièce ouverte qui fait office de cuisine, salon et salle à manger. Le bois qui recouvre l'ensemble des murs et des meubles donne à la pièce un aspect chaleureux. Alex me désigne une porte à l'arrière du salon, et je découvre une grande chambre. L'immense lit orné d'un plaid en fausse fourrure m'appelle. Pourtant, je me force à continuer jusqu'à la porte suivante qui ne peut être que la salle de bains.

Alex est agité de violents tremblements. La différence de température entre l'intérieur et l'extérieur a dû avoir raison des derniers vestiges de compréhension thermique de son corps. Ses dents claquent si fort que j'ai peur qu'il finisse par se les briser. Ça serait tout de suite beaucoup moins glamour, les soirées baise, avec le dentier posé sur la table de chevet.

Putain, Vic, mais tu vas lui donner raison en fait. Une vraie nympho ! Tu ne peux pas arrêter de penser au sexe trente secondes ?

Bon, OK, ce n'est pas la chose la plus évidente à faire maintenant que je dévêts patiemment Alex en tentant de ne pas déclencher une nouvelle quinte de toux. Quand je vais pour enlever sa veste, il s'agite particulièrement violemment.

— Attention, articule-t-il difficilement.

J'allais jeter le vêtement négligemment, mais je prends le temps de le poser délicatement sur le porte-serviette.

— Oh là là, quel sentimental ! Ce n'est pas parce que c'est moi qui t'ai offert cette veste qu'il faut agir comme si elle était en sucre.

Il s'assoit par terre dans la douche, et je prends le temps d'augmenter graduellement la température de l'eau pour ne pas accentuer son choc thermique. Ses bras entourant ses grandes jambes, le menton tremblotant posé sur ses genoux, il a l'air d'une petite chose fragile qu'on a envie de serrer dans ses bras. Je sais dans quel état il va ressortir de cette crise, et mon cœur se serre. Je l'imagine assis dans la rue, dans l'exacte même position qu'il arbore maintenant, en train de mendier alors qu'il est rongé par la pneumonie. Mes poings se serrent. Pour la millième fois depuis Noël, j'ai envie de me rendre en Angleterre dans la nouvelle résidence du Fossile, et de le tuer pour tout ce qu'il a fait. Je m'accroupis auprès de mon homme, me saisis tendrement de sa tête, et dépose un baiser sur sa nuque.

— Tu crois que je peux te laisser quelques instants ? Il faut que j'aille desseller et bouchonner les chevaux.

Il hoche doucement la tête et son œil se lève vers moi avec une gratitude qui achève de réduire mon pauvre cœur en miettes.

***

Bon, y a anguille sous roche. Je dirais même, y a baleine sous gravillons. Comment un dîner traiteur pour deux a-t-il bien pu nous attendre sagement dans le frigo de ce chalet isolé au beau milieu de la forêt ? Je soupçonne que le beau roux étalé devant la cheminée sous le plaid en fausse fourrure avait beaucoup plus anticipé ce week-end en amoureux qu'il ne l'a laissé paraître.

J'apporte le chandelier qui avait visiblement été prévu pour un repas incroyablement romantique, le pose à côté des vêtements qui sèchent tranquillement devant la cheminée, et installe le reste des plats avant de me glisser sous le plaid dans le plus simple appareil. Immédiatement, la chaleur habituelle du corps d'Alex imprègne chaque parcelle de ma peau. Je tâte son front, et suis soulagée de le trouver tiède. Nos jambes se mêlent, et il m'attire à lui en englobant mon corps de ses bras immenses.

— Merci, se contente-t-il de dire.

Comme chaque fois qu'il a une crise de toux, il en ressort épuisé, la gorge enrouée, et la respiration sifflante. Nous nous observons un long moment avant que mes lèvres se languissent des siennes. Je prends toutefois garde de ne pas prolonger le baiser outre mesure pour ne pas l'essouffler.

— C'est normal, me contenté-je de répondre.

L'un de ses mains passe dans mes cheveux tandis que l'autre descend le long de mon dos pour se poser sur ma fesse.

— Je suis désolé, ajoute-t-il. Je sais que tu avais d'autres plans pour notre week-end.

Je rigole et mon visage se perd un instant dans les quelques poils qui ornent son torse.

— Il semblerait que quelqu'un d'autre avait des plans bien précis, répliqué-je en désignant le repas.

Je rêve ou c'est du rouge qui vient d'apparaître sur ses joues ? Oh mon Dieu, je vais vraiment mourir de mignonitude.

— Ne t'inquiète pas, mes plans, c'est d'être avoir toi, murmuré-je.

Quand je vois qu'il est sur le point de répliquer, je me sens obligée d'ajouter :

— Seule.

Il rigole, mais s'arrête de lui-même avant de déclencher un nouvel épisode de toux.

— Bon, OK, je plaide coupable, ça me convient d'autant plus s'il y a peu de vêtements.

Il se penche et dépose un petit baiser sur le bout de mon nez.

— Je t'aime tellement, murmure-t-il en me dévorant de l'œil.

Ma gorge se serre. Les putains de petits papillons sont de retour dans mon ventre. Ou peut-être qu'en fait, ils n'en sont jamais partis depuis trois mois.

— Moi aussi je t'aime. J'ai tellement de chance de t'avoir dans ma vie.

Et si j'ai souvent dit ces mots sans qu'ils aient aucun sens pour moi avec mes ex, cette fois je pense chacune de mes paroles. L'intensité de son regard me transperce. Mayday, mayday, il faut stopper l'instant mignon de toute urgence.

— Bon, je ne sais pas toi, mais je meurs de faim, lancé-je pour détourner la conversation.

Il pose son coude sur le sol, et sa tête dans le creux de sa main avant de m'attirer encore un peu plus à lui de son bras libre.

— Moi aussi, grogne-t-il presque.

Je rêve ou…

— Alex…

Il sourit, et son œil s'illumine de malice.

— Oui, confirme-t-il. On dirait bien que Soldat Popol est apte pour le service.

Je ricane. Je sens qu'il ne va plus me lâcher avec ça. Si Joey l'apprend… Oh mon Dieu, ne pense pas à ça, Vic, une catastrophe en son temps.

Alex m'embrasse, ses mains courent partout sur mon corps, et en quelques minutes je suis moi aussi plus que prête pour le service.

— Alex, je ne crois pas que ce soit très sage, je parviens à énoncer entre deux baisers.

Il me mord l'oreille tout en répondant :

— Depuis quand est-ce que tu es sage ?

Je l'arrête, le bascule sur le dos et grimpe sur lui à califourchon tout en plaquant ses mains au-dessus de sa tête comme il l'a fait précédemment avec les miennes dans la forêt. Oh là là, Popol, coincé entre nos deux corps, est plus qu'en forme. Mon ventre se tord d'anticipation.

— Bon, mais alors tu restes tranquille pour une fois, c'est moi qui fais le travail aujourd'hui, OK ?

Il ne m'a plus l'air très concentré, là maintenant. Son œil est fixé sur mes seins dressés de désir. Il me fait basculer à son tour pour se retrouver au-dessus de moi, mais dans le mouvement, mon bras percute le chandelier… qui met immédiatement feu à la magnifique veste de mi-saison que je lui ai offerte le mois dernier. Dans la panique, et parce que c'est la meilleure des choses qu'il semble y avoir à faire en pareille circonstance, j'attrape le vêtement par l'autre manche, et le balance dans la cheminée. Voilà. Problème réglé. Je suis plutôt fière de moi. Vic la catastrophe ambulante ne fera pas de sortie ce soir. Je frotte mes mains l'une contre l'autre comme pour me débarrasser du problème, et me tourne vers Alex.

— Bon, où en étions-nous déjà ?

Mais je le découvre totalement tétanisé. C'est le retour de la carpe hémiplégique. Je pose mes mains sur ses épaules et le force à se recoucher.

— Oh, allez, ce n'est qu'une veste. Je t'en rachèterai une si tu veux.

Il est blanc comme un linge, et sa respiration ne siffle plus : elle a carrément invité un putain de train à vapeur dans la pièce.

— Mon amour, ça va ?

C'est alors que je suis son regard, et que je découvre à quel point ce week-end en amoureux avait effectivement été anticipé. Car au milieu des flammes, parmi les bûches de bois et les reliefs de tissu carbonisés, gît maintenant une petite boîte à bijou, et en son centre, ce qui semblait être une magnifique bague de fiançailles.

Oups !

Remerciements

Une page se tourne avec le point final d'Un Boss d'Enfer !

Je ne pouvais pas la refermer sans quelques remerciements. Car si l'écriture est un labeur et une passion solitaires, parvenir au bout de la rédaction d'un roman, puis de sa publication, est finalement un travail d'équipe.

En premier lieu, je tenais à remercier mon homme, Jonathan. Merci, mon Amour, pour ton soutien, pour ta patience, pour ta compréhension lorsque tu passes tes soirées en solitaire pendant que j'assouvie ce besoin viscéral de faire sortir toutes ces histoires de ma tête. Merci pour l'épaule sur laquelle j'ai pleuré de nombreuses fois lorsque je ne croyais plus en moi, et pour ton optimisme et ta foi en moi inébranlables qui me reboostaient chaque fois.

Un grand merci à mes parents, Agnès et Alain, les premiers qui ont cru en moi, et qui ont eu la patience de lire mes textes d'ado avec bienveillance. Merci à mon papa qui m'a dit à l'époque que j'avais un don, et que c'était dommage de ne pas tenter de le mener plus loin et d'en faire vraiment quelque chose. J'ai mis longtemps à passer le pas, mais voilà, c'est fait ! Merci à ma maman pour ses corrections qui m'ont permis de rendre un manuscrit le plus propre possible.

Merci à mes deux frères, Mickaël et Christopher, pour leur soutien, et d'être fiers de moi. Ça me touche beaucoup.

Un immense merci à Virginie, ma meilleure amie, mais aussi mon alphalectrice depuis mes balbutiements d'écriture il y a maintenant 20 ans. Toujours là dans le wagon fou des montagnes russes de l'inspiration et de la motivation. Aucun mot ne pourrait résumer à quel point ton soutien lors de la rédaction de ce livre a été important pour moi. Merci d'être là pour me relever chaque fois que mon estime de moi frôle les pâquerettes et que mon syndrome de l'imposteur pointe le bout de son nez.

Merci à Valérie M. Manseau, l'une des toutes premières lectrices de ce roman à l'époque où il avait un autre nom, mais surtout, mon rayon de soleil lors de toute la période post écriture. Ton optimisme communicatif et tes mots toujours si bienveillants m'ont accompagnée durant toute ma recherche d'éditeur, et permis de mieux vivre cette période difficile.

Un immense merci à Zélie Bertrand, ma super éditrice. Merci à toi d'avoir cru en cette histoire et en moi, pour tes mots toujours emplis d'enthousiasme et tes précieux conseils. Grâce à toi, cette première excursion dans le monde de l'édition est telle que je l'ai toujours rêvée, et bien plus encore.

Merci à Claire Gaillard pour sa relecture minutieuse qui a permis de rendre ce texte encore meilleur.

Merci à tout le reste de l'équipe chez Hachette BMR qui fait un boulot de dingue, et notamment pour la splendide couverture du livre qui respecte à la lettre l'esprit de mon livre et mon personnage.

Et enfin, merci à vous, mes lecteur.ice.s.

Avec une pensée toute particulière pour Elise, ma toute première lectrice à l'époque où j'ai publié cette histoire sur Wattpad, et qui a largement contribué au succès du livre sur cette plateforme. C'est aussi ce qui m'a donné assez de confiance pour le soumettre en maison d'édition.

Merci à Gwen Stars_of_Orion, à Flora Péony, et Justine HSR pour leur soutien sur cette histoire et sur les suivantes, et pour nos nombreux échanges sur les réseaux. Je vous adore les filles.

Et merci à vous, qui tenez entre vos mains mon tout premier roman, et lui avez donné sa chance. N'hésitez pas à venir échanger avec moi sur mon instagram @ophidia_baker.

PAPIER À BASE DE
FIBRES CERTIFIÉES

hachette s'engage pour l'environnement en réduisant l'empreinte carbone de ses livres. Celle de cet exemplaire est de :
530 g éq. CO_2
Rendez-vous sur www.hachette-durable.fr

« Pour l'éditeur, le principe est d'utiliser des papiers composés de fibres naturelles, renouvelables, recyclables et fabriquées à partir de bois issus de forêts qui adoptent un système d'aménagement durable. En outre, l'éditeur attend de ses fournisseurs de papier qu'ils s'inscrivent dans une démarche de certification environnementale reconnue. »

Édité par Hachette Livre, dans la collection Ito
(58, rue Jean-Bleuzen, 92170 Vanves)

Composition : Nord Compo
Achevé d'imprimer en Espagne par Blackprint
Dépôt légal 1re publication : septembre 2023
10.6122.8 – ISBN : 978-2-01-724648-0
Dépôt légal : septembre 2023